Lori Nelson Spielman

Lori Nelson Spielman est enseignante et vit à East Lansing, dans le Michigan. *Demain est un autre jour* (Cherche Midi, 2013) est son premier roman. Les droits d'adaptation cinématographique en ont été achetés par la Fox. Son nouvel ouvrage, *Un doux pardon*, a paru en 2015 chez le même éditeur.

Retrouvez toute l'actualité de l'auteur sur :
http://lorinelsonspielman.com

DEMAIN
EST UN AUTRE JOUR

LORI NELSON SPIELMAN

DEMAIN EST UN AUTRE JOUR

Traduit de l'anglais (États-Unis)
par Laura Derajinski

CHERCHE MIDI

Titre original :
THE LIFE LIST

ISBN : 978-2-266-26409-9

À mes parents, Frank et Joan Nelson

Qui regarde à l'extérieur rêve
Qui regarde à l'intérieur s'éveille.

Carl Jung

1

L'écho des voix dans la salle à manger s'envole dans la cage d'escalier en noisetier, indistinct, bourdonnant et importun. D'une main tremblante, je verrouille la porte derrière moi. L'univers est soudain plongé dans un silence total. J'appuie la tête contre la porte et je prends une inspiration profonde. Son parfum envahit encore la chambre – mélange d'Eau d'Hadrien et de savon au lait de brebis. Son lit en métal grince lorsque je m'y allonge, un bruit aussi rassurant que le tintement de ses carillons dans le jardin, ou celui de sa voix douce lorsqu'elle me disait qu'elle m'aimait. Je venais dans ce lit quand elle le partageait encore avec mon père, me plaignant d'un mal de ventre ou de monstres sous mon lit. À chaque fois, maman me prenait avec elle, m'étreignait et me caressait les cheveux en murmurant : « Demain est un autre jour, ma chérie, attends encore un peu. » Et comme par miracle, je me réveillais le lendemain matin pour découvrir des rubans de lumière ambrée s'insinuant à travers la dentelle de mes rideaux.

D'un coup sec, j'enlève mes escarpins noirs flambant neufs et me masse les pieds avec soulagement. Je recule sur le lit et m'adosse aux oreillers jaunes à motifs cachemire. Je vais garder ce lit, c'est décidé. Peu importe qui d'autre le convoite, il est à moi. Mais cette vieille maison élégante en grès va me manquer. « Elle est aussi solide que Mamie », disait maman en parlant de sa maison. Mais à mes yeux, aucune maison, aucune personne ne l'était autant que la fille de Mamie – ma propre mère, Elizabeth Bohlinger.

Une pensée me traverse soudain l'esprit. Je ravale mes larmes et descends du lit. Elle la cachait ici, je le sais. Mais où, exactement ? J'ouvre la porte du placard. Mes mains tâtonnent derrière les robes et les tailleurs griffés. Je repousse une rangée de chemisiers en soie et ils s'écartent comme un rideau de théâtre. La voilà, nichée dans le meuble à chaussures comme un bébé dans son berceau. Une bouteille de Krug, séquestrée dans son placard depuis quatre mois.

Lorsque je la tiens enfin entre mes mains, je me sens coupable. C'est le champagne de ma mère, pas le mien. Elle avait claqué une fortune pour cette bouteille en rentrant de son premier rendez-vous chez le docteur, et l'avait aussitôt rangée là pour ne pas la confondre avec les bouteilles classiques au rez-de-chaussée. C'était le symbole de l'espoir, avait-elle décrété. À la fin de son traitement, quand elle retrouverait une santé de fer, elle et moi ouvririons ce champagne des grandes occasions afin de célébrer la vie et ses miracles.

Je caresse du doigt l'aluminium argenté autour du bouchon et me mords la lèvre. Je ne peux pas le boire. La bouteille était prévue pour un toast joyeux, pas pour une fille endeuillée trop faible et incapable de supporter une réception post-funérailles.

Quelque chose attire mon regard, calé entre la cache du champagne et une paire de mocassins en daim. Je tends le bras. C'est un petit carnet rouge – un journal intime, me semble-t-il – fermé par un ruban d'un jaune fané. La couverture en cuir est craquelée et abîmée. *Pour Brett*, a-t-elle écrit sur une étiquette en forme de cœur. *Garde-le pour un jour où tu te sentiras plus forte. Aujourd'hui, lève ton verre en notre honneur à toutes les deux, ma chérie. Quel duo on a formé. Je t'aime. Maman.*

Je passe le doigt sur son écriture, pas aussi impeccable qu'on pourrait l'attendre chez une femme si belle. J'ai mal à la gorge. Malgré sa croyance assurée en une fin heureuse, ma mère savait qu'un jour viendrait où j'aurais besoin d'aide. Elle m'a laissé son champagne pour aujourd'hui, et pour demain un échantillon de sa vie, ses pensées intimes et ses rêveries.

Mais je ne peux pas attendre demain. Je scrute le journal intime, prise d'une envie irrésistible d'en lire le contenu. Un petit coup d'œil, rien de plus. Quand je tire le ruban jaune, une image de ma mère prend forme. Elle hoche la tête et me reproche gentiment mon impatience. Je regarde sa carte qui me conseille d'attendre d'être plus forte, je suis tiraillée entre mes propres désirs et les siens. Pour finir, je repose le carnet.

« Pour toi, je murmure en déposant un baiser sur la couverture. J'attendrai. »

Un gémissement s'élève dans ma poitrine, brisant le silence. Je porte la main à ma bouche pour le retenir, en vain. Je me plie en deux et j'agrippe mes flancs. L'absence de ma mère provoque en moi une douleur physique. Comment vais-je parvenir à tituber dans ce monde sans elle ? J'ai toujours en moi une petite fille qui sommeille.

J'attrape la bouteille de champagne. Je la place entre mes jambes et fais sauter le bouchon. Il traverse la chambre, renversant la boîte de Kytril sur la table de chevet de ma mère. Ses médicaments antinauséeux ! Je me précipite au bord du lit et rassemble les cachets triangulaires dans ma main, me rappelant la première fois que je lui en avais proposé un. Elle venait de subir sa première chimio et s'était montrée courageuse devant moi.

« Je me sens bien, franchement. J'ai eu des douleurs de règles bien pires que ça. »

Mais cette nuit-là, la nausée avait déferlé en elle comme un tsunami. Elle avait avalé le comprimé blanc, puis m'en avait demandé un autre, plus tard. J'étais restée allongée à ses côtés le temps que le médicament fasse effet et lui permette de trouver le sommeil. Je m'étais blottie contre elle, dans ce même lit, je lui avais caressé les cheveux, je l'avais étreinte comme elle l'avait fait pour moi si souvent. Puis, en proie à un désespoir pénétrant, j'avais fermé les yeux et j'avais supplié Dieu de guérir ma mère.

Il est resté sourd à ma demande.

Les cachets glissent de ma paume et tombent dans la boîte en plastique. Je laisse le couvercle entrouvert et repose la boîte sur le chevet près de son lit pour qu'elle puisse l'atteindre sans mal. Mais non… ma mère est partie. Elle ne prendra plus jamais de médicaments.

J'ai besoin de boire du champagne.

« Je bois à toi, maman, je murmure avant que ma voix se brise. J'ai été si fière d'être ta fille. Tu le savais, pas vrai ? »

En quelques minutes, la chambre tournoie autour de moi mais ma douleur est agréablement soulagée.

Je pose la bouteille de champagne au sol et soulève la couette. Les draps frais dégagent un faible parfum de lavande. Cela me semble presque indécent de m'étendre là, loin des convives et des étrangers au rez-de-chaussée. Je m'enfonce plus loin encore sous la couette, m'accordant un dernier instant de silence avant de redescendre. Rien qu'une petite minute…

Un martèlement puissant me fait sursauter et me sort de mon hébétude. Je m'assieds. Il me faut quelques secondes pour comprendre où je me trouve… merde, la réception ! Je jaillis hors du lit et trébuche sur la bouteille de champagne en me ruant vers la porte.

« Aïe ! Oh, putain !

— Tout va bien, Brett ? » demande Catherine, ma belle-sœur, depuis le pas de la porte ouverte. Avant même que j'aie eu le temps de répondre, elle étouffe un cri et se précipite dans la chambre. Elle s'accroupit devant le tapis humide et redresse la bouteille. « Mon Dieu ! Tu as renversé une bouteille de clos-du-mesnil 1995 !

— J'en ai d'abord bu une bonne partie. »

Je me penche à côté d'elle et tamponne le tapis oriental avec l'ourlet de ma robe.

« Bon sang, Brett. Cette bouteille coûte plus de sept cents dollars.

— Hmm. » Je me redresse et plisse les yeux vers ma montre mais les chiffres sont flous. « Quelle heure est-il ? »

Elle lisse sa robe en lin noir.

« Il est presque 14 heures. On est en train de servir le repas. » Elle replace une mèche bouclée derrière mon oreille. Bien que je fasse au moins dix centimètres de plus qu'elle, j'ai l'impression d'être son bébé négligé. Je m'attends presque à la voir se lécher le doigt pour discipliner mon épi.

« Tu es complètement échevelée, Brett, dit-elle en replaçant mon collier de perles. Ta mère serait la première à dire que, malgré le chagrin, il faut prendre soin de soi. »

Mais c'est faux. Ma mère me dirait que je suis jolie, bien que mes larmes aient fait couler mon maquillage. Elle affirmerait que l'humidité ambiante a embelli mes longues boucles auburn, au lieu d'en faire un fouillis de frisottis, et que mes yeux rouges et bouffis sont toujours les yeux marron et profonds d'une poétesse.

Je sens les larmes qui menacent de se remettre à couler et je me détourne de Catherine. Qui va me redonner confiance en moi, à présent que ma mère est partie ? Je me penche pour ramasser la bouteille vide mais le sol tangue et oscille. Oh, mon Dieu ! Je suis sur un bateau au beau milieu d'un cyclone. Je me rattrape au cadre du lit comme à une bouée de sauvetage et j'attends que la tempête passe.

Catherine penche la tête et me dévisage, tapotant sa lèvre inférieure de son ongle parfaitement manucuré.

« Écoute, ma belle, pourquoi ne restes-tu pas au calme ici ? Je te monte une assiette. »

Rester au calme, mon cul oui ! C'est le repas de funérailles de ma mère. Il faut que je descende. Mais la chambre est floue et je ne trouve plus mes chaussures. Je tourne en rond. Qu'est-ce que je cherchais, déjà ? Je chancelle pieds nus jusqu'à la porte et je me souviens.

« Oui, mes chaussures. Allez, allez, sortez de votre cachette, les filles. »

Je m'accroupis et regarde sous le lit. Catherine m'empoigne par le bras et m'oblige à me lever.

« Brett, arrête. Tu es ivre. Je vais te mettre au lit et tu vas dormir pour cuver.

— Non ! » D'une secousse, je me libère de son étreinte. « Je ne peux pas rater ça.

— Mais si. Ta mère n'aurait pas voulu que tu…

— Aah, les voilà. »

J'attrape mes escarpins neufs et entreprends de les enfiler. Bon sang, mes pieds ont pris deux tailles en une heure.

Je me précipite dans le couloir du mieux que je peux, mes pieds à moitié hors des chaussures. Les deux bras tendus en avant pour garder l'équilibre, je titube d'un mur à l'autre comme une boule de flipper. J'entends Catherine derrière moi. Sa voix est déterminée mais discrète, comme si elle parlait sans desserrer les dents.

« Brett ! Arrête tout de suite ! »

Si elle croit vraiment que je vais manquer la réception des obsèques de ma mère, elle est folle. Il faut que je lui rende hommage. Ma mère, belle et aimante…

J'ai atteint l'escalier, essayant toujours d'enfiler mes pieds gonflés dans ces escarpins de poupée Barbie. Je suis à mi-chemin dans l'escalier quand je me tords soudain la cheville.

« Aïe ! »

À l'instant même, un océan d'invités venus honorer la mémoire de ma mère se retournent pour me regarder. Je saisis l'image brève de femmes horrifiées portant leur main à leur bouche et d'hommes qui se précipitent pour me rattraper.

J'atterris en une masse informe au milieu du hall

d'entrée, ma robe noire remontée jusqu'à mi-cuisses, une chaussure en moins.

Un bruit de vaisselle me tire du sommeil. J'essuie la bave à la commissure de mes lèvres et je m'assieds. J'ai la tête qui bourdonne, elle est lourde et confuse. Je cille plusieurs fois et regarde autour de moi. Je suis chez ma mère. Bien. Elle pourra me donner de l'aspirine. Je remarque que des ombres défilent dans le salon, des gens se déplacent et empilent des assiettes et des verres dans des caisses en plastique marron. Que se passe-t-il ? Et ça me heurte comme un coup de batte de base-ball. Ma gorge se serre et je porte la main à ma bouche. Toute la douleur, chaque bribe d'angoisse et de tristesse m'envahit à nouveau.

Il paraît qu'un long combat contre le cancer est bien plus dur à supporter qu'une lutte brève, mais je ne suis pas sûre que cela soit vrai pour ceux qui restent. Le diagnostic de ma mère et son décès sont arrivés si vite que tout semble irréel, comme un cauchemar dont je me réveillerais avec un soupir de soulagement. Au lieu de cela, je me réveille trop souvent sans le moindre souvenir de cette tragédie et je suis obligée de revivre ce sentiment de perte, encore et toujours, comme Bill Murray dans *Un jour sans fin*. Est-ce que je m'habituerai un jour à ne plus avoir auprès de moi la seule et unique personne qui m'aimait inconditionnellement ? Est-ce que j'arriverai un jour à penser à ma mère sans que ma poitrine se serre ?

Je masse mes tempes douloureuses et des éclairs d'images floues me reviennent soudain en mémoire, reproduisant mon fiasco humiliant en haut de l'escalier. J'ai envie de mourir.

« Salut, la marmotte. »

Shelley, ma deuxième belle-sœur, s'approche de moi en portant Emma, son bébé de trois mois.

« Oh, mon Dieu ! je gémis avant d'enfouir ma tête entre mes mains. Je suis tellement idiote.

— Pourquoi ? Tu crois que personne n'a jamais été un peu pompette avant toi ? Comment va ta cheville ? »

Je soulève un sachet de glaçons presque entièrement fondus sur ma cheville et j'effectue plusieurs rotations du pied.

« Ça ira, dis-je en secouant la tête. Elle se remettra bien plus vite que mon ego. Comment ai-je pu faire ça à ma propre mère ? » Je laisse tomber le sachet au sol et me lève du canapé. « Sur une échelle de 1 à 10, Shel, j'ai été horrible à quel point ? »

Elle agite une main dans ma direction.

« J'ai dit à tout le monde que c'était le contrecoup de l'épuisement. Et ils l'ont gobé. C'était assez simple, comme histoire, puisque tu avais l'air de ne pas avoir dormi depuis plusieurs semaines. » Elle jette un coup d'œil à sa montre. « Écoute, Jay et moi, on s'apprête à partir, il est 19 heures passées. »

Dans le hall d'entrée, je repère Jay accroupi devant Trevor, trois ans. Il lui enfonce ses petits bras dans un ciré jaune vif qui lui donne l'air d'un pompier miniature. Ses yeux bleus cristallins croisent les miens et il s'écrie :

« Tata Bwett ! »

Mon cœur bat la chamade et j'espère secrètement que mon neveu n'apprenne jamais à prononcer les R. Je m'approche de lui et lui ébouriffe les cheveux.

« Comment va mon grand garçon ? »

Jay attache le bouton métallique du col de Trevor avant de se redresser.

« Tiens, la voilà. » À l'exception d'une légère ride encadrant son sourire et ses fossettes, mon frère semble plus proche de vingt-six ans que de trente-six. Il passe un bras autour de mes épaules. « T'as fait une bonne petite sieste ?

— Je suis désolée », je réponds en essuyant un flocon de mascara séché sous mon œil.

Il me dépose un baiser sur le front.

« Pas de souci. On sait tous que c'est toi qui souffres le plus. »

Ce qu'il veut dire, c'est que, des trois enfants Bohlinger, je suis la seule encore célibataire, la seule qui n'ait pas encore fondé sa famille. C'est moi qui comptais le plus sur maman. Mon frère a pitié de moi.

« On est tous tristes, dis-je en m'écartant.

— Mais tu étais sa fille », rétorque Joad, mon autre frère, notre aîné. Il apparaît au coin du hall d'entrée, sa silhouette mince presque intégralement dissimulée derrière une composition florale colossale. À l'inverse de Jay qui coiffe ses mèches clairsemées en arrière, Joad se rase le crâne, qu'il a aussi lisse qu'un œuf, et, avec ses lunettes à monture transparente, il cultive un air d'artiste urbain. Il pivote et m'embrasse sur la joue.

« Vous aviez un lien très particulier, elle et toi. Jay et moi, on ne s'en serait pas sortis sans toi, surtout vers la fin. »

C'est vrai. Quand le cancer ovarien de notre mère a été diagnostiqué au printemps dernier, je l'avais convaincue que nous lutterions ensemble. C'est moi qui me suis occupée d'elle après son opération, qui suis restée assise à ses côtés pendant chaque chimio, qui ai insisté pour qu'elle demande un deuxième avis médical, puis un troisième. Et quand tous les spécialistes se sont accordés pour conclure à un pronostic défavorable, c'est moi qui me trouvais avec elle le jour où elle a décidé d'interrompre cet abominable traitement.

Jay me serre la main, ses yeux bleus scintillants de larmes.

« On est là pour toi. Tu le sais, pas vrai ? »

J'acquiesce et sors un kleenex de ma poche.

Shelley brise notre chagrin silencieux en arrivant dans le hall derrière la poussette d'Emma. Elle se tourne vers Jay.

« Chéri, tu pourrais récupérer la plante que mes parents ont envoyée ? » Elle jette un coup d'œil à Joad, puis à moi. « Aucun de vous ne la veut, hein ? »

Joad fait un signe du menton en direction du jardin botanique entre ses bras, au cas où elle ne l'aurait pas remarqué.

« J'ai ce qu'il me faut.

— Prenez-la », je réponds, abasourdie à l'idée qu'on puisse se préoccuper d'une plante quand notre mère vient juste de mourir.

Mes frères et leurs épouses sortent d'un pas traînant de la maison maternelle et, dans le soir brumeux de septembre, je tiens la porte en bois de rose comme le faisait ma mère. Catherine est la dernière à sortir, glissant son foulard dans sa veste en daim.

« À demain », dit-elle en m'embrassant sur la joue.

Je grogne. Comme si ce n'était pas assez drôle de décider qui récupère quelle plante, à 10 h 30 demain matin tous les biens de ma mère seront partagés entre ses enfants comme s'il s'agissait d'une cérémonie de remise des prix. D'ici à quelques heures, je deviendrai présidente de Bohlinger Cosmetics et, par la même occasion, la supérieure hiérarchique de Catherine – et je ne suis pas du tout certaine de pouvoir assumer ces deux nouvelles fonctions.

La coquille orageuse de la nuit se fendille pour laisser apparaître un ciel bleu matinal sans nuage. Un bon présage, c'est décidé. Depuis la banquette arrière d'une berline de luxe, je scrute les berges écumeuses du lac Michigan et répète en boucle mon discours. *Waouh, je suis très émue. Quel honneur. Je ne remplacerai jamais maman mais je ferai de mon mieux pour faire avancer la société.*

J'ai la tête qui pulse et je me maudis à nouveau d'avoir bu trop de champagne. Qu'est-ce qui m'a pris ? Je me sens malade – et pas seulement sur le plan physique. Comment ai-je pu faire une chose pareille à ma mère ? Et comment puis-je attendre de mes frères qu'ils me prennent au sérieux, après tout cela ? J'attrape mon poudrier dans mon sac à main et m'applique une touche de fond de teint sur les joues. Il faut que j'aie l'air compétente et posée, aujourd'hui – l'air d'une chef d'entreprise. Mes frères doivent être convaincus que je suis capable de tenir les rênes de la société, même si je ne suis pas toujours capable de tenir l'alcool. Seront-ils fiers de voir leur petite sœur passer à trente-quatre ans du poste de responsable marketing au poste de présidente d'une entreprise majeure ? Malgré la débâcle d'hier, je crois que oui. Ils mènent leurs propres carrières et, en dehors des parts qu'ils possèdent dans la boîte, ils se mêlent peu des affaires de notre entreprise familiale. Shelley est orthophoniste et c'est également une maman très occupée. Elle se contrefiche de savoir qui gère l'affaire de sa belle-mère.

C'est Catherine que je crains.

Diplômée de la prestigieuse école de commerce de Wharton à l'Université de Pennsylvanie, membre de l'équipe nationale de natation synchronisée pendant les Jeux olympiques de 1992, ma belle-sœur possède tant d'intelligence, de détermination et d'esprit de compétition qu'elle pourrait faire tourner trois sociétés à elle seule.

Depuis douze ans, elle tient le rôle de vice-présidente de Bohlinger Cosmetics et elle était le bras droit de ma mère. Sans Catherine, Bohlinger Cosmetics serait resté une petite entreprise sans prétention mais prospère. Quand Catherine est arrivée à bord, elle a convaincu ma mère de compléter la gamme de produits. Au début de l'année 2002, elle avait entendu parler d'une nouvelle émission qu'Oprah Winfrey s'apprêtait à lancer, *My Favorite Things*. Pendant vingt et une semaines, sans relâche, Catherine a fait envoyer aux studios Harpo des paquets joliment emballés de savons bio et de crèmes de chez Bohlinger, ainsi que des photos et des articles sur notre entreprise écologique et nos produits naturels. Alors même qu'elle préparait son vingt-deuxième paquet, les studios Harpo ont appelé. Oprah avait choisi parmi ses produits préférés un masque au thé noir bio et aux pépins de raisin.

L'émission a été diffusée et notre marque a explosé. Soudain, tous les spas et tous les magasins chic voulaient avoir la gamme complète de chez Bohlinger. La production a quadruplé en six mois. Trois entreprises majeures ont offert des sommes incroyables pour nous racheter sur-le-champ, mais Catherine a convaincu ma mère de ne pas vendre. Au lieu de cela, elle a ouvert des boutiques à New York, Los Angeles, Dallas et Miami, et, deux ans plus tard, elle s'est étendue aux marchés outre-Atlantique. Si j'aime à croire que mes talents en marketing ont quelque chose à voir dans ce succès, c'est grâce à Catherine Humphries-Bohlinger que le capital de l'entreprise a grimpé à plusieurs millions de dollars.

C'est incontestable, Catherine est la reine de la ruche et, en tant que directrice du marketing, je fais partie de ses fidèles ouvrières. Mais en quelques minutes, nos rôles vont s'inverser. Je deviendrai sa supérieure hiérarchique – une idée qui me terrifie plus que de raison.

« Il est important que tu connaisses parfaitement les rouages de notre opération, Brett, m'avait-elle dit derrière son bureau en acajou, les mains croisées devant elle. On a beau se voiler la face, nos vies vont bientôt changer. Il faut que tu sois prête à assumer ton rôle à venir. »

Elle pensait que ma mère allait mourir ! Comment pouvait-elle envisager le pire ? Mais Catherine était réaliste et elle avait rarement tort. Un frisson m'avait parcouru l'échine.

« Naturellement, toutes les parts de ta mère te reviendront à son décès. Tu es sa seule fille et son unique enfant impliqué dans cette entreprise. Tu es également sa partenaire professionnelle depuis bien plus longtemps que n'importe qui. »

J'avais une boule dans la gorge. Ma mère aimait à dire que je portais encore des couches quand j'avais intégré l'entreprise. Elle me casait dans un porte-bébé et nous partions vendre ses savons et ses crèmes dans les commerces du quartier et sur les marchés.

« Et en tant qu'actionnaire majoritaire, avait continué Catherine, la position de P-DG te revient. »

Je m'étais demandé, à entendre son intonation froide et posée, s'il ne s'agissait pas d'un reproche. Comment pouvais-je lui en vouloir ? C'était une femme brillante. Quant à moi, j'étais juste la fille d'Elizabeth.

« Je vais t'aider à te préparer – même si tu es déjà plus ou moins prête. » Elle avait ouvert le calendrier de son ordinateur. « Et si on commençait demain, à 8 heures précises ? »

Ce n'était pas une question mais un ordre.

Ainsi, chaque matin je m'installais sur une chaise à côté de Catherine et je l'écoutais m'expliquer les transactions outre-Atlantique, les codes d'imposition internationaux ainsi que les opérations quotidiennes de l'entreprise. Elle m'avait inscrite à un séminaire d'une semaine à l'école de commerce de Harvard, m'avait mise à jour au sujet des dernières techniques de management et m'avait fait suivre des ateliers en ligne sur des sujets aussi divers que les assainissements de budget ou la gestion du personnel. Bien que je me sois sentie plusieurs fois dépassée, je n'ai jamais envisagé une seule fois d'abandonner. Ce sera un honneur de porter la couronne qui appartenait à ma mère. J'espère simplement que ma belle-sœur ne sera pas vexée à chaque fois que je lui demanderai de m'aider à la faire briller.

Le chauffeur de ma mère me dépose dans Randolph Street au numéro 200 et j'observe le bâtiment en granit et en acier de l'Aon Center de Chicago. Les loyers des bureaux doivent y être exorbitants. De toute évidence, l'avocat de ma mère n'a rien d'un tire-au-flanc. Je monte jusqu'au trente-deuxième étage et, à 10 h 30 précises, Claire, une jolie rousse, me mène jusqu'au bureau de maître Midar où mes frères et leurs épouses sont déjà installés autour d'une table rectangulaire en acajou.

« Je peux vous offrir un café, mademoiselle Bohlinger ? demande-t-elle. Ou un thé ? Ou une eau minérale ?

— Non, merci. »

Je prends place à côté de Shelley et regarde autour de moi. Le bureau de maître Midar est un mélange impressionnant de neuf et d'ancien. La pièce respire la modernité, tout en marbre et en verre, mais il l'a adoucie à l'aide de tapis orientaux et de plusieurs meubles anciens. L'ensemble dégage une impression de clarté apaisante.

« Bel endroit, dis-je.

— N'est-ce pas ? répond Catherine à l'autre bout de la table. J'adore l'architecture, très Stone.

— Pareil pour moi. C'est tellement reposant que ça rendrait presque stone. »

Elle glousse comme si j'étais un môme qui vient de faire une blague.

« Je parlais de Stone, Edward Durell Stone, dit-elle. L'architecte.

— Ah oui. »

Y a-t-il quelque chose que cette femme ne sache pas ? Mais au lieu de m'en mettre plein la vue, l'intelligence de Catherine me donne l'impression d'être ignare, sa force me rend faible et sa compétence me rend aussi inutile qu'une culotte moulante sur Victoria Beckham. J'aime beaucoup Catherine mais c'est un amour tempéré par l'intimidation – sans trop savoir si cela est dû à mon propre sentiment d'insécurité ou à son arrogance. Ma mère m'a dit un jour que j'avais les mêmes capacités intellectuelles que Catherine mais à peine quelques grammes de son assurance. Et elle avait murmuré : « Dieu merci, d'ailleurs. » C'est la seule fois où j'ai entendu ma mère dire du mal de la Grande Catherine, mais cette unique phrase honnête m'apporte toujours un immense réconfort.

« L'endroit a d'abord été conçu pour la Standard Oil Company, continue-t-elle comme si ça m'intéressait. En 1973, si je ne me trompe pas. »

Jay fait rouler son fauteuil en arrière pour sortir du champ de vision de Catherine et mime un bâillement exagéré. Mais Joad est fasciné par le discours de sa conjointe.

« Tout à fait, chérie. Le troisième plus grand gratte-ciel de Chicago », dit Joad en regardant Catherine comme pour lui demander confirmation. Si mon grand frère est l'un des jeunes architectes les plus respectés de la ville, j'ai l'impression qu'il est, lui aussi, intimidé par la femme puissante qu'il a épousée. « Surpassé seulement par la Trump Tower et la Willis Tower. »

Catherine me regarde.

« Willis Tower – tu sais, anciennement Sears Tower.

— Sears Tower ? je demande en me frottant le menton, feignant l'ahurissement. Pourquoi un magasin comme Sears aurait besoin d'un gratte-ciel tout entier ? »

Au bout de la table, Jay sourit. Mais Catherine me dévisage, comme si elle n'était pas tout à fait certaine que je plaisante, avant de reprendre son cours magistral.

« Cet endroit s'élève à quatre-vingt-trois étages au-dessus du sol et… »

Le petit quiz d'architecture s'interrompt lorsque la porte s'ouvre pour laisser entrer un homme grand à la chevelure hirsute, légèrement essoufflé. Il semble avoir la quarantaine. Il passe la main dans ses cheveux bruns et réajuste sa cravate.

« Bonjour tout le monde, dit-il en s'approchant de la table. Je m'appelle Brad Midar. Désolé de vous avoir fait attendre. »

Il fait le tour de la table et échange une poignée de main avec chacun de nous tandis que nous nous présentons. Son regard est intense mais ses incisives se chevauchent, lui donnant un charme authentique et un peu gamin. Je me demande si mes frères pensent comme moi. Pourquoi notre mère a-t-elle embauché un jeune, un parfait inconnu, plutôt que maître Goldblatt, qui est notre avocat familial depuis des années ?

« Je rentre juste d'un rendez-vous à l'autre bout de la ville, dit Midar avant de s'installer dans son fauteuil en bout de table, en diagonale de ma position. Je ne pensais pas qu'il se terminerait si tard. »

Il laisse tomber un dossier à couverture blanc vanille sur la table. Je jette un coup d'œil à Catherine, prête à prendre des notes sur son carnet, et j'ai un mouvement de recul. Pourquoi n'ai-je pas pensé à prendre des notes ? Comment vais-je faire pour gérer une entreprise tout entière si je ne peux même pas me rappeler d'emporter un carnet et un stylo, bon sang ?

Maître Midar se racle la gorge.

« Laissez-moi d'abord vous présenter mes sincères condoléances. J'appréciais énormément Elizabeth. Nous nous sommes rencontrés en mai juste après son diagnostic mais j'avais l'étrange impression de la connaître depuis des années. Je n'ai pas pu rester très longtemps à la réception d'hier mais j'ai assisté à la cérémonie. Et je me plais à penser que j'y étais en tant qu'ami, et non en tant qu'avocat. »

Cet avocat surbooké me plaît immédiatement : il a trouvé le temps d'assister aux obsèques de ma mère, une femme qu'il connaissait depuis à peine quatre mois. Je pense à l'avocat de mon cœur, mon petit ami Andrew, qui connaissait ma mère depuis quatre ans mais avait été trop occupé pour assister à la réception. J'ignore la douleur dans ma poitrine. Il était au beau milieu d'une audience au tribunal, après tout, et il avait pu se libérer pour les obsèques.

« Cela dit, continue-t-il, je suis honoré d'être l'exécuteur testamentaire de ses biens. On commence ? »

Une heure plus tard, les associations caritatives préférées de ma mère sont bien plus solvables, quant à Jay et Joad Bohlinger, ils possèdent désormais une telle fortune qu'ils peuvent mener une existence follement oisive pour le restant de leurs jours. Comment notre mère avait-elle pu amasser une telle fortune ?

« Brett Bohlinger recevra son héritage à une date ultérieure. » Maître Midar retire ses lunettes de lecture et me regarde. « Il y a un astérisque ici. Je vous en expliquerai les détails plus tard.

— Très bien », dis-je en me grattant la tête.

Pourquoi ma mère refuserait de me donner mon héritage aujourd'hui ? Peut-être me l'expliquera-t-elle dans son carnet rouge. Mais voilà que ça m'apparaît comme une évidence : je vais hériter de l'entreprise tout entière, qui vaut à ce jour plusieurs millions de dollars. Mais Dieu seul sait comment elle se portera sous ma direction. Une douleur sourde me heurte les tempes.

« Le point suivant concerne la maison de votre mère. » Il rechausse ses lunettes et trouve le paragraphe en question sur le document. « Le numéro 113 sur North Astor Street ainsi que tout ce qu'elle contient devront rester intacts pendant douze mois. Ni le bâtiment ni son contenu ne pourront être vendus ou loués pendant cette période. Mes enfants peuvent occuper les lieux pour une durée qui ne dépassera pas trente jours consécutifs, et peuvent utiliser en toute liberté les articles et objets qui s'y trouvent.

— Vous êtes sérieux ? dit Joad en scrutant maître Midar. Nous avons tous notre propre domicile. Aucun besoin de garder sa maison. »

Je sens mon visage s'enflammer et je concentre mon attention sur mes cuticules. De toute évidence, mon frère pense que je suis copropriétaire de l'appartement que je partage avec Andrew. Bien que j'y habite depuis qu'Andrew l'a acheté il y a trois ans et que j'y aie investi plus d'argent que lui, mon nom ne figure pas sur l'acte de vente. Techniquement, il lui appartient en totalité.

« Frangin, c'est le testament de maman, rétorque Jay de son ton bon enfant habituel. Il faut qu'on respecte ses volontés. »

Joad hoche la tête.

« Mais c'est débile. Douze mois d'impôts hallucinants. Sans parler des frais d'entretien de cette vieille relique. »

Je hoche la tête à mon tour. Joad a hérité du tempérament de notre père – ferme, pragmatique et dépourvu de sentimentalité. Sa nature impassible peut s'avérer utile, comme la semaine dernière lorsque nous prenions nos dispositions pour les obsèques. Mais aujourd'hui, elle semble irrespectueuse. Si cela ne tenait qu'à lui, Joad planterait un panneau À VENDRE dans le jardin de maman et ferait venir un camion-benne dans son allée avant même la fin de la journée. Au lieu de cela, nous aurons le temps de parcourir sans précipitation tous ses biens, de dire au revoir à ces morceaux d'elle-même, un à un. La maison est trop traditionnelle au goût d'Andrew, mais il est possible qu'un de mes frères finisse par garder cette propriété familiale de façon permanente.

L'année où je suis partie pour l'université de Northwestern, ma mère avait acheté la maison en ruine alors qu'elle venait d'être saisie. Mon père l'avait réprimandée, lui avait dit qu'elle était folle de s'atteler à un projet aussi énorme. Mais il était déjà son ex-mari, à l'époque. Ma mère était libre de prendre ses propres décisions. Elle avait vu quelque chose de magique au-delà des plafonds pourris et de la moquette puante. Il lui aura fallu des années de labeur et de sacrifices, mais ses idées et sa patience ont fini par payer. Aujourd'hui, cette bâtisse du XIXe siècle située dans le quartier de Gold Coast, l'un des plus huppés de Chicago, est une œuvre d'art. Ma mère, fille d'un ouvrier métallurgiste, répétait toujours en plaisantant qu'elle était comme Louise Jefferson, qu'elle avait « gravi les échelons » depuis sa ville natale de Gary dans l'État de l'Indiana. J'aurais aimé que mon père vive assez longtemps pour assister à la transformation spectaculaire de cette maison *et* de la femme qu'il avait tant sous-estimées à mon goût.

« Êtes-vous sûr qu'elle était saine d'esprit quand elle a rédigé ce testament ? » demande Joad en interrompant le cours de mes pensées.

Je décèle un éclat conspirateur dans le sourire de l'avocat.

« Oh, elle était tout à fait saine d'esprit. Laissez-moi vous assurer que votre mère savait exactement ce qu'elle faisait. À vrai dire, je n'ai jamais vu un projet aussi élaboré.

— Continuez, déclare Catherine, toujours responsable. Nous nous occuperons de la maison le moment venu. »

Maître Midar se racle la gorge.

« Très bien, voulez-vous passer à la question de Bohlinger Cosmetics ? »

J'ai la tête qui bourdonne et je sens quatre paires d'yeux rivées sur moi. La scène d'hier refait surface et je m'immobilise, paniquée. Quel P-DG ose se montrer ivre aux obsèques de sa propre mère ? Je ne mérite pas cet honneur. Mais il est déjà trop tard. Comme une actrice nominée aux Oscars, j'essaie d'imposer à mon visage une expression neutre. Catherine est assise, le stylo prêt à noter jusqu'au moindre détail de la nouvelle donne professionnelle. Il vaut mieux que je m'y habitue. Subordonnée ou non, cette femme va m'observer pour le restant de ma carrière.

« Toutes les parts de Bohlinger Cosmetics, ainsi que le titre de président-directeur général reviennent à… »

Reste naturelle. Ne regarde pas Catherine.

« … ma belle-fille, entends-je comme dans une hallucination. Catherine Humphries-Bohlinger. »

2

« Mais comment ça, putain ? » je demande à voix haute.

En un éclair, je me rends compte que j'ai raté l'oscar et, à ma grande horreur, je ne suis pas du tout bonne perdante. Pour tout dire, je suis même carrément furax.

Midar me regarde par-dessus la monture de ses lunettes en écaille.

« Pardon ? Voulez-vous que je répète la clause ?

— O-oui. »

Mes yeux passent d'un membre de la famille à l'autre, en quête d'un soutien. Jay affiche une expression compatissante mais Joad n'arrive même pas à me regarder. Il gribouille dans son carnet de notes, sa mâchoire agitée d'un tremblement frénétique. Et Catherine pourrait vraiment devenir actrice car l'air incrédule qui s'imprime sur son visage est totalement crédible.

Maître Midar se penche vers moi et parle d'un ton ferme, comme si j'étais sa vieille grand-mère infirme.

« Les parts de votre mère dans Bohlinger Cosmetics reviennent à votre belle-sœur, Catherine. » Il brandit le document officiel pour que je le voie de mes propres yeux. « Vous repartirez tous avec une copie du testament mais libre à vous de lire mon exemplaire tout de suite, si vous le souhaitez. »

Je le fusille du regard et l'écarte d'un geste de la main en m'efforçant de reprendre ma respiration.

« Non. Merci, parviens-je à articuler. Continuez. S'il vous plaît. Excusez-moi. »

Je m'affale dans mon fauteuil et me mords la lèvre pour l'empêcher de trembler. Il doit y avoir une erreur. Je… j'ai travaillé si dur. Je voulais qu'elle soit fière de moi. Catherine m'a-t-elle tendu un piège ? Non, elle ne serait jamais aussi cruelle.

« Voilà pour cette partie des formalités, nous dit l'avocat. Il me reste un sujet privé à exposer à Brett. » Il me regarde. « Avez-vous le temps tout de suite ou faut-il convenir d'un rendez-vous plus tard ? »

Je suis perdue dans le brouillard et je lutte pour retrouver le chemin.

« Aujourd'hui, c'est bon, dit quelqu'un d'une voix qui ressemble à la mienne.

— Très bien, alors. » Il scrute les visages autour de la table. « D'autres questions avant que l'on termine ?

— Tout va bien », dit Joad.

Il se lève et se rue vers la porte comme un prisonnier prêt à tenter une évasion.

Catherine consulte ses messages sur son Blackberry et Jay se précipite vers Midar, plein de reconnaissance. Il me jette un coup d'œil mais détourne aussitôt le regard. Mon frère est mal à l'aise, aucun doute. Et je me sens mal. La seule personne à se montrer amicale avec moi, c'est Shelley, avec ses boucles brunes ingérables et ses doux yeux gris. Elle écarte les bras et m'attire contre elle. Même Shelley ne sait pas quoi me dire.

Tour à tour, mes frères serrent la main de maître Midar tandis que je reste assise en silence comme un élève indiscipliné que l'on garde après la classe. Dès qu'ils sont partis, maître Midar referme la porte. Après le claquement, il règne un tel silence dans la pièce que j'entends mon propre sang circuler dans mes tempes. Il retourne à son fauteuil en bout de table et nous formons un angle droit. Son visage est lisse et bronzé, il a des yeux marron d'une douceur incongrue au milieu de ses traits si anguleux.

« Ça va ? » me demande-t-il comme s'il s'attendait à une réponse.

Il est sans doute payé à l'heure.

« Ça va », je lui réponds.

Je suis pauvre, orpheline et humiliée, mais ça va. Tout va bien.

« Votre mère était inquiète qu'aujourd'hui soit un jour particulièrement difficile pour vous.

— Ah bon ? dis-je avant d'émettre un ricanement amer. Elle pensait que je serais vexée d'être déshéritée ? »

Il me tapote la main.

« Ce n'est pas tout à fait exact.

— Je suis sa seule fille et je n'hérite de rien. Nada. Pas même un meuble. Je suis sa fille, bordel. »

Je retire ma main de la sienne et la cache entre mes cuisses. Quand je baisse les yeux, mon regard se pose sur ma bague sertie d'une émeraude, remonte à ma Rolex et tombe enfin sur mon bracelet Cartier Trinity. Je relève la tête et aperçois sur le beau visage de maître Midar une expression qui s'apparente à du dégoût.

« Je sais ce que vous êtes en train de penser. Vous pensez que je suis égoïste et trop gâtée. Vous pensez que c'est uniquement une question d'argent, ou de pouvoir. » Ma gorge se serre. « Hier, je ne voulais que son lit. Rien d'autre. Je voulais juste cette antiquité… » Je masse le nœud dans ma gorge. « Son lit… pour pouvoir m'y rouler en boule et sentir son parfum… »

À ma grande horreur, je me mets à pleurer. D'abord discrets, mes gémissements se muent en sanglots informes et bouillonnants. Midar se précipite à son bureau pour y trouver des mouchoirs. Il m'en tend un et me tapote le dos pendant que je lutte pour retrouver mon calme.

« Je suis désolée. Tout cela est très… difficile pour moi.

— Je comprends. »

L'ombre qui traverse son visage me laisse à penser qu'il comprend peut-être vraiment.

Je me tamponne les yeux avec le mouchoir. *Une respiration profonde. Et une autre.*

« Très bien, dis-je, sur le point de me ressaisir. Vous m'avez dit avoir un sujet à aborder avec moi. »

Il sort un deuxième dossier à couverture blanc vanille de son attaché-case en cuir et le pose sur la table devant moi.

« Pour vous, Elizabeth avait quelque chose de tout à fait différent en tête. »

Il ouvre le dossier et me tend une page de cahier déchirée et jaunie. Je la scrute. La mosaïque de plis m'indique qu'elle a un jour été chiffonnée en une petite boule compacte.

« Qu'est-ce que c'est ?

— Une liste d'objectifs, me dit-il. Vos objectifs. »

Il me faut plusieurs secondes pour reconnaître, en effet, mon écriture. L'écriture ornementée de mes quatorze ans. Apparemment, j'avais établi une liste d'objectifs, bien que je n'en aie aucun souvenir. À côté de certains objectifs, je repère les commentaires de ma mère rédigés à la main.

<u>Mes objectifs dans la vie</u>

* 1. Avoir un bébé, peut-être deux

~~2. Embrasser Nick Nicol~~

~~3. Intégrer l'équipe de *cheerleaders*~~ *Félicitations. Était-ce si important que ça ?*

~~4. N'avoir que des 20/20~~ *La perfection, c'est tellement vieux jeu.*

~~5. Skier dans les Alpes~~ *Qu'est-ce qu'on s'est amusées !*

* 6. Adopter un chien

~~7. Répondre correctement quand sœur Rose m'appelle et que je suis en train de discuter à voix basse avec Carrie~~

~~8. Aller à Paris~~ *Ah, quels souvenirs !*

* 9. Rester amie avec Carrie Newsome pour toujours !

~~10. Étudier à Northwestern~~ *Je suis si fière de ma petite Wildcat !*

~~11. Être super amicale et sympa~~ *Bravo !*

* 12. Venir en aide aux gens dans le besoin

* 13. Acheter une maison trop cool

* 14. Acheter un cheval

~~15. Courir avec des taureaux~~ *N'y pense même pas.*

~~16. Apprendre le français~~ *Très bien !*

* 17. Tomber amoureuse

* 18. Faire un spectacle sur une super grosse scène

* 19. Avoir de bonnes relations avec mon père

* 20. Devenir une prof <u>*géniale*</u> !

« Ah, dis-je en parcourant la liste. Embrasser Nick Nicol. Devenir *cheerleader*. » Je souris et fais glisser la feuille vers Midar. « C'est très mignon. Où l'avez-vous trouvée ?

— C'est Elizabeth. Elle l'a gardée pendant toutes ces années. »

J'incline la tête.

« Alors… quoi ? Elle me lègue ma vieille liste d'objectifs ? C'est ça ? »

Midar ne sourit pas.

« Eh bien, en quelque sorte, oui.

— Qu'est-ce que ça veut dire ? »

Il rapproche son fauteuil du mien.

« Très bien, voilà le topo. Elizabeth a repêché cette liste dans votre poubelle il y a des années. Au fil des ans, à chaque fois que vous accomplissiez l'un de vos objectifs, elle le rayait de la liste. » Il montre Apprendre le français. « Vous voyez ? »

À côté de l'objectif, ma mère a inscrit en français : *Très bien !* avant de rayer la ligne.

« Mais dix objectifs de cette liste n'ont pas encore été réalisés.

— Sans blague. Ils ne correspondent plus du tout à mes objectifs actuels. »

Il hoche la tête.

« Votre mère estimait qu'ils étaient encore d'actualité. »

Je fais la moue, blessée de penser qu'elle ne me connaissait pas mieux que cela.

« Eh bien, elle avait tort.

— Elle voudrait que vous réalisiez les objectifs de cette liste. »

Je reste bouche bée.

« Vous plaisantez, là. » J'agite la feuille devant lui. « J'ai écrit ça il y a vingt ans ! J'aimerais beaucoup honorer les souhaits de ma mère mais ce ne sera pas avec ces objectifs-là ! »

Il tend les bras comme un agent de la circulation.

« Holà, je ne suis que le messager ! »

Je prends une profonde inspiration et acquiesce.

« Je suis désolée. » Je m'enfonce dans le fauteuil et me frotte le front. « Mais qu'est-ce qu'elle avait en tête ? »

Maître Midar parcourt le dossier et en sort une enveloppe rose. Je la reconnais aussitôt. Son ensemble de correspondance préféré de chez Crane.

« Elizabeth vous a écrit une lettre et elle m'a prié de vous la lire à voix haute. Ne me demandez pas pourquoi je ne peux pas simplement vous la donner, elle a insisté pour que je la lise à haute voix. » Il m'adresse un sourire malicieux. « Vous savez lire, pas vrai ? »

Je dissimule un sourire.

« Écoutez, je n'ai aucune idée de ce que pouvait bien penser ma mère. Avant aujourd'hui, j'aurais affirmé que si elle vous avait demandé de me lire la lettre à voix haute, c'est qu'il y avait une bonne raison. Mais aujourd'hui, la donne semble avoir changé.

— Je pense que c'est encore le cas, moi. Elle avait ses raisons. »

Mon cœur accélère au bruit de l'enveloppe qui se déchire. Je m'oblige à rester adossée au fauteuil et je croise les mains sur mes cuisses.

Midar chausse ses lunettes et se racle la gorge.

« Chère Brett,

Laisse-moi tout d'abord te dire que je suis désolée pour tout ce que tu auras enduré pendant ces quatre derniers mois. Tu as été ma colonne vertébrale, mon âme et je t'en remercie. Je n'avais pas envie de te quitter si tôt. Nous avions encore tant de vie à vivre et d'amour à partager, pas vrai ? Mais tu es forte, tu supporteras tout ceci, tu en tireras même bénéfice sans doute, bien que tu ne me croies pas en cet instant. Je sais qu'aujourd'hui tu es triste. Laisse la tristesse t'envahir un moment.

J'aimerais tant être là pour t'aider à traverser cette période de chagrin. Je te prendrais dans mes bras et te serrerais jusqu'à te couper la respiration, comme je le faisais dans ton enfance. Ou je t'inviterais à déjeuner. On trouverait une table intime au Drake et je passerais l'après-midi entier à écouter tes peurs, tes chagrins, à te caresser le bras pour te faire comprendre que je compatis. »

La voix de Midar semble s'épaissir. Il me regarde.

« Ça va ? »

J'acquiesce, incapable de prononcer le moindre mot. Il m'attrape le bras et y imprime une légère étreinte avant de reprendre sa lecture.

« Tu as dû être bien perplexe aujourd'hui quand tes frères ont reçu leur héritage et pas toi. Et je peux imaginer ta fureur lorsque le poste de P-DG a été attribué à Catherine. Crois-moi. Je sais ce que je fais et je le fais pour ton bien. »

Midar m'adresse un sourire.

« Votre mère vous aimait.

— Je sais », je chuchote en portant la main à mon menton qui tremble.

« Un jour, il y a presque vingt ans, je vidais ta corbeille à l'effigie de Beverly Hills 90210 quand

j'y ai trouvé une feuille de papier chiffonnée. Bien évidemment, j'étais trop curieuse pour ne pas regarder. Tu peux imaginer mon ravissement quand j'ai découvert en la dépliant que tu avais rédigé une liste d'objectifs pour ta vie future. Je ne sais pas exactement ce qui t'a poussée à la jeter, parce qu'elle était adorable. Je t'en ai parlé le soir même, tu t'en souviens ?

— Non, dis-je à voix haute.

— *Tu m'as répondu que les rêves étaient pour les idiots. Tu m'as dit que tu ne croyais pas aux rêves. Je crois que cela avait un rapport avec ton père. Il était censé venir te chercher dans l'après-midi pour sortir avec toi mais il n'est jamais venu. »*

Une douleur m'étreint le cœur, le serre et en fait un nœud lacéré de honte et de colère. Je me mords la lèvre inférieure et ferme les yeux de toutes mes forces. Combien de fois mon père m'a-t-il posé un lapin ? J'en ai perdu le compte. Au bout d'une douzaine de fois, j'aurais dû comprendre. Mais j'étais trop naïve. Je croyais en Charles Bohlinger. Comme un Père Noël dans nos histoires d'enfants, mon père finirait par apparaître si j'y croyais suffisamment.

« Les objectifs que tu te fixais dans la vie m'ont profondément touchée. Certains étaient drôles, comme le numéro 7. D'autres étaient sincères et emplis de compassion, comme le numéro 12 : Venir en aide aux gens dans le besoin. Tu as toujours été encline à donner aux autres, Brett, tu as une personnalité sensible et prévenante. Je suis attristée de voir que tu as laissé de côté tant de ces objectifs.

— Je ne veux plus de ces objectifs, maman. J'ai changé.

— *Bien sûr, tu as changé* », lit Midar.

Je lui arrache la lettre des mains.

« Elle a vraiment écrit cette phrase ? »

De l'index, il me montre la ligne en question.

« Oui, ici. »

J'ai soudain la chair de poule.

« Bizarre. Continuez.

— *Bien sûr, tu as changé mais, chérie, j'ai peur que tu aies abandonné tes véritables aspirations. As-tu seulement des objectifs, aujourd'hui ?*

— Évidemment que j'en ai, dis-je en me creusant la cervelle pour en trouver au moins un. Avant aujourd'hui, j'espérais être à la tête de Bohlinger Cosmetics.

— *Le monde de l'entreprise n'est pas fait pour toi.* »

Avant même que j'aie eu le temps d'attraper la lettre une fois encore, maître Midar se penche et me montre la phrase.

« Oh, mon Dieu. On dirait qu'elle m'écoute.

— C'est peut-être pour ça qu'elle voulait que je lise à voix haute, pour que vous échangiez une forme de dialogue. »

Je m'essuie les yeux à l'aide du kleenex.

« Elle a toujours eu un sixième sens. À chaque fois que j'étais tracassée, je n'avais pas besoin de le lui dire. C'était elle qui me le disait. Et quand j'essayais de la convaincre du contraire, elle me regardait droit dans les yeux et me répliquait : Brett, tu oublies que je t'ai faite. Je suis la seule personne que tu ne peux pas tromper.

— C'est bien, dit Midar. Ce genre de lien est inestimable. »

Je revois à nouveau dans ses yeux un éclair de douleur.

« Vous avez perdu un parent, vous aussi ?

— Mes deux parents sont encore vivants. Ils habitent à Champlain. »

Mais il ne précise pas s'ils sont en bonne santé. Je n'insiste pas.

« Je regrette de t'avoir laissée travailler pour Bohlinger Cosmetics toutes ces années...

— Super, maman ! Merci beaucoup !

— *Tu étais bien trop sensible pour évoluer dans un tel univers. Tu es née pour être professeur.*

— Prof ? Mais je déteste enseigner !

— *Tu ne t'es jamais vraiment laissé l'occasion d'essayer. Tu as eu une très mauvaise expérience pendant un an à Meadowdale, tu te souviens ? »*

J'acquiesce.

« Oh, ça, je m'en souviens. Ç'a été la plus longue année de toute ma vie.

— *Et quand tu es rentrée en pleurs, frustrée et angoissée, je t'ai accueillie à bras ouverts dans notre entreprise, je t'ai trouvé un poste au service marketing. J'aurais fait n'importe quoi pour effacer la douleur et l'inquiétude de ton beau visage. J'ai insisté pour que tu conserves tes diplômes d'enseignement au fil des ans mais je t'ai laissée abandonner ton rêve. Je t'ai permis de garder ce boulot confortable et largement payé, qui ne suscite en toi aucun enthousiasme ni goût du défi.*

— J'aime mon travail.

— *La peur du changement nous pousse à l'inaction. Ce qui me ramène à ta liste d'objectifs. Je t'en prie, regarde-la pendant que Brad continue sa lecture. »*

Il place la liste devant nous et je la scrute avec plus d'attention, cette fois-ci.

« Parmi les vingt objectifs, j'ai dessiné un astérisque

devant les dix que je veux te voir atteindre. Commençons par le numéro un : Avoir un bébé, peut-être deux. »

Je grogne.

« C'est de la folie !

— *Je crains que tu ne vives éternellement avec le cœur lourd si des enfants – ou au moins un enfant – ne font pas partie de ta vie. Je connais beaucoup de femmes sans enfant qui sont néanmoins heureuses mais je ne crois pas que tu puisses être l'une d'entre elles. Petite, tu adorais tes poupées, tu avais hâte d'avoir douze ans pour commencer le baby-sitting. Tu fourrais notre chat Toby dans une couverture et tu pleurais quand il se débattait et sautait du fauteuil à bascule. Tu t'en souviens, ma chérie ?* »

Mon rire se mêle à un sanglot. Maître Midar me tend un autre mouchoir.

« J'adorerais avoir des enfants mais… »

Je ne parviens pas à exprimer le fond de ma pensée. Il me faudrait accuser Andrew et ce serait injuste de ma part. Mais pour une raison que j'ignore, les larmes continuent de couler. Je n'arrive plus à les contenir. Midar attend puis je lui montre la lettre et lui fais signe de continuer.

« Vous êtes sûre ? » demande-t-il en posant la main sur mon dos.

J'acquiesce, le mouchoir pincé sur mon nez. Il semble sceptique mais poursuit néanmoins.

« Sautons le numéro 2. J'espère que tu as pu embrasser Nick Nicol et que c'était agréable. »

Je souris.

« C'était agréable, oui. »

Midar m'adresse un clin d'œil et nous regardons la liste.

« Passons directement au numéro 6. Adopter un chien. Je pense que c'est une super idée ! Va te trouver un petit chiot, Brett !

— Un chien ? Qu'est-ce qui te fait croire que j'ai envie d'un chien ? Je n'ai déjà pas le temps de m'occuper d'un poisson rouge, sans parler d'un chien. » Je regarde Brad. « Que se passera-t-il si je n'atteins pas ces objectifs ? »

Il sort une liasse d'enveloppes roses maintenues par un élastique.

« Votre mère a stipulé dans son testament qu'à chaque objectif atteint, vous reveniez me voir pour ouvrir l'une de ces enveloppes. Au bout des dix objectifs, vous obtiendrez ceci. »

Il tend une enveloppe où je peux lire Accomplissement.

« Qu'est-ce qu'il y a dedans ?

— Votre héritage.

— Bien entendu. »

Je me masse les tempes. Je le regarde droit dans les yeux.

« Vous avez la moindre idée de ce que tout cela implique ? »

Il hausse les épaules.

« J'imagine que vous allez devoir reconsidérer votre vie actuelle.

— Reconsidérer ? Ma vie actuelle vient d'être réduite en lambeaux ! Et je suis censée la reconstruire à l'image d'un rêve de… de gamine de quatorze ans ?

— Écoutez, si c'est trop de choses à digérer pour aujourd'hui, on peut convenir d'un rendez-vous plus tard. »

Je me lève d'un bond.

« C'est trop à digérer. Quand je suis venue ce matin,

j'étais certaine de ressortir d'ici avec le statut de P-DG de Bohlinger Cosmetics. J'allais faire la fierté de ma mère, mener l'entreprise vers de nouveaux sommets de réussite. » Ma gorge se serre et je déglutis avec difficulté. « Au lieu de cela, je dois m'acheter un cheval ? Je n'arrive pas à y croire ! » Je cille pour contenir mes larmes, puis je tends la main. « Je suis désolée, maître Midar. Je sais que vous n'y êtes pour rien. Mais je ne peux pas m'occuper de tout ceci, pas maintenant. On se recontacte. »

J'ai presque atteint la porte quand Midar se précipite vers moi en agitant la liste de mes objectifs.

« Gardez-la. Au cas où vous changeriez d'avis. L'heure tourne. »

Il me colle la liste dans la main. J'incline la tête.

« L'heure tourne ? »

Il baisse les yeux vers ses chaussures, gêné.

« Vous devez atteindre au moins un objectif avant la fin du mois. Et dans un an, jour pour jour – c'est-à-dire le 13 septembre de l'année prochaine –, la liste tout entière devra être rayée. »

3

Trois heures après être entrée d'un pas nonchalant dans l'Aon Center, j'en ressors d'un pas titubant. Mes émotions jaillissent et disparaissent comme une pluie de météorites dans mon esprit. Choc. Désespoir. Colère. Chagrin. J'ouvre la portière de la voiture.

« Au 113, North Astor Street », j'informe le chauffeur de ma mère.

Ce petit carnet rouge. Il me faut ce petit carnet rouge ! Je me sens plus forte, aujourd'hui – bien plus forte – et je suis prête à lire le journal intime de ma mère. Elle y donnera peut-être une explication, elle me dira peut-être pour quelles raisons elle m'inflige tout ceci. Il est possible que ce carnet ne soit pas son journal intime, rien qu'un vieil agenda professionnel. Je vais peut-être y apprendre que l'entreprise est en chute libre, raison pour laquelle elle refuse de me la léguer. Il doit y avoir une explication, peu importe laquelle.

Quand le chauffeur s'est rangé le long du trottoir, je pousse le portail métallique de toutes mes forces et cours sur l'escalier en brique du perron. Sans prendre la peine d'enlever mes chaussures, je gravis les marches et me rue dans sa chambre.

Mes yeux parcourent la pièce baignée de soleil. À

l'exception d'une lampe et d'une boîte à bijoux, la commode est vide. J'ouvre les portes du placard mais il n'est pas là non plus. D'un geste brusque, je fais coulisser les tiroirs puis me tourne vers la table de chevet. Où est-il ? Je fouille dans le secrétaire mais n'y trouve que des cartes embossées, des parures de stylos et des timbres. La panique me gagne. Mais où ai-je foutu ce carnet ? Je l'ai sorti du placard et je l'ai mis… où ça ? Sur le lit ? Oui. Sûre ? Je soulève la couette en priant pour le trouver logé là-dessous. Peine perdue. Mon cœur bat la chamade. Comment ai-je pu être si négligente ? Je tourne en rond, me passe la main dans les cheveux. Mais qu'ai-je bien pu faire de ce carnet, bon sang ? Ma mémoire est floue. Étais-je si ivre que j'ai oublié ce que j'avais fait avant d'avoir bu le champagne ? Voyons voir. Je ne l'avais pas en main quand j'ai dégringolé les marches ? Je sors de la chambre à toute vitesse et cours au rez-de-chaussée.

Deux heures plus tard, j'ai cherché sous les coussins des canapés, dans chaque tiroir, dans chaque placard, même dans la poubelle, et je dois me rendre à cette terrible évidence : le carnet est introuvable. Quand j'appelle mes frères, au bord de l'hystérie, ils ne voient pas du tout de quoi je parle. Je m'effondre sur le canapé et plonge le visage entre mes mains. Que Dieu me vienne en aide. J'ai perdu mon avenir professionnel, mon héritage et le dernier cadeau de ma mère. Puis-je encore tomber plus bas ?

Mercredi matin, je suis tirée de mon sommeil par le réveil, ayant agréablement oublié le cauchemar de la veille. Je m'étire et tends le bras vers le chevet, tâtonnant pour éteindre la petite sonnerie énervante. Je coupe l'alarme, roule sur le dos et m'accorde un instant de repos supplémentaire. Mais tout me revient soudain à l'esprit. J'ouvre les yeux et une toile de terreur se tisse autour de moi.

Ma mère est morte.

Catherine est à la tête de Bohlinger Cosmetics.

Je suis censée démanteler ma vie entière.

Le poids d'un éléphant s'abat sur ma poitrine et je lutte pour respirer. Comment puis-je regarder mes collègues en face, ou ma nouvelle supérieure, alors qu'ils savent désormais tous que ma mère n'avait aucune confiance en moi ?

Mon cœur s'emballe et je me redresse sur mes coudes. L'appartement mal isolé dégage une fraîcheur automnale. Je cille plusieurs fois pour accoutumer mes yeux à l'obscurité. Je n'y arriverai pas. Je n'arriverai pas à retourner au travail. Pas encore. Je m'affale sur l'oreiller et fixe les poutres métalliques au plafond.

Mais je n'ai pas le choix. Hier, quand je ne me suis pas rendue au travail après le rendez-vous avec maître Midar, ma nouvelle supérieure hiérarchique m'a appelée en insistant pour que l'on se voie à la première heure le lendemain matin. Malgré mon envie frénétique de dire à Catherine – la femme en qui ma mère avait confiance – d'aller se faire foutre, sans héritage, j'ai besoin de mon travail.

Je fais pivoter mes jambes hors du lit. Je prends soin de ne pas réveiller Andrew et détache ma robe de chambre de son crochet au pied du lit. C'est alors que je comprends qu'il est déjà parti. Il n'est pas encore 5 heures et mon mec ultra-discipliné est déjà parti en courant. Littéralement. Je serre ma robe de chambre autour de ma taille et, pieds nus, je traverse le plancher en chêne avant de descendre à pas lourds l'escalier en métal froid.

Je prends mon café dans le salon et me love sur le canapé pour lire *The Tribune*. Encore un scandale à la mairie, des employés corrompus au gouvernement, mais rien qui puisse me détourner l'esprit de la journée qui m'attend. Mes collègues vont-ils se montrer compatissants et me dire à quel point la décision de ma mère est injuste ? Je me concentre sur la grille de mots croisés et cherche un crayon. Ou bien un tonnerre d'applaudissements a explosé dans tout le bureau quand la nouvelle s'est répandue, et des tapes amicales ont-elles été échangées ? Je grogne. Il va falloir que je redresse les épaules, que je relève la tête et que je fasse croire à tout le monde que c'était mon idée de mettre Catherine aux manettes de l'entreprise.

Oh, maman, pourquoi m'as-tu mise dans une telle situation ?

J'ai une boule dans la gorge et je la fais descendre avec une gorgée de café. Je n'ai pas le temps de pleurer aujourd'hui, grâce à Catherine et son satané rendez-vous. Elle joue la fausse modestie mais je sais exactement ce qu'elle mijote. Ce matin, elle va m'offrir un lot de consolation – son ancien poste de vice-présidente. Elle fera de moi son bras droit en échange d'une amnistie et de mon obéissance totale. Mais elle est folle si elle s'imagine que je vais accepter cela sans placer un sacré paquet d'exigences. Sans héritage, je vais avoir besoin d'une grosse augmentation de salaire.

Ma grimace mécontente se transforme en sourire quand Andrew franchit la porte en coup de vent, moite de sueur après son footing matinal. Habillé d'un short bleu marine et un T-shirt de l'équipe des Cubs de Chicago, il scrute sa montre de course à pied, les sourcils froncés.

Je me lève.

« Salut, chéri. Comment s'est passé ton footing ? »

Il soulève sa casquette et passe la main dans ses courts cheveux blonds.

« Laborieux. Tu prends encore ta matinée ? »

Un sentiment de culpabilité me frappe comme un uppercut à l'estomac.

« Ouais. Je n'ai pas encore assez d'énergie. »

Il se penche pour défaire ses lacets.

« Ça va faire cinq jours, déjà. Tu ferais mieux de ne pas trop attendre. »

Il part en direction de la buanderie tandis que je vais lui chercher son café. Quand je reviens au salon, son corps mince est étalé sur le canapé. Il porte un pantalon de jogging et un T-shirt propres, et il s'est attelé aux mots croisés que je venais de commencer.

« Je peux t'aider ? » je lui demande en m'approchant par-derrière avant de me pencher par-dessus son épaule.

Il empoigne la tasse de café sans lever les yeux de la grille. Il inscrit BIRR dans la colonne 12. Je regarde l'indice. Monnaie éthiopienne. Mon Dieu, j'en suis soufflée.

« Oh, la colonne 14… dis-je avec enthousiasme, heureuse de montrer que j'ai, moi aussi, un minimum d'intelligence. La capitale du Montana… c'est Helena, je crois.

— Oui, je sais. »

Il tapote le crayon contre son front, plongé dans ses pensées. À quel moment exact avons-nous cessé de faire les mots croisés ensemble ? Nous partagions le même oreiller et résolvions les grilles à deux en sirotant notre café. Et de temps à autre, quand j'apportais une réponse particulièrement ardue, Andrew m'embrassait sur le front et disait qu'il aimait mon cerveau.

Je pivote pour partir mais je me ravise au milieu de l'escalier.

« Andrew ?

— Hm ?

— Est-ce que tu seras à mes côtés, si j'ai besoin de toi ? »

Il lève enfin la tête.

« Viens ici. »

Il tape le coussin du canapé. Je remonte jusqu'à lui et il passe son bras autour de mes épaules.

« Tu es encore vexée que j'aie manqué la cérémonie des funérailles ?

— Non. Je comprends. Ce procès était important. »

Il lance le crayon sur la table basse et sourit, affichant l'adorable fossette de sa joue gauche. « À t'entendre le dire, je dois admettre que ça paraît vraiment minable. » Il rive son regard dans le mien et reprend son sérieux. « Mais pour répondre à ta question, bien sûr que je serai toujours à tes côtés. Ne t'inquiète jamais pour ça. » De son pouce, il me caresse la joue. « Je serai à tes côtés à chacun de tes pas et tu vas faire une sacrée bonne P-DG, avec ou sans mes conseils avisés. »

Mon cœur s'emballe. Quand Andrew est rentré hier soir avec une bouteille de champagne pour fêter la nouvelle, je n'ai pas eu le cœur – ni le courage – de lui avouer que je n'étais pas, que je ne serais jamais la présidente de Bohlinger Cosmetics. L'homme qui me fait si peu de compliments était presque en train de s'extasier. Est-ce trop que de m'accorder encore un jour pour me complaire dans son admiration ? Ce soir, quand je pourrai amortir un peu le coup en lui annonçant mon nouveau poste de vice-présidente, je rattraperai la situation.

Il me caresse les cheveux.

« Dites-moi, madame la chef, quel est votre programme pour la journée ? Vous cherchez à embaucher des avocats dans un avenir proche ? »

Quoi ? Il ne peut pas imaginer que j'aille à l'encontre des souhaits de ma mère. Je prends sa question à la rigolade et je lâche un rire forcé, la gorge sèche.

« Je ne crois pas, non. En fait, je dois retrouver

Catherine ce matin, dis-je en lui laissant penser que c'est moi qui ai convenu du rendez-vous. Nous allons avoir plusieurs points à évoquer.

— Bien vu, dit-il en acquiesçant. N'oublie pas qu'à présent elle travaille pour toi. Fais-lui bien comprendre que c'est toi qui prends désormais les décisions. »

Le sang me monte aux joues et je me lève du canapé.

« Je ferais mieux d'aller me doucher.

— Je suis fier de toi, madame la Présidente. »

Je devrais lui dire que c'est Catherine qui mérite sa fierté et que c'est Catherine qu'il devrait appeler madame la Présidente, je le sais. Et je le lui dirai. Sans faute.

Ce soir.

Malgré le claquement de mes talons sur le marbre du hall d'entrée, je parviens à passer l'accueil de la Chase Tower sans me faire remarquer. Je prends l'ascenseur jusqu'au quarante-neuvième étage et pénètre dans les locaux huppés de Bohlinger Cosmetics. Je pousse la double-porte en verre et me dirige droit vers le bureau de Catherine, les yeux rivés au sol.

Je passe la tête par la porte de la pièce qui appartenait il y a peu à ma mère et je vois Catherine derrière le plan de travail, impeccablement soignée, comme toujours. Elle est au téléphone mais me fait signe de la main, m'invitant à entrer avant de lever l'index pour m'indiquer qu'elle sera bientôt avec moi. Elle termine sa conversation pendant que je parcours cet endroit jadis familier en me demandant ce qu'elle a fait des tableaux et des sculptures que ma mère adorait. À la place, elle a fait installer sa bibliothèque et plusieurs diplômes encadrés. Tout ce qui reste du bureau sacro-saint de ma mère, c'est la vue époustouflante sur la ville et la plaque à son nom. Mais à y regarder de plus près, je vois que ce n'est pas le nom de ma mère sur la plaque. C'est celui de Catherine ! La même police, le même cuivre, le même marbre mais on y lit désormais CATHERINE HUMPHRIES-BOHLINGER, PRÉSIDENTE.

Je fulmine ! Depuis combien de temps savait-elle qu'elle serait l'héritière de ma mère ?

« D'accord, parfait. Donnez-moi les chiffres quand vous les aurez. Oui. *Supashi-bo, Yoshi. Adiosu.* » Elle raccroche et me consacre toute son attention. « C'était Tokyo, dit-elle en hochant la tête. Les quatorze heures de décalage horaire sont une vraie saloperie. J'ai dû venir ici avant l'aube pour les avoir. Heureusement pour moi, ils travaillent tard le soir. »

Elle me montre deux fauteuils Louis XV de l'autre côté du bureau.

« Assieds-toi. »

Je m'enfonce dans un fauteuil et passe la main sur la soie bleu cobalt en essayant de me souvenir si Catherine avait déjà ces meubles dans son ancien bureau.

« On dirait que tu es déjà bien installée, dis-je sans parvenir à contenir mon ton méprisant. Tu as même réussi à te faire faire une plaque en… quoi ? Vingt-quatre heures ? Qui aurait pu penser que ces choses-là se fassent si vite. »

Elle se lève, contourne son bureau et place l'autre fauteuil pour s'installer face à moi.

« Brett, c'est un moment difficile pour nous tous.

— Un moment difficile pour nous tous ? » Mes yeux se troublent. « Tu es sérieuse ? Je viens de perdre ma mère et une entreprise. Tu viens d'hériter d'une fortune colossale et de l'entreprise de ma famille. Et toi, tu m'as menée en bateau. Tu m'as dit que je deviendrais P-DG, j'ai bossé comme une folle pour essayer d'apprendre les rouages du métier ! »

L'air aussi calme que si je venais de lui faire un

compliment sur sa robe, elle attend. Mes narines frémissent et j'ai envie d'en dire davantage mais je n'ose pas. C'est ma belle-sœur, après tout – et ma satanée supérieure hiérarchique.

Elle se penche en avant, ses mains pâles jointes sur ses jambes croisées.

« Je suis désolée, dit-elle. Sincèrement. J'étais aussi choquée que toi, hier. J'ai fait une supposition, l'été dernier – une erreur monumentale, c'est certain. Je m'attendais vraiment à ce que tu hérites des parts de ta mère et j'ai pris l'initiative de te préparer sans consulter Elizabeth. Je ne voulais pas qu'elle pense qu'on avait déjà abandonné tout espoir de rémission. » Elle pose ses mains sur les miennes. « Crois-moi, j'avais bien l'intention de travailler à ton service pour le restant de ma carrière. Et tu sais quoi ? J'en aurais été très fière. » Elle me serre la main. « Je te respecte tant, Brett. Je pense que tu aurais pu réussir au poste de P-DG. Je le pense vraiment. »

J'aurais pu ? Je grimace sans trop savoir s'il s'agit d'un compliment ou d'une insulte.

« Mais la plaque avec ton nom, dis-je. Si tu n'étais pas au courant, comment se fait-il que tu aies déjà une plaque à ton nom ? »

Elle sourit.

« Elizabeth. Elle l'a commandée pour moi avant de mourir. Elle l'a fait livrer et installer sur mon bureau, c'était là quand je suis arrivée hier. »

Je baisse la tête, honteuse.

« C'est ma mère tout craché.

— Elle était remarquable, dit Catherine, les yeux brillants. Jamais je n'arriverai à sa hauteur. Je serai déjà bien contente de lui arriver à la cheville. »

Mon cœur se radoucit. De toute évidence, Catherine pleure elle aussi la perte d'Elizabeth Bohlinger. Elle et ma mère formaient un duo parfait : ma mère était le visage élégant de l'entreprise tandis que Catherine, son assistante infatigable, œuvrait sans relâche dans l'ombre. Et quand je la regarde en cet instant dans sa robe en cachemire et ses escarpins Ferragamo, sa peau lisse d'ivoire et son chignon impeccable noué à la base de sa nuque, je comprends presque le choix de ma mère. Catherine a tout d'une P-DG, c'est son successeur naturel. Mais cela reste douloureux. Ma mère n'aurait-elle pas pu voir que, avec le temps, j'aurais pu devenir comme Catherine ?

« Je suis désolée, dis-je. Vraiment. Ce n'est pas ta faute si ma mère ne me pensait pas capable de gérer B.C. Tu vas être géniale dans ce rôle.

— Merci », murmure-t-elle en se relevant. Elle me serre l'épaule lorsqu'elle passe derrière moi pour fermer la porte. Quand elle revient au fauteuil, elle me dévisage et ses yeux sont d'une intensité alarmante. « Ce que je m'apprête à te dire est vraiment difficile. » Elle se mord la lèvre inférieure et rougit. « Il faut que tu te prépares, Brett. Ça risque de te faire un choc. »

Je lâche un rire nerveux.

« Mon Dieu, Catherine, tu as les mains qui tremblent ! Je ne t'ai jamais vue aussi anxieuse. Qu'est-ce qu'il y a ?

— J'ai reçu un seul ordre d'Elizabeth. Elle m'a laissé une enveloppe rose dans le tiroir de mon bureau. Il y avait un message à l'intérieur. Je peux aller le chercher si tu veux. »

Elle s'apprête à se lever mais je la retiens par le bras.

« Non. La dernière chose dont j'ai besoin, c'est bien un nouveau message de ma mère. Dis-moi. »

Mon cœur bat la chamade.

« Ta mère m'a demandé de… elle veut que je…

— Quoi ? je crie presque.

— Tu es virée, Brett. »

4

Je n'ai aucun souvenir du chemin du retour.

Je me rappelle juste avoir titubé dans l'appartement, gravi les marches d'un pas lourd avant de m'affaler sur le lit. Pendant deux jours, j'ai enchaîné un cycle ininterrompu de sommeil, de réveil et de pleurs. Vendredi matin, la compassion d'Andrew commence à faiblir. Il s'assied au bord du lit, vêtu d'un costume noir impeccable et d'une chemise blanche sans le moindre pli, et il caresse mes cheveux emmêlés.

« Il faut que tu sortes de cet état, bébé. Avec ta nouvelle promotion, tu te retrouves submergée d'émotions, donc forcément, tu évites le boulot. » J'essaie de protester mais, d'un geste de l'index, il me fait taire. « Je ne dis pas que tu en es incapable, je dis juste que tu es intimidée. Mais, chérie, tu ne peux pas te permettre d'être absente comme ça plusieurs jours de suite. Ce n'est plus ton ancien poste de marketing où tu pouvais te la couler douce de temps à autre.

— Me la couler douce ? » Je sens mes poils se hérisser sur ma nuque. Il pense que mon ancien poste de directrice marketing était insignifiant ! Et pire encore, je n'ai même pas été capable de conserver ce boulot. « Tu n'imagines pas ce que je suis en train de traverser. J'estime avoir droit à quelques jours pour porter mon deuil.

— Hé, je joue dans la même équipe que toi, là. J'essaie juste de t'aider à retourner sur le terrain. »

Je me frotte les tempes.

« Je sais. Excuse-moi. Je ne suis pas vraiment moi-même, ces derniers temps. »

Il se lève mais je l'attrape par la manche. Il faut que je lui dise la vérité ! Mon projet de tout lui révéler mardi soir a avorté quand j'ai appris mon licenciement et, depuis, je n'ai pas réussi à trouver le courage de lui expliquer.

« Reste avec moi aujourd'hui. S'il te plaît. On pourrait…

— Désolé, chérie, je ne peux pas. Ma liste de rendez-vous est complètement folle. » D'une secousse légère, il se libère de mon étreinte et lisse sa manche. « Je vais essayer de rentrer plus tôt. »

Dis-lui. Maintenant.

« Attends ! »

Il s'arrête à mi-chemin vers la porte et me regarde par-dessus son épaule. Mon cœur me martèle la poitrine.

« Il faut que je te dise quelque chose. »

Il pivote et me regarde, les yeux plissés, comme si sa copine habituellement transparente venait soudain de se matérialiser en couleurs. Il finit par revenir au bord du lit et me dépose un baiser sur le front comme si je n'étais qu'une petite écervelée de cinq ans.

« Arrête tes bêtises. Ce que tu dois faire, surtout, c'est sortir ton joli petit cul de ce lit. Tu as une entreprise à gérer. »

Il me tapote la joue et avant que j'aie eu le temps de dire ouf, il a disparu.

J'entends la porte se fermer en un cliquetis et j'enfonce mon visage dans l'oreiller. Mais qu'est-ce que je vais faire, bon sang ? Je ne suis pas la P-DG de Bohlinger Cosmetics. Je ne suis même plus au service marketing. Je suis une ratée au chômage et je suis terrifiée à l'idée de ce que pensera mon copain, si attaché au statut social, quand il découvrira la vérité.

Je n'avais pas été surprise quand Andrew m'avait annoncé qu'il venait de Duxbury, une banlieue huppée de Boston. Il avait toutes les caractéristiques d'un homme issu d'une famille fortunée – chaussures italiennes, montre suisse, voiture allemande. Mais il était toujours vague quand je lui posais des questions sur son enfance. Il avait une sœur aînée. Son père possédait une petite entreprise. J'étais frustrée qu'il ne m'en raconte pas davantage.

Trois mois et deux bouteilles de vin plus tard, Andrew avait fini par cracher la vérité. Le visage rouge, furieux que je l'aie poussé à parler, il m'avait appris que son père n'était qu'un ébéniste médiocre dont les aspirations surpassaient de loin les réalisations. Sa mère travaillait au rayon épicerie d'un magasin Safeway à Duxbury.

Andrew n'était pas un gosse de riches. Mais il voulait à tout prix qu'on le considère comme tel.

J'avais ressenti un respect chaleureux pour lui, comme jamais auparavant. Il n'était pas un gamin pourri gâté. C'était un self-made-man qui avait dû lutter et travailler dur pour réussir. Je l'avais embrassé sur la joue et lui avais dit que j'étais fière de lui, que ses racines plongées dans la classe ouvrière le rendaient encore plus attachant. Au lieu de sourire, il m'avait lancé un regard méprisant. J'avais su alors qu'Andrew ne trouvait rien d'admirable à ses débuts modestes et que grandir au milieu des riches lui avait laissé de profondes cicatrices.

Soudain, une vague de panique me submerge.

Ce pauvre petit riche a passé l'intégralité de sa vie adulte à collectionner des symboles de réussite en espérant faire ainsi oublier ses humbles origines. Et je me demande à présent si je ne suis pas, moi aussi, l'un d'entre eux.

Depuis l'allée, je scrute le pavillon idyllique de Jay et Shelley. Des buissons impeccablement taillés bordent le trottoir en briques, et des chrysanthèmes jaunes et orange jaillissent de pots en ciment blanc. Une jalousie inhabituelle m'assaille. Le nid qu'ils ont choisi de construire est somptueux et confortable, là où le mien est bosselé et infesté de puces.

Depuis le trottoir en brique, j'aperçois leur jardin luxuriant à l'arrière de la maison et mon neveu qui y court derrière une balle en plastique. Il lève les yeux en entendant ma portière claquer.

« Tata Bwett ! » s'écrie-t-il.

Je m'élance vers le jardin et soulève Trevor, et nous tournoyons jusqu'à ce que je n'y voie plus clair. Pour la première fois depuis trois jours, un vrai sourire éclaire mon visage.

« Qui c'est, le petit garçon qui me rend heureuse ? » je demande en lui chatouillant le ventre.

Avant qu'il ait eu le temps de répondre, Shelley descend du perron, les cheveux relevés au sommet du crâne en une queue-de-cheval maladroite. Elle porte ce que je soupçonne être un jean de Jay, roulé aux chevilles.

« Salut, frangine », lance-t-elle.

Nous étions amies et colocataires à la fac avant même qu'elle épouse mon frère, et nous nous amusons encore aujourd'hui à nous appeler *frangine*.

« Salut, tu n'es pas au travail ? »

Elle avance vers moi dans ses chaussons en laine usés.

« J'ai démissionné.

— Non, tu n'as pas fait ça, dis-je en la dévisageant. Pourquoi ? »

Elle se penche pour arracher une mauvaise herbe.

« Jay et moi avons décidé que ce serait mieux pour les enfants si l'un de nous pouvait rester à la maison. Avec l'héritage de ta mère, on n'a plus besoin de gagner autant. »

Trevor se tortille dans mes bras et je le repose par terre.

« Mais tu adores ton boulot. Et Jay, alors ? Pourquoi ce n'est pas lui qui démissionne ? »

Elle se redresse, un pissenlit mort à la main.

« C'est moi la maman. C'est plus logique.

— Alors c'est terminé. Comme ça ?

— Ouaip. Heureusement, la femme qui m'a remplacée pendant mon congé maternité était encore disponible. » Elle arrache les feuilles séchées du pissenlit qu'elle laisse tomber à ses pieds. « Elle a passé un entretien hier et elle commence dès aujourd'hui. Je n'ai même pas eu besoin de la former. Tout s'est parfaitement goupillé. »

J'entends le tremblement dans sa voix et je sais que ce n'est pas aussi parfait qu'elle voudrait me le faire croire. Shelley était orthophoniste à l'hôpital Saint Francis. Elle travaillait dans le service de rééducation, auprès d'adultes victimes de blessures et de traumatismes neurologiques, afin de leur réapprendre à parler mais également à raisonner, à négocier, à socialiser. Elle se vantait toujours que ce n'était pas un travail mais une véritable vocation.

« Je suis désolée mais je ne te vois pas du tout en mère au foyer.

— Ça va être génial. Presque toutes les femmes du quartier sont mères au foyer. Elles se retrouvent chaque matin au parc, elles organisent des jeux ensemble, elles suivent des cours de yoga mamans-bébés. Tu n'imagines pas toutes les activités que les enfants ont manquées en allant à la crèche. » Ses yeux se posent sur Trevor qui court en cercles, les bras tendus pour mimer un avion. « Peut-être que l'orthophoniste arrivera enfin à apprendre à parler à son propre fils. » Elle rit mais son rire sonne faux. « Trevor n'arrive toujours pas à prononcer les… » Elle s'interrompt en cours de phrase et regarde sa montre. « Attends, tu n'es pas censée être au boulot, toi ?

— Nan. Catherine m'a virée.

— Oh, mon Dieu ! Je vais appeler la baby-sitter. »

Heureusement pour nous, Megan Weatherby, l'hypoténuse de notre amitié triangulaire, a pour passe-temps un emploi d'agent immobilier dans lequel elle n'ambitionne pas de vendre des maisons. Et heureusement pour Megan, elle est presque fiancée à Jimmy Northrup, pilier défensif de l'équipe de football américain des Chicago Bears, ce qui rend sa commission d'agente totalement optionnelle. Aussi, quand Shelley et moi l'appelons en chemin vers le Bourgeois Pig Café, elle y est déjà attablée, comme si elle avait anticipé cette petite crise.

Nous avons fait du Bourgeois Pig Café de Lincoln Park notre QG sans alcool. C'est un endroit confortable et original, plein de livres, de meubles anciens et de tapis usés. Et mieux encore, il y a juste assez de bruit de fond pour nous sentir immunisées contre les oreilles indiscrètes. Aujourd'hui, le soleil chaud de septembre nous invite en terrasse, où Megan est assise à une table en métal, vêtue d'un legging noir et d'un pull décolleté qui moule parfaitement ses seins – ses vrais seins, insiste-t-elle. Ses yeux bleu pâle sont fardés d'un gris épais et ses cils, d'environ trois couches de mascara. Mais avec ses cheveux blonds maintenus par une barrette en argent et une légère touche de rose sur sa peau ivoire, elle parvient à afficher une once d'innocence qui lui donne l'air mi-prostituée, mi-étudiante – un look que les hommes semblent trouver irrésistible.

Concentrée sur son iPad, elle ne nous voit pas approcher de sa table. J'attrape Shelley par le coude et l'arrête.

« Il ne faut pas l'interrompre. Regarde, elle travaille vraiment. »

Shelley hoche la tête.

« Elle fait semblant, dit-elle en m'attirant devant l'écran de l'iPad. Tu vois ? PerezHilton.com.

— Salut les filles, dit Megan en saisissant ses lunettes de soleil sur la chaise juste avant que Shelley ne s'asseye dessus. Écoutez ça. »

Nous nous installons à côté d'elle avec nos muffins et nos *caffe latte*, et Megan se lance dans une diatribe sur la dernière dispute entre Angelina et Brad, puis sur la fête d'anniversaire ahurissante de Suri. Puis elle passe à Jimmy.

« Au restaurant Red Lobster. Sérieux. Je porte une robe moulante Hervé Léger qui m'arrive au ras du cul et il veut m'emmener dîner dans une putain de chaîne resto ! »

Je crois que tout le monde mérite une amie horriblement effrontée, à la fois mortifiante et exaltante, cette amie dont les commentaires crus provoquent un rire hystérique tandis que vous regardez par-dessus votre épaule pour vous assurer que personne ne vous écoute. Megan est cette amie.

Nous avons rencontré Meg il y a deux ans par la petite sœur de Shelley, Patti. Patti et Megan étaient colocataires à Dallas, en formation pour devenir hôtesses de l'air chez American Airlines. Mais au cours de la dernière semaine, Megan n'a pas réussi à atteindre un sac coincé au fond d'un compartiment supérieur. Ses bras étaient trop courts pour ce travail, un défaut imperceptible qui obsède désormais Megan. Honteuse, elle s'est enfuie à Chicago pour devenir agente immobilière et elle y a rencontré Jimmy dès sa première vente.

« Je ne vais pas vous mentir, j'adore les petits pains chez Red Lobster. Mais quand même !

— Megan, l'interrompt Shelley. Je t'ai dit que Brett a besoin de notre aide. »

Megan tapote sur son iPad pour l'éteindre et croise les mains sur la table.

« Très bien, je vous écoute. C'est quoi le problème, *chicas ?* »

Quand il ne s'agit pas de sa petite personne, Megan peut tendre une oreille très attentive. Et à en croire ses mains croisées et son regard fixe, elle me laisse la voie libre pour aujourd'hui. Je saisis donc l'occasion et je leur raconte chaque détail du projet que ma mère a concocté pour détruire ma vie.

« Donc, voilà ma situation actuelle. Plus de salaire, plus de boulot. Rien que dix objectifs débiles que je suis censée atteindre d'ici un an.

— Quelles conneries, dit Megan. Dis à cet avocat d'aller se faire foutre. » Elle me prend la liste des mains. « Avoir un bébé. Adopter un chien. Acheter un cheval. » Elle soulève ses lunettes de soleil et me regarde. « Mais à quoi pensait ta mère, nom de Dieu ? Que tu allais épouser le vieux McDonald et vivre avec lui dans sa ferme ? »

Je ne peux réprimer un sourire. Megan peut être égocentrique mais dans des moments comme celui-ci, quand j'ai besoin de rire, je ne l'échangerais pas contre douze Mère Thérésa.

« Et Andrew est à l'opposé complet du vieux McDonald, commente Shelley en versant un autre sachet de sucre dans son café. Que pense-t-il de tout ça ? Est-il prêt à franchir le pas ? À faire des bébés avec toi ?

— À t'acheter un cheval ? ajoute Megan avant d'émettre une série de gloussements aigus.

— Oui, dis-je en faisant mine de scruter ma cuillère. Je suis sûre qu'il est prêt. »

Les yeux de Megan s'agitent.

« Excuse-moi mais je ne vois pas comment tu vas réussir à caser un cheval en plein centre-ville de Chicago. Est-ce que votre immeuble accepte les animaux de compagnie ?

— Très drôle, Meg. » Je me masse les tempes. « Je commence à croire que ma mère n'avait plus toute sa tête. Quelle gamine de quatorze ans ne rêve pas d'avoir un cheval ? Quelle fillette ne rêve pas de devenir prof et d'avoir des bébés, un chien et une belle maison ? »

Shelley agite ses doigts tendus.

« Donne-moi cette liste. »

Je la lui fais passer et elle marmonne en la parcourant du regard.

« Rester amie avec Carrie Newsome, tomber amoureuse, avoir de bonnes relations avec mon père. » Elle lève les yeux. « Celles-ci sont faciles comme bonjour.

— Mon père est mort, dis-je en plissant les yeux.

— De toute évidence, elle veut que tu fasses la paix avec lui. Tu sais, aller sur sa tombe, y déposer quelques fleurs. Et regarde, tu as déjà atteint le numéro sept, tomber amoureuse. Tu es amoureuse d'Andrew, pas vrai ? »

J'acquiesce mais, pour une raison étrange, mes entrailles se glacent. Je ne me souviens pas de la dernière fois que l'on s'est dit *Je t'aime*. Mais c'est tout à fait normal. Après quatre ans, ces paroles sont implicites.

« Alors, va au cabinet de maître Midar et dis-le-lui. Et ce soir, cherche cette dénommée Carrie Newsome sur Facebook. Envoie-lui quelques messages. Reprends contact. Bingo ! Encore un objectif atteint. »

J'ai soudain du mal à respirer. Je n'ai pas parlé à Carrie depuis qu'elle est partie de chez moi, blessée et humiliée, il y a presque dix-neuf ans de cela.

« Et le numéro 12, venir en aide aux gens dans le besoin ? Ce n'est pas si compliqué. Je vais faire un don à l'Unicef ou je ne sais quoi. » Je regarde mes amies, en quête de réconfort. « Qu'est-ce que vous en dites ?

— Absolument, dit Megan. Tu vas terminer ton affaire plus vite qu'un étudiant en rut.

— Mais ce satané bébé, dis-je en me pinçant l'arête du nez. Et le spectacle sur scène, et le boulot de prof. J'ai juré de ne plus jamais mettre les pieds dans une salle de classe. »

Megan s'attrape le poignet et tire, une habitude agaçante qui, d'après elle, lui permettrait de s'allonger les bras.

« Oublie le boulot de prof. Fais des remplacements pendant quelques jours, une semaine ou deux. Tu survis à ça et voilà ! Le tour est joué. »

Je cogite un instant.

« Prof remplaçante ? Ma mère n'a jamais précisé que je devais avoir ma propre classe. » Un petit sourire se dessine lentement sur mon visage. Je lève ma tasse de latte. « À votre santé, les filles. Lundi après-midi, je paierai ma tournée de martinis. D'ici là, j'aurai récupéré une ou deux enveloppes chez maître Midar. »

5

Je m'arrête chez un fleuriste lundi matin et choisis un bouquet de fleurs des champs avant de monter directement au cabinet de maître Midar. J'ai convenu de m'offrir un petit plaisir à chaque fois que je réalise un objectif de *cette gamine*. Sur un coup de tête, j'achète un autre bouquet pour Midar.

Tandis que l'ascenseur monte au trente-deuxième étage, un mélange d'impatience et d'enthousiasme bouillonne en moi. J'ai hâte de voir son visage quand je lui annoncerai les objectifs atteints. Mais quand j'entre en trombe dans le cabinet huppé et que j'avance à grands pas jusqu'à Claire, elle me regarde comme si j'étais folle.

« Vous voulez le voir tout de suite ? Hors de question. Il travaille sur une affaire importante. »

Je fais volte-face pour repartir lorsque Midar jaillit de son bureau comme un lapin de son terrier. Il inspecte la salle d'attente et affiche soudain un sourire adorable lorsqu'il me repère.

« Mademoiselle Bohlinger ! Il me semblait bien avoir entendu votre voix ! Entrez. »

Claire me regarde bouche bée et maître Midar me

fait signe de franchir la porte. Je tends le bouquet à l'avocat au passage.

« C'est pour moi ?

— Je suis d'humeur généreuse. »

Il rit.

« Merci. Mais vous n'avez pas voulu faire de folies en achetant un vase, hein ? »

Je réprime un sourire.

« Débrouillez-vous. Je suis au chômage, comme vous le savez sûrement. »

Il fouille dans son bureau et finit par trouver un vase en céramique contenant des fleurs en soie.

« Ouais, quel dommage pour votre travail. Votre mère n'y est pas allée de main morte. » Il retire les fleurs artificielles et les jette à la poubelle. « Je vais chercher un peu d'eau. Je reviens tout de suite. »

Il emporte le vase avec lui et je reste seule dans son cabinet, saisissant l'occasion pour inspecter les lieux. Je passe devant les immenses baies vitrées orientées sud et j'admire le paysage qui s'étend du Millennium Park au planétarium d'Adler. Je ralentis devant son immense bureau en acajou où sont posés trois piles épaisses de dossiers, son ordinateur et un mug de café sale. Je cherche les photos encadrées de sa magnifique épouse, de son adorable enfant et du golden retriever qu'il est censé avoir. Au lieu de cela, je découvre un cliché d'une femme d'âge mûr et d'un adolescent installés sur le pont d'un bateau de plaisance. Sa sœur et son neveu, j'imagine. Sur la seule autre photo présente, j'aperçois Brad vêtu de sa coiffe et de sa robe de diplômé, coincé entre deux adultes qui doivent sans doute être ses parents.

« Ça y est », dit-il.

Je pivote pour le voir refermer la porte d'un coup

de pied. Il place le vase de fleurs sur une table en marbre.

« Magnifiques.

— J'ai de bonnes nouvelles, maître Midar.

— Je vous en prie, dit-il en montrant deux fauteuils club en cuir, usés et craquelés à la perfection. Nous allons travailler ensemble pendant un an. Appelez-moi Brad.

— Entendu. Moi, c'est Brett. »

Il s'installe dans le fauteuil près de moi.

« Brett. J'aime bien ce nom. D'où vient-il, d'ailleurs ?

— Une idée d'Elizabeth, bien sûr. Elle appréciait la littérature américaine. Mon prénom vient de Lady Brett Ashley, la petite poufiasse dans *Le soleil se lève aussi* d'Hemingway.

— Très bon choix. Et Joad ? Ce n'est pas le nom de la famille dans *Les Raisins de la colère* de Steinbeck ?

— Bien joué. Jay tient son prénom de Jay Gatsby, le personnage de Fitzgerald.

— Une femme intelligente, votre mère. J'aurais aimé la côtoyer plus longtemps.

— Moi aussi. »

Il me tapote le genou, compatissant.

« Vous allez bien ? »

J'acquiesce et essaie de déglutir.

« Tant que je n'y pense pas.

— Je comprends. »

Et le voilà encore, cet air blessé sur son visage, celui que j'ai entraperçu la semaine dernière. J'ai envie de lui poser la question mais cela semble trop indiscret.

« J'ai de bonnes nouvelles, dis-je en me redressant dans mon fauteuil. J'ai déjà accompli un objectif. »

Il arque un sourcil mais ne répond pas.

« Le numéro 17. Je suis tombée amoureuse. »

Il inspire bruyamment.

« Vous êtes une rapide, vous.

— Non, pas vraiment. Mon copain, Andrew… eh bien, lui et moi, on est ensemble depuis presque quatre ans.

— Et vous l'aimez ?

— Oui. »

Je me penche pour enlever une feuille minuscule collée à ma chaussure. Bien sûr que j'aime Andrew. Il est intelligent et ambitieux. C'est un athlète sublime, il est absolument magnifique. Alors pourquoi ai-je l'impression de tricher sur cet objectif ?

« Félicitations. Je vais chercher votre enveloppe. »

Il se lève et se dirige vers le meuble à dossiers suspendus près de son bureau.

« Numéro 17, marmonne-t-il en cherchant. Ah, le voilà. »

Je me lève à mon tour et tends la main vers l'enveloppe mais il la serre contre son torse d'un geste protecteur.

« Votre mère m'a demandé de…

— Oh, mon Dieu ! Mais quoi encore ?

— Je suis désolé, Brett. Elle m'a fait promettre d'ouvrir chaque enveloppe à votre place et de vous lire le message à voix haute. »

Je m'affale dans le fauteuil et croise les bras devant ma poitrine comme une adolescente boudeuse.

« Allez-y, ouvrez-la. »

Il semble mettre une éternité à déchirer l'enveloppe et à en retirer la lettre. Curieuse, je fais glisser mon regard sur sa main gauche en quête d'une alliance mais je n'y vois qu'une peau bronzée et une touffe de poils virils. Il tire ses lunettes de sa poche de chemise et prend une profonde inspiration.

« Bonjour Brett, lit-il. *Je suis désolée que tu aies traversé toute la ville pour m'annoncer que tu es amoureuse d'Andrew. Tu sais, j'attends que tu me parles d'un amour véritable, celui qui interrompt les battements de ton cœur, un amour pour lequel tu serais prête à mourir. »*

Je lève les mains au ciel.

« Elle est folle ! Ce genre d'amour n'existe que dans les romans à l'eau de rose et sur la chaîne Lifetime. N'importe quel idiot le sait.

— *Nous choisissons souvent des relations à l'image de notre propre passé. Avec Andrew, tu as choisi un homme qui ressemble à ton père, bien que tu t'en défendes, je le sais. »*

J'en ai le souffle coupé. Ces deux hommes ne pourraient pas être plus diamétralement opposés. Contrairement à Andrew qui admire les femmes puissantes, mon père se sentait menacé par le succès de ma mère. Des années durant, elle a été contrainte de minimiser sa réussite, ne la prenant jamais au sérieux et parlant de son entreprise comme de son « passe-temps ». Mais rapidement, les commandes se sont succédé bien trop vite pour qu'elle parvienne à les honorer. Elle a loué un local et elle a embauché des employés. Et soudain, elle vivait *son* rêve. C'est alors que son couple a commencé à battre de l'aile.

« Comme ton père, Andrew est ambitieux et motivé, mais plutôt avare de son amour, tu n'es pas d'accord ? Oh, et comme ça me blesse de te voir peiner pour obtenir son approbation, comme tu l'as fait avec ton père. En cherchant à tout prix son affection, je crains que tu aies fini par abandonner ta personna-

lité authentique. Pourquoi te sens-tu si indigne de tes propres rêves ? »

Des larmes me piquent les yeux et je les écarte d'un cillement de paupières. Une image me vient à l'esprit. C'est l'aube et je parcours le chemin habituel pour aller à l'entraînement de natation, terrifiée à l'idée de l'eau noire glaciale mais mue par l'envie désespérée de susciter la fierté de mon père. Des années plus tard, j'ai même choisi une option scientifique à la fac alors que je détestais cette matière, dans l'espoir de trouver des sujets d'intérêt communs avec l'homme que je n'allais jamais réussir à contenter, comme j'allais finir par comprendre.

« Je veux juste que tu sois heureuse. Si tu es convaincue qu'Andrew est l'amour de ta vie, alors partage cette liste d'objectifs avec lui. S'il est prêt à t'aider à les atteindre, j'aurai sous-estimé ton amour, et le sien, et tu pourras considérer que cet objectif est accompli. Mais quel qu'en soit le résultat, sache que l'amour est la seule chose qui ne souffre aucun compromis : reviens quand tu auras trouvé l'amour, ma chérie. Ça en vaut la peine. »

Je masse le nœud dans ma gorge et tente d'avoir l'air enjoué.

« Super. Je reviendrai très vite. »

Brad se tourne vers moi.

« Vous pensez qu'il sera partant, alors ? Pour le bébé ? Le chien ?

— Absolument, dis-je en me rongeant un ongle.

— *Je t'aime* », dit Brad.

Mon attention est soudain attirée mais je me rends compte qu'il a repris sa lecture.

« P.S. Je te conseille de commencer par le numéro 18, le spectacle sur une super grosse scène.

Je me demande ce que tu avais en tête. La danse classique, j'imagine, ou une pièce de théâtre. Tu adorais ta troupe de théâtre presque autant que tes cours de danse. Mais tu as abandonné les deux activités pour rejoindre l'équipe de cheerleaders. Et si je t'ai soutenue dans ce choix, j'ai essayé de te convaincre de passer les auditions pour les pièces de théâtre de l'école, ou de t'inscrire à la chorale ou au groupe de musique. Tu as refusé de m'écouter. Tes nouveaux amis n'étaient pas trop branchés par ces activités, et leurs avis avaient malheureusement beaucoup d'importance à tes yeux. Où est donc passée cette fille intrépide qui aimait tant s'amuser ? »

Un souvenir cuisant refait surface, un souvenir que j'avais enfoui pendant vingt ans. C'était le matin de mon récital de danse moderne – la première fois que je montais sur scène sans Carrie. Elle avait déménagé deux mois plus tôt, quelques semaines après la séparation de mes parents. Dans un accès de solitude, j'avais soulevé le combiné du téléphone pour l'appeler. Mais avant d'avoir eu le temps de composer son numéro, j'avais entendu la voix de ma mère.

« Charles, je t'en prie. Elle compte sur toi.

— Écoute, j'ai dit que j'allais essayer. La bourse doit être remise la semaine prochaine.

— Mais tu lui as promis, avait supplié ma mère.

— Eh bien, l'heure est venue pour elle de comprendre qu'elle n'est pas le centre de l'univers. » Il avait poussé un soupir avant d'ajouter d'un ton moqueur que je n'oublierai jamais : « Soyons honnête, Liz. Cette gamine n'est pas franchement destinée à jouer à Broadway. »

J'avais attendu une demi-heure avant de le rappeler, soulagée de tomber sur son répondeur.

« C'est moi, papa. Il y a eu un problème électrique à la salle de spectacle. Tout a été annulé. »

À partir de ce jour, je n'ai jamais remis les pieds sur une scène.

Je déglutis.

« Où est-elle passée ? Elle est là où atterrissent toutes les fillettes mues par de grands rêves. Elle a grandi. Elle a ouvert les yeux sur la réalité. »

Il m'adresse un regard curieux, comme s'il voulait que j'explicite ma réflexion mais lorsque je garde le silence, il reprend sa lecture.

« Étant donné la contrainte de temps, je te propose de faire un spectacle court et tendre, mais qui t'éloigne néanmoins de ta position confortable et rassurante. Tu te souviens de la soirée d'anniversaire de Jay en juin dernier au Third Coast Comedy ? Là où ils annonçaient leur soirée pour comiques amateurs : tu t'étais penchée vers moi en me disant que tu préférerais encore escalader l'Everest en Louboutin. J'avais été frappée de voir à quel point tu étais devenue timide. C'est à ce moment que j'ai choisi de conserver cet objectif dans ta liste, et qu'un one-man-show comique serait l'antidote parfait à ta nouvelle personnalité. Tu te retrouveras sur scène et tu réaliseras mon souhait autant que le tien.

— Non ! Jamais ! » Je me tourne vers Brad, cherchant désespérant à lui faire comprendre mon point de vue. « Je ne peux pas. C'est impossible. Je ne suis pas marrante du tout.

— Peut-être que vous ne vous y êtes pas consacrée assez, ces derniers temps ?

— Écoutez, je me fous d'être aussi drôle que cette satanée Ellen Degeneres, il est hors de question que je fasse un one-man-show. Il est temps de passer au plan B.

— Brett, il n'y a pas de plan B. Si vous voulez honorer les dernières volontés de votre mère – et obtenir votre héritage –, vous devez atteindre tous ces objectifs.

— Non ! Vous ne comprenez pas ? Ces putains d'objectifs ne m'intéressent plus ! »

Il se lève et s'approche de la fenêtre. Sa silhouette se découpe sur les gratte-ciel voisins et, les mains dans les poches, il a l'air d'un philosophe grec méditant sur les mystères de la vie.

« Elizabeth m'a fait penser qu'elle vous rendait service en vous imposant ces objectifs. Elle m'a prévenu que vous seriez réticente mais je n'aurais pas imaginé que vous le seriez à ce point-là. » Il se passe la main dans les cheveux et se tourne vers moi. « Je suis vraiment désolé. »

Quelque chose dans sa tendresse, dans son angoisse évidente, me fait céder du terrain.

« Comment auriez-vous pu l'imaginer ? Elle pensait vraiment me rendre service. C'était son dernier effort pour changer le cours de ma vie.

— Elle pensait que vous étiez malheureuse ? »

Je baisse les yeux.

« Oui, de toute évidence, ce qui est complètement idiot. Ma mère me voyait rarement sans un sourire aux lèvres. Elle se vantait toujours que j'étais sortie de son ventre en souriant.

— Mais derrière le sourire ? »

La question franche émise à voix basse me prend au dépourvu. Sans savoir pourquoi, les larmes me montent aux yeux. Dans mon esprit, j'aperçois Trevor et les petites taches rouges de joie qui se dessinent sur son visage quand il rit. Ma mère m'avait dit un jour que j'étais comme lui, enfant. Je me demande où disparaît ce ravissement insouciant. Sans doute au même endroit où finit par se terrer l'assurance infaillible de la jeunesse.

« Je suis parfaitement heureuse. Enfin quoi, pourquoi je ne le serais pas ? »

Brad m'adresse un sourire contrit.

« Confucius a dit : Le chemin vers le bonheur passe par les one-man-show. »

Je ne peux m'empêcher de sourire en entendant son imitation minable de l'accent chinois.

« Hum-hum. Confucius a aussi dit : Une femme dépourvue d'humour doit rester à distance des scènes comiques. »

Il rit et revient à nos fauteuils. Il s'installe au bord du sien, les mains croisées si près de ma jambe qu'il me touche presque.

« Je serai avec vous, dit-il. Si vous le souhaitez.

— C'est vrai ? » Je le dévisage comme s'il venait de me donner son accord pour un double suicide. « Pourquoi ? »

Il se penche en arrière et se passe les doigts dans le cou.

« Ça va être génial.

— Donc, on ferait un numéro comique ensemble… un duo ? »

Il rit.

« Ah ça, non ! J'ai dit que je serais avec vous, mais je voulais dire que je vous regarderais… depuis la salle, dans le public. Le corps que vous voyez devant vous ne montera jamais sur une scène. »

Je plisse les yeux.

« Mauviette !

— Tout à fait. »

Je le regarde attentivement.

« Pourquoi êtes-vous si gentil avec moi ? C'est ma

mère qui vous a fichu dans ce pétrin ? Elle vous a payé cher ? »

Je m'attends à ce qu'il éclate de rire mais il n'en fait rien.

« En quelque sorte, oui. Vous voyez, en mars dernier, votre mère est venue assister à une collecte de fonds pour Alzheimer que je coorganisais. C'est ainsi que nous nous sommes rencontrés. Le diagnostic pour mon père est tombé il y a trois ans. »

C'est donc ça, la tristesse qu'il dégage.

« Je suis désolée.

— Ouais, moi aussi. Bref, avec l'économie actuelle en berne, il était évident que nous n'atteindrions jamais nos objectifs. Mais votre mère est arrivée. Elle a fait une énorme contribution et nous a fait dépasser le budget prévisionnel.

— Et vous vous sentez désormais redevable ? C'est de la folie. Ma mère faisait sans cesse ce genre de gestes.

— La semaine suivante, un colis a été livré à mon cabinet. Des savons, des shampoings, des crèmes, tout un assortiment de chez Bohlinger Cosmetics. Il était adressé à ma mère.

— À votre mère ? Attendez, j'ai cru que c'était votre père qui…

— Tout à fait. »

Il me faut une seconde pour mettre en place les pièces du puzzle.

« Votre mère aussi est une victime collatérale d'Alzheimer.

— Exactement. Elle a pleuré quand je lui ai donné le colis. C'est elle qui prend soin de mon père et ses envies à elle sont souvent mises de côté. Votre mère savait qu'elle avait besoin de réconfort, elle aussi.

— C'est ma mère tout craché. C'était la femme la plus sensible que j'aie jamais connue.

— C'était une sainte. Alors quand elle m'a désigné comme son exécuteur testamentaire et qu'elle m'a expliqué son projet pour vous, je lui ai donné ma parole que je vous aiderai à le mener à terme. » Son visage est empreint d'une détermination à toute épreuve. « Et je vais m'en assurer, croyez-moi. »

6

Le chômage a ses avantages, surtout quand il faut préparer un one-man-show comique en l'espace de quelques jours. Je suis tentée de réutiliser des blagues entendues sur Comedy Central mais je sais que ma mère n'apprécierait pas. Au lieu de cela, je passe la semaine à parcourir la ville. Tout ce que j'entends, tout ce que je vois d'un tant soit peu drôle devient une matière première pour mon spectacle. Dans l'espoir d'éviter – ou du moins de minimiser – les chances de me ridiculiser en public, je m'entraîne des heures durant devant le miroir pour parfaire mon numéro. Pendant ce temps, mon estomac se noue en une petite boule rigide et des cernes noirs se dessinent sous mes yeux.

J'en viens à penser que tout ceci était peut-être dans les intentions de ma mère dès le départ. En mettant ce one-man-show tout en haut de la liste de mes objectifs, elle pensait que je serais trop anxieuse et préoccupée pour penser à elle. À dire vrai, cette méthode provoque l'effet inverse. Elizabeth Bohlinger adorait rire plus que tout. À chaque fois que je vois quelqu'un agir bêtement, quand j'entends des propos qui me font sourire, c'est avec ma mère que j'ai envie de les partager. Si elle était encore en vie, je l'appellerais pour lui dire : « J'ai une sacrée histoire à te raconter. »

Il ne lui en fallait pas plus : soit elle me suppliait de lui raconter tout sur-le-champ, soit – le plus souvent – elle m'invitait à dîner le soir même. Une fois le vin servi, elle se penchait et me tapotait le bras.

« Ton histoire, ma chérie. Je t'en prie, je l'ai attendue toute la journée. »

J'embellissais le récit, usant d'accents et de dialectes pour l'illustrer davantage. Encore maintenant, j'entends la mélodie de son rire, je la vois essuyer des larmes aux coins de ses yeux…

Je me surprends à sourire et je me rends compte que, pour la première fois depuis son décès, un souvenir d'elle suscite en moi un sentiment de joie, et non de tristesse.

Et c'est exactement ce qu'elle aurait voulu, cette femme qui aimait tant rire.

La nuit qui précède mon spectacle, je reste étendue, nerveuse, incapable de trouver le sommeil. Un rai de lumière traverse un interstice des volets en bois depuis le lampadaire dehors et vient caresser la cage thoracique d'Andrew. Je me redresse sur un coude et l'observe. Son torse s'abaisse en parfaite synchronie avec le petit bruit qui s'échappe de ses lèvres à chacune de ses expirations. Je rassemble toutes mes forces pour ne pas passer la main sur sa peau lisse. Il a croisé les doigts sur son ventre plat et son visage est serein, un peu comme la dernière pose donnée à ma mère dans la mort.

« Andrew, je murmure. J'ai tellement peur. »

Son corps inerte m'invite à continuer, du moins me semble-t-il.

« Je vais faire un one-man-show demain soir sur une scène comique. J'ai tellement envie de t'en parler, pour que tu puisses y être avec moi, me souhaiter bonne chance. Tu savais si bien me rassurer. Tu te souviens comme tu étais resté au téléphone toute la nuit, juste avant mon intervention en public à Milan ? J'avais laissé le combiné sur mon oreiller, au cas où je me réveillerais en pleine nuit, et tu étais là. Mais si je commence à te parler de ce spectacle, je serai alors obligée d'évoquer cette liste idiote que ma mère veut me voir accomplir, et c'est impossible. » Je lève les yeux au plafond et les ferme pour contenir mes larmes. « Il y a tant d'objectifs sur ma liste qui ne feraient jamais partie de la tienne. » J'essaie de lui dire *je t'aime* mais les mots restent bloqués dans ma gorge. Je les articule en silence.

Il remue et mon cœur s'arrête de battre un instant. Oh, mon Dieu, et s'il m'a entendue ? Je soupire. Et alors ? Est-ce donc si grave si l'homme avec qui je vis, l'homme avec qui je partage mon lit, sait que je l'aime ? Je ferme les yeux et la réponse me heurte de plein fouet. Oui, ce serait grave. Parce que je ne suis pas certaine qu'il pourrait en dire autant.

Je repose mollement la tête sur l'oreiller et fixe les bouches d'aération au plafond. Andrew aime mon succès et mon statut social, mais j'ai tout perdu. Alors m'aime-t-il vraiment ? Me connaît-il vraiment ? La personne que je suis réellement ?

Je pose mon avant-bras sur mon front. Ce n'est pas de sa faute. Ma mère avait raison. J'ai dissimulé ma véritable personnalité. J'ai abandonné mes rêves et je me suis transformée en la femme qu'Andrew voulait que je sois – originale, libre et peu exigeante.

Je jette un coup d'œil à mon homme endormi.

Pourquoi ai-je tiré un trait sur la vie dont je rêvais ? Cette fillette serait-elle toujours quelque part en moi, convaincue d'être indigne d'amour ? Ma mère aurait-elle raison ? Est-ce que j'essaie de gagner l'approbation d'Andrew, comme je l'ai fait en vain avec mon père ? Non, c'est ridicule. J'ai décidé, des années plus tôt, que l'approbation de mon père n'avait aucune valeur à mes yeux. Alors pourquoi ne me suis-je pas battue pour accomplir mes rêves ? Parce que Andrew a d'autres aspirations et que j'ai préféré partir dans sa direction ? Non, c'est le portrait idyllique que je me plais à imaginer, celui d'une femme au grand cœur et prête à tous les sacrifices. Je déteste devoir l'admettre mais il s'agit d'autre chose, quelque chose de bien moins noble…

J'ai peur de le perdre. Aussi faible et minable cela soit-il, je n'ai pas envie d'être seule. Quitter Andrew serait un énorme pari à ce stade de ma vie. Je pourrais rencontrer quelqu'un d'autre, bien sûr, mais à trente-quatre ans, recommencer à zéro semble être une grosse prise de risque, comme de transférer toutes mes économies d'un compte stable sur des fonds alternatifs risqués. Les gains pourraient s'avérer énormes, c'est vrai, mais les pertes pourraient me lessiver complètement. Tout ce pour quoi j'ai œuvré disparaîtrait en un clin d'œil et je me retrouverais sans rien.

À 2 h 30, je sors enfin du lit et descends à pas lourds jusqu'au canapé. Sur la table basse, mon téléphone émet un clignotement rouge. Je le prends et lis un SMS envoyé à 23 h 50. *Détendez-vous. Vous allez assurer. Dormez un peu, maintenant.*

C'est signé Brad.

Un sourire étire lentement mes lèvres. Je me glisse sous une couverture en chenille et me blottis contre les coussins du canapé. Comme si l'on venait de m'embrasser sur le front et de me donner un verre de lait chaud, mon cœur se calme et je me sens à nouveau en sécurité.

Comme Andrew savait si bien le faire.

Grand comme une salle de bal, le Third Coast Comedy accueille ce soir-là un public bruyant. Des tables rondes parsèment la pièce devant une estrade en bois qui s'élève à soixante centimètres au-dessus du sol. Contre le mur du fond, des gens se massent en plusieurs rangées devant le bar et tordent le cou pour apercevoir les numéros qui se succèdent. Mais que font tous ces gens ici, un lundi soir ? Ils n'ont pas de boulot, eux non plus ? De l'autre côté de la table, j'empoigne Brad par le bras et me mets à crier pour qu'il m'entende par-dessus le brouhaha de la foule.

« J'arrive pas à croire que vous m'ayez convaincue de faire ça ! Vous n'auriez pas pu trouver un bouge vide ?

— Sept minutes et vous aurez atteint l'objectif 18, me hurle-t-il en réponse. Et vous pourrez ensuite vous concentrer sur les neuf autres.

— Oh, comme c'est motivant ! Rayez donc celui-ci pour que je puisse aller m'acheter un cheval et faire la paix avec mon connard de père mort.

— Désolé, dit-il en me montrant son oreille. Je ne vous entends pas du tout. »

J'engloutis mon martini et me tourne vers mes amies.

« Tu es jolie ce soir, me crie Shelley par-dessus le bruit.

— Merci », dis-je en baissant les yeux vers mon T-shirt. On peut y lire : NE JAMAIS FAIRE CONFIANCE À UN PRÊTRE QUI BANDE.

J'entends un autre éclat de rire et concentre mon attention sur la scène. C'est bien ma veine, je passe juste après le chouchou du public, un rouquin dégingandé qui délire sur les bimbos et les seins. Je regarde un gros assis à la table au pied de la scène avec une bière et trois shots alignés devant lui. Il siffle, hurle et agite ses poings en l'air.

Le présentateur saute sur l'estrade et attrape le micro.

« On applaudit bien fort Steve Pinckney. »

La foule est en délire. Mon cœur bat à tout rompre et je prends une inspiration gigantesque.

« Bonne chance, frangine, crie Shelley.

— Fais-moi rire, *chica* », ajoute Megan.

Brad me serre le bras.

« Liz serait fière de vous. »

Ma poitrine se serre douloureusement. Du coin de l'œil, je repère Bill, le manager, qui me fait signe de monter sur scène.

Le temps semble ralentir. J'avance à petits pas comme un prisonnier vers la chaise électrique.

« Nous avons ensuite Brett… » Le présentateur attend que les clameurs s'apaisent. « Notre prochain invité est un petit nouveau, Brett Bohlinger. On l'applaudit bien fort. »

Je gravis les marches de l'estrade. Mes jambes tremblent violemment et je crains qu'elles ne se dérobent sous moi. J'arrive tout de même jusqu'au micro et j'attrape le pied en métal à deux mains pour retrouver mon équilibre. Un projecteur blanc m'aveugle et je plisse les yeux vers la foule. Des mètres carrés de visages se lèvent vers moi, dans l'expectative. Je suis censée faire une blague, non ? C'est quoi, déjà ? Mon Dieu, au secours ! Non : *maman*, au secours ! Après tout, c'est toi qui m'as embarquée dans cette aventure idiote. Je ferme les yeux. Comme si nous étions assises à sa table, j'imagine sa voix. *Ton histoire, ma chérie. Je t'en prie, je l'ai attendue toute la journée.* Je prends une profonde inspiration et je plonge dans les eaux infestées de requins du Third Coast Comedy.

« Bonsoir, tout le monde. »

Ma voix tremblante est surpassée par un horrible larsen émergeant du micro. L'ivrogne à la table de devant grogne et se bouche les oreilles. J'arrache le micro du trépied.

« Désolée, dis-je. Ça fait longtemps que je n'ai pas mis les pieds sur une scène. Je ne pensais pas que je me ferais attaquer par le micro. »

Je lâche un ricanement nerveux et jette un coup d'œil à mes amis. Megan affiche un sourire forcé, Shelley me filme avec son iPhone et le genou de Brad s'agite comme s'il avait Parkinson.

« Euh, vous… vous vous attendiez sans doute à voir un mec, quand vous avez entendu mon prénom Brett. Ça m'arrive tout le temps. C'est pas vivre avec – non, je veux dire, c'est pas facile de vivre avec un nom de garçon. Vous n'imaginez pas à quel point les mômes sont méchants. Je rentrais en courant de l'école après avoir été taquinée toute la journée, en pleurs, et je suppliais mon frère Tiffany d'aller tabasser mes camarades. »

Je me protège les yeux de la lumière pour inspecter le public et j'attends les rires. Mais je n'entends qu'un petit éclat aigu de gloussements venant de Megan.

« Oui, dis-je. Mon frère, *Tiffany*.

— T'es pas drôle », chantonne l'ivrogne d'une voix puissante.

J'en ai le souffle coupé, comme s'il venait de me coller un coup de pied dans le ventre.

« Et, euh, vous n'imaginez pas les tourments et les taquineries que mon nom a pu susciter dans une école catholique. Combien d'entre vous sortent d'une école catholique ? »

Quelques membres de la salle applaudissent et je prends cela comme un encouragement.

« Les nonnes à mon école étaient tellement sévères que la récré à Saint Mary, c'était la pause pipi accordée après le déjeuner. »

Brad, Megan et Shelley émettent un rire particulièrement fort à ma blague. Mais les autres spectateurs restent immobiles, les yeux rivés sur moi, certains affichent un sourire poli, d'autres consultent leurs portables ou leurs montres.

« T'as oublié la chute de ta blague », hurle quelqu'un.

Je suis sur le point de vomir – ou, pire, de fondre en larmes. Je regarde l'horloge électronique posée au pied de la scène. Deux minutes et quatre secondes se sont écoulées. Bon sang, il me reste encore cinq minutes ! C'est quoi, la suite ? Oh, mon Dieu ! Je ne me souviens d'aucune blague à raconter. Horrifiée, j'essuie mes paumes moites sur mon jean et je pioche ma solution de dernier recours dans ma poche arrière.

« Oh, bordel, des pense-bêtes ! s'écrie quelqu'un au fond de la salle. Tu déconnes ou quoi ? »

Mes lèvres se mettent à trembler.

« Quand j'étais à Saint Mary… »

Le public gémit. Quelqu'un crie :

« Y en a marre des blagues sur les catholiques ! »

Je peine à tenir mes pense-bêtes tellement mes mains tremblent.

« Non seulement j'étais dans une école privée catholique mais c'était aussi une institution réservée aux filles. Le genre de salle de torture deux en un. »

Le public me hue. Les larmes me montent aux yeux et je tripote mes pense-bêtes. Oh, mon Dieu, aide-moi ! Les gens se mettent à parler à voix haute et n'essaient même plus de dissimuler leur ennui. D'autres se dirigent vers le bar ou aux toilettes. Shelley a baissé son iPhone et n'enregistre plus mon fiasco. L'ivrogne à la table de devant s'adosse à sa chaise et brandit une bouteille par le col dans sa main grasse.

« Au suivant ! » crie-t-il en levant le bras vers l'estrade pour appeler le prochain comique.

Rien à foutre, je me casse d'ici ! Je fais volte-face, prête à m'échapper. Mais debout au bas des marches, Brad m'attend.

« Allez, oubliez ça, B., s'exclame-t-il. Continuez. »

Je l'aime tant, à cet instant précis, que j'ai envie de sauter de la scène et passer mes bras autour de son cou. Pour l'étrangler. C'est lui et ma mère qui m'ont obligée à faire ça.

« Vous pouvez y arriver. Vous y êtes presque », me lance-t-il.

Je lutte contre tous mes instincts qui me crient de sauver ma peau et je me tourne vers le public – les barbares grossiers qui pensent que c'est l'heure de l'entracte.

« Les nonnes… elles faisaient tout en leur pouvoir pour s'assurer que les filles aient des pensées pures. »

Personne ne m'écoute, pas même mes supporters. Megan parle avec un type à la table voisine et Shelley envoie un SMS. Personne, à part Brad. Je lui jette un coup d'œil et il acquiesce.

« Nous avions un… un grand crucifix dans la salle

de classe. Sœur Rose… » Je masse ma gorge douloureuse. « Sœur Rose avait mis un pantalon par-dessus le suaire de Jésus.

— Plus que vingt secondes, B., crie-t-il.

— Ma copine Kasey… ne peut même pas changer les couches de son garçon sans fermer les yeux.

— Va te rasseoir, quelqu'un crie. T'es en train de nous achever ! »

Brad se lance dans le compte à rebours.

« Sept, six, cinq… »

J'entends « zéro » et je fourre le micro sur le trépied. Brad pousse un hurlement joyeux. Quand je saute de l'estrade, il me serre dans ses bras. Mais je m'effondre en sanglots. Je me libère de son étreinte et cours vers la sortie.

L'air nocturne est frais et me brûle quand j'inspire. À travers mes larmes, je chancelle sur le parking et je trouve enfin ma voiture. Je plaque mes bras sur le toit et y pose ma tête.

Un instant plus tard, je sens une main sur mon épaule.

« Ne pleurez pas, B. Vous avez réussi. C'est fini. »

Brad masse mon dos endolori en cercles.

« J'ai été nulle ! » dis-je en assénant un coup de poing sur le toit. Je me retourne pour lui faire face. « Je vous avais bien dit que je n'étais pas drôle. »

Il m'attire dans ses bras. Je ne résiste pas.

« Elle m'emmerde, ma mère », dis-je contre son manteau en laine.

En silence, il me berce.

« Pourquoi m'a-t-elle infligé ça ? J'ai été la risée de tous – non, pas la risée, non, il aurait fallu que quelqu'un fasse au moins risette pour ça. »

Il recule et sort une enveloppe rose pâle de sa poche.

« Est-ce qu'on laisse votre mère se défendre ? »

Je m'essuie le nez d'un revers de main.

« Vous me donnez la lettre ? »

Il sourit et essuie une larme sur ma joue.

« Je crois que vous l'avez sacrément méritée. »

On entre dans ma voiture et je mets le chauffage à fond. Sur le siège passager, Brad glisse un doigt sous le sceau de l'enveloppe numéro 18 et commence sa lecture.

« *Chère Brett, tu es vexée d'avoir échoué ? Sottises !*

— Quoi ? Elle savait que j'allais... »

Brad ne me laisse pas finir et continue sa lecture.

« *Quand as-tu décidé qu'il te fallait être parfaite ? J'ai beau essayer, je ne vois pas du tout quand c'est arrivé mais, quelque part sur le chemin de ta vie, tu as perdu ton audace. La petite fille joyeuse qui adorait raconter des histoires et danser est devenue anxieuse et mal assurée.* »

Les larmes me montent à nouveau aux yeux. Ce n'est pas toi qui m'as réduite au silence, maman.

« *Mais ce soir, tu étais vivante, ma petite comique, comme avant. Et cette idée me rend heureuse. Je crois qu'une telle passion – même une passion née de la peur et de l'anxiété – est bien meilleure qu'une vie entière de banalités. Fais en sorte que l'aventure de ce soir t'aide à retrouver ta joie de vivre, ton courage et ton cœur. Quand tu as peur, empoigne ce courage et libère-le car tu sais désormais qu'il sommeille en toi, comme je l'ai toujours su. Eleanor Roosevelt a dit un jour : Faites chaque jour quelque chose qui vous fait peur. Pousse-toi à réaliser les choses qui t'effraient, ma chérie. Prends des risques et vois où ils te mènent, car, grâce à eux, la vie vaut la peine d'être vécue. »*

Brad fait une courte pause.

« Avec tout mon amour et ma fierté. Maman. »

Je lui prends la lettre et la relis, passant mes doigts sur les mots de ma mère. Que me presse-t-elle ainsi d'accomplir ? Je pense à Andrew, au métier de professeur, à Carrie, et je frissonne. Mais aussi effrayantes soient toutes ces choses, il y en a une qui me terrifie bien plus encore. Je l'écarte de mon esprit. J'ai échoué ce soir et j'ai survécu, c'est vrai. Mais je ne suis pas prête à réitérer l'expérience.

7

Vêtue de mon tailleur préféré, je sirote un *latte* au Bourgeois Pig Café quand Megan arrive en milieu de matinée.

« Encore des mots croisés ? ! »

Elle pose son sac à main violet sur la table et arrache la grille de mots croisés sous ma main.

« Je comprends enfin pourquoi ta mère t'a imposé un putain de délai d'un an. Qu'est-ce que tu as foutu depuis ton numéro comique de la semaine dernière ? Quand ta mère t'a dit de poursuivre tes rêves, elle ne te conseillait pas d'aller faire la sieste au parc. » Elle montre mon tailleur. « Tu n'as encore rien dit à Andrew ! »

Elle laisse tomber mon journal sur la chaise à côté d'elle et tire mon ordinateur portable de ma sacoche.

« Aujourd'hui, on va retrouver ton ancienne amie.

— Je ne peux pas contacter Carrie comme ça, sans prévenir. Il faut d'abord que je mette au point une stratégie. » Je repousse l'ordinateur et me masse les tempes. « Cette liste va foutre ma vie en l'air, je te le dis. »

Megan m'examine, les sourcils froncés.

« T'es un drôle d'oiseau, Brett. J'ai comme

l'impression que ces objectifs pourraient te rendre heureuse. C'est la vie d'Andrew que tu as peur de foutre en l'air, pas la tienne. »

Je suis déstabilisée par son innocence et sa perspicacité.

« Peut-être. Mais quoi qu'il en soit, je suis fichue. Je vais perdre mon mec et je n'arriverai pas à atteindre ces objectifs d'ici septembre prochain. »

Elle ignore mon petit discours et fait glisser sa chaise en arrière.

« J'ai besoin de caféine. Connecte-toi sur Facebook pendant que je vais chercher ma dose. »

Tandis que Megan patiente au comptoir, je m'exécute. Au lieu de chercher Carrie, mes doigts pianotent BRAD MIDAR dans la barre de recherche. Le trouver est un jeu d'enfant, malgré sa minuscule photo de profil. Je scrute son portrait et me surprends à sourire. L'envie de lui envoyer une demande d'amitié me traverse l'esprit mais il pourrait estimer que je dépasse le cadre de la relation purement professionnelle – comme si ce n'était pas déjà le cas avec les étreintes et les messages échangés. Puis je réfléchis à mes propres limites. Que penserait Andrew s'il savait que j'essayais de me lier d'amitié avec un avocat dont je ne lui ai jamais parlé ?

Je m'empoigne les cheveux. Mais qu'est-ce qui ne va pas chez moi ?

« Tu l'as trouvée ? » demande Megan en arrivant derrière moi en portant une tasse de *macchiato* et une pâtisserie.

Je referme l'ordinateur d'un geste brusque.

« Pas encore. »

J'attends que Megan se soit installée de l'autre côté

de la table avant de rouvrir l'ordinateur, et je tape CARRIE NEWSOME dans la barre de recherche.

Megan approche sa chaise de la mienne et nous parcourons plusieurs pages, puis je la repère enfin. Elle porte un sweat du Wisconsin et, chose remarquable, elle n'a pas changé. Elle a toujours une allure sportive, des lunettes, le même sourire. La culpabilité m'assaille. Comment ai-je pu être aussi cruelle ?

« C'est elle ? demande Megan. Pas étonnant que tu aies voulu la larguer, cette copine. Ils ne vendent pas de pinces à épiler, dans le Wisconsin ?

— Arrête, Megan. » Les larmes me montent aux yeux tandis que je détaille la photo. « Je l'adorais, cette fille. »

Pendant notre enfance, Carrie et ses parents vivaient à deux pâtés de maisons de chez nous, dans Arthur Street. Nous étions complètement différentes : elle, le garçon manqué, et moi la fillette maigrichonne. Un après-midi, quand j'avais cinq ans, elle avait sautillé devant chez moi en poussant un ballon noir et blanc. Elle m'avait aperçue, une gamine de son âge, et m'avait recrutée pour jouer au foot avec elle. Je lui avais proposé de jouer plutôt au papa et à la maman mais elle n'avait rien voulu entendre. Nous avions donc marché jusqu'au parc pour escalader les cages à poules, les balançoires, et nous avions ri tout l'après-midi. À compter de ce jour-là, nous avons été inséparables – jusqu'à ce que je l'abandonne, des années plus tard.

« Je ne peux pas exiger son amitié. Pire encore, je renoue avec elle parce que j'y suis obligée.

— Ah bon ? » Elle me tire par la manche. « Moi, je dis qu'elle ne peut pas exiger ton amitié, à toi. »

Je hoche la tête. Megan ne pourra jamais comprendre qu'une femme comme Carrie est bien au-dessus de nous.

« Putain, Brett, c'est quoi le problème ? »

En un clin d'œil, elle a pris le contrôle du curseur et a cliqué sur AJOUTER.

J'étouffe un cri.

« J'arrive pas à croire que tu aies fait ça !

— Bien joué, *chica !* »

Elle lève sa tasse de café mais je ne l'imite pas. D'un instant à l'autre, Carrie Newsome va recevoir un rappel douloureux d'une amie jadis adorée qui l'a trahie. Je me sens mal mais Megan est déjà passée à autre chose. Elle se frotte les mains.

« Très bien, on est bien parties, là. Allons dans une animalerie pour te trouver un chien.

— Laisse tomber. Les chiens sentent mauvais. Ils mettent le bordel dans une maison. » Je sirote mon café. « D'après Andrew, du moins.

— Qu'est-ce qu'Andrew a à voir là-dedans ? » Elle arrache un morceau de son gâteau. « Brett, je vais te dire les choses franchement. Tu crois vraiment qu'Andrew fait partie de tes projets d'avenir ? Enfin quoi, ta mère t'a plus ou moins dit qu'il n'était plus d'actualité pour toi. Tu veux vraiment ignorer ses derniers vœux ? »

Megan a trouvé mon talon d'Achille. Je pose les coudes sur la table et me pince l'arête du nez.

« Il faut que je parle à Andrew de cette putain de liste. Mais il va péter un plomb. Il veut acheter un avion, un jour. Pas un cheval ! Des enfants, ça n'a jamais fait partie de son projet de vie. Il me l'a fait clairement comprendre dès le début.

— Et tu étais d'accord ? »

Je regarde par la fenêtre et mon esprit s'envole vers

une autre époque. Une époque où j'étais intrépide, audacieuse et si certaine que mes rêves deviendraient réalité. Puis j'avais fini par comprendre, comme tout le monde, que je n'étais pas le centre de l'univers.

« Je m'en étais convaincue. Les choses étaient différentes. On voyageait beaucoup… il m'accompagnait dans mes déplacements professionnels. Nos vies étaient si occupées qu'il était impossible d'envisager de faire un enfant.

— Et maintenant ? »

Elle me demande la version mise à jour de ma vie. La version dans laquelle je mange seule presque tous les soirs devant la télé et où notre dernier voyage remonte à deux ans, pour le mariage de sa sœur à Boston.

« Je viens de perdre ma mère et mon travail. Je ne pourrai pas supporter une autre perte. Pas encore. »

Elle s'essuie la bouche avec sa serviette et je remarque que ses cils sont ourlés de larmes. Je pose ma main sur la sienne.

« Je suis désolée. Je ne voulais pas passer ma mauvaise humeur sur toi. »

Son visage se décompose.

« Je ne peux plus continuer comme ça. »

Oh. Elle ne pleure pas pour moi. Elle pleure sur elle. Mais je suis mal placée pour parler, moi. J'ai été tellement absorbée par ma petite personne qu'à côté de moi Megan pourrait passer pour une conseillère d'orientation. Je lui caresse la main.

« D'autres SMS sur le portable de Jimmy ?

— Pire que ça. Ils étaient en train de baiser dans notre lit quand je suis rentrée hier soir. Dans notre lit, putain ! Heureusement que j'ai pu me barrer avant qu'ils ne me voient.

— Quel connard ! Mais pourquoi la ramener à la maison ? Il sait très bien que tes horaires ne sont pas réguliers.

— Il veut que je le prenne sur le fait. Il n'a pas les couilles de me larguer alors il espère que je m'en chargerai. » Elle tire sur son poignet gauche et lâche un soupir. « C'est à cause de mes bras, putain. Je suis difforme.

— C'est ridicule. Tu es belle et il faut que tu largues ce con.

— Impossible. Comment est-ce que je gagnerais ma vie, sinon ?

— Tu commencerais à vendre des maisons. »

Elle me fait taire d'un geste de la main.

« Pff. J'ai dû être de sang noble dans une vie antérieure, Brett, parce que je n'arrive pas à me faire à l'idée de travailler pour gagner ma vie.

— Mais tu ne peux pas rester assise là sans rien faire. Peut-être que si tu le prends entre quatre yeux…

— Non ! lâche-t-elle en criant presque. Je ne peux pas le prendre entre quatre yeux tant que je n'ai pas d'issue de secours. »

Je ne comprends pas tout de suite mais je dois bientôt me rendre à l'évidence. Megan veut trouver un remplaçant avant de larguer l'actuel. Elle est pareille à une enfant terrifiée, espérant qu'une nouvelle famille l'adopte avant même d'être orpheline.

« Tu n'as pas besoin de quelqu'un pour prendre soin de toi. Tu es une femme intelligente, tu peux y arriver seule. » J'entends mes propres paroles et je me demande si je m'adresse à Megan ou à moi-même. Je radoucis le ton de ma voix. « Je sais que c'est dur, Meg, mais tu peux y arriver.

— Pas question. »

Je soupire.

« Alors tu dois sortir à nouveau. Peut-être t'inscrire sur un de ces sites de rencontres. »

Elle lève les yeux au ciel et sort un tube de rouge à lèvres de son sac violet.

« Cherche beau millionnaire. Doit aimer les bras trop courts.

— Je suis sérieuse, Megan. Tu trouveras quelqu'un en un clin d'œil. Quelqu'un de bien mieux. » Une pensée me traverse l'esprit et je claque des doigts. « Hé, qu'est-ce que tu penses de Brad ?

— L'avocat de ta mère ?

— Ouais. Il est très sympa. Et mignon, aussi, tu ne trouves pas ? »

Elle applique son rouge à lèvres.

« Hm-hm. Mais il y a juste un léger problème. »

Mes narines tremblent.

« Quoi ? Il n'est pas assez riche ?

— Nan. » Elle fait claquer ses lèvres. « Il est déjà amoureux de toi. »

Je rejette la tête en arrière comme si je venais d'être frappée. Oh, mon Dieu ! Serait-ce possible ? Mais je suis déjà avec Andrew. En quelque sorte.

« Qu'est-ce qui te fait dire ça ? je demande quand je retrouve enfin ma voix.

— Pourquoi est-ce qu'il serait tellement déterminé à t'aider, sinon ? » répond-elle avec un haussement d'épaules.

Je devrais être soulagée. Ce que j'attends de Brad, c'est de l'amitié, pas une histoire d'amour. Mais bizarrement, je me dégonfle.

« Non. Il joue dans le camp d'Elizabeth. Il m'aide seulement parce qu'il l'a promis à ma mère. Crois-moi. Je ne suis qu'une œuvre de bienfaisance pour lui. »

Au lieu d'entrer dans le débat, elle acquiesce.

« Ah, d'accord. »

Je baisse la tête. Suis-je exactement comme Megan, espérant trouver un remplaçant avant même d'avoir largué l'original ?

Mes mains tremblent quand j'ouvre la lettre. Je relis ses mots encore une fois. *Pousse-toi à réaliser les choses qui t'effraient, ma chérie.* Pourquoi, maman ? Pourquoi m'obliges-tu à faire tout ça ? Je glisse la lettre dans ma poche et je franchis le portail.

Voilà sept ans que je ne suis pas venue au cimetière Saint Boniface. La dernière fois, c'était avec ma mère. Nous avions un autre but – les courses de Noël, je crois – mais elle avait insisté pour que nous fassions d'abord un petit détour. C'était un après-midi glacial. Je me souviens d'avoir regardé les rafales de vent de l'autre côté de la rue, changeant le peu de neige en tourbillons furieux de glace. Ma mère et moi avions bravé la grêle et, ensemble, nous avions attaché une couronne de feuillages persistants sur la pierre tombale de mon père. J'étais retournée à la voiture et j'avais mis le contact. Des flots de chaleur avaient rugi dans les ventilateurs. Je m'étais réchauffé les mains et j'avais regardé ma mère debout en silence, tête baissée. Elle s'était essuyé les yeux avec son gant avant de se signer. Quand elle était revenue à la voiture, j'avais fait mine de toucher les boutons de la radio dans l'espoir de ne pas entacher sa dignité. J'étais gênée pour elle, cette femme qui éprouvait encore de la dévotion pour un mari qui l'avait abandonnée.

Contrairement à ce jour-là, sept ans plus tôt, cette journée d'automne est magnifique : le ciel est si pur et bleu que la menace d'un hiver imminent semble soudain risible. Des feuilles mortes jouent à chat avec la brise légère et, à l'exception des écureuils en quête de noisettes au pied des arbres, je suis seule dans ce beau cimetière à flanc de colline.

« Tu te demandes sans doute pourquoi je suis venue, après toutes ces années, je murmure à la pierre tombale. Tu penses que je suis comme maman ? Incapable de te haïr ? »

J'écarte des feuilles mortes au pied de la tombe et monte sur la dalle en marbre. Je fouille dans mon sac à main et tire sa photo de mon portefeuille, coincée entre ma carte de bibliothèque et celle de la salle de sport. Elle est cornée et fanée mais c'est la seule que j'aie gardée de nous deux. Maman l'a prise un matin de Noël quand j'avais six ans. Vêtue d'un pyjama en flanelle rouge, je suis installée sur le genou de mon père, mains croisées, comme si je priais pour être enfin autorisée à quitter cet emplacement précaire. Il pose une main pâle sur mon épaule et l'autre pend mollement à son flanc. Un sourire incertain flotte sur ses lèvres mais ses yeux sont inexpressifs.

« Qu'est-ce qui clochait chez moi, papa ? Pourquoi n'arrivais-je jamais à te faire sourire ? Pourquoi était-ce si difficile de passer tes bras autour de moi ? »

Les yeux me piquent et je lève le visage au ciel, dans l'espoir de ressentir ce déferlement paisible que ma mère avait envisagé lorsqu'elle avait laissé cet objectif à atteindre dans ma liste. Mais je ne sens que la chaleur du soleil sur ma peau et une plaie béante dans ma poitrine. Je fixe à nouveau la photo. Une larme tombe sur mon visage de lutin, agrandissant soudain mon regard d'enfant blessé. Je l'étale avec ma manche de chemisier, laissant une ride de papier gondolé dans son sillage.

« Tu sais ce qui est le plus douloureux, papa ? C'est l'impression de n'avoir jamais été assez bien à tes yeux. Je n'étais qu'une petite fille. Pourquoi ne pouvais-tu pas me dire, de temps en temps, que j'étais intelligente, douée, ou jolie ? » Je me mords la lèvre jusqu'à goûter mon propre sang. « J'ai fait tout ce que j'ai pu pour que tu m'aimes. Vraiment tout. »

Les larmes roulent sur mes joues. Je descends de la plaque de marbre et fixe la pierre tombale comme s'il s'agissait du visage de mon père.

« C'était l'idée de maman, tu sais. C'est elle qui veut que j'établisse une bonne relation avec toi. Moi, ça fait des années que j'ai tiré un trait sur cet espoir. » Je passe le doigt sur les lettres gravées, CHARLES JACOB BOHLINGER. « Repose en paix, papa. »

Je tourne les talons et m'éloigne, puis je me mets à courir.

Il est 17 heures quand j'arrive à la station d'Argyle et je suis encore bouleversée. Mais je ne laisserai pas ce connard m'atteindre. Le métro est bondé et je suis coincée entre une adolescente, dont l'iPod est si fort que j'entends les obscénités des paroles à travers ses écouteurs, et un homme coiffé d'une casquette où l'on peut lire DIEU-VOUS-ENTEND.COM. J'ai envie de lui demander si Dieu est plutôt branché Mac ou PC, mais quelque chose me dit qu'il ne trouverait pas cela amusant. Mon regard se fixe sur celui d'un grand brun vêtu d'un imperméable Burberry beige. Ses yeux sont rieurs et il me rappelle quelqu'un. Il se penche et nous surplombons tous les deux l'adolescente entre nous.

« C'est incroyable, la technologie, hein ? »

Je ris.

« Sans blague. Les confessionnaux seront bientôt des reliques du passé. »

Il sourit et je n'arrive pas à me décider s'il faut me concentrer sur les éclats dorés de ses yeux marron ou sur sa bouche douce et sensuelle. Je repère une bande noire sur son manteau et ça me revient soudain à l'esprit. Pourrait-il s'agir de l'homme Burberry que je voyais toujours par la fenêtre de l'appartement et qui rentrait dans l'immeuble tous les soirs à 19 heures ? Je l'avais surnommé ainsi car il portait toujours un imperméable de ce genre-là – sans doute le même que celui devant moi. Je ne l'ai jamais rencontré mais j'avais éprouvé une attirance secrète pour lui pendant un mois ou deux. Avant qu'il ne disparaisse aussi brusquement qu'il était apparu.

Je suis sur le point de me présenter quand mon portable sonne. C'est le numéro du cabinet de Brad et je décroche.

« Bonjour, Brett Ici Claire Cole. J'ai eu votre message. Maître Midar pourrait vous rencontrer le 27 octobre à…

— Le 27 ? Mais c'est dans trois semaines. J'ai besoin de… »

Je m'interromps. *J'ai besoin de le voir* semble trop passionné, trop désespéré. Sauf qu'après la visite au cimetière aujourd'hui, je suis au bord d'une falaise émotionnelle et je sais que Brad arriverait à me convaincre de ne pas sauter.

« J'aimerais le voir plus tôt, demain par exemple.

— Je suis désolée. Il est complètement pris jusqu'à la semaine prochaine et il part en congé ensuite. Il peut vous rencontrer le 27, répète-t-elle. Il est disponible à 8 heures. »

Je soupire.

« S'il ne peut pas avant, je prends cet horaire. Mais si un de ses rendez-vous est déprogrammé avant, appelez-moi. S'il vous plaît. »

Mon arrêt vient d'être annoncé. Je range mon portable dans la poche de mon manteau et avance vers la porte.

« Passez une bonne journée, dit Burberry tandis que je me faufile devant lui.

— Vous aussi. »

Je sors en vitesse du wagon mais une vague de mélancolie me submerge. Brad Midar part en congé et ça ne me plaît pas du tout. Je me demande où il va. Voyage-t-il seul ou avec une copine ? Jusqu'à présent, je n'ai jamais trouvé le bon moment pour lui poser la question sur sa situation amoureuse et il ne m'en a jamais parlé. Pourquoi le ferait-il ? Je suis sa cliente, bon sang ! Mais c'est également mon dernier lien avec ma mère. Il est son messager et je crains que cela ne m'ait poussée à développer un attachement anormalement fort à son égard. Comme un caneton orphelin, je me suis rabattue sur le premier visage que j'ai vu.

8

Quand ma mère était vivante et en bonne santé, le jeudi soir était traditionnellement notre soirée en famille, chez les Bohlinger. Nous nous retrouvions autour de la table de sa salle à manger où la conversation coulait avec autant de facilité que le sauvignon blanc. Ma mère s'installait en bout de table et les sujets variaient sans transition des affaires courantes à la politique, aux intérêts personnels des uns et des autres. Ce soir-là, pour la première fois depuis sa mort, Joad et Catherine tentent bravement de recréer cette magie.

Joad m'embrasse sur la joue à mon arrivée.

« Merci d'être venue », dit-il, son blazer en daim protégé par un tablier à rayures noires et blanches.

Je quitte mes chaussures et m'enfonce dans la moquette blanche luxueuse. Joad a des goûts classiques en matière de décoration mais Catherine adore le contemporain. Le mélange donne un intérieur immaculé à la décoration sobre dans des tons de blanc et de beige, ponctuée de tableaux originaux fabuleux et de sculptures modernes. L'endroit plutôt aseptisé est frais, à défaut d'être accueillant.

« Quelque chose sent très bon, dis-je.

— Carré d'agneau, c'est presque prêt. Viens, Jay et Shelley en sont déjà à leur deuxième verre de Pinot. »

Comme nous aurions dû le prévoir, l'absence de maman est aussi épaisse qu'un accent du Sud. Nous nous installons tous les cinq à la table austère surplombant la Chicago River, faisant mine de ne pas remarquer l'énergie manquante qu'instillait notre mère. Au lieu de cela, nous meublons le silence gêné par des conversations ineptes. Après le discours de vingt minutes de Catherine sur les bénéfices des trois premiers trimestres et ses projets pour des expansions futures, je deviens le centre d'attention. Elle veut savoir pourquoi Andrew ne m'a pas accompagnée. Jay demande si j'ai trouvé un nouveau poste de professeur. Chaque question m'ébranle comme les répliques d'un séisme. J'ai besoin de souffler et je sors de table une minute pendant que Joad va caraméliser sa célèbre crème brûlée dans la cuisine.

Je longe le couloir jusqu'à la salle de bains et jette un coup d'œil dans l'antre de Joad. La petite pièce aux lambris de merisier fait autant office à mon frère de bureau que de sanctuaire, et je n'y entrerais jamais sans y être invitée. Derrière les portes d'un placard verrouillé, il cache sa collection de scotch single malt et une cave à cigares pleine d'importations cubaines, bien que Catherine déteste qu'on fume dans sa maison. Je passe devant la porte et quelque chose attire mon attention sur son bureau. Je rebrousse chemin.

Il faut une seconde à mes yeux pour s'accoutumer à l'obscurité ambiante. Je cille plusieurs fois. Et là, sur le bureau en acajou massif, perché sur un dossier repose le carnet en cuir rouge.

Mais bon sang ! J'entre dans la pièce. Quand j'avais posé des questions sur le carnet disparu, tout le monde,

Joad y compris, avait nié l'avoir vu. Je le soulève et sa couverture n'est plus cachée par le petit mot de maman. Son écriture m'accueille et mon cœur se serre. *Été 1978* – l'été avant ma naissance. Pas étonnant que Joad ait voulu le garder. Ce carnet est inestimable. Mais il devait bien savoir que j'en aurais partagé le contenu avec Jay et lui.

Avant d'avoir eu le temps de l'ouvrir, j'entends un bruit de pas dans le couloir. C'est Joad. Je m'immobilise. J'ai envie de lui dire que j'ai trouvé le carnet et que je le reprends, mais quelque chose m'intime de me taire. De toute évidence, il n'a pas envie de me le donner. Il passe devant son bureau sans même y jeter un coup d'œil et je lâche un soupir de soulagement. Je fourre le carnet sous mon pull et quitte la pièce aussi silencieusement que j'y étais entrée.

Je boutonne mon manteau en arrivant dans le salon.

« Je suis désolée, Catherine. Je vais devoir rater le dessert. Je ne me sens pas bien.

— Attends, on va te raccompagner », dit Shelley.

Je hoche la tête.

« Non, merci, je vais prendre un taxi. Dites au revoir à Joad pour moi. »

Je franchis la porte avant qu'il n'apprenne mon départ.

La porte de l'ascenseur se referme dans un claquement et je laisse échapper un autre soupir. Bon sang, me voilà devenue voleuse ! Mais une voleuse dans son bon droit. Je sors mon trésor de sous mon pull et serre le petit carnet contre ma poitrine, comme si je m'accrochais à ma mère. Elle me manque tant, en cet instant. C'était typique d'elle, de savoir exactement quand j'aurais besoin de sa présence.

L'ascenseur se réveille. À l'encontre du bon sens,

qui voudrait que j'attende d'être sous la couette pour lire à la lueur de ma lampe de chevet, je soulève la couverture et jette un rapide coup d'œil à l'intérieur.

Quand l'ascenseur s'ouvre à nouveau, je suis pétrifiée. Je chancelle jusqu'à une chaise dans un coin du hall d'entrée, abasourdie et perplexe, et je m'efforce de démêler le mystère qui m'a préoccupée toute ma vie.

Il s'est peut-être écoulé quelques minutes, à peine. Ou plusieurs heures. Depuis combien de temps suis-je restée assise là lorsque j'entends la voix de mon frère ? Difficile à dire.

« Brett, dit Joad sans élever la voix tandis qu'il trottine vers moi. N'ouvre pas ce carnet ! »

Impossible de répondre. Impossible de bouger. Je suis engourdie.

« Bon Dieu. » Il s'accroupit près de moi et prend le carnet qui repose sur mes genoux. « J'espérais arriver avant que tu ne l'aies lu.

— Pourquoi ? je demande à travers le brouillard. Pourquoi voulais-tu me cacher ça ?

— Pour cette raison, justement, dit-il en écartant mes mèches de cheveux trempées de larmes. Regarde-toi. Tu viens de perdre maman. S'il y a bien un truc dont tu n'as pas besoin, c'est d'un autre choc violent.

— Mais j'avais le droit de savoir, putain ! »

Le sol marbré amplifie ma voix. Joad regarde autour de lui et adresse un hochement de tête gêné au concierge.

« Viens, on remonte.

— Non, dis-je entre mes dents avant de me redresser. Tu aurais dû m'en parler. Maman aurait dû m'en parler ! J'ai lutté avec cette relation douloureuse toute ma vie. Et c'est *comme ça* qu'elle me l'apprend ?

— Tu n'es sûre de rien, Brett. Ce carnet ne nous apprend rien de particulier. À tous les coups, tu es bien la fille de Charles. »

Je tends mon index vers lui.

« Je n'ai jamais été la fille de ce connard. Jamais. Et il le savait. C'est pour ça qu'il ne m'a jamais aimée. Et maman n'a jamais eu le courage de me l'avouer !

— D'accord, d'accord. Mais ce dénommé Johnny Manns, c'était peut-être un enfoiré. Elle ne voulait sans doute pas que tu le retrouves.

— Non. C'est parfaitement clair. Elle m'a laissé son journal intime. Elle a laissé l'objectif 19 sur ma liste. Elle veut que je retrouve mon vrai père, que je développe une bonne relation avec lui. Maman était peut-être lâche quand elle était encore en vie, mais elle a au moins eu la décence de me laisser son histoire – *mon* histoire – avant de mourir. » Mes yeux se rivent dans les siens. « Et toi, tu allais me cacher tout ça ! Depuis combien de temps es-tu au courant ? »

Il détourne le regard et caresse son crâne luisant. Puis il se laisse tomber sur une chaise à côté de moi et scrute le carnet.

« Je l'ai trouvé il y a des années de ça, quand j'aidais maman à déménager à Astor Street. Ça m'avait rendu malade. Elle n'a jamais su que je l'avais lu. J'ai été choqué quand j'ai vu ce truc refaire surface, le jour des obsèques.

— Ça t'avait rendu malade ? Tu ne vois pas à quel point elle était heureuse, à travers ces pages ? » Je prends le carnet et l'ouvre au premier paragraphe. « *3 mai. Après vingt-sept ans de sommeil, l'amour est arrivé et m'a réveillée de ma somnolence. Celle que j'étais avant aurait trouvé cela mal et immoral. Mais la femme que je suis devenue se sent incapable d'arrêter la machine. Pour la première fois, mon cœur a trouvé son rythme. »*

Joad tend la main comme s'il ne peut pas supporter d'en entendre davantage. Mon cœur se radoucit. Ce ne doit pas être évident d'apprendre que sa mère a eu un amant.

« Qui d'autre est au courant ?

— Seulement Catherine. Et elle doit être en train d'en parler à Jay et à Shelley en ce moment même. »

Je laisse échapper une longue expiration. Mon frère pensait faire au mieux. Il voulait me protéger.

« Je suis capable d'encaisser tout ça, Joad. » Je me tamponne les yeux avec ma manche. « Je suis furieuse contre maman de ne pas me l'avoir dit des années plus tôt mais je suis heureuse qu'elle l'ait enfin fait. Je vais le retrouver. »

Il hoche la tête.

« J'étais sûr que tu le ferais. J'imagine que je ne peux pas te convaincre du contraire.

— Impossible. » Je lui adresse un sourire. « Tu allais quand même finir par me le rendre, pas vrai ? »

Il me lisse les cheveux.

« Bien sûr. Quand on aurait trouvé un moyen de solutionner l'affaire.

— De solutionner l'affaire ?

— Ouais, tu sais bien qu'on ne peut pas révéler tout ça au public. Maman était une marque à elle seule. Si l'entreprise n'a pas besoin d'un truc, c'est bien de voir sa réputation irréprochable ternie par une fille illégitime. »

J'en ai le souffle coupé. Les intentions de mon frère n'étaient pas si nobles, après tout. À ses yeux, je suis la fille illégitime qui risque de ternir la réputation de la marque Bohlinger.

Le soir même, je me glisse hors du lit pendant qu'Andrew dort, j'attrape mon ordinateur portable et ma robe de chambre avant d'aller m'asseoir dans le canapé. Avant même d'avoir eu le temps de faire une recherche sur Johnny Manns dans Google, je reçois un message sur Facebook de mon ancienne amie, Carrie Newsome. Je scrute la photo d'une femme simplement vêtue d'un sweat, celle qui avait été ma meilleure amie à une époque.

Brett Bohlinger ? Mon amie perdue de vue, celle de Rogers Park ? Je n'arrive pas à croire que tu te sois souvenue de moi – encore moins que tu m'aies retrouvée sur Facebook ! J'ai tant de bons souvenirs de toi. Crois-le ou non mais je serai à Chicago le mois prochain. La conférence de l'Association nationale des travailleurs sociaux aura lieu à McCormick Place, le 14 novembre. Tu aurais le temps de déjeuner avec moi ou, même mieux, de dîner ? Oh, Bretel, je suis tellement contente que tu m'aies retrouvée ! Tu m'as manqué !

Bretel. Le vieux surnom dont elle m'avait affublée quand nous étions enfants. Elle avait fait une liste de propositions après que je m'étais plainte une semaine durant de porter un prénom de garçon.

« Et qu'est-ce que tu penses de Bretchen ? Bretta ? Brettany ? » m'avait-elle demandé.

Nous nous étions arrêtées sur Bretel, un nom qui réveillait des images de maison en pain d'épice et d'enfants malins. Et le surnom était resté. Pour le reste du monde, j'étais Brett. Mais pour mon amie la plus chère, j'étais Bretel.

C'était par une matinée dorée d'automne que Carrie m'avait annoncé la nouvelle. Sa mère avait accepté un poste à l'université du Wisconsin. Vêtues d'une jupe à carreaux et d'un chemisier blanc, nous marchions sur le trottoir en direction de Loyola Academy, notre nouveau lycée. Il me semble entendre encore le crissement des feuilles mortes sous nos semelles, je revois la ramure rouge et or au-dessus de nos têtes. Mais la douleur que je ressens à la perte de Carrie n'est pas imaginée, elle. Je sens encore le serrement de mon cœur, comme s'il n'avait jamais vraiment guéri malgré tant d'années.

« Mon père m'emmène dîner ce soir, avais-je dit à Carrie.

— C'est super », avait-elle rétorqué. Elle était toujours ma plus fidèle alliée. « Je parie que tu lui manques. »

J'avais ramassé un tas de feuilles.

« Ouais, peut-être. »

Nous avions longé un demi-pâté de maisons en silence, puis elle s'était tournée vers moi.

« On va déménager, Brett. »

Elle n'avait pas employé mon surnom. Alarmée, j'avais plongé mon regard dans ses yeux débordant de larmes. Mais j'avais refusé de comprendre.

« On déménage ? avais-je demandé en toute sincérité.

— Non, pas nous deux ! »

À travers ses larmes, elle avait ri et un missile de morve avait explosé de sa narine.

« Dégoûtant ! » m'étais-je écriée.

Pliées de rire, nous avions chahuté dans les feuilles mortes, espérant que la joie ne cesse jamais. Car lorsqu'elle avait cessé enfin, nous avions scruté nos visages devenus inexpressifs.

« Dis-moi que tu blagues.

— Je suis désolée, Bretel, mais on déménage pour de bon. »

Mon univers s'était effondré ce jour-là. Du moins, l'avais-je cru. La fille qui pouvait lire dans mes pensées, qui pouvait mettre mes idées au défi, rire de mes blagues idiotes, cette fille allait me quitter. Madison semblait aussi éloigné de Rogers Park que l'Ouzbékistan. Cinq semaines plus tard, je me tenais sur son porche et agitais la main en un dernier adieu, derrière le camion de déménagement qui s'éloignait. Au cours de la première année, nous avions échangé des courriers réguliers comme deux amants fidèles. Jusqu'à ce qu'elle vienne me rendre visite un week-end. À l'issue duquel nous ne nous étions plus jamais adressé la parole. Je ne me pardonnerai jamais ce long silence. Et parmi tous les nouveaux amis que j'ai pu avoir au fil des ans, je n'en ai jamais aimé un autant que j'ai aimé Carrie Newsome.

Son message me dévisage comme un chiot affamé au pied de la table du dîner. Ne se souvient-elle pas de la façon dont je l'ai traitée, lors de notre dernière rencontre ? J'enfouis mon visage dans mes mains. Quand je relève enfin la tête, je pianote aussi vite que possible.

Tu me manques aussi, Care Bear, et je suis vraiment désolée. J'aimerais beaucoup te voir le 14 novembre.

J'appuie sur entrée.

Puis je tape JOHNNY MANNS.

9

Brad et moi sommes assis dans deux fauteuils en cuir identiques. Je sirote une tasse de thé tandis qu'il boit au goulot d'une bouteille d'eau et me raconte son voyage. Je sens des effluves de son eau de Cologne et, de près, je remarque qu'il a un jour eu l'oreille percée.

« San Francisco, c'est génial, dit-il. Vous y êtes déjà allée ?

— Deux fois. C'est une de mes villes préférées. » Je cache mon visage dans ma tasse de thé et lui demande : « C'était pour le travail ou pour les loisirs ?

— Pour les loisirs. Ma copine Jenna s'y est installée l'été dernier. Elle travaille pour le *San Francisco Chronicle.* »

Parfait. Nous sommes tous les deux en couple. Aucune tension sexuelle insidieuse ne viendra nous déconcentrer. Mais pourquoi mon cœur vient-il de faire un plongeon en piqué ?

« Super ! dis-je en m'efforçant d'avoir l'air enthousiaste.

— Oui, c'est super. Pour elle. Ça lui plaît beaucoup mais ça crée des problèmes dans notre couple.

— J'imagine bien. Ça ne doit pas être facile d'être

séparés par trois mille kilomètres, sans parler des trois heures de décalage horaire. »

Il hoche la tête.

« Et sans parler de nos onze ans d'écart. »

Je fais un rapide calcul mental et en conclus que Jenna doit avoir une trentaine d'années.

« Onze ans, ce n'est pas un écart énorme.

— C'est exactement ce que je lui répète. Mais elle se met à flipper, de temps à autre. » Il va à son bureau et prend la photo de la femme avec son fils – celle que j'avais prise pour sa grande sœur et son neveu. « Voilà Jenna, dit-il. Et lui, c'est son fils, Nate. Il est en première année à l'université de New York. »

Je scrute la femme au sourire timide et aux yeux bleu clair.

« Elle est très jolie.

— Oui, très. »

Il sourit à la photo et la jalousie me pince le cœur. Que doit-on ressentir, à être ainsi adorée ?

Je me redresse dans mon fauteuil et tente de prendre un air affairé.

« J'ai des nouvelles à vous communiquer. »

Il incline la tête avant de demander :

« Vous allez avoir un bébé avec Andrew ? Vous allez acheter un cheval ?

— Non. Mais j'ai rendu une dernière visite sur la tombe de Charles Bohlinger. »

Il arque les sourcils.

« Vous avez fait la paix avec lui ? »

Je hoche la tête.

« Charles Bohlinger n'était pas mon vrai père et j'ai besoin que vous m'aidiez à trouver cet homme-là. »

Je lui parle du journal intime de ma mère, de

l'homme dont elle est tombée amoureuse au cours de l'été précédant ma naissance.

« Le dernier message date du 29 août, le jour où Charles a découvert leur aventure et où Johnny a quitté la ville. Ma mère en a été dévastée. Elle voulait rompre avec Charles mais Johnny l'a poussée à rester. Il l'aimait mais il rêvait de devenir musicien. Il était incapable de se fixer quelque part. Je ne saurai jamais si elle avait eu conscience de sa grossesse ce jour-là. Mais elle était enceinte, c'est certain – de deux mois. Elle portait le bébé de Johnny. » Je remarque le front plissé de Brad. « Croyez-moi, Brad. Charles et moi, on ne s'est jamais ressemblés. On n'avait absolument aucun point commun. Johnny Manns est mon père, je n'ai pas l'ombre d'un doute. »

Brad prend une longue inspiration.

« C'est un gros morceau à avaler. Comment vous sentez-vous ? » demande-t-il.

Je pousse un soupir.

« Blessée. Déçue. Furieuse. Je n'arrive pas à croire que ma mère ne m'ait rien dit, surtout après la mort de Charles. Elle savait combien j'avais envie d'un père. Mais plus que tout, je me sens soulagée. Ça explique tant de choses. Je comprends enfin pourquoi mon père ne m'aimait pas. Ce n'était pas parce que j'étais une gamine horrible, comme je l'ai toujours cru. C'est parce que je n'étais pas sa fille. » Je déglutis et porte la main à ma bouche. « J'ai engrangé tant de haine à son égard. Et maintenant que je connais la vérité, cette colère s'estompe.

— C'est énorme. Imaginez donc, votre père est encore en vie, quelque part.

— Ouais, et ça, c'est effrayant. Je ne sais pas du tout comment le retrouver. » Je me mords la lèvre.

« Et je ne sais pas du tout comment il réagira quand j'apparaîtrai sur le pas de sa porte. »

Brad me serre la main et me regarde droit dans les yeux.

« Il vous aimera. »

Mon cœur, cet idiot, s'arrête un instant de battre. Je retire ma main et croise les doigts sur mes genoux.

« Vous croyez que vous pourriez m'aider à le retrouver ?

— Bien sûr que oui. » Il se relève d'un bond et s'approche de son ordinateur. « Commençons par faire une recherche sur Google.

— Ouah, je m'exclame avec une admiration moqueuse. Faire une recherche sur Google ? Mais vous pensez vraiment à tout. Accordez-vous une augmentation de salaire ! »

Il se tourne vers moi et son sourire s'efface. Mais le coin de ses yeux se plisse et je sais qu'il comprend ma plaisanterie.

« Petite maligne. »

J'éclate de rire.

« Vous croyez vraiment que je n'ai pas déjà fait cette recherche ? Allons, Midar. »

Il retourne s'asseoir dans le fauteuil et croise les jambes.

« Très bien, alors qu'avez-vous trouvé ?

— J'ai cru l'avoir trouvé du premier coup, un leader d'un groupe de musique répondant au nom de Johnny Mann. Mais le gars en question était né en 1918.

— Ouais, ça aurait fait de lui un sacré vieux débris, même en 1977. Et puis il s'appelle Manns, et pas Mann, non ?

— C'est ce qu'elle a écrit dans son journal intime.

Mais je n'exclus pas Mann. J'ai aussi essayé avec John, Johnny et Jonathan. Le problème, c'est qu'il y avait plus de dix millions de résultats sur Google ! Aucun moyen de le trouver sans parvenir d'abord à affiner ma recherche.

— Qu'a-t-elle écrit d'autre à son sujet ? Était-il originaire de Chicago ?

— Il venait du Dakota du Nord. Je pense qu'il devait avoir le même âge que ma mère, vu la façon dont elle le décrit, mais je n'ai aucune certitude. Il sous-louait un appartement au-dessus de celui de mes parents quand ils vivaient dans Bosworth Avenue, à Rogers Park. Il était musicien et il travaillait dans un bar en bas de la rue, le Justine's. »

Brad claque des doigts et pointe son index vers moi.

« Bingo ! On y va tout de suite. Au Justine's. On va poser des questions, voir si quelqu'un se souvient de lui. »

Je le dévisage puis lève les yeux au ciel.

« Rappelez-moi sur quel site Internet bidon vous avez obtenu votre diplôme d'avocat ?

— Pardon ?

— On parle d'une époque révolue, Brad, il y a trente ans de ça. Le Justine's ne s'appelle même plus comme ça. C'est un bar gay, le Neptune. »

Il plisse les yeux.

« Vous êtes déjà allée voir, c'est ça ? »

Je réprime un sourire et lève les mains.

« Bon, d'accord, j'avoue. Je suis aussi idiote que vous. De toute évidence, on ne peut pas faire ça seuls. On a besoin d'un pro, Brad. Vous connaissez quelqu'un qui pourrait nous aider ? »

Il va à son bureau et en revient avec son Blackberry.

« J'emploie quelqu'un de temps en temps pour des

affaires de divorce. Steve Pohlonski. Il est plutôt bon, comme détective. Mais je ne peux pas vous garantir qu'il retrouvera Johnny Manns.

— Il le faut absolument ! je m'écrie, prise soudain de l'envie désespérée de retrouver mon père. S'il n'y arrive pas, il y a bien quelqu'un d'autre qui le pourra. Je ne m'arrêterai pas tant que je n'aurai pas retrouvé cet homme. »

Brad me regarde et acquiesce.

« Très bien. C'est la première fois que je vous vois considérer un de vos objectifs avec autant d'enthousiasme. Je suis fier de vous. »

Il a raison. Ce n'est plus ma mère qui me pousse à remplir l'objectif 19. Ce n'est plus l'objectif d'une enfant. Développer une bonne relation avec mon père, c'est quelque chose que je souhaite de tout cœur, quelque chose dont j'ai rêvé toute ma vie.

Je quitte le cabinet de Brad en me demandant pourquoi j'éprouve un tel besoin de lui faire plaisir. Comme ma mère, il semble certain que je puisse remplir ces objectifs. Ensemble, nous arriverons peut-être à faire la fierté de ma mère. Avant que j'aie eu le temps de réfléchir davantage, mon portable sonne. J'ouvre la double porte qui débouche sur Randolph Street et je sors mon téléphone.

« Brett Bohlinger ? Ici Susan Christian, du service des écoles publiques de Chicago. Nous avons bien reçu votre CV, vos bilans de vaccinations et nous avons effectué une recherche sur vos antécédents. Je suis ravie de vous annoncer que tout a l'air en ordre. Vous êtes donc apte à effectuer des remplacements. Félicitations. »

Une rafale de vent d'octobre me gifle.

« Euh, d'accord, merci.

— Nous avons besoin d'un remplaçant pour une classe de CM2 demain, à l'école élémentaire de Douglas J. Keyes, à Woodlawn. Êtes-vous disponible ? »

Je suis allongée dans le lit avec mon roman et je parcours le même paragraphe pour la troisième fois quand j'entends la porte s'ouvrir. J'étais si heureuse de voir Andy à la fin de la journée, avant. À présent, ma poitrine se serre et j'ai du mal à respirer. Il faut que je lui avoue la vérité mais, à 22 heures, alors qu'il est épuisé et en grand besoin de se reposer, le moment me semble mal choisi. Du moins, c'est ainsi que j'évalue la situation.

Je referme mon livre dans un claquement et j'écoute Andrew fouiller dans les placards et le frigo. Puis j'entends ses pieds traîner dans l'escalier qui mène à notre chambre comme s'il portait des bottes de vingt kilos. Je peux toujours estimer l'humeur d'Andy au bruit que font ses pieds sur les marches. Ce soir, il est épuisé et découragé.

« Salut, dis-je en jetant mon livre sur le côté. Comment s'est passée ta journée ? »

Il s'affale au bord du lit sans lâcher sa bouteille de Heineken. Il a le teint cireux et des cernes noirs pareils à des croissants de lune sous les yeux.

« Tu te couches tôt. »

Je jette un coup d'œil au réveil.

« Il est presque 22 heures. C'est toi qui rentres plus tard que d'habitude. Tu veux que je te fasse à manger ?

— Non, c'est bon. » Il fait glisser sa cravate sur son torse et défait le bouton supérieur de sa chemise bleue miraculeusement impeccable. « Comment s'est passée ta journée ?

— Bien, dis-je en sentant ma pression artérielle grimper en flèche à l'idée de la journée de remplacement qui m'attend à l'école. Mais demain, ça va être tendu. J'ai une grosse réunion avec des clients importants.

— Tu t'en sortiras. Ta mère y arrivait. Tu y arriveras aussi. » Il boit une gorgée de bière. « Catherine t'aide bien ? »

Je fais un geste dédaigneux de la main.

« Elle gère la boîte, comme elle l'a toujours fait. »

Bon sang ! Je marche sur des œufs et il faut que je m'écarte avant de les écraser tous. Je replie les genoux contre ma poitrine et je les enlace.

« Raconte-moi ta journée », dis-je.

Il se passe la main dans les cheveux.

« C'était nul. J'ai un client accusé du meurtre d'un ado de dix-neuf ans qui avait balancé un caillou sur son Hummer. » Il pose sa bouteille sur un dessous-de-verre et s'approche de la penderie. « Gérer une entreprise de produits cosmétiques, à côté de ça, ça ressemble à une journée à Disneyland. »

Bien que je ne gère pas une entreprise, que je ne sois même plus une petite directrice du marketing, l'insulte m'atteint comme un coup de poing. Pour ce qu'il en sait, je suis présidente de cette entreprise de produits cosmétiques. Je m'attends donc à un minimum de respect, et un peu d'admiration et d'émerveillement, à vrai dire. J'ouvre la bouche pour me défendre mais je la referme avant de prononcer le moindre mot. C'est moi la menteuse, dans ce scénario, et s'il y a pire qu'une menteuse, c'est bien une menteuse moralisatrice.

Il sort un cintre en cèdre de la penderie et y accroche son veston. Puis il retire son pantalon, trouve le pli et le pend au cintre par les pieds. Je le regarde, émerveillée, et j'aimerais avoir sa patience, son désir d'être aussi méticuleux. Vêtu de son caleçon gris et de ses chaussettes noires à mi-mollets, il passe la brosse à habits sur son veston. La plupart des hommes auraient l'air ridicules dans cet accoutrement mais la plupart des hommes n'ont pas les abdos saillants d'Andrew Benson, ni sa peau lisse et bronzée.

« Je pense de plus en plus à Bohlinger Cosmetics. J'aimerais bien que tu envisages de m'engager. »

Tirée brutalement hors de ma rêverie, je hoquète. « Je… je ne suis pas certaine que ce soit une bonne idée. »

Il me dévisage.

« Ah bon ? Qu'est-ce qui a changé ? À une époque, tu en étais persuadée. »

Trois ans plus tôt, j'étais allée trouver ma mère et lui avais demandé de créer un poste pour Andrew. Elle avait refusé.

« Brett, ma chérie, je ne l'envisagerai pas tant que vous ne serez pas mariés. Et même à ce moment-là, tu auras du mal à me convaincre d'embaucher Andrew.

— Pourquoi ? Il est brillant. Andrew travaille plus qu'aucune autre personne de mon entourage. »

Elle avait hoché la tête.

« Andrew serait un élément clé de nombreuses entreprises, ça ne fait aucun doute. Mais je ne suis pas sûre qu'il soit une bonne recrue pour B.C. » Elle avait plongé son regard dans le mien, sa manière de faire lorsqu'elle avait une nouvelle difficile à annoncer. « Il m'est avis qu'Andrew est un peu trop agressif pour le genre de commerce que nous menons. »

Je déglutis et m'oblige à le regarder.

« Ma mère était contre, tu te souviens ? Et puis, tu as dit plusieurs fois que c'était une bonne décision. Tu as même admis que tu ne serais jamais heureux dans une entreprise de produits cosmétiques. »

Il monte sur le lit et place un bras nu de chaque côté de moi.

« Mais c'était avant que ma copine ne devienne présidente de cette entreprise.

— Ce qui confirme bien la chose, tu ne devrais pas y travailler. »

Il se baisse et dépose un baiser sur mon front, sur mon nez, sur mes lèvres.

« Imagine les avantages en nature, murmure-t-il d'une voix rauque. On m'installerait un bureau attenant au tien. Je serais l'avocat de l'entreprise et ton esclave sexuel. »

Je ris.

« Tu es déjà mon esclave sexuel. »

Il blottit son nez dans mon cou et soulève ma chemise de nuit.

« Y a rien de plus attirant qu'une femme de pouvoir. Venez ici, madame la présidente. »

Mais si tu savais que j'étais une prof remplaçante sans aucun pouvoir, me trouverais-tu tout de même attirante ? À tâtons, je cherche le bouton de la lampe et je suis bien heureuse lorsque la pièce se trouve plongée dans l'obscurité. Je reste étendue, immobile, tandis qu'il se fraye un chemin vers le bas de mon corps.

Mon petit ange me rappelle qu'il va falloir lui dire la vérité, et bientôt. Mon petit diable lui rétorque de s'occuper de ses oignons et enroule ses jambes autour du dos nu d'Andrew.

J'arrive à l'école élémentaire de Douglas Keyes vêtue d'un pantalon et d'un pull noirs, et arborant mes chaussures orange en l'honneur d'Halloween. Les enfants adorent les profs qui s'habillent selon les fêtes du calendrier, bien que je me refuse à enfiler le pull à motifs de citrouille avant d'avoir au moins cinquante ans.

La directrice, Mme Bailey, une belle Afro-Américaine, me guide dans le couloir jusqu'à la salle de classe de Mme Porter.

« Le quartier de Woodland abrite plusieurs logements sociaux et une large gamme de gangs de rues. Ce n'est pas le groupe d'élèves le plus facile, en termes d'enseignement, mais nous relevons le défi chaque jour. J'aime à croire que notre école élémentaire sert de havre de paix pour nos jeunes.

— C'est bien.

— Mme Porter a eu ses premières contractions ce matin, trois semaines avant terme. À moins qu'il ne s'agisse d'un faux travail, elle ne sera pas de retour avant six semaines. Êtes-vous disponible pour des remplacements à long terme si nous avons besoin de vous ? »

J'en ai le souffle coupé.

« Eh bien, laissez-moi réfléchir… »

Six semaines ? Ça fait quarante jours ! Mes tempes bourdonnent. Au-dessus de la double porte au bout du couloir, je vois le panneau rouge de sortie. Je suis tentée de courir dans sa direction et de ne jamais revenir. Mais je repense à la liste d'objectifs de cette petite adolescente. Si je purge ma peine pendant six semaines, j'aurai accompli l'objectif numéro 20. Même Brad serait d'avis que je tente le coup. Je pense aux propos de ma mère – ou du moins à ceux d'Eleanor Roosevelt : *Faites chaque jour quelque chose qui vous fait peur.*

« Oui, dis-je en décrochant le regard du panneau de sortie. Je suis disponible.

— Magnifique. Ce n'est jamais facile de trouver des remplaçants pour cet établissement. »

Un mélange de panique et de regret parcourt chacune de mes fibres nerveuses. Mais dans quoi me suis-je fourrée ? Mme Bailey déverrouille la salle et tâtonne pour trouver l'interrupteur.

« Le plan des cours est sur le bureau de Mme Porter. Si vous avez besoin d'autre chose, demandez-moi. »

Elle lève les pouces à mon intention avant de faire volte-face, puis je me retrouve seule dans ma salle de classe.

Je respire le parfum des vieux livres poussiéreux, je regarde le panorama de pupitres en bois. Une vieille illusion si familière s'insinue en moi. Au cours des vingt premières années de ma vie, j'ai rêvé d'enseigner dans une classe comme celle-ci.

La sonnerie stridente de l'école retentit et m'arrache de ma rêverie. Mes yeux se posent sur l'horloge au-dessus du tableau noir. Oh, mon Dieu ! Les cours vont commencer d'une minute à l'autre.

Je me précipite vers le bureau de Mme Porter et je cherche le plan de ses cours. Je soulève le registre de présence, je fouille dans un tas de devoirs mais pas de trace de ses instructions. D'un geste sec, j'ouvre le tiroir du bureau. Rien. Je parcours le meuble à dossiers suspendus. Toujours rien ! Mais où est ce satané plan de cours ?

Dans le couloir, j'entends le grondement d'une armée martelant le sol vers la salle de classe. Mon cœur bat la chamade et j'attrape un dossier dans un panier métallique. Des feuilles volantes s'éparpillent au sol. Eh merde ! J'arrive à lire le mot « cours » avant que le paquet ne s'étale à terre et glisse à l'envers sous mon bureau. Mon plan de cours. Dieu soit loué !

L'armée se rapproche. J'ai les mains qui tremblent lorsque je ramasse les papiers tombés. J'en ai récupéré la presque totalité, sauf le plus important, le plan du cours tombé sous le bureau de Mme Porter. À quatre pattes et désespérée de le récupérer, je me faufile sous le meuble. Mais la feuille est hors de ma portée. C'est à cet instant qu'entrent mes élèves, et mon arrière-train est le premier aperçu qu'ils ont de leur remplaçante.

« Joli cul », dit quelqu'un, suivi par un chœur de rires.

Je m'extrais de sous le bureau et lisse mon pantalon.

« Bonjour, les enfants. » J'élève la voix pour être entendue par-dessus le brouhaha matinal. « Je suis Mlle Bohlinger. Mme Porter est absente aujourd'hui.

— Cool ! dit un petit roux au visage constellé de taches de rousseur. Hé, les copains, on a une remplaçante aujourd'hui ! Asseyez-vous où vous voulez ! »

Comme dans un jeu de chaises musicales, mes élèves sautent de leur chaise et se battent pour en obtenir une autre.

« Retournez à vos places ! Tout de suite ! »

Mes mots sont avalés par le chaos. Il n'est que 8 h 30 et j'ai déjà perdu le contrôle de ma classe. Je tourne mon attention vers le fond de la salle, où une fille aux cheveux tressés telle Méduse hurle à l'attention d'un gamin à la peau brune qui semble avoir vingt ans.

« Arrête, Tyson ! »

Tyson tournoie en tirant sur le foulard rose fluo de la fille et se l'enroule autour de la taille, de plus en plus serré.

« Rends-moi mon putain de foulard ! » crie Méduse.

Je me dirige vers eux.

« Rends-lui son foulard, s'il te plaît. »

Je tends la main pour l'attraper mais Tyson s'éloigne hors de ma portée et continue à tournoyer et à tirer sur l'étoffe comme s'il s'agissait d'une guimauve.

« Allez, le rose ne te va pas bien.

— Ouais, crie le gamin aux taches de rousseur à l'autre bout de la salle. Pourquoi tu veux un foulard rose, Ty ? T'es gay ou quoi ? »

Tyson se redresse soudain. Il est presque aussi grand que moi, et il pèse facilement dix kilos de plus. Il enjambe les rangées de pupitres en direction du petit rouquin.

« Arrêtez ! »

Je me rue dans l'allée aussi vite que je peux mais je suis bien incapable d'enjamber le mobilier comme lui. Il a déjà empoigné le gamin à la gorge et il le secoue comme un martini. Mon Dieu, il va le tuer ! Et ce sera de ma faute ! Est-ce que je risque d'être condamnée pour homicide involontaire ? J'appelle Méduse.

« Va chercher la directrice. »

Quand j'arrive enfin près de la bagarre, le gamin aux taches de rousseur a le visage rouge et les yeux paniqués. Il lutte pour décrocher les doigts de Tyson autour de son cou. Je tire Tyson par le bras mais il me repousse.

« Lâche-le ! » je m'écrie.

Mais ma voix ne semble pas l'atteindre. Les élèves s'agglutinent pour assister à la bagarre, hurlant et vociférant dans une hystérie grandissante.

« Asseyez-vous ! » je crie. Ils ne bronchent pas. « Arrêtez ! Tout de suite ! »

J'entreprends de détacher les doigts de Tyson un à un, mais ils sont pareils à des tuyaux en acier. À l'instant où j'ouvre à nouveau la bouche pour crier, une voix sévère s'élève dans le couloir.

« Tyson Jones, venez ici. Immédiatement ! »

Aussitôt, Tyson lâche le cou du petit rouquin. Je manque m'effondrer de soulagement et lorsque je me retourne, j'aperçois Mme Bailey dans l'encadrement de la porte. À cet instant, les élèves reprennent place à leurs chaises, en ordre et en silence.

« J'ai dit : venez ici, répète-t-elle. Vous aussi, monsieur Flynn. »

Les garçons prennent leur temps pour arriver jusqu'à elle. Elle les attrape tous les deux par l'épaule et m'adresse un hochement de tête.

« Continuez votre cours, mademoiselle Bohlinger. Ces jeunes garçons vont passer la matinée avec moi. »

J'ai envie de la remercier. Non, j'ai envie de m'agenouiller devant elle pour lui baiser les pieds. Mais je n'ai pas confiance en ma propre voix. Je me contente d'acquiescer et j'espère qu'elle pourra lire la reconnaissance sur mon visage. Elle referme la porte derrière eux. Je prends une profonde inspiration et me tourne vers ma classe.

« Bonjour, les enfants », dis-je en m'appuyant d'une main contre le bureau pour retrouver mon équilibre. Je tente un sourire incertain. « Je suis votre remplaçante.

— Sans déconner, dit une fille qui semble avoir dix-sept ans. On le sait déjà.

— Elle revient quand, Mme Porter ? demande une autre fille, une princesse, si j'en crois l'inscription sur son T-shirt pailleté.

— Je ne sais pas, exactement, dis-je en regardant la salle. Encore des questions avant qu'on commence ? »

Qu'on commence quoi ? Ce putain de plan de cours est toujours sous mon bureau.

La princesse lève la main. Je me penche pour déchiffrer son nom.

« Oui, Marissa ? Une question ? »

Elle penche la tête et tend son crayon en direction de mes chaussures orange.

« Vous les avez vraiment achetées ? »

Tout ce que j'entends, c'est un chœur de rires juvéniles et aigus, et je me retrouve projetée à Meadowdale. Je frappe dans mes mains.

« Ça suffit ! » Mais mes paroles sont avalées dans le brouhaha. Il faut que je remette ces monstres prépubères sur le droit chemin, tout de suite. Je repère une fille au premier rang, qui s'appelle Tierra si j'en crois son badge.

« Toi, dis-je. Viens m'aider. »

Le volume sonore augmente dans la salle et je n'ai pas une minute à perdre.

« Il me faut le plan du cours, Tierra. » Je lui montre la feuille blanche sous le bureau. « Tu peux te glisser là-dessous et me la récupérer, s'il te plaît ? »

C'est sans doute la seule élève obéissante de la classe. Elle se met à quatre pattes et se faufile sous le bureau de Mme Porter, comme je l'avais fait quelques minutes plus tôt. Elle est plus petite que moi et elle atteint facilement le document. Je lis aussitôt le titre COURS D'ORTHOGRAPHE, LEÇON 9 – LE E MUET. Ce n'est pas mon plan de cours ! C'est une satanée dictée !

« Putain ! » dis-je sans réfléchir.

Stupéfaite, Tierra redresse brusquement la tête et se cogne avec violence sous le bureau. Le bruit du heurt résonne comme un coup de tonnerre dans toute la salle.

« Allez chercher l'infirmière ! » je crie sans savoir si quelqu'un m'écoute.

Après six heures et quarante-trois minutes interminables, je fais sortir les élèves de la salle. Je n'ai qu'une envie, m'enfuir en courant de cette école et engloutir un martini, mais Mme Bailey m'a convoquée dans son bureau. Ses lunettes violettes en équilibre au bout de son nez, elle me tend une liasse de papier et un stylo.

« Il faut que vous signiez ces rapports d'incidents, dit-elle en faisant un signe du menton vers la chaise. Vous feriez mieux de vous asseoir. Ça risque d'être long. »

Je me glisse sur une chaise en formica et je parcours le premier rapport.

« Vous devez être horriblement occupée, à gérer ces incidents toute la journée. »

Elle me dévisage par-dessus ses lunettes.

« Mademoiselle Bohlinger, vous avez envoyé plus d'élèves dans mon bureau aujourd'hui que la plupart des professeurs de cette école en une année scolaire. »

Je me crispe.

« Désolée.

— Je pense que vous avez bon cœur, dit-elle en hochant la tête. Je le pense vraiment. Mais votre sens de la discipline…

— Une fois que j'aurai pris l'habitude, ça ira mieux. » *Mais bien sûr, oui.* « Avez-vous eu des nouvelles de Mme Porter ? A-t-elle accouché ?

— Tout à fait. C'est une petite fille en pleine forme. » Mon cœur se serre mais je m'efforce de sourire. « Dans ce cas, je reviens lundi, bon pied, bon œil.

— Lundi ? » Elle retire ses lunettes. « Vous ne pensez pas que je vais vous autoriser à remettre les pieds dans cette salle de classe, si ? »

Mon premier réflexe est de ressentir une immense joie. Je ne serai plus jamais obligée de faire cours à ces petits vauriens ! Mais le rejet grogne à mon oreille. Cette femme ne veut plus me revoir dans son établissement. Il faut que je lui prouve, à elle et à ma mère, et à cette adolescente aux rêves idiots, que je suis capable d'enseigner.

« Si. J'ai juste besoin d'une autre chance. Je peux faire beaucoup mieux. Je sais que j'en suis capable. »

Mme Bailey hoche la tête.

« Je suis désolée, ma belle. Hors de question. »

Soit Brad était véritablement disponible, soit Claire avait senti que j'étais au bord de la dépression et s'était empressée de me dégager une place dans son emploi du temps, je n'en sais rien. Quoi qu'il en soit, il m'attend quand j'entre dans son cabinet. Mes cheveux, trempés par l'averse de cet après-midi, me collent au crâne et j'empeste la laine mouillée. Il passe un bras autour de mes épaules et me conduit au fauteuil en cuir déjà si familier. Il dégage un curieux parfum de résine. Je ferme les yeux et éclate en sanglots.

« Je suis nulle. Je suis incapable d'enseigner. Je ne pourrai jamais atteindre ces objectifs, Brad. Impossible.

— Arrêtez, murmure-t-il. Tout va bien.

— Vous avez eu des nouvelles de Pohlonski ?

— Pas encore. Je vous l'ai dit, ça risque d'être long.

— Je suis en train de perdre pied, Brad. Je vous jure. »

Il me tient à bout de bras.

« Nous allons traverser ça ensemble, c'est promis. »

Son ton calme me rend furieuse.

« Non ! dis-je en m'écartant de lui. Vous n'en savez rien ! Je suis sérieuse. Que se passera-t-il si je n'arrive pas à remplir ces objectifs ? »

Il se frotte le menton et me regarde droit dans les yeux.

« Honnêtement ? J'imagine que vous serez dans la même situation que des millions de gens sur cette planète, à galérer pour trouver un travail, à essayer de joindre les deux bouts. Mais contrairement à beaucoup de monde, vous n'aurez aucune dette sur le dos… Aucune angoisse quant à vos fonds de retraite… »

Ses paroles me font honte. Je me suis tellement vautrée dans l'autoapitoiement que j'en ai oublié ma chance – même en cet instant. Je baisse les yeux.

« Merci, dis-je. J'avais besoin d'entendre ça. » Je me glisse dans le fauteuil. « Vous avez tout à fait raison. Je vais trouver un autre travail dans le marketing. Il est temps que je reprenne ma vie en main.

— Votre vie d'avant, vous voulez dire ? Avec Andrew ? »

Une vague de tristesse me submerge tandis que j'imagine passer le restant de mes jours dans un emploi insipide, et mes soirées en solitaire dans un appartement déprimant qui ne serait jamais vraiment à moi.

« Bien sûr. C'est la seule vie que j'aie.

— C'est faux. Vous avez d'autres possibilités. C'est ce que votre mère essaye de vous expliquer. »

Je hoche la tête et je sens la frustration me gagner à nouveau.

« Vous ne comprenez rien ! Il est bien trop tard pour recommencer à zéro. Vous imaginez les probabilités de rencontrer l'amour de ma vie, de m'assurer qu'il veut des enfants, un chien et un satané cheval ? Mon horloge biologique tourne, Brad – cette cruelle horloge biologique misogyne. »

Brad s'installe dans le fauteuil en face du mien.

« Écoutez, votre mère pensait que, en réalisant les objectifs de cette liste, vous mèneriez une vie meilleure, pas vrai ? »

Je hausse les épaules.

« Peut-être.

— Votre mère vous a-t-elle jamais fait défaut ?

— Non, dis-je en soupirant.

— Alors faites en sorte de réussir, B. !

— Mais comment ? dis-je en me retenant de crier.

— En retrouvant la petite fille courageuse que vous étiez. Vous accusez votre mère d'être lâche mais vous n'êtes pas mieux. Vous voulez atteindre ces objectifs, je le sais. Mais vous êtes trop apeurée pour tenter votre chance. Allez exaucer vos rêves, B. Faites-le ! Maintenant ! »

10

Andrew est endormi sur le canapé quand j'arrive à l'appartement et le scintillement aléatoire de l'écran de télé joue à la marelle sur son visage. Il a dû rentrer du travail plus tôt. Je n'ai qu'une envie, passer devant lui sur la pointe des pieds, changer de vêtements et faire comme si je rentrais d'une longue journée au bureau, mais je n'en fais rien. Mon cœur tambourine dans ma poitrine. L'heure est venue.

J'allume une lampe et il remue.

« Quand est-ce que tu es rentrée ? demande-t-il d'une voix endormie.

— Il y a quelques minutes à peine. »

Il regarde sa montre.

« J'espérais qu'on arriverait avant l'heure de pointe au Gage.

— Bonne idée, dis-je en entendant le léger tremblement dans ma voix. Mais il faut d'abord que je te dise quelque chose. » Je prends une profonde inspiration. « Je t'ai menti, Andrew. Il est temps que tu apprennes la vérité. »

Je m'assieds à côté de lui dans le canapé et je lui révèle les rêves d'une fillette que je connaissais.

Quand je termine enfin, ma gorge me fait mal.

« Donc, voilà l'histoire. Je suis désolée de ne pas te l'avoir racontée plus tôt. J'avais peur que tu… j'avais peur que… » Je hoche la tête. « J'avais juste peur de te perdre. »

Andrew pose son coude sur le bras du canapé et se masse les tempes.

« C'est vraiment salaud de la part de ta mère.

— Elle pensait me rendre service. »

Je me surprends à la défendre, ce qui semble à la fois fou et complètement normal. Il finit par se tourner vers moi.

« Je n'y crois pas une seconde. Elizabeth ne te priverait pas de ton héritage. Au final, tu auras une fortune, que tu remplisses ces objectifs ou non. Retiens bien ce que je te dis. »

Je hoche la tête.

« Je ne pense pas. Brad ne le pense pas non plus.

— Je vais faire quelques recherches. Tu n'as pas encore touché le moindre sou, pour l'instant ?

— Non, et je n'ai pas le temps de mener l'enquête. Je dois avoir rempli les objectifs d'ici septembre. »

Il reste bouche bée.

« Septembre prochain ?

— Oui, dis-je avant de prendre une profonde inspiration. Alors, j'ai besoin de savoir ce que tu penses de tout ceci.

— Ce que j'en pense ? Mais c'est complètement dingue, putain ! » Il pivote pour me faire face. « Il faut que tu fasses ce que tu veux, bébé, pas ce que ta mère veut que tu fasses. Bon, je ne t'ai pas connue à quatorze ans, quand tu rêvais d'être prof et d'avoir des bébés. » Il arque un sourcil et me sourit. « Je ne connais que la femme accomplie que tu es devenue, ou plutôt celle que tu vas devenir quand tu obtiendras ton prochain poste. » De son pouce, il me caresse la joue. « Je vois une femme de pouvoir qui aime mener une vie insouciante, sans les complications qu'engendre un enfant. Une femme forte et brillante. Une femme qui ne se laissera manipuler par personne – certainement pas par sa défunte mère. » Il pose la main sur ma cuisse. « Alors dis-moi, bébé, qui a raison ? Ta mère ou moi ? »

J'ai les joues en feu. Il ne détache pas son regard du mien. Si je réponds honnêtement, je le perds. Les paroles de ma mère résonnent en moi comme si elle me les criait depuis là-haut : *Quand tu as peur, empoigne ce courage et libère-le car tu sais désormais qu'il sommeille en toi, comme je l'ai toujours su.*

« C'est ma mère qui a raison, je murmure.

— Bon sang. »

Des larmes s'échappent au coin de mes paupières et je les essuie.

« Je vais m'arranger pour déménager cette semaine. » Je m'apprête à me lever mais il m'attrape le bras.

« Tu es en train de me dire que c'est la seule manière de récupérer ton héritage ? Il n'y a pas d'autre possibilité ?

— Oui, c'est exactement ce que je suis en train de te dire.

— De combien on parle, là ? Cinq ou six millions ? »

Parle-t-il de mon héritage ? Je suis d'abord prise au dépourvu mais, après tout, je lui demande d'être mon partenaire dans cette entreprise. N'a-t-il pas le droit de savoir ?

« Ouais, quelque chose dans ce goût-là. Je ne le saurai pas exactement tant que je n'aurai pas eu mon enveloppe. »

Sans trop savoir pourquoi, je ne lui révèle pas le montant exorbitant qu'ont reçu mes frères. Il lâche une profonde expiration et ses narines frémissent.

« Ça craint, tu sais. »

J'acquiesce et m'essuie le nez d'un revers de main.

« Putain ! » dit-il en serrant les poings. Il relève enfin les yeux vers moi. « Très bien, putain de merde, si c'est la seule solution, j'imagine qu'on va devoir faire avec. »

Je le dévisage, bouche bée.

« Tu… tu vas m'aider à atteindre mes objectifs ? »

Il hausse les épaules.

« Je n'ai pas le choix, si ? »

Sa réponse me paraît étrange : s'il y a un personnage qui a le choix, dans cette pièce de théâtre, c'est bien lui. Un sentiment de malaise m'envahit mais je l'étouffe en espérant de tout cœur que mon instinct se trompe. Il est disposé à m'aider à atteindre mes objectifs ! Nous allons fonder une famille ! Pour la première fois, Andrew fait passer mes besoins avant les siens. De quel droit puis-je remettre en question ses motivations ?

Avec un soulagement bienheureux, je me retrouve seule dans l'appartement en ce dimanche après-midi. Depuis notre prise de décision vendredi soir, Andrew s'est montré plus froid que les rafales sur le lac Michigan. Alors aujourd'hui, quand il a grommelé qu'il était obligé de passer à son cabinet, je lui ai lancé son manteau et je l'ai poussé dehors avant qu'il ait le temps de changer d'avis. Je ne peux pas lui en vouloir d'être contrarié. Il a été déboussolé par cette liste d'objectifs absurde, tout comme moi. Et tout comme moi, il va lui falloir un peu de temps pour s'habituer à envisager un nouveau mode de vie.

J'emporte mon ordinateur portable à la table de la salle à manger et je me connecte à Facebook. Un message. Une réponse de Carrie Newsome.

Youpi ! J'ai hâte de te voir le 14 ! Merci de m'avoir proposé de dîner à l'hôtel. Ce sera plus simple que de me trimballer à travers toute la ville. 18 heures, c'est parfait. Je ne m'étais pas rendu compte à quel point tu m'avais manqué, Bretel.

Aucune allusion à ma trahison. Qui pourrait se montrer aussi indulgent ?

Quand j'avais vu Carrie pour la dernière fois, j'étais en seconde à Loyola Academy. Elle habitait à Madison depuis un an et, pour son quinzième anniversaire, ses parents lui avaient offert un ticket de bus pour venir me voir. Elle avait paru surprise en me voyant. Tant de choses avaient changé au cours de ces douze mois. J'avais intégré l'équipe de cheerleading et j'avais aussitôt été catapultée dans les rangs des élèves populaires. On m'avait retiré mon appareil dentaire et je me maquillais. J'avais la même coupe que Rachel dans *Friends*, ce qui m'obligeait à me lisser les cheveux laborieusement chaque matin. Mais Carrie était exactement la même – simple, râblée et sans aucun ornement.

Nous nous étions assises dans ma chambre et avions écouté un CD des Boys II Men en feuilletant l'album de mon école. Quand j'avais vu la photo de Joni Nicol, je la lui avais montrée.

« Tu te souviens du frère de Joni, Nick ? Je craque à fond pour lui. Il y a beaucoup de mecs mignons à Madison ? »

Elle m'avait dévisagée comme si la question l'avait prise au dépourvu.

« Je ne sais pas. Je n'ai pas vraiment fait attention. »

Mon cœur s'était brisé. Carrie n'avait jamais eu de copain. J'avais gardé les yeux rivés sur mon album, gênée pour elle.

« Un jour, tu rencontreras un mec super, Care Bear.

— Je suis lesbienne, Bretel. »

Elle l'avait dit en toute simplicité, comme si elle m'avait annoncé sa taille ou son groupe sanguin. Je l'avais dévisagée et j'avais prié pour qu'elle éclate de rire.

« Tu plaisantes ?

— Nan. Je l'ai annoncé à mes parents, il y a quelques mois. Je l'ai su plus ou moins toute ma vie. »

Ma tête tournait.

« Alors toutes les fois où on était ensemble, les nuits où on a dormi dans le même lit… »

Elle avait éclaté de rire.

« Quoi ? Tu crois que je te draguais ? Ne t'inquiète pas, Bretel, c'était pas ça du tout ! »

Mais mon esprit obtus d'adolescente de quinze ans n'avait pas pu enregistrer l'information. Ma meilleure amie était anormale. J'avais scruté ses cheveux courts et ses ongles coupés à ras, son visage dénué de maquillage et son sweat informe. Elle m'avait soudain paru étrangère, si masculine et si bizarre.

Je ne l'avais pas emmenée à la fête d'Erin Brown le soir même, comme nous l'avions prévu. J'avais trop peur que mes nouveaux amis ne découvrent la vérité. S'ils l'avaient appris, ils auraient pu penser que j'étais homo, moi aussi. Au lieu de cela, j'avais feint une migraine et nous étions restées regarder des films à la maison. Nous ne nous étions pas assises côte à côte sous la même couverture à partager un paquet de Doritos comme par le passé. Je m'étais installée dans le vieux fauteuil inclinable de mon père. Quand ma mère était rentrée plus tard et qu'elle avait vu Carrie endormie sur le canapé, j'avais porté mon index à mes lèvres.

« Ne la réveille pas. Elle est bien installée. »

Ma mère avait posé une couverture sur Carrie et avait quitté la pièce en silence. J'étais montée à pas de loup jusqu'à ma chambre et j'étais restée éveillée toute la nuit.

Le lendemain matin, pendant que je prenais ma douche, Carrie avait appelé la compagnie de bus. Elle était partie à midi, un jour plus tôt que prévu.

J'ai honte d'admettre que j'avais été soulagée lorsque le bus Greyhound avait tourné à l'angle de la station pour s'éloigner vers le nord.

La semaine suivante, j'avais reçu une lettre de Carrie où elle s'excusait de m'avoir imposé « sa nature flippante » sans m'avertir. Elle espérait que notre amitié n'en serait pas changée. Elle terminait sa lettre en disant : *Réponds-moi vite, Bretel ! J'ai besoin de savoir ce que tu penses*.

J'avais caché sa lettre sous une pile de magazines *Seventeen* le temps de réfléchir à ma réponse. Mais les semaines s'étaient changées en mois, puis en années. Quand j'avais enfin trouvé le courage de repenser à son orientation sexuelle, je n'avais pas eu le cran de lui écrire. J'étais bien trop lâche pour faire remonter à la surface le souvenir de ce week-end désagréable ou, plus honnêtement, de ma trahison. Je brûle encore de honte face à tant d'insensibilité.

C'est lundi et je viens de terminer une conversation téléphonique avec le service des écoles publiques de

Chicago quand Brad m'envoie un SMS. Son rendez-vous dans les quartiers nord a été annulé et il se demande si je peux le retrouver pour déjeuner à P. J. Clarke. Comme il l'a promis à ma mère, il ne me quitte pas des yeux et il s'assure que je me rapproche chaque jour un peu plus de mes objectifs.

J'applique un peu de gloss sur mes lèvres, je verse mon café fraîchement coulé dans un thermos et je descends. Je sors de l'immeuble en dansant presque et je heurte un grand brun. Du café se répand sur mon manteau.

« Merde ! dis-je sans penser.

— Oh, bon sang, je suis désolé. » Sa voix contrite me rend soudain joyeuse. « Hé, mais comme on se retrouve ! »

J'arrête d'essuyer mon manteau et relève la tête pour croiser les yeux magnifiques de l'homme Burberry.

« Tiens, salut, dis-je comme une adolescente qui viendrait d'être remarquée par la star de l'équipe de foot.

— Salut. » Il montre l'immeuble du doigt. « Vous vivez ici ?

— Hm-hm. Et vous ? »

Quelle faux cul ! Tu sais très bien que oui !

« Non, je n'y habite plus. J'ai loué ici pendant quelques mois, le temps de faire rénover mon appartement. Je passais juste pour récupérer ma caution. » Ses yeux se posent sur la tache de café. « Mon Dieu, j'ai bien abîmé votre manteau. Venez, je vous offre au moins un autre café. Il y a un Starbucks au coin de la rue. C'est le moins que je puisse faire. »

Il se présente mais je n'écoute pas le moindre mot. Mon esprit s'accroche encore à son invitation à boire un café. Oh, avec plaisir, bon sang ! Mais non… Je suis censée retrouver Brad. C'est bien ma veine.

« Merci, une autre fois peut-être. J'ai rendez-vous pour déjeuner. »

Son sourire s'efface.

« Très bien, bon déjeuner, alors. Et encore toutes mes excuses pour la tache de café. »

J'ai envie de le rappeler, de lui expliquer que j'ai seulement rendez-vous avec un ami, que je suis libre pour prendre un café plus tard. C'est pourtant méprisable. Brad est un ami, oui. Mais Andrew est bien plus que ça.

« Comment va la vie ? je demande à Brad après que nous avons commandé nos sandwichs au bacon. Vous préparez votre prochain voyage à San Francisco ?

— J'espère y aller pour le week-end de Thanksgiving, dit-il. Nate sera parti chez son père. Mais Jenna n'a pas encore décidé de ce qu'elle voulait faire. »

J'acquiesce mais je m'inquiète secrètement de voir Brad se faire balader.

« Et vous ? demande-t-il. Vous avez fait des progrès sur la liste ? »

Je m'avance au bout de la banquette et je relève le menton.

« Pour tout vous dire, oui. Vous vous souvenez de Mme Bailey, la directrice de Douglas Keyes dont je vous avais parlé ? Eh bien, elle m'a recommandée pour un emploi à domicile – on fait cours aux enfants malades, à l'hôpital ou directement chez eux.

— Sympa. Une sorte de cours en tête à tête ?

— Exactement. J'ai un entretien d'embauche demain matin. »

Il lève la main pour claquer la mienne.

« Super ! »

Je l'écarte d'un geste modeste.

« Ne vous emballez pas. Je n'obtiendrai jamais le poste. Mais pour une raison qui m'échappe, Mme Bailey pense que ça me conviendrait bien.

— Je vous soutiens à fond.

— Merci. Et ce n'est pas tout. » Nos sandwichs arrivent et je lui parle de mon dîner du 14 avec Carrie. « Elle vit à Madison. Elle est travailleuse sociale, maintenant, et elle est en couple. Je n'arrive pas à croire qu'elle puisse avoir trois enfants.

— Ce sera bien de rattraper le temps perdu, hein ? »

Je me sens rougir.

« Oui, mais j'ai été une amie nulle. J'ai beaucoup à me faire pardonner.

— Hé, dit-il en posant sa main sur la mienne. Vous faites de sacrés progrès. Je suis fier de vous.

— Merci. Et devinez quoi ? J'ai enfin parlé de la liste à Andrew. Il est d'accord ! »

Au lieu de me féliciter, Brad m'adresse un regard en coin.

« Vous êtes sûre ? »

Je m'essuie la bouche avec ma serviette.

« Oui, certaine. C'est si surprenant que ça ? »

Il hoche la tête comme s'il essayait de se remettre les idées en place.

« Je suis désolé. Non, c'est super.

— Avez-vous eu des nouvelles du détective ? Steve je-ne-sais-plus-quoi ?

— Pohlonski, dit-il en noyant son sandwich dans une gorgée de Coca Light. Pas encore. Mais je vous tiendrai au courant dès qu'il trouve quelque chose.

— Mais ça fait déjà plus d'une semaine. Je pense qu'il est temps de le lâcher et d'engager quelqu'un d'autre. »

Il s'essuie la bouche.

« Je sais que vous êtes impatiente de savoir, Brett, mais il travaille dur. Comme je vous l'ai dit, il a trouvé quatre-vingt-seize Manns nés dans le Dakota du Nord entre 1940 et 1955. Il a réduit les probabilités à six hommes. Il les appellera un à un cette semaine.

— Mais vous m'avez dit ça il y a trois jours ! Combien de temps faut-il pour passer un coup de fil ? Donnez-moi la liste. Je m'en charge cet après-midi.

— Non. Pohlonski dit qu'il vaut mieux laisser un tiers instaurer le premier contact. »

Je soupire.

« Bon, il ferait mieux d'avoir du nouveau d'ici à vendredi ou je lui retire l'affaire.

— Vous lui retirez l'affaire, dit Brad dans un éclat de rire. Je connais quelqu'un qui regarde un peu trop *Les Experts.* »

J'essaie de conserver ma moue boudeuse mais, au fond de moi-même, je me rends compte à quel point ce gars me plaît.

« Vous êtes vraiment chiant, Midar. »

Le ciel a la couleur des yeux d'un nouveau-né et les vagues d'un gris cendre sont ourlées d'écume blanche. Meg, Shelley et moi avons décidé de faire de la marche sportive dans Grant Park en poussant chacune notre tour la poussette d'Emma.

« Mon QI a chuté de vingt points depuis que j'ai arrêté de travailler, dit Shelley, essoufflée. Ça fait des semaines que je n'ai pas lu le journal. Et la clique des mamans du quartier – c'est pire que la cour du collège !

— Tu n'es peut-être pas faite pour rester à la maison, dis-je en marchant à côté d'elle.

— Je n'ai jamais vu de femmes avec un tel esprit de compétition, je t'assure. L'autre jour au parc, j'ai juste fait allusion au fait que Trevor savait compter jusqu'à trente. Pas mal pour un gamin de trois ans, hein ? Eh bien non. Melinda s'est empressée d'ajouter "Sammy, lui, il compte jusqu'à cinquante." Et Lauren, la blondasse, a fait la moue et elle a montré la petite Kaitlyn en murmurant : "Jusqu'à cent. Et en mandarin." »

Megan et moi éclatons de rire.

« En parlant de compétition, dit Megan en agitant les poings devant elle. Tu as réussi à trouver un boulot dans l'enseignement, Brett ? Celui dans lequel tu n'es pas obligée d'entrer dans une salle de classe ? »

Elle se met à pouffer.

« Eh bien, à vrai dire, oui, je l'ai trouvé. »

Shelley et Megan me dévisagent.

« On m'a proposé un poste ce matin.

— C'est génial ! s'exclame Shelley. Tu vois, toi qui croyais ne pas être à la hauteur. »

Je me mords la lèvre.

« J'étais la seule candidate.

— Dans ce domaine ? demande Megan en se tirant sur les bras sans cesser de marcher.

— Hm-hm. Il semblerait que le 299 soit un quartier difficile pour les écoles publiques de Chicago – c'est ce que le directeur du personnel m'a dit. Il a ajouté qu'il fallait aimer prendre des risques. »

Je leur parle du poste à domicile, qui permet d'enseigner aux enfants à l'hôpital ou chez eux, en privé.

« Attends, dit Megan en s'arrêtant. Tu vas aller à leur domicile ? Dans le South Side ? »

J'ai mal au ventre mais je reprends la marche.

« Oui, c'est ça. »

Megan reste à ma hauteur, les yeux écarquillés.

« Mais putain, tu es folle ! Ma vieille, on parle de logements sociaux, là… Rien que des taudis merdiques infestés de cafards.

— Megan n'a pas tort, dit Shelley. Tu es sûre que c'est sans risque ?

— Bien sûr, dis-je en regrettant de ne pas me sentir aussi assurée que le laisse transparaître le ton de ma voix.

— Écoute, dit Megan. Accepte ce putain de boulot si tu es obligée, mais démissionne à la seconde où Brad valide tout ça.

— Vous vous rendez compte ? Je vais peut-être remplir l'objectif 20. » Je fais demi-tour pour leur faire face. « Et devine quoi, Shelley. Andrew a embauché Megan. On va acheter une maison.

— Tu te rends compte, dit Megan en assénant une petite tape sur le bras de Shelley du revers de la main. Ils vont acheter une maison au bord du lac. Jackpot !

— Non, dis-je. Dissuade-le de regarder les McMansions, Meg. Ces bâtisses sont détestables.

— Si tu le dis. Mais bon, ce genre de commission serait bien agréable. »

Elle se mordille la lèvre inférieure comme si elle calculait ses six pour cent.

« Laisse tomber. On ne peut pas se le permettre.

— Andrew m'a dit que tu allais hériter d'une putain de fortune. Il m'a aussi parlé de ton intéressement aux bénéfices. Crois-moi, vous n'aurez aucun problème à obtenir un prêt. »

Je hoche la tête.

« Tout ce que génère l'intéressement aux bénéfices est directement placé sur mon compte épargne. Si je m'avisais d'y toucher, je me ferais rétamer par les impôts. Et il oublie qu'il nous faut maintenant penser à l'avenir de notre enfant. Essaie de trouver un endroit mignon, avec un petit jardin à l'arrière de la maison et pas loin d'un parc, peut-être. »

Elle me dévisage comme si j'étais folle à lier mais elle finit par acquiescer.

« Absolument. Je suis sur le coup.

— C'est dingue comme Andrew a fait du chemin, dis-je. Tout se goupille bien. J'ai acheté un livre, l'autre jour, *À quoi s'attendre quand on attend un enfant*. C'est tellement amusant de penser que je pourrais être enceinte bientôt et…

— Le mariage est prévu quand ? » m'interrompt Shelley.

J'accélère le pas et garde les yeux rivés sur le trottoir. Shelley est bien la seule personne à se douter que, dans un monde parfait, je préférerais être mariée avant d'avoir un bébé.

« Le mariage ne figurait pas sur ma liste d'objectifs.

— Je ne te parlais pas de ta liste. »

Je finis par m'arrêter et j'essuie la sueur de mon front.

« À dire vrai, Shel, je n'en sais rien.

— Il faut que tu expliques à Andrew qu'il… »

Je hoche la tête.

« Écoute, la vie n'est jamais parfaite. On fait de notre mieux pour avancer sur cette route ensemble. Admets-le, Meg, tu es avec Jimmy parce que tu as peur d'être pauvre. »

Elle me fusille du regard mais elle hausse les épaules.

« Tu as raison. En gros, je suis une prostituée. Mais c'est plus fort que moi, je déteste travailler.

— Et sois honnête, Shel, tu es triste depuis que

tu as démissionné. » Je passe un bras autour de ses épaules. « Franchement, je ne sais pas si Andrew aura envie de m'épouser. Mais il est d'accord pour faire d'autres choses pour moi, des choses importantes, comme d'avoir un bébé. Alors pour l'instant, c'est peut-être suffisant. »

Shelley renifle.

« C'est si évident que je suis triste ? »

Je souris.

« Tu te souviens quand je suis tombée dans l'escalier, aux obsèques de ma mère ? D'accord, j'étais bourrée mais j'essayais aussi de faire rentrer mes pieds dans des chaussures qui ne m'allaient pas. J'ai peur que tu essaies en ce moment de te glisser dans le moule de la mère au foyer alors que tu n'y rentres clairement pas. »

Elle lève les yeux vers moi.

« Ah ouais ? Eh bien moi, j'ai peur que tu essaies de te glisser dans le moule d'Andrew, alors qu'il n'est clairement pas fait pour toi. »

Touché. Si j'avais le cran, j'admettrais que ça m'inquiète aussi. J'avouerais que parfois, lorsque Andrew se montre distant et que je me sens seule, je me demande si j'ai encore le temps de rencontrer quelqu'un d'autre avant septembre, quelqu'un dont je puisse tomber amoureuse et avec qui je pourrais envisager d'avoir des enfants. Mais bien sûr, cette personne n'existe pas. Je me demande ce que penserait ma mère si elle savait que son petit plan m'a rendue plus dépendante d'Andrew que jamais.

11

Mes premiers jours de travail se déroulent dans un brouillard complet. Depuis mercredi, je marche dans le sillage d'Eve Seibold, la sexagénaire qui libérera son poste dès qu'elle me jugera un tant soit peu compétente. Jusqu'à présent, elle n'a pas encore évoqué de date. Vendredi après-midi, nous sommes installées dans le bureau du service à domicile au deuxième étage du bâtiment administratif. Comparée à mon ancien bureau spacieux à Bohlinger Cosmetics, cette pièce en béton ressemble à un placard de concierge. Mais une jolie fenêtre surplombe East 35th Street et quand j'aurai installé les géraniums en pot de ma mère sur le rebord, l'endroit semblera presque joyeux.

Je suis assise au bureau et je parcours les dossiers des élèves tandis qu'Eve vide ses tiroirs.

« Le cas d'Ashley Dickson est plutôt simple, dis-je. Plus que deux semaines de congé maternité et elle retournera à l'école. »

Eve rit.

« Croyez-moi, aucun cas n'est jamais simple. »

Je pose le dossier d'Ashley avant d'en ouvrir un autre, celui d'un élève de sixième.

« Une maladie mentale à onze ans ?

— Ah, Peter Madison. » Eve sort deux carnets de son bureau et les fourre dans un carton. « Fou à lier. Son psy veut vous parler. Le docteur Garrett Taylor. La mère de Peter lui a donné pleins pouvoirs. » Elle me montre un numéro de téléphone griffonné en haut du dossier. « Voilà le numéro du toubib. »

Je feuillette le dossier et tombe sur le bilan psychiatrique de Peter. Diverses agressions en salle de classe… Expulsion pour le reste du semestre. Et moi qui m'inquiétais des logements insalubres.

« Qu'est-ce qui cloche chez lui ?

— SPM, me dit-elle. Syndrome du petit merdeux. » Elle sort un gâteau écrasé du fond d'un tiroir, le contemple un moment puis le jette dans la poubelle métallique. « Le docteur Taylor parle de “troubles du comportement” mais je ne suis pas idiote. Ce gamin est comme des centaines d'autres, dans ces quartiers de Chicago. Pas de père, une consommation de produits illicites dans la famille, pas assez d'attention, bla bla bla.

— Mais ce n'est qu'un enfant. Il devrait aller à l'école. Ils ne peuvent pas le priver d'instruction.

— C'est là qu'on intervient. On lui offre nos services à domicile deux fois par semaine et il est considéré comme scolarisé. C'est la loi quatre-vingt-quelque-chose de l'État de l'Illinois. Assurez-vous d'appeler le docteur Taylor avant de partir ce soir. Il vous expliquera la situation. »

Quand j'ai fini de lire les dossiers des sept élèves, il est presque 18 heures. Eve est partie une heure plus tôt en emportant deux grands cartons où s'entassaient toutes sortes de bibelots, plusieurs vases et photos encadrées de ses petits-enfants. Je rassemble mes notes et mon sac à main, soudain pressée d'être en week-end à mon tour. Alors que je m'apprête à éteindre la lumière, je me souviens que j'étais censée appeler le psychiatre de Peter. Bon sang. Je retourne à mon bureau. Un vendredi à cette heure-ci, il sera déjà parti. Mais je préfère lui laisser un rapide message. Je compose son numéro et répète mentalement le message que je compte laisser sur son répondeur.

« Garrett Taylor, me répond une voix mélodieuse de baryton.

— Oh… bonjour. Je, euh, je ne m'attendais pas à ce que vous répondiez. J'avais l'intention de vous laisser un message.

— Encore dix minutes et vous auriez dû le faire. Que puis-je faire pour vous ?

— Je m'appelle Brett Bohlinger. Je suis le nouveau professeur à domicile. Je vais travailler avec Peter Madison.

— Ah oui, Brett. Merci d'avoir appelé. » Il lâche un petit rire. « Vous vous attendiez à entendre mon répondeur mais moi, je m'attendais à entendre une voix d'homme. »

Je souris.

« Oui, c'est toujours le piège quand on a un prénom masculin.

— Je l'aime beaucoup. Il n'y a pas un personnage d'Hemingway qui porte ce nom ? »

Je m'adosse à ma chaise, impressionnée qu'il ait fait le lien.

« Si, Lady Brett Ashley dans *Le soleil se lève aussi*. Ma mère… » Je me rends compte que je lui raconte ma vie. Les psychiatres ont-ils toujours cet effet sur les gens ? « Pardon. Vous vous apprêtiez à partir. J'en viens au vif du sujet.

— Prenez votre temps. Je ne suis pas pressé. »

Sa voix dégage quelque chose de familier et d'amical, j'ai l'impression de parler à un ami de longue date plutôt qu'à un membre du corps médical. J'attrape une feuille et je lève mon stylo.

« Je vous appelle au sujet d'un élève, Peter Madison. Que pouvez-vous me dire à son sujet ? »

J'entends un bruit à l'autre bout du fil, comme si le docteur Taylor se mettait à l'aise dans son fauteuil.

« Peter est un enfant très curieux. Il est extrêmement intelligent, très manipulateur. D'après ce que j'ai pu comprendre jusqu'à présent, c'était une vraie terreur dans sa classe. Le service d'éducation a souhaité effectuer un bilan psychiatrique complet, c'est pour ça qu'ils ont fait appel à moi. Je ne travaille avec lui que depuis septembre, alors on va apprendre des choses sur lui au fur et à mesure, vous et moi. »

Il me raconte les frasques de Peter en classe, ses moqueries à l'encontre d'un élève atteint d'infirmité motrice cérébrale, les tourments infligés au hamster de l'école sans oublier le jour où il a coupé les cheveux d'une camarade.

« Il tire un véritable plaisir de la réaction qu'il suscite chez les autres. Il prend plaisir à infliger des blessures émotionnelles. Il s'en trouve même grandement stimulé. »

Dehors, le vent hurle et je serre mon pull sur ma poitrine.

« Comment en est-il arrivé là ? A-t-il été maltraité ou je ne sais quoi ?

— Sa mère est quelque peu limitée mais elle semble préoccupée par son fils. Le père n'est pas dans les parages, donc il pourrait y avoir un traumatisme lié à cette absence. Ou il est aussi possible que les troubles psychologiques de Peter soient le simple résultat d'un héritage génétique malheureux.

— Vous voulez dire qu'il pourrait être né ainsi ?

— C'est possible. »

Rien, dans *À quoi s'attendre quand on attend un enfant*, n'abordait ce sujet. J'imagine un chapitre intitulé HÉRITAGE GÉNÉTIQUE MALHEUREUX.

« Mais vous découvrirez que Peter peut être tout à fait charmant, quand il l'a décidé.

— Ah oui ? Genre, quand il glissera une paire de ciseaux dans mes cheveux ? »

Il rit.

« Je crois que je vous ai fait peur. Vous vous en sortirez parfaitement. Vous avez l'air très compétente. »

Hm-hm. Tellement compétente que ma propre mère m'a virée.

« Vous serez les yeux et les oreilles de notre établissement, ce qui nous sera d'une aide très précieuse. J'aimerais que vous m'appeliez après chacune de vos visites. C'est possible ?

— Oui, tout à fait. Eve et moi sommes censées aller le voir lundi. »

Sauf si je trouve une bonne excuse d'ici là.

« Mon dernier rendez-vous se termine à 17 heures, lundi. Vous pourrez m'appeler à ce moment-là ?

— Bien sûr », dis-je, mais ses paroles ne m'atteignent presque pas.

Chaque cellule de mon cerveau est concentrée sur le fait que, dans trois jours, je ferai cours au prochain Hannibal Lecter.

Je choisis ma tenue avec grand soin, lundi matin, et je finis par revêtir un pantalon en laine bleu marine assorti d'un pull en cachemire gris que ma mère m'avait offert à Noël dernier. J'ai envie de faire bonne impression sur mes élèves aujourd'hui, mais j'ai aussi envie d'avoir la meilleure allure possible pour aller voir Carrie. Je pense à elle sur le trajet du bureau, j'espère que la journée se passera sans encombre et qu'Eve ne papotera pas à n'en plus finir ce soir. Je veux avoir tout mon temps pour aller à McCormick Place et trouver le restaurant du Hyatt avant l'arrivée de Carrie.

Quand j'arrive au bureau, je découvre que le papotage d'Eve aurait été le moindre de mes soucis. M. Jackson, mon supérieur, vient me trouver avant même que j'aie eu le temps d'allumer mon ordinateur.

« Eve a appelé ce matin, dit-il, sa grande silhouette emplissant l'embrasure de la porte. Elle a eu une urgence familiale et ne reviendra pas. Mais elle a confiance en vous, elle sait que vous vous en sortirez parfaitement toute seule. Elle m'a chargé de vous souhaiter bonne chance. » Il m'adresse un hochement de tête sec. « Bonne chance. »

Je jaillis de derrière mon bureau, accrochant mon pull à une écharde. Moi qui voulais faire bonne impression.

« Mais Eve allait me présenter aux élèves aujourd'hui, elle devait m'aider à prendre mes marques.

— Je suis certain que vous y parviendrez seule. Vous êtes venue en voiture ou en bus ?

— En… en voiture.

— Très bien, alors, vous êtes prête. » Il se tourne pour partir. « N'oubliez pas de noter vos déplacements. Vous êtes défrayée, vous savez. »

Défrayée ? Mais rien à carrer, d'être défrayée. Ma vie est en jeu ! Je lui emboîte le pas tandis qu'il s'éloigne.

« Monsieur Jackson, attendez. Nous avons un élève, Peter Madison. D'après ce qu'on m'a dit, il pourrait poser problème. Je ne crois pas que ce soit une bonne idée que j'aille le voir toute seule. »

Il fait volte-face et la ride de son front est pareille à une branche d'arbre courbée à angle droit.

« Mademoiselle Bohlinger, j'aimerais vraiment vous fournir un garde du corps personnel mais notre budget ne nous y autorise malheureusement pas. »

J'ouvre la bouche pour protester mais il se dirige déjà vers son bureau et me laisse seule à me ronger l'ongle du pouce.

Ma première élève de la journée s'appelle Amina Adawe, une CE2 qui vit dans le quartier de South Morgan. Je suis choquée lorsque j'observe l'immeuble délabré où le numéro de la maison d'Amina est accroché au-dessus de la porte. Je ralentis et m'arrête. Il y a vraiment des gens qui habitent là ? La porte cassée s'ouvre et un bambin en sort, suivi par une femme qui papote au téléphone, habillée comme si elle s'apprêtait à sortir en boîte. Oui, il y a visiblement des gens qui habitent là.

J'avance sur le trottoir en pensant à mon bureau de Bohlinger Cosmetics, ses plantes en pot luxuriantes et mon petit frigo rempli de fruits et de bouteilles d'eau. Une colère familière s'élève en moi. Pourquoi ma mère m'a-t-elle mise dans une situation aussi délicate ?

Je prends une profonde inspiration et je tourne la poignée de la porte, non sans me protéger la main dans ma manche de manteau. Avant d'entrer, j'observe encore une fois autour de moi comme s'il s'agissait de mon dernier regard.

L'étroit couloir est glauque et humide, il pue les couches sales et les ordures. Je me fraye un chemin au bout du couloir jonché d'emballages de nourriture et de mégots. Du rap s'échappe à plein volume d'un appartement et je jurerais que le sol tremble. Pitié, faites que ce ne soit pas le logement d'Amina.

Les appartements de cet étage ont des numéros à deux chiffres. Le numéro 4, celui d'Amina, doit donc se trouver au sous-sol. Mon cœur bat la chamade tandis que je descends lentement une volée de marches. Qui viendrait me chercher ici si je venais à disparaître dans ce taudis ? Combien de temps dois-je garder ce boulot avant de convaincre Brad de le rayer de la liste ? Une semaine, je décide. Deux au maximum. Quand viendra Thanksgiving, j'en aurai terminé.

J'arrive en bas de l'escalier. Une ampoule nue clignote au plafond, créant un spectacle de lumière frénétique. Derrière la porte de l'appartement numéro 2, un flot d'injures horribles m'assaille. Je m'immobilise. Je suis sur le point de remonter l'escalier au pas de course quand une porte s'ouvre à la volée au bout du couloir. Une femme mince à la peau caramel et aux yeux dorés et amicaux apparaît, les cheveux couverts d'un hijab en soie.

« Je… je cherche l'appartement numéro 4, j'articule en tendant ma carte de travail. Amina Adawe. Je suis son professeur. »

Elle me sourit et me fait signe d'entrer. Quand elle referme la porte derrière nous, les cris et la puanteur s'estompent. L'appartement impeccable sent le poulet rôti et les épices exotiques. D'un signe de la tête, elle m'invite à retirer mes chaussures puis me conduit au salon où une fillette minuscule est installée sur un canapé usé, sa jambe plâtrée appuyée sur une pile de coussins.

« Bonjour, Amina. Je m'appelle mademoiselle Brett. Je vais être ton professeur le temps de ta convalescence. »

Ses yeux sombres me détaillent de la tête aux pieds.

« Vous êtes jolie, dit-elle dans un magnifique accent arabe.

— Toi aussi. »

Je souris. Elle m'explique avec un fort accent qu'elle a quitté la Somalie l'hiver dernier, qu'elle avait une jambe plus courte que l'autre, que le docteur l'a réparée. Elle est très triste de manquer l'école.

Je lui tapote la main.

« On va travailler ensemble. Quand tu retourneras à l'école, tu seras au même niveau que le reste de ta classe. On commence par un exercice de lecture ? »

Je sors son cahier de lecture de mon sac en cuir quand un garçonnet se précipite dans la pièce. Il empoigne le tissu en coton du jilbab de sa mère.

« Salut, dis-je. Comment tu t'appelles ? »

Il me jette un coup d'œil derrière la robe de sa mère et murmure :

« Abdelkader. »

Je répète l'ensemble complexe de syllabes et des fossettes se dessinent sur son visage. Amina et sa mère éclatent de rire, leurs visages emprunts de fierté. Amina est installée sur le canapé, son frère est assis sur les genoux de sa mère et ils écoutent tous les trois, captivés, tandis que je lis l'histoire d'une princesse qui ne savait pas pleurer. Ils regardent les images, m'interrompent pour me poser des questions, pour rire et applaudir.

Me voilà dans ma propre école ! Et cette fois-ci, tous les étudiants sont avides d'apprendre. C'est le rêve de n'importe quel professeur. C'est mon rêve !

Vingt minutes plus tard, je traverse Englewood. J'essaie de me concentrer sur le fait que c'est le quartier d'origine d'une de mes chanteuses préférées, Jennifer

Hudson, et d'oublier que sa famille a été assassinée ici même. Un frisson me parcourt l'échine. Je suis soulagée lorsque je me gare dans Carroll Avenue devant une grande maison verte qui paraît très sûre. Mais que signifie le panneau planté dans le jardin de devant ?

Difficile de croire que Sanquita Bell, enceinte de trois mois et souffrant d'une maladie rénale, est en classe de terminale. La jeune métisse a l'air d'avoir douze ans. Son visage blafard est dépourvu de maquillage, sa peau est brillante et soyeuse comme un caramel. Mais ce sont ses yeux noisette qui me brisent le cœur. Des yeux fatigués de vieille femme – d'une femme qui en aurait trop vu dans ce monde cruel.

« Je suis désolée pour mon retard, dis-je en enlevant mon manteau et mes gants. J'ai vu le panneau qui indiquait "Joshua House" et j'ai cru que j'avais la mauvaise adresse. On est où, ici ?

— C'est un foyer pour femmes sans domicile fixe », répond-elle, placide.

Je la dévisage, interloquée.

« Oh, Sanquita, je suis désolée d'apprendre cela. Ta famille loge ici depuis longtemps ?

— Ma famille est pas là. » Elle caresse son ventre encore plat. « Ma mère a déménagé à Detroit l'année dernière mais je refuse d'aller y vivre. Mon bébé aura pas ce genre de vie. »

Elle ne précise pas *quel genre de vie* et je ne le lui demande pas. Je me mords la lèvre et acquiesce. D'un geste défensif, elle croise les bras sur sa poitrine.

« Vous avisez pas d'avoir pitié de moi. Mon bébé et moi, on s'en sortira très bien.

— Bien sûr que oui. »

J'ai une envie furieuse de la serrer dans mes bras, cette pauvre petite sans abri, mais je n'oserais jamais.

Il est évident que cette jeune femme n'est pas amatrice de réconfort.

« Je n'ai plus de parents, moi non plus. C'est difficile, hein ? »

Elle hausse les épaules avec dédain.

« Je voulais que mon bébé connaisse son père mais ça se passera pas comme ça. »

Avant que j'aie eu le temps de répondre, une petite brune déboule au coin de la pièce, un bébé sur la hanche.

« Hé, Sanquita. C'est ta nouvelle prof ? » La femme me prend par le coude. « Je m'appelle Mercedes. Venez. Sanquita et moi, on va vous faire visiter. »

Sanquita traîne les pieds derrière nous tandis que Mercedes me fait passer de la cuisine aménagée jusqu'à la salle à manger immaculée. Deux femmes plient du linge sur la table. Dans le salon, deux autres femmes sont assises devant un vieil écran et regardent un jeu télé.

« C'est bien, ici », dis-je en regardant Sanquita.

Elle détourne la tête.

« Il y a neuf chambres en tout », m'explique Mercedes, un soupçon de fierté dans la voix.

Nous nous arrêtons devant la porte d'un bureau où est installée une femme noire imposante qui pianote sur une calculatrice.

« Et voici Jean Anderson, notre directrice. » Mercedes frappe à la porte ouverte. « Mademoiselle Anderson, venez voir la nouvelle prof de Sanquita. »

Mlle Anderson relève le menton. Après m'avoir détaillée de la tête aux pieds, elle baisse à nouveau les yeux sur sa calculatrice et recommence à pianoter.

« Bonjour, marmonne-t-elle.

— Bonjour, dis-je en me penchant, la main tendue. Je m'appelle Brett Bohlinger. Je vais travailler avec Sanquita le temps de son congé.

— Sanquita, dit-elle sans même relever les yeux. Il faut que tu ailles chercher ton ordonnance aujourd'hui. N'oublie pas. »

Je laisse retomber mon bras contre mon flanc et Sanquita m'adresse un regard gêné.

« Euh, d'accord. À plus tard, mademoiselle Anderson. »

Je monte l'escalier, Sanquita est devant moi et Mercedes, derrière.

« Mademoiselle Anderson est sympa, me dit Mercedes. Mais elle ne fait pas trop confiance aux Blancs.

— Tiens donc, je n'aurais jamais deviné. »

Mercedes éclate de rire.

« Vous êtes marrante. Vous et Sanquita, vous allez bien vous entendre, pas vrai, Quita ? »

Sanquita ne répond pas.

Mercedes et moi discutons encore lorsque nous atteignons le palier. Quand je relève la tête, Sanquita m'attend à la porte de sa chambre en tapotant ses doigts sur ses bras croisés.

« Merci pour la visite, Mercedes », dis-je avant d'entrer à la hâte dans la chambre.

Une table de chevet abîmée sépare deux lits simples recouverts d'un édredon bleu délavé. Deux commodes mal assorties encadrent la fenêtre qui donne sur la rue. Sanquita s'assied sur le lit.

« On peut étudier ici. Chardonay est partie au travail. »

Il n'y a pas de chaise, aussi je m'installe à côté d'elle sur le lit, prenant garde de ne pas poser un regard trop appuyé sur ses mains gonflées, ses paupières enflées ou les taches roses sur ses bras, comme si sa peau avait été grattée à vif.

« Tu te plais, ici ? je demande en sortant son dossier de mon sac.

— C'est cool. Pas trop d'embrouilles. L'endroit où j'étais avant, y avait aucune règle. Je m'étais fait voler mon sac et une folle était persuadée que je lui cherchais la merde. Elle a voulu se battre avec moi.

— Oh, bon sang. Tu as été blessée ?

— Je me foutais bien de moi. J'étais juste inquiète pour mon bébé. C'est à ce moment-là que je suis venue m'installer ici.

— Je suis heureuse que tu sois dans un endroit sûr. Comment te sens-tu ? »

Elle hausse les épaules.

« Ça va. Je suis juste fatiguée, c'est tout.

— Il faut que tu prennes soin de toi. Dis-moi si je peux faire quoi que ce soit pour toi.

— Aidez-moi juste à obtenir mon diplôme. Il faut que mon bébé sache que sa mère était intelligente. »

Elle dit cela comme si elle ne comptait pas être là pour le lui expliquer elle-même et je m'interroge sur la gravité de sa maladie.

« Marché conclu », dis-je en sortant un manuel de chimie.

Au bout d'une heure, je dois me faire violence pour quitter Sanquita. Je pourrais passer une journée entière à enseigner à cette enfant. La chimie lui pose des difficultés particulières mais elle écoute mes explications avec attention et elle persévère jusqu'à réussir enfin.

« D'habitude, je suis trop nulle dans les matières scientifiques, mais aujourd'hui, j'ai compris. »

Elle ne m'attribue pas son succès, et elle a bien raison. Mais je suis sur le point d'exploser de fierté.

« Tu travailles dur, dis-je avant de ranger son dossier dans mon sac. Et tu es sacrément intelligente. »

Elle scrute ses ongles.

« Vous revenez quand ? »

J'ouvre mon agenda.

« Alors, quand est-ce que tu voudrais me revoir ?

— Demain ? répond-elle avec un haussement d'épaules.

— Tu auras terminé tes devoirs d'ici à demain ? »

Son regard se glace et elle referme son livre de chimie dans un claquement sec.

« Laissez tomber. Je sais que vous êtes censée passer me voir deux fois par semaine.

— Voyons voir », dis-je en étudiant mon calendrier. Le seul créneau qui me reste demain, c'est à midi, une période réservée pour le déjeuner et la paperasse. « Je peux passer à midi. Ça t'irait ?

— Ouais. Midi, c'est bien. »

Elle ne sourit pas. Elle ne me remercie pas. Mais j'ai pourtant chaud au cœur quand je la quitte.

J'appelle Brad en chemin vers Wentworth Street et je lui laisse un message.

« Ce boulot est fait pour moi, Brad ! Je vais chez Peter, souhaitez-moi bonne chance. »

Quand j'arrive, une femme obèse m'ouvre la porte, un téléphone scotché à l'oreille et une cigarette entre les doigts. Ce doit être Autumn, la mère de Peter. Elle porte un T-shirt ample à l'effigie de Bob l'Éponge. Je souris à la vue du personnage saugrenu mais elle se contente de rejeter la tête en arrière, un geste que j'interprète comme une invitation à entrer.

Une odeur pestilentielle de cigarette et d'urine de chat me coupe le souffle. Une couverture en laine noire est accrochée à la fenêtre et empêche la lumière d'entrer dans la pièce où stagne un air étouffant. Sur un mur, je devine une image de Jésus, ses yeux implorants et ses paumes ensanglantées tendues.

Autumn referme le clapet de son téléphone et se tourne vers moi.

« Vous êtes la prof de Peter ?

— Oui. Bonjour, je m'appelle Brett Bohlinger. » Je sors ma carte professionnelle mais elle ne prend pas la peine de la regarder.

« Peter ! Ramène-toi ! »

J'affiche un sourire nerveux et repositionne mon sac sur mon épaule. Autumn plante ses poings à ses hanches.

« Putain, Peter, je t'ai dit de te ramener, tout de suite ! » Elle se précipite dans le couloir et je l'entends marteler à une porte. « Ta prof est arrivée. Ramène ton cul ici avant que je défonce cette putain de porte ! »

De toute évidence, Peter n'a aucune envie de me voir. Le raffut continue jusqu'à ce que j'avance à mon tour dans le couloir.

« Écoutez, dis-je. Je peux repasser à un autre moment et... »

La porte s'ouvre soudain à la volée. Au bout du couloir sombre, une silhouette prend forme. Un grand garçon aux cheveux bruns hirsutes et au menton ponctué de quelques touffes de poils se dirige d'un pas lourd vers moi. D'instinct, je fais un pas en arrière.

« Bonjour, Peter, dis-je d'une voix tremblante. Je suis mademoiselle Brett. »

Il passe devant moi en coup de vent.

« Sans déconner. »

L'heure de cours avec Peter me paraît en durer trois. Nous sommes installés à la table collante de la cuisine des Madison mais il refuse de me regarder. Non loin de nous, Autumn bavasse au téléphone avec une dénommée Brittany. Sa voix rauque supplante la mienne et je suis obligée de donner mes instructions en criant presque, déterminée à gagner cette lutte. Peter se contente de grogner comme si j'étais un énorme désagrément qu'il devait endurer. Je m'estime heureuse quand, de temps à autre, il me gratifie d'une brève réponse monosyllabique. À la fin de notre séance, j'en ai appris bien plus sur Brittany que sur Peter.

Pareille à un glaçage de pâtisserie, la neige fraîchement tombée recouvre les rues venteuses et la ville semble soudain se mouvoir au ralenti. Il est presque 17 heures quand je grimpe l'escalier et déverrouille la porte de mon bureau. J'appuie sur l'interrupteur et repère un magnifique vase d'orchidées. Quelle belle attention de la part d'Andrew. J'ouvre l'enveloppe de la carte.

Félicitations pour ton nouveau poste, Brett.
On ne pourrait pas être plus heureux pour toi.
Nos meilleurs vœux,
Catherine et Joad

Mais où avais-je la tête ? Andrew n'a jamais été du genre à m'offrir des fleurs. Je replace la carte dans son enveloppe et me fais la réflexion qu'il faudra inviter Catherine et Joad à dîner pour Thanksgiving.

Le voyant rouge de ma ligne fixe clignote et je décroche le combiné pour écouter mes messages.

« Bonjour, Brett. Ici Garrett Taylor. Je suis juste un peu inquiet, je me demande comment s'est passé votre cours avec Peter. Mon rendez-vous de 16 heures a été annulé, donc je suis disponible dès que vous le souhaitez. »

Je compose son numéro et il décroche à la première sonnerie.

« Bonjour, docteur Taylor. Ici Brett Bohlinger. »

Je l'entends soupirer. On dirait un soupir de soulagement et non d'agacement.

« Bonjour, Brett. Et appelez-moi Garrett, laissez tomber le docteur. »

J'apprécie ses manières informelles, comme si nous étions collègues.

« Tout s'est bien passé aujourd'hui ?

— J'ai encore tous mes cheveux, donc j'estime que c'est un véritable succès. »

Il rit.

« Voilà une bonne nouvelle. Il n'a pas été trop dur, alors ?

— Oh, non, un vrai petit con. » Je plaque ma main sur ma bouche et mes joues s'enflamment. « Je suis désolée. Quel manque total de professionnalisme. Je ne voulais pas… »

Le docteur Taylor rit à nouveau.

« Ce n'est rien. C'est parfois un petit con, je suis d'accord avec vous. Mais peut-être, je dis bien peut-être, qu'on peut réussir à aider ce petit con à développer quelques capacités sociales. »

Je lui raconte le refus de Peter de sortir de sa chambre.

« Mais il a fini par sortir quand il a entendu que vous alliez partir. C'est un point positif. Il avait envie de vous rencontrer. »

Le nuage sombre qui me poursuivait depuis mon départ de chez Peter se lève enfin. Nous parlons de lui pendant dix minutes encore, avant que la conversation ne prenne un tournant plus personnel.

« Vous avez enseigné dans une salle de classe avant d'accepter ce poste à domicile ?

— Non, je suis une vraie catastrophe dans une salle de classe.

— J'en doute.

— Croyez-moi sur parole. »

Je m'adosse à ma chaise et pose mes pieds sur le bureau. Malgré moi, je lui raconte en détail ma journée de remplacement à Douglas Keyes, en l'embellissant pour le divertir encore davantage. C'est libérateur de l'entendre rire de mon récit, comme une bille de plomb qui s'envolerait soudain miraculeusement vers le ciel. J'imagine que si je me trouvais dans son cabinet, cette heure de discussion me coûterait deux cents dollars.

« Je suis désolée, dis-je, subitement gênée. Je vous fais perdre votre temps.

— Pas du tout. J'ai vu mon dernier patient et cette conversation me ravit. Donc, même si votre journée de remplacement a été un véritable défi, vous saviez que l'enseignement était votre passion.

— Pour tout vous dire, c'est ma mère qui insistait là-dessus. Elle est morte en septembre et m'a laissé comme instruction de retenter ma chance.

— Ah. Elle savait ce qui vous conviendrait le mieux. » Je souris. « Sans doute, oui.

— J'éprouve un grand respect pour les gens de votre profession. Mes deux sœurs aînées sont des institutrices à la retraite. Ma mère a enseigné, elle aussi, pendant une courte période. Croyez-le ou non, mais elle était professeur à domicile.

— Ah bon ? Quand ça ?

— Dans les années 1940. Mais dès qu'elle est tombée enceinte, elle a dû démissionner. Ça se passait ainsi à l'époque. »

Sans la moindre honte, je fais un rapide calcul mental. Sa sœur aînée est née dans les années 1940… il doit avoir la soixantaine, au minimum.

« C'est injuste, dis-je.

— C'est certain. Mais je n'ai jamais eu l'impression qu'elle le regrettait. Comme la plupart des femmes de cette époque, elle a passé le restant de sa vie au foyer.

— Et vous, qu'est-ce qui vous a poussé à choisir cette profession ?

— Mon histoire est un peu différente de la vôtre. Mon père était médecin – chirurgien cardiologue. J'étais le seul fils et on attendait de moi que je m'associe à lui après avoir fait médecine, puis que je reprenne un jour son cabinet. Mais entre mes études et mon internat, je me suis rendu compte que j'étais passionné par la relation qui s'établissait avec mes patients. Pendant les rotations de personnel, c'était toujours la même histoire. Taylor, me disait mon médecin en chef, vous ne ferez jamais d'argent en discutant avec les patients. Alors venez-en aux faits et fermez-la. »

J'éclate de rire.

« Quel dommage. J'aimerais tant que les docteurs soient plus prévenants.

— Ce n'est pas qu'ils ne sont pas prévenants. C'est juste que la médecine est devenue une sorte d'usine à la chaîne. Un docteur a vingt minutes pour poser son diagnostic avant de jeter le patient dehors, soit avec une ordonnance en main, soit avec un rendez-vous chez un spécialiste. Puis il passe au suivant, et encore au suivant. Ce n'était pas mon truc.

— Eh bien, d'après ce que je peux voir, vous avez choisi la bonne spécialité, alors. »

Il est 18 h 30 quand je raccroche et je me sens aussi

détendue qu'un chat allongé au soleil. Peter me mettra au défi, c'est certain. Mais j'ai trouvé un allié en Garrett.

Il ne reste plus que ma voiture dans le parking mal éclairé. Je n'ai pas les outils nécessaires pour gratter le givre et je suis obligée d'utiliser mon gant pour retirer la neige de mon pare-brise. Mais sous la couche de neige m'attend une autre couche de gel, trop épaisse pour que je parvienne à la gratter à la main.

Je m'installe dans l'habitacle, le dégivreur lancé à fond, et je regarde le voyant rouge de mon portable. Quatre messages : un de Meg, un de Shelley et deux de Brad. Chacun est une version presque identique du précédent. *Comment c passé ta journée ? Et comment ça c passé, ac le fou ?* Je pianote une réponse courte à chacun et je sens gonfler dans ma gorge une boule que je n'arrive pas à avaler. Je frotte mon cou et lutte pour respirer.

Aucun message d'Andrew. Pas même un simple *Ça va ?*

Le chemin du retour est une véritable course d'obstacles. Les conducteurs n'ont pas encore eu le temps de s'habituer au climat hivernal et, à chaque pâté de maisons, j'ai l'impression de devoir contourner un accrochage ou d'éviter un embouteillage. À 20 h 20, j'entre enfin dans le parking. À l'instant où je coupe le contact, la date qui s'affiche sur le tableau de bord attire mon attention. Je tourne à nouveau la clé et le tableau se rallume. 14 novembre.

« Eh merde ! je m'écrie en assénant un coup de poing sur le volant. Merde ! Merde ! Merde ! Merde ! Merde ! »

Le 14 novembre, mon rendez-vous avec Carrie Newsome.

12

Carrie est si indulgente quand j'appelle sa chambre d'hôtel que je suis soudain tentée de reprendre la voiture pour aller la voir à McCormick Place.

« Hors de question, dit-elle. J'ai écouté les infos et ça m'a l'air atroce, dehors. J'avais peur que tu aies eu un accident. »

Je hoche la tête.

« J'aurais presque préféré. Au moins, j'aurais eu une bonne excuse. »

Elle éclate de rire, ce rire sympathique et facile de notre enfance.

« Ne t'inquiète pas. J'ai bu un verre de vin au restaurant. C'était un vrai délice.

— D'habitude, je suis vraiment mieux organisée. Mais je viens de commencer un nouveau boulot et… »

Je laisse ma phrase en suspens, je n'ai pas envie de lui avouer que je discutais avec le psy de mon élève alors qu'elle m'attendait, assise seule dans le restaurant de son hôtel. Puis je prends une profonde inspiration.

« Je suis vraiment désolée, Carrie. Pour tout.

— Ne t'inquiète pas. Parle-moi de ton nouveau boulot »

Mon cœur s'emballe mais il faut que je le lui dise.

« Je ne me suis pas pardonnée d'avoir été si horrible, quand tu étais venue me rendre visite. Tu m'avais fait confiance et je t'ai laissée tomber. Je n'ai jamais répondu à ta lettre. »

Elle rit.

« Quoi ? Mais Brett, c'était il y a des années de ça ! On était gamines.

— Non. J'ai tellement honte. Ce devait être une époque si perturbante. J'aurais dû être présente pour toi.

— Franchement, Brett, je comprends. Bien sûr que j'ai été blessée. Mais je m'en suis remise. Je n'arrive pas à croire que tu te sois torturée toutes ces années.

— J'aurais dû te répondre immédiatement et c'est moi qui aurais dû te demander pardon, pas l'inverse. J'étais tellement lâche.

— Arrête. Ça fait des années que je t'ai pardonné, dit-elle en riant. Bon, tu veux bien te pardonner à toi-même, maintenant ?

— D'accord. Mais il y a encore une chose que tu dois savoir. »

Je lui explique la raison qui m'avait poussée à reprendre contact avec elle après toutes ces années.

« Donc, tu vois, tout a commencé par un ordre de ma mère mais quand je t'ai retrouvée, je me suis rendu compte à quel point tu m'avais manqué. »

Elle garde le silence et je suis sûre qu'elle s'apprête en m'envoyer paître.

« Ta mère était si avisée, finit-elle par dire. J'aimerais tant pouvoir la remercier. »

Voilà des années que mon cœur n'a pas été aussi léger. Je n'avais pas réalisé jusqu'à ce jour à quel point la culpabilité me pesait. Je m'essuie le coin des yeux et je souris.

« Alors, raconte-moi ce que j'ai raté pendant ces dix-huit dernières années. »

Elle me parle de l'amour de sa vie, Stella Myers, sa partenaire depuis huit ans, et de leurs trois enfants adoptés. Je suis frappée de voir que la vie de Carrie – que j'avais un jour considérée comme anormale et étrange – est bien plus conventionnelle que la mienne.

« Je suis si heureuse pour toi, dis-je. Et comment vont tes parents ?

— Toujours aussi adorables et cinglés. Hé, tu te souviens de leur brunch de Noël ?

— Absolument. Le meilleur brunch de tous les temps.

— Ils l'organisent encore chaque année et je me disais que, si vous étiez libres, vous pourriez venir, toi et ton copain. Cette année, il a lieu le dimanche 11. Madison n'est qu'à deux heures de voiture. »

Les souvenirs déferlent en moi, M. Newsome dans ses sandales, un verre de scotch dans une main, une caméra dans l'autre, et la mère de Carrie grattant sa guitare sur des airs de Noël et de vieux classiques.

« J'ai parlé de toi à Stella. Tu l'adorerais, Brett. Elle est enseignante, elle aussi. Et mes parents seraient ravis de te voir. Mon père a des super films de nous deux. Il t'a toujours appréciée – il aimait beaucoup ta mère, aussi. Dis-moi que tu viendras, s'il te plaît. »

J'ai soudain le cafard et mon ancienne amie me manque tellement que je me sens prête à traverser tout le pays pour la voir. Je cale le téléphone dans mon épaule et j'attrape mon agenda.

« Très bien, dis-je en souriant. C'est noté dans mon planning en lettres majuscules. Et cette fois, Care Bear, je serai là pour toi. C'est promis. »

Je m'endors à la table de la cuisine alors que je rédige le menu du dîner de Thanksgiving. C'est là qu'Andrew me trouve à son retour du travail.

« Hé, dit-il doucement en me poussant le bras. C'est l'heure d'aller se coucher, petite marmotte. »

J'essuie un filet de bave à la commissure de mes lèvres.

« Quelle heure est-il ?

— Seulement 22 h 15. Tu dois être épuisée. Viens, je t'emmène au lit. »

Je repousse la table et je jette un œil à mon menu incomplet.

« J'ai envie d'organiser Thanksgiving, cette année, dis-je. Dans la maison de ma mère. Je préparerai ses plats traditionnels. Qu'en penses-tu ?

— Comme tu veux. T'ai-je déjà dit que Joad et Catherine ne seraient pas là ? »

Je fronce les sourcils.

« Non, je ne savais pas. »

Il ouvre le frigo.

« Joad a laissé un message l'autre jour. Ils partent à Londres. Un voyage d'affaires, apparemment.

— À Thanksgiving ? Mais c'est de la folie. Je vais appeler Catherine et voir s'ils ne peuvent pas y échapper. »

Il sort un morceau de fromage et une bouteille d'Heineken du frigo.

« Tu crois vraiment qu'ils vont annuler un voyage à Londres pour manger de la dinde ? »

Je suis prise au dépourvu par une vague de solitude. Je pensais que nous serions tous réunis pour notre premier Thanksgiving sans notre mère, que nous aurions pu nous remonter le moral. Mais en réalité, je suis sans doute la seule qui ait besoin de se remonter le moral. Je laisse échapper un soupir.

« Tu as raison. Alors j'imagine que ce sera juste nous, avec Jay, Shelley et leurs enfants. » Je me tourne vers Andrew, déridée. « Hé, et si on invitait tes parents ? Tu penses qu'ils viendraient ?

— Aucune chance. Ça leur fait trop de trajet.

— C'est pas si loin que ça, Boston.

— Oui, mais c'est compliqué. »

Il claque la porte du frigo d'un coup de hanche et sort un couteau du tiroir. Je le dévisage.

« Ce sera comme ça pour nous, un jour ? Quand nos enfants auront grandi et qu'ils nous inviteront à Thanksgiving, tu penseras que c'est trop compliqué ? »

Il coupe un morceau d'asiago et l'enfourne dans sa bouche.

« Nos enfants ? demande-t-il, les sourcils arqués. Je pensais que tu n'en voulais qu'un seul. Enfant, au singulier.

— Peu importe. Tu as compris ce que je voulais dire. »

Il fait passer le fromage avec une gorgée de bière.

« Si on a *un* enfant, j'imagine que tu voudras passer toutes les fêtes avec lui. Ça me va. »

Un goût amer m'emplit la bouche. Je n'ai pas envie d'entendre la réponse à ma question suivante mais je suis obligée de la poser.

« Et toi ? Tu auras envie de passer du temps avec ta famille ?

— Mais bon sang ! » Il fait claquer sa bouteille sur l'îlot en granite de la cuisine. Comme sa colère, la bière déborde. « Ça ne te suffit pas que j'accepte d'avoir un gamin. Non. Tu veux que je devienne le parfait père de famille comme dans le *Cosby Show*. »

Il hoche la tête et quand il reprend la parole, sa voix a baissé d'un ton, je sais qu'il s'efforce de contenir sa frustration. « Je change le cours de ma vie pour faire en sorte que ce putain de conte de fées devienne réalité, Brett, mais je ne suis visiblement toujours pas à la hauteur.

— Excuse-moi. J'apprécie tout ce que tu fais, vraiment. » Mon menton se met à trembler et je le cache derrière ma main. « Ce n'est pas ce que tu veux. Je le sais. »

Dans la pièce flotte l'odeur nauséabonde d'un silence gêné. Il scrute la bouteille de bière dans sa main. Puis il se frotte le visage.

« On peut parler de ça plus tard ? J'ai eu une putain de journée. »

J'acquiesce mais je sais que *plus tard* ne devra pas tarder. Il est aussi égoïste de ma part de m'attendre à ce qu'il partage mes rêves que s'il exigeait de moi que je partage les siens.

C'est vendredi après-midi et j'ai volontairement placé le cours de Peter en fin de journée, sachant avec quelle facilité il peut prendre en otage ma bonne humeur. Autumn me montre la cuisine où Peter est attablé. S'il sort désormais de sa chambre sans protester, il n'en demeure pas moins impoli et renfrogné, comme sa mère. Aujourd'hui, elle est assise dans le salon et agrémente notre cours de sa voix digne de Maury Povich et d'effluves de sa cigarette.

Je fouille dans mon sac et en sors un manuel d'algèbre.

« On va se concentrer sur les maths aujourd'hui, Peter. La plupart des élèves de sixième ne font pas d'algèbre. Tu devrais être fier d'être parmi les meilleurs élèves. »

J'ouvre au chapitre des polynômes.

« Voyons voir, Mme Kiefer veut qu'on révise la division des polynômes, aujourd'hui. On va faire l'exercice numéro un. Tu veux essayer ? »

Il scrute la page, puis fronce les sourcils et se gratte la tête.

« Trop dur, dit-il en faisant glisser le livre vers moi. Montrez-moi. »

Je suis en train de me faire avoir, je le sais. Mme Kiefer m'a assuré que Peter réussirait cet exercice sans problème. Mais je prends un papier et un crayon.

« Ça fait longtemps que je n'ai pas travaillé sur les polynômes. »

Je recopie le problème et je me réprimande en silence de ne pas avoir préparé le cours à l'avance. Il ne me faut pas longtemps pour pêcher ma calculatrice dans mon sac. Je pianote les chiffres, je griffonne des nombres sur ma feuille, je gomme, je pianote d'autres chiffres et je gomme encore. Pendant tout ce temps, Peter m'observe, un sourire suffisant étalé sur le visage.

Au bout de cinq bonnes minutes, j'ai ma solution et j'éprouve une sensation exaltante de réussite. Je souffle pour écarter une mèche de mon front et je me tourne vers lui en souriant.

« C'est bon. Le résultat est 3y sur 8x à la puissance – 4. » Je place la feuille devant lui. « Donc, laisse-moi t'expliquer comment je suis arrivée à ce résultat. »

Il baisse le nez vers mon travail comme un professeur arrogant.

« Vous avez inversé les négatives ? »

Je rougis et j'inspecte mon calcul.

« Inversé… quoi, exactement ? Tu veux dire, est-ce que j'ai… »

Peter soupire.

« Quand on veut trouver le quotient des polynômes, les chiffres négatifs doivent être inversés. Un numérateur négatif devient un dénominateur positif. Mais vous le saviez, pas vrai ? La bonne réponse, c'est 3y sur 8x à la puissance 8.

J'appuie les coudes sur la table et je me masse les tempes.

« Oui, bien sûr. Tu as tout à fait raison. Beau travail, Peter. »

Je sens son regard sur moi tandis qu'il se gratte le bras gauche, avec lenteur et application, jusqu'à ce que je le regarde.

« Sale puce », dit-il, le regard rivé dans le mien.

Mais ce qu'il dit vraiment, c'est *sale pute*.

Le ciel s'est assombri en une teinte grisâtre tandis que je m'éloigne de la vieille maison blanche. Au bout de plusieurs pâtés de maisons, j'arrête ma voiture devant une aire de jeux déserte et je sors mon portable de mon sac.

« Bonjour, doct… Garrett. Ici Brett.

— Tiens, je pensais justement à vous. Comment s'est passée votre journée ? »

Je me cale contre l'appuie-tête.

« J'ai joué à *Êtes-vous plus intelligente qu'un élève de cinquième* et j'ai perdu. »

Il rit.

« Vous avez affaire à un élève de sixième, me rappelle-t-il. Ne soyez pas trop prétentieuse. »

Malgré cette séance lamentable, j'éclate de rire. Puis

je ravale ma fierté et je lui raconte le cours de maths – le cours de maths qu'on m'a donné.

« Quand il m'a demandé si j'avais inversé les signes, je l'ai regardé bêtement, l'air de dire : “Hein ? Inversé quoi ?” »

Il lâche un rire tonitruant.

« J'y suis passé, moi aussi. Ça rend très humble d'être surpassé par un enfant plus rusé.

— Ouais, Peter doit penser que je suis juste la dame de la cantine et que l'école n'avait pas les moyens d'employer une vraie prof.

— Vous êtes le meilleur élément qu'aurait pu envoyer l'école, j'en suis certain. »

Mon cœur se met à danser.

« Et je pense qu'il a de la chance de vous avoir comme psy. Vous voulez entendre le deuxième épisode de mon humiliation ?

— Tout à fait. »

Je lui raconte lorsque Peter s'est gratté en lâchant son commentaire grossier.

« De toute évidence, il me traitait de sale pute.

— Et de toute évidence, ça ne pouvait pas être plus éloigné de la vérité. »

Je souris.

« Oui, enfin bon, vous ne m'avez jamais rencontrée. » Il rit.

« Mais j'espère le faire, un de ces jours. Et ce jour-là, je suis certain que mon instinct sera confirmé. »

Ma journée merdique vient de s'améliorer au centuple.

« Merci. Vous êtes vraiment gentil.

— Oui, enfin bon, vous ne m'avez jamais rencontré. »

Nous rions.

« Très bien, dit-il. Je ferais mieux de ne pas vous retenir. C'est officiellement le week-end. »

Une vague de tristesse m'assaille. J'ai envie de lui dire que ce n'est pas grave, que je préfère rester assise dans ma voiture glaciale à discuter avec lui plutôt que de rentrer dans un appartement vide. Mais je lui dis au revoir.

De minuscules flocons virevoltent et dansent dans l'air frais de novembre. Des chênes aux branches nues bordent Forest Avenue et, pareils à des amants implorants, ils semblent tendre leur ramure vers la rangée d'en face. Les pelouses impeccables de cet été sont dissimulées sous un manteau de neige mais les allées et les trottoirs sont parfaitement dégagés. Quelques semaines plus tôt, j'aurais lancé un regard admiratif à ces imposants bâtiments en brique de style Tudor. Mais aujourd'hui, l'immense contraste entre le quartier idyllique d'Evanston et les rues du South Side où vivent mes élèves me déstabilise.

Dans le jardin à l'arrière de la maison, Jay et Trevor font un bonhomme de neige tandis que Shelley et moi sommes attablées dans la cuisine à déguster des morceaux de brie et du cabernet.

« Ce fromage est délicieux, dis-je en coupant une autre tranche.

— Il est bio.

— Tiens, je pensais que tous les fromages étaient bio.

— Non. Ces vaches ont été élevées en plein air et nourries à l'herbe. J'ai appris ça grâce à la clique des mamans.

— Tu vois, toi qui croyais qu'être mère au foyer n'apportait aucune stimulation mentale. »

Elle lève les yeux au ciel et se verse un autre verre de cabernet.

« Je n'ai pas ma place parmi ces femmes, c'est tout. Elles ne parlent que de leurs enfants, ce qui est super, qui peut leur en vouloir ? Mais bon ! J'ai demandé à une femme ce qu'elle aimait lire et, sans ciller, elle m'a répondu : "Les albums de Dr Seuss." »

J'éclate de rire.

« Oh oui, *Les Œufs verts et le jambon*, quel livre bourré de suspense. »

Shelley s'esclaffe.

« Et ce retournement de situation dans *Horton tend l'oreille* – incroyable ! »

On se plie en deux – jusqu'à ce que le rire de Shelley se mue en un sanglot.

« J'adore mes enfants, dit-elle en s'essuyant les joues. Mais… »

La porte du fond s'ouvre et Trevor se rue dans la cuisine.

« On a fini le bonhomme de neize, tata Bwett. »

Shelley pivote brusquement.

« On dit Brrrett, lâche-t-elle. Avec un *Rrr*. Tu entends le *Rrr ?* »

Le visage de Trevor se tord et il ressort en courant. Je me tourne vers elle.

« Shelley ! Trevor n'a que trois ans. Il n'est pas encore censé savoir prononcer les *R* et tu le sais très bien. C'est toi l'orthophoniste.

— *C'était* moi, l'orthophoniste, dit-elle en s'affalant dans sa chaise. Je ne suis plus rien.

— C'est faux. Tu es maman, c'est le plus important de…

— Je suis nulle, comme maman. Mon Dieu, tu as vu comment je viens de crier sur Trevor ? » Elle se prend la tête entre les mains. « Je suis en train de devenir folle. Je sais que je devrais être reconnaissante de pouvoir rester à la maison avec mes enfants mais si je suis obligée d'assister encore à une journée de jeux organisés au parc, je te jure que je vais péter un câble.

— Reprends le travail », je lui murmure.

Elle se masse les tempes.

« Et ton frère ne s'intéresse plus à moi.

— Quoi ? Impossible. »

Elle coupe une autre tranche de fromage, la scrute un instant avant de la laisser retomber dans l'assiette.

« Je n'ai plus rien à partager avec lui. Je suis ennuyeuse et fatiguée, et en plus je suis une mère complètement merdique.

— Reprends le travail.

— Ça fait à peine deux mois. Il faut que je fasse un effort.

— Alors vous avez peut-être besoin de prendre un peu de temps pour vous – sans les enfants. De vous poser sur une île tropicale. De boire des cocktails décorés de petits parapluies, de lézarder au soleil. »

Elle lève les mains au ciel et baisse les yeux.

« Mais bien sûr. Fourrer ce corps dans un maillot de bain, voilà un truc qui va me remonter le moral. »

Je détourne le regard. Pauvre Shelley. Avoir le sentiment que son QI a rétréci alors que son arrière-train a grossi, quoi de pire ?

« Très bien, alors on zappe les Caraïbes. Et New York ? Ou Toronto ? Allez voir un spectacle, faites du shopping, faites l'amour sans souffler une seule minute. »

Je lui arrache un sourire. Elle va au comptoir et rapporte son agenda.

« On pourrait aller quelque part pour mon anniversaire en février. Un endroit différent et sympa, comme La Nouvelle-Orléans.

— Parfait. Organise ça. Oh, et en voyant ton agenda, ça me rappelle que j'ai pensé faire Thanksgiving chez ma mère, tu sais, pour qu'elle soit plus ou moins présente avec nous. »

Shelley arque les sourcils.

« Alors, tu lui as pardonné ?

— Non. Mon sang ne fait qu'un tour quand je me dis qu'elle m'a caché ma véritable identité. Mais c'est notre mère et je veux l'associer à notre fête. »

Elle se mord la lèvre.

« Je comptais t'en parler, mais Patti nous a invités à Dallas. »

Mon cœur sombre mais je ne dis rien.

« Ça fait trois ans que je n'ai pas passé Thanksgiving dans ma famille, Brett. Ne me fais pas culpabiliser.

— Excuse-moi, dis-je avec un hochement de tête. Il faut que vous y alliez, bien sûr. Vous me manquerez, c'est tout. »

Elle me tapote la main.

« Tu auras Andrew, et Catherine et Joad. Ce sera amusant, non ?

— Eh bien, Joad et… » Je m'interromps. Shelley n'a pas besoin de sujet supplémentaire pour culpabiliser. « Tu as raison, ça sera amusant. »

13

La veille de Thanksgiving, Andrew et moi déposons une dinde, trois DVD, deux bouteilles de vin et l'ordinateur portable d'Andrew dans la voiture. J'ai déjà rempli la cuisine de ma mère de tout le nécessaire. Mais à peine sortis de notre garage, la voiture glisse sur une plaque de verglas et manque de peu le trottoir d'en face.

« Bon sang ! s'exclame Andrew en agrippant le volant. Je ne pige pas pourquoi tu es si déterminée à organiser ça chez ta mère. Ce serait bien plus simple de faire ça ici. »

Ici ? Andrew ne dit jamais *chez nous, notre appartement*. Et techniquement, il ne devrait pas. Ce n'est pas notre appartement. C'est le sien. Ce qui explique pourquoi j'ai insisté pour faire le dîner dans la grande maison de ma mère, le seul endroit où je me sente chez moi, ces derniers temps.

Il nous faut presque une demi-heure pour parcourir cinq kilomètres et la colère d'Andrew monte à chaque minute qui s'écoule.

« Le temps ne va qu'empirer, avec cette pluie verglaçante. Faisons demi-tour.

— Il faut que je prépare le repas de ce soir. Et toute la nourriture est chez ma mère. »

Il marmonne un chapelet de jurons.

« On est presque arrivés, dis-je. Et si on est coincés chez ma mère, ce sera excellent. On fera griller des chamallows dans la cheminée, on jouera aux cartes ou au Scrabble… »

Il garde les yeux rivés sur la route.

« Tu oublies qu'un de nous deux doit travailler. » Sans me regarder, il pose une main sur ma jambe. « Tu as eu l'occasion de parler à Catherine ? »

Mon ventre se serre, comme à chaque fois qu'il fait allusion à Bohlinger Cosmetics.

« Elle est à Londres, tu sais bien.

— Ils sont partis hier. Tu ne l'as pas appelée lundi ?

— Elle était occupée à ses préparatifs de voyage.

— Tu lui parleras la semaine prochaine, alors ? »

Devant nous, la maison de ma mère apparaît comme un phare dans la tempête. Andrew se gare près du trottoir. Je laisse échapper un soupir et ouvre la portière à la volée.

« Ah, on est arrivés. »

J'attrape le sac des courses et je gravis les marches du perron en priant pour que les questions sans réponse ne nous suivent pas à l'intérieur de la maison.

Quand j'ai terminé la sauce aux airelles et que je glisse la tarte aux noix de pécan dans le four, la maison dégage presque le même parfum que du temps de ma mère. Je jette mon tablier sur un tabouret de bar et marche à grands pas jusqu'au salon. Un air de Miles Davis s'échappe des enceintes et la pièce est baignée de la lueur ambrée d'un feu de cheminée et des lampes de ma mère. Je m'installe dans le canapé à côté d'Andrew qui travaille sur son ordinateur portable.

« Qu'est-ce que tu fais ?

— Je regarde juste si une maison s'est libérée sur le marché. »

Mon cœur se serre. Encore cette histoire de maison. Je vois la fourchette de prix qu'il vise et j'en ai presque le souffle coupé. Je pose la tête sur son épaule et regarde l'écran.

« Dommage que la situation des prêts immobiliers soit si perturbée.

— Megan ne sait pas de quoi elle parle.

— Mais on devrait peut-être chercher quelque chose de plus petit, dans un premier temps. Quelque chose qu'on puisse payer en totalité, en mettant nos économies en commun.

— Je n'avais jamais remarqué que tu étais si radine. Bon sang, mais tu vas hériter d'une fortune. »

J'ai l'estomac noué. J'aimerais pouvoir l'éviter mais le moment est venu de lui poser la question qui me taraude depuis plusieurs semaines.

« Et s'il n'y avait pas d'héritage, Andrew ? Tu serais tout de même d'accord pour m'aider à remplir mes objectifs ? »

Il lève la tête et m'adresse un sourire dédaigneux.

« Tu essaies de me mettre à l'épreuve ?

— Il se pourrait que je ne l'obtienne jamais. Je ne sais pas du tout où est mon père, merci d'ailleurs aux petites cachotteries de ma mère. Je pourrais ne pas tomber enceinte. »

Il reporte son attention sur l'ordinateur.

« Alors on irait au tribunal. Et on gagnerait. »

Arrête. Cette réponse suffit. Tu vas le mettre encore plus en colère si tu continues à le harceler.

« Donc, ton désir de m'aider, dis-je tandis que mon

cœur bat la chamade dans ma cage thoracique. Ça n'a rien à voir avec l'argent ? »

Ses yeux brillent de fureur.

« Tu crois que je n'en veux qu'à ton argent ? Bon sang, mais je suis quasiment en train de te supplier de me trouver un boulot. Et tu ne m'as toujours pas dit si tu comptais m'aider ! Je fais tout ce que tu m'as demandé, Brett. Je t'ai donné mon accord pour le chien, pour ton boulot d'enseignante, pour chacune de tes putains d'exigences. Je ne te demande qu'une seule chose en échange : un poste dans l'entreprise familiale et le salaire qui va avec. »

Ça fait deux choses, me dis-je. Mais il a raison. À contrecœur ou non, Andrew fait tout ce que je lui ai demandé. Alors pourquoi ne suis-je pas satisfaite ?

« C'est compliqué, dis-je en lui prenant la main. Ma mère n'aimait pas trop cette idée et elle se trompait rarement en affaires. »

Il arrache sa main de mon étreinte.

« Mais c'est ta mère qui va dicter nos vies pour toujours ou quoi ? »

Je tripote mon collier.

« Non… non. Au final, la décision revient à Catherine.

— C'est des conneries, tout ça. Tu as assez d'influence pour me permettre d'intégrer l'équipe, tu le sais très bien. Je t'aide à atteindre tes objectifs et j'ai besoin de m'assurer que tu m'aideras pour les miens. »

Il m'observe fixement. Je détourne le regard. Sa demande n'est pas déraisonnable. Ce serait si facile de lui dire oui. Je pourrais appeler Catherine dès lundi et, en une semaine ou deux, elle lui trouverait un poste dans l'entreprise. Il est avocat, après tout, c'est facile de l'intégrer à l'équipe de conseil, au département des finances ou même aux ressources humaines. Je suis en mesure de modifier l'humeur sombre de cette soirée en prononçant une simple phrase affirmative. *Oui, je vais t'aider.*

« Non, je murmure. Je ne peux pas t'aider. Je n'ai pas le droit d'aller à l'encontre des décisions de ma mère. »

Il se lève du canapé. Je tends la main vers lui mais il l'écarte, comme s'il s'était brûlé à mon contact.

« Tu étais si facile, si accommodante. Mais tu as bien changé. Tu n'es plus la femme dont je suis tombé amoureux. »

Il a raison. J'essuie une larme sur ma joue.

« Je suis désolée. Je ne voulais pas gâcher la soirée. »

Il arpente la pièce à grands pas en se passant la main dans les cheveux. Je connais cet air. Il est en train de prendre une décision. Il cherche à trancher si je dois faire partie de sa vie. Soudain impuissante, je le regarde, incapable de parler ni de respirer. Il s'arrête enfin devant la baie vitrée et me tourne le dos. Ses épaules s'affaissent, comme si un immense poids venait de quitter son corps. Il se tourne vers moi.

« Tu parles de gâcher la soirée ? Tu viens de gâcher ta vie, bébé. »

Dormir dans le lit de ma mère cette nuit serait une trahison. Après tout, c'est elle l'ennemie. À cause d'elle, j'ai perdu mon travail, mon appartement et tous mes espoirs. Oui, Andrew était difficile à vivre – c'était même un enfoiré, parfois – mais c'était mon enfoiré, et, sans lui, je ne tomberai jamais enceinte.

Je traîne une lourde couette au rez-de-chaussée et

la pose sur le canapé. Il faut un moment à mes yeux pour s'accoutumer à la lumière diffuse des lampadaires dehors. Mon regard rencontre celui de ma mère, à l'autre bout de la pièce. La photo a été prise lors d'une cérémonie officielle deux ans plus tôt, au cours de laquelle elle s'était vu remettre le titre annuel de Femme d'affaires la plus influente de Chicago. Ses cheveux poivre et sel sont coupés court, sa marque de fabrique, une coupe en dégradé qu'elle seule et Halle Berry pouvaient arborer dignement, lui répétais-je souvent. Elle est renversante, oui, avec ses pommettes saillantes et sa peau bronzée parfaite. Mais au-delà de sa beauté physique, j'ai toujours pensé que la photo avait su capturer l'essence même de ma mère, sa sagesse, sa sérénité. Je me lève et traverse la pièce pour attraper la photo et l'installer sur la table devant le canapé. Je me glisse à nouveau sous la couette et scrute le cliché.

« Tu avais prévu de gâcher ma vie, maman ? C'est ce que tu voulais ? »

Ses yeux verts sont pénétrants. Je rapproche la photo et l'observe attentivement.

« Qui es-tu ? Non seulement tu m'as menti toute ma vie mais, à cause de toi, j'ai perdu Andrew, la seule personne qui pouvait m'aider à accomplir mes rêves. »

Des larmes coulent sur mes tempes et dans mes oreilles.

« Je suis toute seule, maintenant. Et déjà tellement vieille. » Mes mots m'étranglent presque. « Et tu avais raison. J'ai tellement envie d'un bébé que j'en ai mal. Et maintenant… maintenant, mon rêve vient de m'être arraché à cause d'une mauvaise blague. »

Je me redresse brusquement et pointe l'index vers son visage souriant.

« Tu es contente de toi ? Tu ne l'as jamais aimé, pas vrai ? Bon, voilà, tu as eu ce que tu voulais. Il est parti. Et maintenant, je n'ai plus personne. »

Je claque la photo à l'envers sur la table avec une telle force que je suis certaine d'avoir brisé le verre. Mais je ne vérifie pas. Je me roule en boule et pleure jusqu'à m'endormir d'épuisement.

Avec clémence, les premières lueurs de l'aube s'insinuent par la baie vitrée et m'autorisent à sortir d'un sommeil agité. Mon premier réflexe est de chercher mon portable sous la couette en désordre et de regarder si j'ai reçu des messages. J'espère voir un SMS d'Andrew et je me fustige à cette pensée. Je fixe le téléphone mais le seul message que j'ai reçu vient de Brad, à minuit, heure du Pacifique. *Joyeux Thanksgiving, jour de la dinde.*

J'écris : *À vs aussi.* Il est à San Francisco avec Jenna et il me manque soudain férocement. S'il était en ville, je l'inviterais à dîner. Je déballerais tout ce que j'ai sur le cœur et je l'écouterais partager sa frustration au sujet de Jenna. Comme Andrew et moi, Jenna et lui traversent une passe difficile.

« Deux aimants, m'a-t-il dit. On s'attire pendant un moment, et on se repousse l'instant d'après. »

On ouvrirait la bouteille de vin en préparant une farce à la sauge. On rirait aux éclats, on mangerait trop, on regarderait des films… Tout ce qu'Andrew et moi aurions dû faire ensemble. Mais quand j'imagine la scène avec Brad, elle semble simple et naturelle, et non plus forcée et guindée.

Je m'apprête à envoyer le SMS quand je remarque la photo de ma mère posée à l'envers sur la table basse. Je la soulève. Ses yeux me disent qu'elle m'a pardonné de l'avoir admonestée la veille. Les larmes se pressent derrière mes paupières. J'embrasse mon doigt et caresse le verre, laissant une empreinte digitale sur sa joue. Son visage m'encourage, aujourd'hui, elle semble m'inciter à aller de l'avant.

Je baisse les yeux vers mon téléphone, mon index repose sur la touche ENVOYER. Comme mus par une volonté propre, mes doigts retournent sur le clavier et tapent une phrase supplémentaire.

Vs me manquez.

J'appuie sur ENVOYER.

Il n'est que 6 heures du matin. La journée tout entière s'étale devant moi, aussi menaçante que les contrées désertiques de Sibérie. Je regarde à nouveau mon téléphone et, frustrée, le jette à travers la pièce. Il atterrit dans un bruit mat sur le tapis persan de ma mère. Je m'affale sur une chaise et me masse les tempes. Si je reste dans cette maison à consulter mon téléphone toutes les trente secondes, je vais perdre la tête. J'attrape mon manteau et mon écharpe, je glisse mes pieds dans une paire de bottes en caoutchouc de ma mère et je franchis le seuil de la porte.

À l'est, des nuances de rose et d'orange délavent le gris métallique du ciel. Une rafale mordante me coupe le souffle. Je me couvre le nez avec mon écharpe et remonte ma capuche. De l'autre côté de Lake Shore Drive, je suis accueillie par le hurlement fantomatique du vent sur le lac Michigan. Des vagues furieuses fouettent la berge, reculent et s'écrasent encore. J'arpente Lakefront Trail, les mains enfoncées dans mes poches de manteau. Le sentier bordé d'un parcours de santé où les touristes se promènent tout l'été a perdu ses usagers, ce matin, ce qui me rappelle avec tristesse que tout le monde est en train de fêter Thanksgiving en famille ou entre amis. Les maisons s'éveillent peu à peu, on discute autour d'un café et de bagels, on coupe du céleri et des oignons pour préparer la farce.

Je tourne devant l'hôtel Drake et je prends la direction du sud. Une grande roue vide apparaît comme une bague au doigt du Navy Pier. La roue abandonnée paraît aussi maussade que moi. Resterai-je seule à jamais ? Les hommes de mon âge sont déjà mariés, ou bien ils sortent avec des gamines de vingt ans. Dans le festin des relations amoureuses, je ne suis que les restes de la veille.

Un joggeur court dans ma direction, son labrador au bout d'une laisse devant lui. Je me décale pour les laisser passer et le chien me détaille d'un regard amical. Le coureur file devant moi et je fais volte-face. Il porte des vêtements de marque Under Armour de la tête aux pieds et il me rappelle vaguement quelqu'un. Il se retourne vers moi et, l'espace d'un instant, nos regards s'accrochent. Il hésite, comme s'il aimerait revenir me parler, mais il se ravise. Il sourit, lève la main pour me saluer avant de reprendre sa course. Je le regarde s'éloigner. Puis je comprends soudain. C'était l'homme Burberry – l'homme à qui j'avais parlé dans le métro… et en sortant de l'appartement ! Ou peut-être pas.

« Hé ! » je m'écrie, mais le rugissement des vagues engloutit ma voix.

Je me mets à courir. La dernière fois que je l'ai croisé, j'avais rendez-vous pour déjeuner. Je vais l'informer que je suis désormais célibataire. Il faut que je le rattrape ! Mais mes énormes bottes m'empêchent de gagner du terrain. Il a une bonne cinquantaine de mètres d'avance. Plus vite ! Le bout de mes pieds se prend soudain dans un obstacle et je tombe sur les fesses. Je reste assise sur l'asphalte et je regarde l'homme Burberry disparaître au bout du sentier.

Oh, mon Dieu, j'ai atteint un nouveau degré de nullité. Andrew et moi venons de nous séparer. Et me voilà ce matin à poursuivre – oui, à poursuivre – un homme dont je ne connais même pas le nom. Pourrais-je être plus minable ? Comme si mon horloge biologique ne me mettait déjà pas assez de pression, ma mère m'a attaché une bombe à retardement sur le dos, qui doit exploser en septembre prochain.

La journée a officiellement commencé quand je rentre à la maison de ma mère mais, comme il est de coutume en novembre à Chicago, d'épais nuages gris retiennent le soleil en otage. De minuscules flocons voltigent dans l'air et fondent aussitôt qu'ils se posent sur mon manteau en laine. Une vague appréhension m'envahit quand je gravis les marches jusqu'à la porte d'entrée. Je n'ai pas envie d'être seule aujourd'hui. Je ne peux pas supporter l'idée d'être ce personnage pitoyable qu'on voit dans les films, qui cuisine un plat pour une personne le jour de Thanksgiving.

Je débarrasse la table que j'avais mise la veille au soir, je plie avec soin les serviettes et la nappe si chères à ma mère. Elle avait acheté ces pièces brodées à la main lors de notre voyage en Irlande trois ans plus tôt et elle insistait pour que nous les utilisions à chaque repas de fête. Des larmes dégoulinent sur mon visage. Nous n'aurions jamais imaginé que nos repas de fête en famille puissent cesser aussi vite.

Pour me torturer davantage, je réfléchis à ma relation avec Andrew. Pourquoi est-il si difficile de m'aimer ? De nouvelles larmes me piquent les yeux. Je l'imagine continuer sa vie sans moi, trouver une femme absolument parfaite, qui sache le rendre heureux. Une femme qu'il aurait envie d'épouser.

À travers un brouillard de larmes, j'arrive à farcir la dinde que je glisse dans le four. Je pèle des pommes de terre d'un geste mécanique et je mélange les ingrédients pour réaliser le ragoût aux patates douces dont ma mère avait le secret. Quand je coupe les fruits du dessert dans le saladier, mes larmes ont séché.

Trois heures plus tard, je retire la dinde sublime du four. Sa peau brille, croustillante et dorée, et le jus bouillonne au fond du lèchefrite. Puis je sors le ragoût et respire le parfum familier de cannelle et de noix de muscade. Dans le frigo, j'attrape la salade de fruits et la sauce aux airelles. Je coupe les dernières rondelles dans la salade que je pose près de ma tarte. Après avoir tout emballé soigneusement, je dépose les plats dans des paniers de pique-nique et dans des cartons trouvés dans la cave.

En chemin, j'appelle Sanquita au foyer. Elle m'attend à la porte quand j'arrive.

« Salut, ma chérie. Tu peux prendre ça, s'il te plaît ? lui dis-je en tendant un panier avant de retourner à ma voiture. Je reviens tout de suite.

— Vous avez apporté de quoi faire un dîner de Thanksgiving ?

— Hm-hm.

— Mlle Brett nous a apporté à dîner », crie-t-elle à ses colocataires. Elle jette un œil dans le panier.

« Et pas un pâté de dinde comme on a eu, c'est une vraie dinde avec tous les accompagnements. »

Il me faut trois allers-retours pour tout transporter. Sanquita m'aide à empiler les plats sur le comptoir de la cuisine, où les autres femmes se sont massées comme des fourmis autour d'un carré de sucre. Je reconnais désormais presque tous les visages et je connais même quelques noms. Tanya, Mercedes et Julonia déballent la nourriture sous le regard des autres.

« Il y a de la farce dans la dinde, comme j'aime.

— Miam miam ! Le ragoût sent super bon.

— Regardez ! Une tarte aux noix de pécan !

— Bon appétit, mesdemoiselles, dis-je en récupérant les paniers vides. On se voit lundi, Sanquita.

— Vous êtes pas obligée de partir, marmonne Sanquita en fixant ses pieds. Enfin, vous pourriez rester manger un morceau, si vous avez envie. »

Je suis stupéfaite. La fille qui ne fait confiance à personne m'ouvre sa porte – du moins, elle l'entrouvre. J'aimerais beaucoup entrer mais c'est impossible aujourd'hui.

« Merci, mais j'ai eu une longue journée. Il faut que je rentre chez moi. »

Et où est *chez moi*, au juste ? Je devrais peut-être demander s'il y a de la place au foyer. Elle redresse le dos et son visage retrouve sa dureté.

« Oui, bien sûr. »

Je passe un doigt sur mes yeux et y trouve des flocons de mascara séché.

« Je ne me sens pas très bien », dis-je.

Je regarde son visage gonflé, je remarque une zone de son front qui vient d'être grattée à vif, un cruel effet secondaire de l'accumulation des déchets de son organisme.

« Et toi, ma belle, comment ça va ? Comment te sens-tu ?

— Bien, répond-elle sans croiser mon regard. Je vais bien. »

À cet instant, Jean Anderson, la directrice bourrue de l'établissement, franchit la porte d'entrée. La poche de son manteau en laine est déchirée et elle porte un sac à dos en vinyle.

« Mademoiselle Anderson, dit Sanquita. Vous n'étiez pas censée venir aujourd'hui.

— Lisa a appelé pour dire qu'elle est malade. » Elle se dandine pour retirer son manteau. « C'est drôle comme la maladie atteint facilement les gens pendant les fêtes.

— Mais votre fille a fait exprès le voyage depuis le Mississippi pour vous voir, dit Mercedes. Et vos petits-enfants !

— Ils seront encore là demain. » Elle prend un cintre dans la penderie et quand elle se retourne, elle remarque ma présence. Son visage devient dur comme la pierre. « Qu'est-ce que vous faites ici ? »

Avant même que j'aie eu le temps de répondre, Sanquita frappe dans ses mains.

« Mlle Brett nous a apporté une dinde et tout un tas de plats. Venez voir. »

Elle me dévisage mais ne bouge pas d'un pouce. « Vous n'avez besoin de rien d'autre, mademoiselle Bohlinger ?

— Euh… non, j'allais partir. » Je tapote le bras de Sanquita. « On se voit lundi, ma puce. »

J'ai déjà parcouru trois pâtés de maisons quand je freine brusquement pour faire un demi-tour acrobatique. Je me gare devant le trottoir et grimpe les marches du perron jusqu'à la porte du foyer. Mlle Anderson est au comptoir de la cuisine et se charge de couper la dinde.

« Miam miam. Cette dinde est magnifique. Mercedes, ma chérie, tu veux bien mettre la table, s'il te plaît ? »

Son sourire s'efface quand elle m'aperçoit.

« Vous avez oublié quelque chose ?

— Rentrez chez vous, lui dis-je, hors d'haleine. Je peux rester cette nuit. »

Elle me regarde de la tête aux pieds avant de reporter son attention sur la dinde. Je passe la main dans mes cheveux emmêlés.

« Je viens d'être embauchée par le département de l'éducation publique. Ils ont fait une recherche poussée sur mes antécédents. Je ne présente aucun danger, je vous assure. »

Elle repose le couteau sur la planche à découper et elle me fusille du regard.

« Mais pourquoi une femme comme vous préférerait passer ses fêtes dans un foyer de sans-abri ? Vous n'avez pas de famille ?

— Je me plais ici, dis-je en toute honnêteté. Et j'adore Sanquita. Et puis ma famille est en déplacement et je suis seule. Mais vous, par contre, vous avez des invités. Il faut que vous rentriez chez vous pour être avec eux.

— Rentrez chez vous, mademoiselle Anderson, dit Mercedes. Tout ira bien. »

La directrice se mord la lèvre inférieure. Puis elle fait un geste brusque du menton en direction de son bureau.

« Suivez-moi. »

Je lui emboîte le pas dans le couloir et je regarde par-dessus mon épaule. Sanquita nous observe, les bras croisés devant la poitrine. Ai-je franchi une limite ? Suis-je en train d'envahir son espace personnel en restant ici ce soir ? Nos regards se croisent. Une main émerge de ses bras croisés. Je vois un poing serré, puis un pouce levé. Elle le tend vers moi, elle m'encourage. J'en pleurerais de joie.

Le foyer est au complet ce soir mais il n'y a aucune catastrophe particulière à redouter, d'après ce que peut en dire Mlle Anderson – pas d'ex-copain violent, pas de toxicomane.

« Les invitées – c'est ainsi que nous les appelons – se chargent de gérer la maison jusqu'à 19 heures. Après cela, la cuisine n'est plus accessible. Les enfants doivent être couchés à 21 heures dernier délai. La télé doit être éteinte à 23 h 30, heure à laquelle tout le monde regagne ses pénates. » Elle me montre un lit simple contre le mur. « Vous dormirez ici. Merci d'enlever les draps demain matin. Amy Olle vous remplacera dès 8 heures. » Elle lâche un soupir. « Je pense que ça résume l'essentiel. Des questions ? »

J'ai envie de la rassurer et je me retiens donc de l'assommer avec la liste de questions qui m'envahit l'esprit. Y a-t-il une invitée particulièrement dangereuse ? Y a-t-il une alarme de sécurité ?

« Je peux m'en occuper sans problème, dis-je avec plus de conviction que je n'en éprouve réellement. Allez-y. »

Au lieu de partir, elle reste devant moi, mains sur les hanches.

« Je ne sais pas quelles sont vos motivations mais si j'apprends que vous exploitez ces femmes d'une manière ou d'une autre, je vous ferai jeter d'ici avant même que vous ayez eu le temps de dire *sac à main griffé*. C'est bien compris ?

— Exploiter ces femmes ? Non, non, vous ne comprenez pas. »

Elle croise les bras sur sa poitrine.

« Au printemps dernier, une jolie femme blanche, tout à fait comme vous, s'est présentée pour faire du bénévolat. Je l'ai laissée faire, bien entendu. Nous avons besoin de toute l'aide possible. À peine une semaine plus tard, une équipe de télévision est arrivée. Mademoiselle Joli Cœur se présentait aux élections locales pour le poste de juge. Elle voulait que la ville entière voie à quel point elle était chouette, à faire du bénévolat auprès des pauvres gens de couleur du South Side.

— Je ne ferai jamais une chose pareille. Je vous le promets. »

Nous nous dévisageons jusqu'à ce qu'elle baisse enfin les yeux vers son bureau.

« Mon numéro de téléphone personnel est ici, dit-elle en me montrant un post-it. Appelez-moi si vous avez des questions. »

Elle attrape son sac et sort de la pièce à grands pas sans même me dire au revoir ni même me souhaiter bonne chance. Je m'enfonce dans un fauteuil et, en cette journée de Thanksgiving, j'essaie de trouver au moins une chose pour laquelle je puisse me montrer reconnaissante.

14

Brad m'appelle lundi matin et me demande si je peux passer à son cabinet en rentrant du travail. Tout l'après-midi, mon intuition gagne en puissance et, alors que je prends l'ascenseur jusqu'au trente et unième étage, ce n'est plus une intuition. Je suis certaine qu'il va m'annoncer une nouvelle au sujet de mon père.

Il lève la tête à mon arrivée et sourit.

« Bonjour, B. » Il traverse la pièce et me serre dans ses bras. « Merci d'être venue, ajoute-t-il en s'écartant pour me décocher un regard sérieux. Tout va bien ? Vous avez l'air plutôt fatiguée.

— Je suis épuisée. Je n'arrive pas à dormir assez, ces jours-ci. » Je frotte mes lèvres pâles dans l'espoir d'y raviver un peu de couleur. « Alors, dites-moi, c'est à quel sujet ? »

Il me conduit jusqu'aux fauteuils et pousse un long soupir.

« Asseyez-vous. »

Sa voix monotone semble défaite et j'essaie d'ignorer la crainte qui m'envahit soudain.

« Pohlonski a-t-il trouvé mon père ? »

Il se laisse tomber dans le fauteuil à mes côtés et se passe la main sur le visage.

« Il a échoué, Brett.

— Comment ça, échoué ? Je croyais qu'il n'y avait plus que six hommes.

— Il les a tous appelés. Il y en avait un qui aurait pu faire l'affaire. Il se trouvait à Chicago à l'été 1978. Mais il ne connaissait pas votre mère.

— Il l'a peut-être oubliée. Ce gars joue de la guitare ? Dites à Pohlonski de lui poser des questions sur le Justine's.

— Il était étudiant en troisième cycle à l'université DePaul, à l'époque. Il n'a jamais entendu parler du Justine's. Aucun talent musical.

— Eh merde ! » Je colle un coup de poing dans l'accoudoir. « Mais pourquoi ma mère ne m'a-t-elle pas parlé de Johnny quand elle était encore en vie ? Elle devait avoir plus d'informations à son sujet. Mais non, elle était bien trop égoïste. Elle était davantage préoccupée de se protéger que de m'aider. » Je me tourne vers Brad pour essayer de calmer ma colère. « Bon, alors c'est quoi, le plan de Pohlonski ?

— Il a fait tout ce qu'il pouvait, j'en ai bien peur. Il a essayé de retrouver la trace des propriétaires du Justine's mais ils sont décédés tous les deux. Il est probable que Johnny n'ait pas été déclaré car Steve ne retrouve aucune trace de lui dans les archives des impôts. Il a même réussi à localiser le propriétaire de l'appartement que Johnny occupait à Bosworth.

— Le propriétaire ? C'est bien. Il doit avoir de vieilles quittances de Johnny Manns, alors ?

— Non. Rien. Le vieil homme vit désormais dans une maison de retraite à Naperville et il n'a aucun souvenir de Johnny Manns, ni de vos parents.

— Il faut qu'il poursuive ses recherches. Je vais continuer à le payer. »

Le silence de Brad me rend nerveuse et je m'empresse de le combler.

« Peut-être qu'il n'est pas né dans le Dakota du Nord, après tout. Il faut élargir nos recherches. On va chercher sous plusieurs orthographes de son nom.

— Brett, on est arrivés dans une impasse. Nous n'avons pas assez d'informations pour continuer. »

Je croise les bras devant ma poitrine.

« Je n'aime pas ce Pohlonski. Il ne sait pas ce qu'il fait.

— Libre à vous de trouver quelqu'un d'autre mais jetez d'abord un coup d'œil à ces documents. » Il me tend un rapport recensant les recherches effectuées sur Jon, John, Jonathan, Jonothon ou Johnny Manns. Certains noms sont encerclés ; d'autres sont rayés. Des notes ont été griffonnées dans la marge, indiquant les dates et les heures des appels téléphoniques. Une chose est évidente : le dénommé Pohlonski a vraiment fait de son mieux pour retrouver mon satané père.

« Bon, très bien, dites-lui d'essayer encore. Johnny est forcément quelque part.

— J'ai décidé de vous dispenser de cet objectif. »

Je me tourne vers lui.

« De m'en dispenser ? Vous me dites d'abandonner ? »

Il récupère la feuille posée sur mes genoux.

« Vous n'êtes pas obligée d'abandonner. Je vous laisse choisir. Mais je ne vous tiendrai pas rigueur sur cet objectif, Brett. Vous avez essayé et les recherches sont restées infructueuses. »

Je me penche vers lui.

« Eh bien, je vais vous le dire tout de suite, je ne compte pas abandonner. Pohlonski doit faire mieux.

Il faut qu'on élargisse les données de son âge – mon père était peut-être plus vieux... ou plus jeune.

— B., ça pourrait prendre des années. Et vous coûter une fortune. Je pense que, pour l'instant, il est préférable de vous concentrer sur les autres objectifs.

— Arrêtez, je ne laisserai pas tomber. »

Il fronce les sourcils.

« Brett, écoutez-moi. Je sais que vous commencez à avoir des difficultés financières et...

— Plus maintenant, non. »

Ses yeux se posent sur mon poignet dénudé.

« Oh, bon sang. Où est passée votre montre ? »

Je frotte l'endroit où reposait habituellement ma montre.

« Je n'en avais pas besoin. Mon portable m'indique mieux l'heure que cette vieille montre ne l'a jamais fait. »

Il reste bouche bée.

« Ça alors, vous l'avez mise au clou ?

— Je l'ai vendue. Sur eBay. Et quelques bijoux aussi. Et puis je compte faire la même chose avec mes tailleurs et quelques sacs à main. »

Il prend une profonde inspiration et se passe la main sur le visage.

« Oh, B., je suis désolé. »

Il pense que je jette mon argent par les fenêtres, il pense que je ne retrouverai jamais mon père. Je lui attrape le bras.

« Ne soyez pas désolé, moi je ne le suis pas. J'ai de l'argent, maintenant. Je peux continuer à chercher mon père. Et le retrouver, cher Midar, ça n'a pas de prix. »

Il m'adresse un petit sourire triste.

« Vous marquez un point. Je dirai à Pohlonski de continuer ses recherches. »

J'acquiesce et déglutis avec peine.

« Comment ça s'est passé, à San Francisco ? »

Il prend une profonde inspiration et soupire.

« Ce n'était pas des plus faciles, comme voyage. Jenna était préoccupée par une affaire qu'elle suit de près. »

Il me raconte la promenade qu'ils ont faite à Half Moon Bay mais j'ai du mal à me concentrer. Mon esprit se focalise sur mon père. À quoi ressemble-t-il ? Quel genre d'homme est-il ? Va-t-il m'aimer ou aura-t-il honte de sa fille illégitime ? Et s'il était mort ? Mon cœur sombre dans ma poitrine.

« Pohlonski peut-il aussi faire une recherche dans les registres des décès ?

— Pardon ?

— Il faut que je retrouve Johnny, même s'il est mort. Dites à Pohlonski de vérifier dans les registres de décès, aussi bien que dans les registres de naissance. »

Il m'adresse un regard appuyé. Quand il prend des notes dans son carnet, je sais qu'il le fait pour m'apaiser.

« Comment s'est passé votre Thanksgiving ? » demande-t-il.

Je lui raconte ma rupture avec Andrew. Il essaye de paraître neutre mais je vois une marque d'approbation se dessiner sur son visage.

« Vous méritez quelqu'un qui partage vos rêves. Et n'oubliez pas que votre mère n'a jamais été convaincue qu'il soit l'homme de votre vie.

— Oui, mais maintenant, je suis seule et tous mes rêves me semblent encore moins réalisables qu'avant. »

Il plonge son regard dans le mien.

« Vous ne resterez pas seule longtemps. Croyez-moi. »

Mon cœur esquisse une petite danse et je m'admoneste. Brad a une copine. Il n'est pas dans mes cordes.

« Peu importe, dis-je en regardant par la fenêtre. Après son départ, j'ai passé Thanksgiving au foyer de Joshua House.

— Joshua House ?

— Un foyer pour femmes sans domicile fixe. J'ai une élève qui y habite. Vous n'imaginez pas à quel point ces femmes sont incroyables – toutes, sauf la directrice qui me déteste. Enfin, bref, deux d'entre elles souffrent de maladie mentale mais la plupart sont des femmes sans souci majeur qui n'ont simplement pas eu de chance. »

Il me dévisage.

« Ah bon ?

— Oui. Mercedes, par exemple, est mère célibataire et elle s'est laissé embarquer dans un emprunt à taux variable. Quand les intérêts ont grimpé en flèche et qu'elle n'a pas réussi à vendre sa maison, elle a été obligée de la quitter du jour au lendemain. Heureusement, quelqu'un lui a parlé du foyer Joshua House. Ses enfants et elle ont un endroit où habiter. »

Brad me regarde en souriant.

« Quoi ?

— Je vous admire. »

Je le fais taire d'un geste de la main.

« Ne soyez pas ridicule. Tenez, je me suis inscrite comme bénévole pour les lundis soir. Vous devriez passer la semaine prochaine pour rencontrer toutes ces femmes – surtout Sanquita. Elle est encore difficile à percer mais c'est elle qui m'a invitée à rester, le soir de Thanksgiving. »

Il lève l'index et se redresse. Il fouille dans ses dossiers suspendus et en sort les enveloppes de ma mère avant de se rapprocher des fauteuils.

« Félicitations », me dit-il en tendant l'enveloppe numéro 12 : VENIR EN AIDE AUX GENS DANS LE BESOIN.

Je ne fais pas mine de l'attraper.

« Mais je n'ai pas… Je n'ai rien…

— Vous l'avez fait sans effort, sans aucune arrière-pensée. C'est exactement ce qu'aurait voulu votre mère. »

Je repense aux cinq minutes que j'ai consacrées la semaine dernière à faire un don à Heifer International en pensant que cela me permettrait de récupérer cette enveloppe. Je savais pertinemment que ma mère attendait davantage de moi mais je ne savais pas quoi faire, ni où. Sans que j'y prenne garde, Joshua House m'a trouvée.

« Je l'ouvre ? » demande-t-il.

J'acquiesce, incertaine de pouvoir contrôler ma voix en cet instant.

« Ma chère Brett,

Peut-être te souviens-tu de cette histoire que je te racontais, au sujet du vieil homme en quête du bonheur. Il erre à travers le monde et demande à tous ceux qui croisent son chemin s'ils peuvent partager avec lui le secret d'une vie heureuse. Personne n'en est capable. Le vieil homme rencontre Bouddha, qui accepte de lui révéler ce secret. Bouddha se penche et prend l'homme par les mains. Il plonge son regard dans ses yeux las et lui dit : "Ne faites jamais le mal. Faites toujours le bien."

Le vieil homme le dévisage, perplexe. "Mais c'est trop simple. Je sais cela depuis que j'ai trois ans !"

"Oui, dit Bouddha. Nous savons tous cela à l'âge de trois ans. Mais lorsque nous atteignons quatre-vingts ans, nous l'avons oublié."

Félicitations, ma fille, de répandre le bien autour de toi. C'est le secret d'une vie heureuse. »

J'éclate en sanglots et Brad s'accroupit à côté de moi pour me serrer dans ses bras.

« Elle me manque, dis-je à travers mes larmes. Elle me manque tellement.

— Je sais. Je sais ce que vous ressentez. »

Il me caresse le dos et je perçois le soubresaut dans sa voix. Je m'écarte et m'essuie les yeux.

« Votre père vous manque, pas vrai ? »

Il se frotte le cou et acquiesce.

« Oui, l'homme qu'il était me manque. »

Cette fois, c'est moi qui lui frotte le dos et lui murmure des paroles de réconfort.

Je suis épuisée. J'ai la larme facile. Je crois que mes seins sont un peu sensibles. Même si je n'ai fait l'amour que deux fois avec Andrew depuis mes dernières règles, je ne peux m'empêcher de me demander si… non ! Il ne faut pas penser à cela. Je risque de me porter la poisse. De temps à autre, pourtant, une bulle de joie naît en moi, si pure et si puissante qu'elle me soulève presque de terre.

Mais mercredi après-midi, cette joie est introuvable. Il est 16 heures quand j'arrive à l'appartement d'Andrew. Je porte des cartons vides et je tâtonne à l'entrée pour trouver l'interrupteur. Il fait froid dans ce logement sans vie et un frisson me parcourt l'échine. Je jette mon manteau et mes gants sur le canapé, puis je m'élance vers la chambre. Je veux sortir d'ici avant son retour.

Sans prendre la peine de plier ou de trier, je fourre mes vêtements dans les cartons, vidant d'abord l'armoire, puis la penderie. Mais quand ai-je pu accumuler autant d'affaires ? Je pense aux femmes de Joshua House, avec leurs trois tiroirs de commode et leur penderie commune, et mes excès me dégoûtent. Je traîne quatre cartons jusqu'à ma voiture, retourne chez ma mère avec le coffre maintenu par une corde, je renverse le contenu des cartons dans le hall d'entrée et repars faire un autre trajet.

À 20 heures, je suis à bout de forces. J'ai vidé l'appartement du moindre de mes vêtements, de mon maquillage, de mes crèmes et de mes lotions pour cheveux. Clés de voiture en main, j'arpente une dernière fois les lieux. Je liste toutes les choses que j'ai achetées ici, tout ce que j'ai choisi lors de notre vie commune. Essayais-je de combler l'espace avec des petits morceaux de moi en espérant m'y sentir davantage chez moi ? En plus de payer la moitié des échéances de prêt et des charges, j'avais acheté la table de la salle à manger, le canapé et le fauteuil, ainsi que deux écrans télé haute définition. Je grimpe l'escalier et je me souviens d'avoir acheté les meubles de la chambre dès notre première semaine d'installation. Un lit en bois d'érable, une commode, deux tables de chevet et une armoire antique dont je ne pouvais me séparer, avais-je déclaré. Dans la salle de bains, je vois mes somptueuses serviettes Ralph Lauren et le tapis de bain Missoni que j'avais trouvé à Neiman Marcus. Je hoche la tête, éteins la lumière et redescends. J'entre dans la cuisine et ouvre les placards pour regarder mon service italien, mes casseroles, ma machine à café. Je porte la main à ma bouche.

Tout, dans cet appartement, semble m'appartenir. Il doit y en avoir pour plusieurs milliers de dollars ! Mais je ne peux pas vider la maison d'Andrew. Il serait vert de rage. Et qu'est-ce que je ferais de tout ce matériel ? Je serais obligée de le stocker dans un garde-meubles en attendant de me trouver un logement. Et si jamais j'étais vous savez quoi… Pourrais-je envisager de revenir vivre ici ?

Je referme le placard. Il peut tout garder. Absolument tout. Ce sera mon gage de réconciliation.

Je boutonne mon manteau quand j'entends sa clé dans la serrure. Merde ! J'éteins la cuisine et je suis déjà dans le couloir quand la porte s'ouvre à la volée. Une voix de femme retentit.

Je retourne à pas de loup dans la cuisine et me plaque contre le mur à côté du frigo. Mon cœur bat si fort, j'ai peur qu'ils l'entendent.

« Donne-moi ton manteau », dit Andrew.

Elle répond quelque chose mais je ne comprends pas ses paroles. C'est bien une voix de femme. Aucun doute. Je reste immobile sans savoir quoi faire. Pourquoi n'ai-je pas tout simplement prévenu Andrew de ma présence ? Si je sors maintenant, ils vont penser que je les espionnais. Mais s'ils me trouvent dans ma cachette, je vais vraiment passer pour l'ex-copine qui le harcèle.

« Je suis content que tu sois venue, dit-il. Tu éclaires vraiment l'appartement. »

Elle lâche un rire aigu et j'en ai le souffle coupé. Je plaque ma main contre ma bouche pour réprimer un cri. J'entends Andrew fouiller dans le bar.

« Allez, dit-il. Je vais te faire visiter l'étage. »

Elle laisse échapper un nouvel éclat de rire.

Depuis l'obscurité de la cuisine, je regarde Andrew poursuivre Megan dans l'escalier, une bouteille de Glenlivet dans une main et deux verres dans l'autre.

L'après-midi suivant, je retrouve les déménageurs devant l'immeuble d'Andrew. Trois hommes costauds en salopettes Carhartt et gants de cuir me saluent.

« Qu'est-ce qu'on peut faire pour vous aujourd'hui, mademoiselle ? demande le plus âgé.

— Je voudrais récupérer tous les meubles de l'appartement 4.

— Tous ?

— Oui. Sauf le fauteuil marron dans le salon. » J'ouvre la porte d'entrée de l'immeuble. « Réflexion faite, laissez aussi le matelas. »

Je remplis des cartons de serviettes de bains et de draps, de plats, d'ustensiles de cuisine et de couverts. Les déménageurs s'occupent des objets encombrants. Il nous faut trois heures à tous les quatre, mais nous terminons avant le retour d'Andrew. J'inspecte les lieux. Cet appartement que je n'ai jamais considéré comme ma maison est désormais vide de moi-même.

« Et où est-ce qu'on embarque tout ça ? demande l'homme au bouc.

— Au foyer Joshua House, dans Carroll Avenue. »

Au matin du 11 décembre, avec un coffre débordant de cadeaux et un réservoir plein d'essence, je prends la route en direction du brunch de Noël des Newsome. Deux heures plus tard, épuisée et nauséeuse, je me range près du trottoir parmi une douzaine d'autres voitures, et je scrute le joli ranch jaune. Un panneau à l'entrée, à peine visible dans le jardin enneigé, annonce NOTRE FAMILLE MILITE POUR LA PAIX. Je souris, heureuse de me rendre compte que certaines choses ne changent pas.

Des empreintes de pas de diverses tailles constellent le trottoir et racontent les allées et venues des invités. J'ouvre le coffre et j'entends la porte d'entrée claquer. Une femme en jean et veste polaire s'élance depuis la maison jusqu'au trottoir. Elle s'approche de moi, glisse et manque tomber. Je la rattrape et nous éclatons de rire.

« Bretel ! s'écrie-t-elle. Je n'arrive pas à croire que tu sois venue ! »

Elle m'enlace et les larmes me montent aux yeux.

« Ça valait vraiment la peine, je murmure. Rien que pour cet instant. »

Elle me tient à bout de bras.

« Wouah. Tu es encore plus jolie que sur tes photos Facebook. »

Je hoche la tête et observe la femme devant moi. Ses cheveux bruns sont coupés court et son grand corps semble peser une dizaine de kilos de plus qu'avant. Sa peau presque translucide et rose brille, et derrière ses lunettes, ses grands yeux bleus pétillent de joie. J'enlève la neige sur sa manche avant de lui dire :

« Tu es magnifique.

— Allez, viens, on rentre.

— Attends. Avant, il faut que je fasse un truc. » Je lui prends le bras et la regarde droit dans les yeux. « Je suis désolée de t'avoir aussi mal traitée, Carrie. Pardonne-moi, s'il te plaît. »

Son visage rosit et elle me fait taire d'un geste de la main.

« Ne sois pas ridicule. Il n'y a rien à pardonner, dit-elle en m'attrapant le coude. Allez, viens. Tout le monde a hâte de faire ta connaissance. »

Les effluves de café fraîchement moulu, le murmure lointain des rires et des conversations me ramènent dans le passé jusqu'au pavillon des Newsome dans Arthur Street. Les trois enfants métisses de Carrie sont assis à une table en chêne avec du fil et des aiguilles où ils fabriquent des guirlandes de pop-corn et de baies d'airelles. Je m'accroupis à côté de Tayloe, un garçonnet de neuf ans.

« Je me rappelle avoir fait les mêmes guirlandes avec ta maman et tes grands-parents, une année. On était allés à Egg Harbor. Dans le vieux chalet de tes grands-parents. Tu te souviens ? » dis-je en me tournant vers Carrie.

Elle acquiesce.

« Il appartient à mes parents, maintenant. Mon père a passé la semaine à trier ses vidéos, en ton honneur. Je suis sûre qu'il en a une ou deux de nous à Egg Harbor.

— Il aurait vraiment dû devenir réalisateur. Il ne se séparait jamais de sa caméra. Tu te souviens quand il nous avait filmées en train de bronzer alors qu'il y avait encore de la neige par terre ? »

Nous éclatons de rire quand Stella entre dans la cuisine. Elle est petite et mince, ses cheveux blonds sont coupés court et elle porte des lunettes à monture sombre. Elle est chic et sérieuse, elle a des airs de prof de fitness. Mais à l'instant où elle sourit, son visage s'adoucit.

« Hé, Brett ! Tu as réussi à venir ! »

Elle dépose sa tasse de café sur l'îlot de cuisine et se précipite pour me serrer la main. Elle me regarde droit dans les yeux et affiche un sourire éclatant.

« Oh, je m'appelle Stella, au fait. »

Je ris, emplie de joie et persuadée que Carrie a

fait le bon choix. Au lieu de lui rendre sa poignée de main, j'écarte les bras et l'enlace.

« Je suis tellement contente de te rencontrer, Stella.

— Pareil pour moi. Carrie a guetté ton arrivée toute la matinée par la fenêtre. Je ne l'avais pas vue aussi enthousiaste depuis qu'on a adopté les enfants. » Elle adresse un clin d'œil à Tayloe et rit. « Qu'est-ce que tu dirais d'une tasse de café ? »

Carrie arque les sourcils.

« Ou un bloody mary ? On a aussi des mimosas ou le célèbre lait de poule au brandy de ma mère. »

Je jette un œil aux enfants qui sirotent leurs mugs de chocolat chaud.

« Il vous reste du cacao ?

— Du cacao ? »

Je pose la main sur mon ventre.

« Je prends sans doute trop de précautions. »

Les yeux de Carrie se posent sur la bosse que je prends déjà pour les premiers signes de ma grossesse.

« Tu es… Tu pourrais l'être ? »

Je ris.

« Peut-être. Je ne suis pas sûre mais j'ai dix jours de retard. Et je suis sans arrêt fatiguée… Ma digestion est perturbée… »

Elle se jette à mon cou.

« C'est merveilleux ! » Elle s'écarte de moi et me considère un instant. « C'est merveilleux, hein ?

— Tu n'imagines même pas. »

Un mug de chocolat chaud entre les mains, je suis Carrie dans le salon où se mêlent les invités, jeunes et vieux, en pleine discussion. Un sapin de Noël difforme envahit un coin tout entier de la pièce et un feu de bois crépite dans une gigantesque cheminée en pierre.

« Bon sang de bonsoir ! s'écrie M. Newsome en

me voyant. Déroulez le tapis rouge. Je crois qu'une starlette de Hollywood vient de faire son entrée ! »

Il me serre dans ses bras et nous tournoyons jusqu'à ce que je manque m'effondrer. Je lève les yeux vers lui à travers un brouillard de larmes. Sa barbe est parsemée de gris et sa queue-de-cheval jadis épaisse n'est plus qu'une courte touffe de cheveux argentés mais son sourire est toujours aussi radieux.

« C'est tellement bon de vous revoir », dis-je.

Derrière lui patiente une belle femme à la tignasse blonde toujours aussi épaisse et bouclée.

« À mon tour », lance-t-elle en avançant pour m'attirer contre elle.

Son étreinte est douce et réconfortante, le premier câlin maternel que je reçois depuis plusieurs mois.

« Oh, madame Newsome, dis-je en respirant les effluves de sa crème au patchouli. Vous m'avez manqué.

— Tu m'as manqué aussi, ma chérie, murmure-t-elle. Et pour l'amour du ciel, ça fait presque trente ans qu'on se connaît. Appelle-nous Mary et David. Bon, allons te chercher une assiette. David a préparé une délicieuse quiche aux champignons. Et il faut que tu goûtes à mon pudding de citrouille. Le coulis au caramel est à se damner. »

J'ai l'impression de rentrer au bercail. Je baigne dans un océan d'amour et de tendresse aux côtés de ce couple excentrique vêtu de pulls en laine effilochés et de sandales. Mon cœur, si vide depuis la mort de ma mère et la trahison d'Andrew, se remplit à nouveau.

En début d'après-midi, j'ai mal à la gorge d'avoir tant parlé et ri. Les invités sont partis et je me trouve dans la cuisine avec Carrie, Stella et Mary, où nous discutons en rangeant les restes de nourriture. Dans le salon adjacent, le père de Carrie nous appelle.

« Venez voir ce que j'ai dégoté. »

Nous entrons dans la pièce confortable aux murs en pin et les enfants de Carrie se massent autour de la télé comme s'ils s'attendaient à regarder un Disney. Au lieu de cela, une fillette aux taches de rousseur et son amie aux yeux sombres prennent vie à l'écran. Carrie et moi regardons ainsi deux films entiers, hypnotisées – nous rions et plaisantons de bon cœur.

David retourne aux étagères et scrute les rangées de DVD.

« Il m'a fallu six mois pour convertir mes vieilles cassettes vidéo en DVD. » Il choisit un disque et le sort de l'étagère. « Tiens, en voilà un dont vous ne vous rappellerez sans doute pas. »

Il le glisse dans le lecteur et appuie sur LECTURE. Une jolie brunette coiffée comme Farrah Fawcett agite la main et salue la caméra. Elle porte un immense manteau bleu marine qui ne se ferme même plus sur son gros ventre et elle tire deux petits blondinets perchés sur une luge. Je saute du canapé et m'agenouille devant l'écran, une main sur la bouche.

« Maman, dis-je d'une voix rauque avant de me retourner. C'est ma mère ! Et elle est enceinte de moi. »

Carrie me tend une boîte de mouchoirs et je me tamponne les yeux.

« Elle est belle », je murmure. Mais en gros plan, son visage sublime est empreint de tristesse. « Où avez-vous eu cette vidéo ?

— Je l'ai filmée quand on habitait dans Bosworth Avenue.

— Bosworth ? Vous voulez dire dans Arthur Street.

— Non. On était déjà amis à cette époque. Nous avons été les premiers clients de ta mère. »

J'ai le souffle coupé. Je le dévisage.

« Quand avez-vous rencontré ma mère pour la première fois ?

— Nous avons emménagé le week-end de Pâques… C'était au printemps… »

Il regarde sa femme.

« Au printemps 1978 », confirme Mary.

Je porte la main à ma gorge, paralysée par un mélange de peur et d'urgence.

« Johnny Manns, dis-je. Vous vous souvenez de lui ?

— Johnny ? Oh, bon sang, mais oui ! Il jouait de la guitare au Justine's.

— Il avait un sacré talent, ajoute Mary. Et il était sacrément beau, pour couronner le tout. Toutes les femmes du quartier étaient un peu amoureuses de lui. »

Ici même, dans ce salon, je suis en présence de deux personnes qui connaissent mon père.

15

« Parlez-moi de lui, dis-je, le souffle coupé. S'il vous plaît. Racontez-moi tout.

— Je peux faire mieux », rétorque David en fouillant dans sa collection de DVD. Il en tire un boîtier en plastique et le scrute en revenant vers la télé. « Je l'ai filmé quand j'étais barman au Justine's. On était tous convaincus que ce gars allait réussir. »

Il appuie sur LECTURE et mon cœur bat la chamade. Une foule de jeunes se masse dans un petit bar mal éclairé. Je me rapproche de l'écran et la caméra se focalise sur un homme assis sur un tabouret. Il a une tignasse de cheveux noirs emmêlés, une barbe et une moustache. L'objectif zoome et les yeux marron de l'homme croisent les miens. Je reconnais ces yeux. Ce sont les mêmes que je vois lorsque je me regarde dans le miroir. Un gémissement s'élève de ma poitrine et je porte la main à ma bouche.

« Cette chanson est tirée du double album des Beatles qu'on appelle souvent le Double Blanc, annonce Johnny. Elle est créditée à Lennon et McCartney mais elle a été véritablement composée par Paul lors d'un séjour en Écosse en 1968. La tension grandissante entre les Blancs et la communauté noire aux États-Unis a été sa source d'inspiration. » Il pince une corde de sa guitare. « En Angleterre, le mot *bird* désigne une femme en argot. »

Il gratte les notes du riff d'introduction. Quand il ouvre la bouche, la voix d'un ange jaillit soudain. Je lâche un sanglot déchirant. Il chante l'histoire d'une merlette aux ailes cassées qui rêve de pouvoir s'envoler, qui rêve d'être enfin libre. L'oiseau a attendu toute sa vie que ce moment arrive.

Je pense à ma mère, coincée avec deux jeunes enfants et un mari qu'elle n'aimait pas. Elle devait, elle aussi, rêver d'avoir des ailes.

Et je pense à moi-même, moi qui ai attendu toute ma vie que ce moment arrive. Le moment où je pourrais croiser le regard doux d'un homme et savoir que je me trouvais enfin face à mon père.

Des larmes glissent sur mes joues. La chanson se termine. Le disque passe à une autre scène dans le Justine's, une chanteuse a pris le micro. Je ne demande pas la permission, j'appuie sur le bouton pour revenir en arrière et regarder la scène en boucle. J'écoute la voix de mon père, ses mots. Je tends le bras et caresse son beau visage, ses mains exquises.

Après avoir regardé son passage quatre fois, je reste assise en silence. Sans que je m'en rende compte, Mary est venue s'asseoir par terre à côté de moi. David, de l'autre. Il pose le boîtier du DVD sur mes cuisses.

« Il t'appartient, non ? »

Je passe un doigt sur le boîtier et j'acquiesce.

« C'est mon père.

— Allez, les enfants. On va jouer au Uno, lance Stella. Le premier arrivé à la cuisine aura le droit de distribuer les cartes. »

Une fois Carrie et sa famille hors de portée, Mary me prend les mains.

« Depuis combien de temps es-tu au courant ?

— Je viens de l'apprendre. Elle m'a laissé son journal intime. » Mes yeux passent du visage de Mary à celui de David. « Vous le saviez, vous ?

— Non. Bien sûr que non, répond David. Ta mère avait bien trop de classe pour raconter ses histoires d'amour. Mais tout le monde savait qu'il en pinçait sérieusement pour elle. »

Je laisse échapper un pleur. Un pleur de soulagement et de peine. Mary me caresse le dos jusqu'à ce que je retrouve enfin ma respiration.

« C'était un homme bien ?

— Le meilleur de tous, dit-elle.

— Johnny était un sacré mec », ajoute David avec un hochement de tête.

Je retiens mon souffle.

« Et où est-il, maintenant ?

— Aux dernières nouvelles, il vivait dans l'Ouest, dit Mary. Mais c'était il y a quinze ans de ça.

— Où, exactement ? je demande, la tête légère. À Los Angeles ?

— Il a vécu un moment à San Francisco. Mais on a perdu le contact. Il a peut-être continué sa route.

— Ce sera déjà très utile. J'ai engagé un détective qui essaie de retrouver sa trace depuis plusieurs mois. Vous n'imaginez pas le nombre de Johnny Manns qui vivent dans ce pays. »

David réagit aussitôt.

« Chérie, il ne s'appelle pas du tout Johnny Manns. Son nom de famille, c'est Manson. Il a choisi Manns comme pseudo à cause des meurtres en série perpétrés par le clan de Manson – dans les années 1970, ce patronyme souffrait d'une connotation horrible. »

Ses paroles m'atteignent par fragments puis prennent soudain forme.

« Johnny Manson ? Oh, mon Dieu. Oh, mon Dieu ! Merci ! » J'enlace David, puis Mary. « Pas étonnant qu'on n'arrivait pas à le retrouver.

— Ta mère ne devait sans doute pas connaître son vrai nom. Je le connais parce que j'étais barman cet été-là, et c'est moi qui m'occupais des fiches de paie.

— J'aurais pu chercher encore longtemps si je ne vous avais pas revus. »

Un frisson me parcourt l'échine. L'objectif numéro 9 m'a menée jusqu'à Carrie, et Carrie m'a menée jusqu'à mon père. Ma mère savait-elle que les choses se dérouleraient ainsi ? Une amitié d'enfance et un indice pour retrouver mon père. D'une pierre, deux coups.

Les bras chargés des restes du repas de Mary, Carrie et moi marchons vers ma voiture. Je compose le numéro de Brad sur mon portable.

« Tu permets ? je demande à Carrie. Ça ne prendra qu'une seconde.

— Bien sûr, vas-y, répond-elle en portant un sac en papier kraft qui contient une confiture de mûres maison.

— Je mets le haut-parleur pour que tu fasses sa connaissance. Il est adorable. »

Carrie hausse les sourcils.

« Ah oui ? »

Je la fais taire d'un geste de la main, puis j'entends la voix de Brad.

« Mon père s'appelle John Manson, pas Manns, dis-je. Et il vit dans l'Ouest. Il faut que vous le disiez à Pohlonski. Je viens de voir un DVD de lui. Il est beau.

— Où êtes-vous, B. ? Je vous croyais dans le Wisconsin.

— Oui, je suis avec Carrie en ce moment même. J'ai mis le haut-parleur. Dites-lui bonjour.

— Bonjour, Carrie. »

Carrie s'esclaffe.

« Salut, Brad.

— Bon, écoutez. Les parents de Carrie vivaient à Bosworth Avenue. Ils connaissaient Johnny Manns ! » Je lui résume les événements de la matinée. « Vous y croyez, vous ? Je n'aurais jamais su tout ça si je n'avais pas repris contact avec Carrie. » Je la regarde. « C'est un cadeau du ciel, pour tant de raisons différentes.

— C'est une nouvelle capitale. Je vais laisser un message à Pohlonski dès qu'on raccroche.

— Combien de temps lui faudra-t-il pour le retrouver, à votre avis ?

— Difficile à dire mais j'imagine que ça ne se fera pas en un jour. Même avec cette nouvelle info, cela pourrait prendre des mois. »

Je me mords la lèvre.

« Dites-lui de faire au plus vite, d'accord ?

— Bien sûr. Hé, vous voulez aller voir un film à votre retour ? Ou dîner avec moi ? Ou mieux, vous pouvez juste passer chez moi, le dîner sera prêt. »

Je le remercie de tout cœur. Je sais à quel point les dimanches peuvent paraître interminables quand on est seul.

« L'option numéro trois est parfaite. Oh, et j'ai eu un message du refuge pour animaux abandonnés. Ils ont accepté mon dossier. Vous voudriez m'aider à choisir un chiot, la semaine prochaine ?

— Avec grand plaisir. Soyez prudente sur la route, B. »

Quand je raccroche, Carrie me décoche un regard en coin.

« Vous sortez ensemble ?

— Non, dis-je en déposant la boîte de gâteaux sur le siège passager. On est très bons amis, rien de plus. C'est bien agréable.

— Fais attention, Bretel. Je crois que ce mec te cherche. » Je hoche la tête et lui prends le sachet en papier des mains.

« Brad a déjà une copine. »

Elle me sourit.

« Garde précieusement son amitié. Tu sembles heureuse quand tu parles avec lui.

— Oui, je la garderai. Et oui, je suis heureuse. »

Dans North Oakley, le duplex douillet de Brad est un véritable havre après ma longue route. La chaîne joue un morceau d'Eva Cassidy et je suis assise sur un tabouret de bar d'où je regarde Brad râper du fromage dans une salade verte. Il garde les yeux baissés et quand il rit à mes anecdotes sur Carrie et sa smala, je vois bien qu'il se force. Je saute du tabouret et lui prends la râpe des mains.

« Très bien, Midar, qu'est-ce qui se passe ? Quelque chose vous ennuie, je le vois bien. »

Il se frotte la nuque et lâche un soupir.

« Jenna a décidé de faire une pause. »

J'ai honte de l'admettre mais une part de moi-même s'écrie : *Hourra !* Nous sommes tous les deux célibataires et qui sait ce qui pourrait se produire en cours de route. Mais je le regarde et je vois la douleur sur son visage. Il est amoureux, de toute évidence, et pas de moi.

« Je suis désolée. » Je l'attire contre moi et il s'accroche à ma taille. « Vous savez, vous pourriez faire quelque chose d'important, quelque chose qui lui prouverait à quel point vous êtes sérieux et impliqué dans votre couple. »

Il s'écarte.

« Comme quoi ? La demander en mariage ?

— Oui ! Si vous voulez vraiment d'elle, Midar, mettez les chances de votre côté, c'est ce que vous m'avez dit. Rien à foutre de tous ces kilomètres qui vous séparent, ni de vos années d'écart : demandez-la en mariage ! »

Il me tourne le dos et pose les mains sur le bar.

« C'est ce que j'ai fait. Elle a dit non.

— Oh mon Dieu. Je suis déso… »

Il lève la main pour m'interrompre.

« Assez larmoyé. » Il s'essuie la main dans un torchon qu'il jette sur le bar. « On a des raisons de faire la fête. »

Il traverse la cuisine à grands pas et va chercher une enveloppe rose sur la table basse du salon.

« Je suis passé à mon cabinet cet après-midi, dit-il en agitant l'enveloppe dans ma direction. Je pensais que vous pourriez avoir envie de l'avoir. »

Objectif 9 : Rester amie avec Carrie Newsome pour toujours.

Je me précipite vers lui, je regarde l'écriture de ma mère et je meurs d'envie d'entendre ses paroles. Mais je n'ai pas le droit de me réjouir quand Brad n'a pas le moral.

« Pas aujourd'hui, dis-je. Gardons-la pour un jour où vous irez mieux.

— Hors de question. On l'ouvre maintenant. »

Il déchire l'enveloppe et je m'accroche à son bras tandis qu'il lit, avant de m'affaler dans le canapé.

« Ma chère Brett,

Merci, ma chérie, d'avoir exaucé mon souhait (et le tien, par la même occasion) et d'avoir ranimé la flamme de ton amitié avec Carrie. Je n'oublierai jamais comme tu avais été bouleversée quand les Newsome avaient déménagé à Madison. J'avais regardé, impuissante, la poussière s'amonceler sur ton cœur. Tu avais peut-être compris que l'amitié véritable ne se trouvait pas au détour d'une rue. Après sa visite chez nous, vous vous étiez éloignées mais tu ne m'as jamais dit pourquoi.

Malheureusement, je ne crois pas que tu aies jamais retrouvé une amie aussi fidèle que Carrie. Ce n'est qu'une fois malade que je me suis rendu compte à quel point tu manquais de vraie confidente. À part Shelley et moi, je ne te connais aucune amitié profonde.

— Elle n'a pas fait allusion à Megan, dis-je. Ni à Andrew. Vous pensez qu'elle savait déjà qu'ils n'étaient pas mes amis ? »

Brad acquiesce.

« Je pense qu'elle s'en doutait. »

Il reprend sa lecture.

« J'espère que Carrie pourra combler ce manque. Savoure cette amitié, entretiens-la, ma chère fille. Et je t'en prie, n'oublie pas de dire bonjour aux parents de Carrie. David et Mary ont été mes premiers clients quand nous vivions tous à Bosworth Avenue. Ils étaient très fans de ton père. »

Je porte la main à ma bouche.

« Elle parle de Johnny, pas de Charles. Elle me donne un indice, au cas où j'aie raté le coche. Mais bon sang, pourquoi ne m'a-t-elle pas tout dit en face ? Pourquoi m'inflige-t-elle cette chasse au trésor ?

— C'est très étrange, je l'admets.

— Elle était toujours si franche, du moins me semblait-il. Pourquoi tous ces sous-entendus et ces cachotteries ? Elle me rend dingue. » Je prends une profonde inspiration et desserre les poings. « Voyons le bon côté des choses, je vais réussir à le retrouver.

— Ne nous emballons pas. On a encore du chemin à faire. Ça pourrait prendre des mois… voire plus.

— On va le retrouver, Brad. » J'attrape la lettre de ma mère et l'agite devant son visage. « Elle s'amuse peut-être avec moi mais elle ne prendrait jamais le risque de m'infliger une telle déception.

— J'espère que vous avez raison. » Il me colle une claque sur le genou. « Allez, le dîner est prêt. »

16

J'éteins la lumière de mon bureau vendredi après-midi quand Megan m'appelle. Depuis que je l'ai surprise dans l'appartement d'Andrew, j'ai ignoré tous ses appels et ses messages. Je m'apprête à ranger mon portable dans mon sac quand, à la dernière seconde, je me dis : *Et puis merde*.

« Salut, *chica* », lance-t-elle de sa voix de *cheerleader* vieillissante. Difficile d'imaginer que j'aie pu un jour la trouver mignonne. « Shelley m'a dit que tu allais adopter un chien, aujourd'hui. »

Je glisse ma clé dans la serrure et tourne jusqu'à entendre le cliquetis.

« C'est bien dans mon intention.

— Parfait. J'ai un client qui veut acheter un appartement dans Lake Shore Drive mais la copropriété interdit les animaux domestiques. Ça le rend vraiment malade mais il doit se débarrasser de Champ. Et Champ, c'est genre, un putain de chien de concours. C'est un lévrier pure race. Très classe. Enfin bref, il m'a dit que tu pouvais le prendre. Tu y crois, toi ? Il te donne son putain de chien de concours ! »

J'ouvre en grand la double porte.

« Merci mais ça ne m'intéresse pas.

— Quoi ? Pourquoi ? Ce chien a de la valeur. »

Je descends les escaliers d'un pas leste et sors dans la rue. Un soleil radieux me caresse le visage, accompagné d'une rafale piquante de vent d'hiver.

« Je ne veux pas d'un chien de concours, Megan. D'accord, ils sont beaux, mais ils sont trop compliqués à entretenir. Tous les soins, le dressage, les concours. C'est épuisant de devoir toujours répondre à leurs besoins. » Je m'emballe, je n'arrive pas à me retenir. « Au bout d'un moment, tu commences à leur en vouloir – leur régime pointilleux, leurs savons spéciaux, leurs shampoings de luxe. C'est trop ! Et pour couronner le tout, ils ignorent complètement tes propres besoins ! Ils ne pensent qu'à eux ! Ils sont égoïstes et…

— Bon sang, Brett, détends-toi ! On parle juste d'un putain de clébard.

— Oui, on parle d'un chien, dis-je avant de m'appuyer à la portière de ma voiture et de pousser un long soupir. Comment as-tu pu me faire ça, Meg ? »

Elle prend une profonde inspiration et je l'imagine tirer une bouffée de sa cigarette tachée de rouge à lèvres.

« Quoi ? Tu parles d'Andrew ? Flash d'information : Vous n'êtes plus ensemble. Et quand vous l'étiez, je te jure que je n'ai jamais jeté le moindre coup d'œil à ses bijoux de famille.

— Oh, super, quelle copine !

— Je n'arrive pas à croire que tu aies embarqué tous ses meubles. Il était tellement furieux, putain. Et tu refuses de répondre à ses appels. Il a menacé de te faire arrêter pour cambriolage.

— J'ai écouté tous ses messages. J'ai seulement pris ce qui m'appartenait, Megan. Il le sait parfaitement.

— Heureusement pour toi, j'ai réussi à le calmer. Je lui ai dit qu'il avait les moyens de se payer de nouveaux meubles. Il est avocat, putain. » Elle fait une pause. « Il a de l'argent, hein, Brett ? Enfin, je veux dire, hier soir, quand le serveur nous a apporté la note, Andrew est resté assis là comme s'il s'attendait à me voir payer. » Elle rit. « Bien sûr, il s'imagine que je suis pleine aux as, vu que j'ai bien réussi dans l'immobilier à Chicago. »

Ah ! Megan va enfin avoir ce qu'elle mérite. Et Andrew aussi. Ils sont superficiels, égocentriques, matérialistes et…

Je m'interromps. De quel droit est-ce que je les juge ? J'ai passé une bonne partie de ma vie adulte à être matérialiste, moi aussi, avec mes vêtements griffés, ma BMW, mes sacs hors de prix et mes bijoux. N'étais-je pas superficielle et égoïste en abandonnant Carrie quand elle avait vraiment besoin de moi ? Et pourtant, elle m'a pardonné. Il est peut-être temps que j'en fasse de même.

« Meg, ma vieille, mets donc la barre plus haut. Tu es belle, tu as un énorme potentiel. Trouve-toi un homme qui t'adore, qui te traite comme… »

Elle éclate de rire.

« Oh, Brett, arrête d'être si nunuche, putain. Je comprends bien que tu es jalouse mais il va falloir t'en remettre. Il. Ne. T'aime. Pas ! »

J'en ai le souffle coupé. Est-il vraiment temps que j'en fasse de même ? Hm-hm. Pas aujourd'hui, non.

« Tu as raison. Vous êtes faits l'un pour l'autre. » Je grimpe dans ma voiture. « Et, Megan, arrête de t'inquiéter pour tes petits bras. C'est vraiment le cadet de ses soucis. »

Sur ce, je raccroche et pars chercher un adorable et fidèle petit chien.

Brad m'attend sur le trottoir quand j'arrive à l'Aon Center dans ma nouvelle voiture d'occasion.

« Que se passe-t-il ? La BM est chez le garagiste ? »

Il dépose une bise rapide sur ma joue avant d'attacher sa ceinture.

« Non. Je l'ai échangée.

— Vous blaguez. Contre celle-ci ?

— Oui, et une coquette petite somme dont j'ai grand besoin. Ça me semble indécent de rouler en BMW quand la plupart des familles chez qui je travaille ne possèdent même pas de voiture. »

Il siffle.

« Vous êtes sacrément dévouée à votre travail.

— Ouaip, même si je dois bien admettre que je suis contente d'être en vacances ces deux prochaines semaines. Je suis officiellement en congé de Noël. »

Il pousse un léger grognement.

« Je veux le même boulot que vous.

— J'ai eu beaucoup de chance, dis-je en riant. Ces enfants sont incroyables. Mais je m'inquiète pour Sanquita. Elle n'a pas l'air très en forme en ce moment. Elle est enceinte de quatre mois et c'est presque impossible de deviner qu'elle attend un bébé. Elle est suivie de façon aléatoire par le personnel de permanence au département de la santé du comté de Cook mais ce sont des généralistes sans connaissance approfondie des maladies rénales. J'ai pris rendez-vous avec le docteur Chan au CHU de Chicago. Il paraît que c'est une des meilleures néphrologues du pays.

— Et quoi de neuf avec le petit taré ?

— Peter ? » Je laisse échapper un soupir. « Je l'ai vu ce matin. Il a une intelligence incroyable mais je n'arrive pas à l'atteindre.

— Vous discutez encore avec son psy ?

— Oui, dis-je avec un sourire. Ça me remonte vraiment le moral. Garrett est un homme si gentil. Il est attentif et doué, mais il reste très abordable. On parle de Peter mais on finit toujours par évoquer nos familles ou nos rêves. Je lui ai même parlé de la liste d'objectifs.

— Il vous plaît, ce gars. »

Si je n'avais pas connaissance du contexte, je jurerais que Brad est jaloux. Mais c'est insensé.

« J'adore le docteur Taylor. Il est veuf. Sa femme est morte d'un cancer du pancréas il y a trois ans. »

De la main, je dissimule un bâillement.

« Vous êtes fatiguée ? demande Brad.

— Épuisée. Je ne sais pas ce qui cloche chez moi, ces derniers temps. » *À part que je suis peut-être enceinte !* Je me tourne vers lui. « Vous avez eu des nouvelles de Jenna ? »

Il scrute le paysage par la fenêtre.

« Nada. »

Je lui serre le bras. Quelle femme idiote.

L'odeur de copeaux de bois et de shampoing antipuces nous assaille dès que nous passons la porte du refuge pour animaux abandonnés de Chicago. Vêtue d'un jean et d'une chemise à carreaux, une femme aux cheveux gris avance vers nous à grands pas, balançant les bras à chaque enjambée.

« Bienvenue au refuge, lance-t-elle. Je m'appelle

Gillian, je fais partie de l'équipe de bénévoles. Qu'est-ce qui vous amène aujourd'hui ?

— Mon dossier de demande d'adoption a été accepté, lui dis-je par-dessus les aboiements. Je suis venue chercher mon chien. »

Gillian pointe un index boudiné vers une aile grillagée du bâtiment.

« Nos chiens prêts à l'adoption sont installés là-bas. Ce sont des chiens de race, avec tous leurs papiers d'identification. Ils sont généralement adoptés très vite. On vient d'accueillir un magnifique chien d'eau portugais hier soir. Vous pouvez être certains qu'il ne restera pas ici longtemps. Depuis que les Obama ont adopté Bo, les chiens de cette race sont très demandés.

— Je cherche plutôt un bâtard. »

Elle arque les sourcils.

« Sans blague ! » Elle pivote et fait un geste large du bras. « Les bâtards sont super. Le seul problème, c'est qu'on ne connaît jamais leur histoire. On ne sait rien de leur tempérament, ni des éventuels risques de maladies en se basant sur leur patrimoine génétique. »

Un peu comme moi.

« Je prends le risque. »

Il me faut moins de dix minutes pour le trouver. Dans une cage métallique, un chien aux poils bouffants me fixe de ses yeux pareils à deux grains de café, à la fois amicaux et suppliants.

« Salut, mon gars ! » Je tire Brad par la manche. « Voilà, je vous présente mon nouveau chien. »

Gillian ouvre la cage.

« Viens, Rudy. »

Rudy se précipite sur le sol en ciment et sa queue s'agite comme celle d'un crotale tandis qu'il nous renifle. Il dévisage Brad, puis moi, comme s'il inspectait ses futurs parents.

Je le prends dans mes bras et il se tortille. Il me lèche la joue et je ris, joyeuse.

« Il vous aime bien, dit Brad en lui grattant l'oreille. Il est adorable.

— Pas vrai ? réplique Gillian. Rudy a un an et demi, il a atteint sa taille adulte. À mon avis, c'est un mélange de bichon et de cocker, sans doute avec un soupçon de caniche pour pimenter la recette. »

Peu importe, le produit final est tout simplement adorable. Je fourre mon nez dans ses poils doux.

« Mais quelle idée d'abandonner un chien comme lui ?

— Vous seriez surprise des raisons qu'évoquent les gens. Souvent, c'est à cause d'un déménagement, de l'arrivée d'un bébé ou d'une mauvaise entente dans la famille. Si je me souviens bien, le propriétaire de Rudy doit épouser une femme qui ne veut pas d'animaux domestiques. »

J'ai comme l'impression que Rudy et moi étions faits pour nous rencontrer : deux bâtards qui viennent de perdre celui qu'ils aimaient – ou du moins qu'ils croyaient aimer.

Je redige le chèque pour payer mon chien et les accessoires nécessaires tandis que Brad parcourt un prospectus du refuge.

« Écoutez ça, dit-il. Le refuge est déterminé à mettre un terme à la souffrance animale et se veut une institution qui ne pratique pas l'euthanasie et aide nos compagnons abandonnés, négligés et maltraités dans un environnement urbain tel que Chicago.

— Cool », dis-je en notant la date sur mon chèque.

Brad tapote une photo sur le prospectus.

« Gillian, on peut donc adopter des chevaux ? »

Je lève mon stylo sans terminer d'écrire et je plisse les yeux.

« Bien sûr, oui, répond Gillian. Qu'est-ce que vous cherchez exactement ? »

Il hausse les épaules.

« Je n'en ai aucune idée. Donnez-moi un aperçu de ce que je peux trouver chez vous.

— C'est plutôt pour vous, ou pour vos enfants ? demande Gillian en tournant les pages d'un classeur.

— Laissez tomber, Gillian, dis-je. Nous n'allons pas adopter un cheval.

— C'est juste pour nous, continue Brad. Enfin, pour l'instant, du moins. »

L'espace d'une seconde délicieuse, j'imagine un enfant – mon enfant – à dos de cheval. Mais ce ne sera pas avant des années.

« Il faut qu'on en discute, dis-je à Brad. Je n'ai vraiment pas les moyens de m'occuper d'un cheval.

— La voilà. » Gillian place le classeur devant nous et tapote une photo de son ongle cassé. « Je vous présente Lady Lulu. C'est un pur-sang, elle a quinze ans. C'était un cheval de course mais elle souffre d'arthrose et d'autres problèmes, et son propriétaire ne veut plus d'elle. » Elle garde les yeux rivés sur Brad, devinant de toute évidence qu'il est le seul à s'intéresser au cheval.

« Lulu serait idéale pour les loisirs ou pour des balades faciles. Elle est absolument adorable, une vraie crème. Passez donc la voir. »

Je détache le chèque et le lui tends.

« Merci, Gillian. On va y réfléchir.

— Elle est en pension à Marengo, à la ferme Paddock. Vous devriez vraiment aller la voir. Elle est tout à fait spéciale. »

Nous nous engageons dans State Street en direction du nord et Rudy est installé sur la banquette arrière, à l'abri dans sa caisse. Il regarde par la fenêtre comme un bambin curieux, hypnotisé par la circulation et les klaxons, le va-et-vient pressé des gens devant les magasins, les décorations lumineuses de Noël scintillant aux branches des arbres. Je jette un coup d'œil vers lui et tends la main.

« Tout va bien, mon chéri ? Maman est là. »

Brad se retourne sur son siège.

« Tiens le coup, mon petit Rudy. On est bientôt arrivés. »

On dirait deux parents fiers de ramener leur nouveau-né à la maison après le séjour à la maternité. Dans l'obscurité de l'habitacle, je souris.

« À propos du cheval, dit Brad en me ramenant au temps présent.

— Oui, à propos du cheval. Je pense que c'est de cet objectif-là dont il faudrait me dispenser.

— Quoi ? Vous ne voulez pas d'un cheval ?

— Je suis citadine, Midar. J'adore Chicago. Et ce qui me tue, c'est que ma mère le savait parfaitement. Pourquoi a-t-elle maintenu un objectif aussi absurde dans ma liste ?

— Super sympa. Donc, vous allez accepter que Lady Lulu passe sa retraite à la boucherie chevaline ?

— Arrêtez. Je suis sérieuse. J'ai passé des coups de fil pour me renseigner sur les pensions de chevaux. Ça coûte une fortune, entre la nourriture, les compléments alimentaires, les soins. Ça fait une somme mensuelle bien supérieure aux échéances de prêts immobiliers de la plupart des gens. Vous imaginez tout ce qu'ils pourraient faire de cet argent, à Joshua House ?

— Vous marquez un point. C'est un léger gâchis, oui. Mais ça ne va pas faire exploser votre compte en banque, B. Vous venez de vendre votre voiture. Vous avez de l'argent, maintenant.

— Non, c'est faux ! C'est l'argent que je réserve pour payer Pohlonski. Mon compte d'épargne fond sous mes yeux comme neige au soleil.

— Mais c'est une situation temporaire. Une fois que vous aurez touché votre héritage…

— Si je le touche un jour ! Qui sait quand ce jour arrivera ? Je ne remplirai jamais tous ces objectifs en un an.

— Bon, très bien. Concentrons-nous sur un objectif à la fois. C'est envisageable pour vous d'acheter ce cheval, pas vrai ?

— Mais je n'ai pas le temps. La pension la plus proche est à une heure d'ici. »

Brad regarde par la fenêtre.

« Je crois que vous feriez mieux de faire confiance à votre mère sur ce point-là. Jusqu'à présent, elle ne vous a pas menée en bateau.

— Mais là, il ne s'agit pas de moi. Il s'agit d'un animal – un animal dont je n'aurai pas le temps de m'occuper. Un chien, c'est une chose. Mais un cheval, eh bien, c'est un animal complètement différent.

— Très bien, dit-il en acquiesçant. Ne montez pas sur vos grands chevaux. Mettons cette idée de côté, le temps de vous lâcher un peu la bride. Ne croyez pas que j'ai des œillères. »

Je lève les yeux au ciel mais c'est bon de l'entendre rire à nouveau.

« Arrêtez donc de vouloir toujours tenir les rênes de ma vie, lui dis-je, incapable de résister à son petit jeu.

— Bien trouvé ! » Il tend la main pour toper. « Oui, mais qui veut voyager loin ménage sa monture, hein.

— Merci, je crois qu'avec vous j'ai misé sur le bon cheval.

— Vous avez mangé du cheval », dit-il en éclatant de rire.

Je hoche la tête.

« Vous êtes trop nul. »

Brad porte Rudy dans la maison de ma mère comme un marié sa jeune épouse. De sa main libre, il traîne un sac de croquettes dans le hall tandis que j'allume les lampes et que je branche la guirlande du sapin de Noël. Un parfum de résine emplit la pièce qui scintille dans l'éclat coloré et éthéré des ampoules.

« Cet endroit est magnifique », dit-il en posant Rudy par terre.

Mon chien ne perd pas une seule seconde et se précipite vers le sapin pour renifler les paquets emballés de papier rouge à son pied.

« Viens ici, Rudy. On va te donner à manger. »

Brad remplit un bol d'eau et je verse des croquettes dans sa gamelle. Nous évoluons dans la cuisine tels Fred et Ginger, chacun effectuant ses tâches chorégraphiées. Il s'essuie les mains sur un torchon en éponge et je rince les miennes à l'évier. Je coupe le robinet et il me tend le torchon.

« Qu'est-ce que vous diriez d'un verre de vin ?

— Avec plaisir », répond-il.

J'attrape une bouteille de pinot noir et je remarque

les yeux de Brad qui inspectent la cuisine comme un acheteur potentiel.

« Vous avez déjà envisagé d'acheter la maison ? me demande-t-il.

— Cette maison ? Je l'adore mais c'est celle de ma mère.

— Raison de plus pour la garder. » Il s'accoude à l'îlot central. Je trouve que la maison vous ressemble, je ne sais pas si vous voyez ce que je veux dire. »

Je fais tourner le tire-bouchon.

« Ah bon ?

— Tout à fait. Elle est élégante et sophistiquée mais, à l'intérieur, c'est chaleureux et doux. »

Du miel coule soudain dans mes veines.

« Merci.

— Mais vous devriez y réfléchir. »

Je sors un verre à vin de mon placard.

« Mais pourrais-je seulement la payer ? Il faudrait aussi que je rachète la part de mes frères, vous savez.

— Bien sûr que vous serez en mesure de la payer. Une fois que vous aurez touché votre héritage.

— Mais vous oubliez que je dois d'abord tomber amoureuse et faire un bébé. L'amour de ma vie n'aura peut-être pas envie de vivre dans la maison de ma mère.

— Il adorera l'endroit. Et il y a un parc juste en bas de la rue, ce sera idéal pour vos enfants. »

Il dit cela avec une telle certitude que j'en suis presque convaincue. Je lui tends son verre.

« Ma mère vous a-t-elle dit pourquoi elle voulait que nous gardions la maison pendant un an ?

— Non. Mais je pense qu'elle devait se douter que vous auriez besoin d'un endroit où habiter.

— Oui, c'est ce que je me dis aussi.

— Et elle devait se dire que la maison est si

agréable que vous n'auriez jamais envie de la quitter. » Il fait tourner son vin. « C'est d'ailleurs pour ça qu'elle a inclus la clause des trente jours. Elle ne voulait pas que vous y preniez trop vos aises.

— Attendez… Quoi ?

— La clause du testament. Qui stipule que personne ne peut vivre ici plus de trente jours consécutifs. Vous aviez oublié ?

— Oui, dis-je en toute honnêteté. Vous voulez dire que je ne peux pas rester ici ? Il faut que je trouve un autre logement ?

— Ouaip. Tout est dans le testament. Vous en avez un exemplaire, pas vrai ? »

Je me prends la tête entre les mains.

« Je viens d'acheter un chien. Vous imaginez à quel point c'est compliqué de trouver un appartement qui accepte les chiens ? Et mes meubles ! J'ai tout donné à Joshua House. Je n'ai pas d'argent pour…

— Hé là ! » Il repose son verre et m'attrape par les poignets. « Tout ira bien. Écoutez, vous avez passé une nuit au foyer de Joshua House la semaine dernière, donc, en théorie, le compte à rebours a redémarré à zéro. Vous avez tout votre temps pour trouver un logement qui vous convienne. »

Je me libère de son emprise.

« Attendez une seconde. Comme ils n'étaient pas successifs, vous me dites que, en théorie, je n'ai occupé la maison de ma mère que six jours, c'est ça ?

— Tout à fait.

— Donc, du moment que je passe une ou deux nuits ailleurs pendant le mois, comme lorsque je suis à Joshua House, je ne dépasserai jamais les délais impartis ?

— Euh, oui, je pense que c'est ça… »

J'affiche un sourire victorieux.

« Donc, je peux rester ici indéfiniment. Problème résolu ! »

Avant qu'il ait eu le temps de répliquer, je lève mon verre d'eau.

« Santé !

— Santé ! dit-il en trinquant. Pas de vin ce soir ?

— J'évite l'alcool, ces jours-ci. »

Son verre a presque atteint ses lèvres quand il le rabaisse.

« Tout à l'heure, vous m'avez dit que vous étiez épuisée en ce moment, pas vrai ?

— Hm-hm.

— Et vous ne buvez plus d'alcool.

— C'est bien ça, Einstein.

— Oh putain. Vous êtes en cloque. »

J'éclate de rire.

« Je crois bien que oui ! J'ai acheté un test de grossesse mais j'ai peur de le faire. Je vais attendre après les fêtes de fin d'année.

— Vous avez peur qu'il soit positif.

— Non ! J'ai peur qu'il soit négatif. J'en serais anéantie. Ce n'est pas exactement comme ça que j'envisageais les choses. Célibataire et tout. Je laisserai Andrew décider s'il veut faire partie de la vie de son enfant. Je ne lui demanderai aucune pension alimentaire. C'est mon rêve, après tout. J'élèverai mon bébé…

— Holà, holà, holà. Doucement, B. Vous en parlez comme si c'était déjà fait. Vous feriez bien de freiner des quatre fers, là.

— Arrêtez, avec vos blagues de cheval. »

Il me tient à bout de bras.

« Sérieusement, Brett. Je vous connais. Vous vous

enthousiasmez facilement. Tant que vous n'en avez pas la certitude, ne mettez pas la charrue avant les bœufs.

— C'est trop tard. Je suis bien plus qu'enthousiaste. La dernière fois que j'ai éprouvé une joie pareille, ça remonte à bien avant le diagnostic de ma mère. »

Nous emportons nos verres dans le salon où Rudy est étendu de tout son long devant la cheminée. Brad sort une enveloppe de la poche arrière de son pantalon avant de s'asseoir dans le canapé. OBJECTIF NUMÉRO 6.

« On écoute ce que votre mère voulait vous dire au sujet de Rudy ?

— S'il vous plaît, oui. »

Je m'installe dans un fauteuil club et glisse les pieds sous mes fesses. Il tapote la poche de sa chemise.

« Merde. Je n'ai pas mes lunettes. »

Je saute du fauteuil et vais chercher les lunettes de ma mère sur son secrétaire.

« Tenez », lui dis-je en lui tendant une paire à monture fuchsia et pervenche.

Il jette un regard noir aux lunettes voyantes mais les chausse tout de même. À le voir ainsi derrière ces lunettes criardes et féminines, je hurle de rire.

« Oh, mon Dieu, dis-je en le montrant du doigt. Vous avez une de ces touches ! »

Il m'attrape et m'attire sur le canapé où il me bloque sous son bras.

« Ah, vous trouvez ça marrant, hein ? »

Il frotte l'articulation de ses doigts au sommet de mon crâne.

« Arrêtez ! » je m'exclame entre deux éclats de rire.

Nous finissons par reprendre notre calme mais, dans

la bagarre, je me suis retrouvée à ses côtés dans le canapé et son bras gauche est posé sur mes épaules. Une femme correcte se serait décalée. Après tout, il ne fait qu'une petite pause dans sa relation avec sa copine. Mais moi ? Je ne bouge pas d'un centimètre.

« Bon, dit-il. Tenez-vous tranquille. »

De sa main droite, il secoue la lettre et parvient à la déplier. Je reste blottie contre lui.

« Allez-y, grand-mère, lisez. »

Il me fait une grimace mais commence sa lecture.

« Félicitations pour ton nouveau chien, ma chérie ! Je suis si heureuse pour toi. Tu aimais tant les animaux, étant enfant, mais, quelque part pendant ta vie adulte, tu as dû écarter cette passion. Je ne sais pas exactement pourquoi mais j'ai ma petite idée.

— Andrew était maniaque de la propreté, elle le savait.

— *Tu te souviens du colley qui s'était attaché à nous, à Rogers Park ? Tu l'avais appelé Leroy et tu nous avais suppliés de le garder avec nous. Tu ne le sais sans doute pas mais j'avais plaidé en ta faveur. J'avais insisté auprès de Charles pour qu'il t'autorise à garder Leroy mais il était si tatillon. Il ne tolérait pas la présence d'un animal dans la maison. Trop malodorant, disait-il. »*

J'arrache la lettre des mains de Brad et relis les deux dernières phrases.

« En fin de compte, j'ai peut-être bien choisi un homme à l'image de Charles en espérant me faire aimer de lui. »

Brad me serre l'épaule.

« Mais vous en avez désormais conscience. Vous ne serez jamais obligée de faire plaisir à Charles Bohlinger – ni à aucun autre homme – pour prouver que vous êtes digne d'amour. »

Je laisse ses paroles s'insinuer en moi.

« Oui. Le secret de ma mère m'a libérée. Si seulement elle me l'avait révélé plus tôt.

— *Prends bien soin de ton petit bâtard – c'est un bâtard, pas vrai ? Autoriseras-tu ton chien à dormir à l'étage ? Si c'est le cas, je te suggère de retirer le couvre-lit. Cela coûte une fortune de le faire nettoyer à sec.*

Commence ta nouvelle vie avec ton chiot et allez amasser de bons souvenirs ensemble, ma chérie.

Maman. »

Je prends la lettre des mains de Brad et m'empresse de la relire.

« Elle savait que j'habiterais dans sa maison. Comment pouvait-elle le deviner ?

— Aucune idée. Peut-être avait-elle fait le lien.

— Fait le lien avec quoi ?

— Andrew ne voulait pas de chien. Donc, si vous avez un chien en ce moment, c'est que vous n'habitez plus avec Andrew. Et si vous n'habitez plus avec Andrew, l'endroit logique où venir, c'est ici. »

Je me tourne vers Brad.

« Vous voyez, elle veut que je vive ici. Cette clause des trente jours, ce doit être une erreur. »

Ma voix est assurée mais, au fond de moi-même, je me demande si je ne suis pas en train de me faire des illusions.

Brad et moi sommes affalés dans le canapé, les pieds sur la table basse tandis que le générique de

Noël blanc défile à l'écran. Brad engloutit une dernière gorgée de vin et regarde sa montre.

« Bon sang, je ferais mieux de filer, dit-il en se levant pour s'étirer. J'ai dit à ma mère que j'arriverais tôt demain. On n'est qu'à deux jours de Noël et elle m'attend encore pour décorer le sapin. »

À Champaign, dans la grande bâtisse en brique de style colonial, lui et ses parents vont passer Noël tant bien que mal, en ignorant l'absence d'un membre de la famille, tout comme moi.

« Vous devez ouvrir votre cadeau avant de partir.

— Oh, ce n'était pas la peine de m'offrir quelque chose. » Il fait un geste de la main. « Mais bon, comme vous l'avez déjà fait, voyons voir. Allez me le chercher ! Hop hop ! »

Je fouille en quête d'une boîte rectangulaire sous le sapin. Une fois le paquet ouvert, Brad se contente d'en fixer le contenu. Puis il sort enfin le navire en bois.

« Il est magnifique.

— Cela me semblait assez à propos, vu que vous êtes à la barre de ma vie et tout ça.

— Très bien pensé. » Il me dépose un baiser sur le front. « Mais c'est vous, la capitaine du navire. Je ne suis qu'un membre de l'équipage, murmure-t-il avant de se relever du canapé. Attendez. »

Il disparaît vers la penderie et revient presque aussitôt en tenant une minuscule boîte en argent.

« Voilà pour vous. »

Sur un tissu en velours rouge à l'intérieur de l'écrin repose une broche en or – un minuscule parachute.

« Pour que vous puissiez toujours atterrir en douceur. »

Je caresse la broche.

« Elle est parfaite. Merci, Brad. Et merci d'avoir été

à mes côtés ces trois derniers mois. Je suis sérieuse. Je n'aurais jamais réussi sans vous. »

Il m'ébouriffe les cheveux mais son regard est grave.

« Bien sûr que si. Mais je suis content que vous m'ayez permis de faire ce bout de chemin avec vous. »

Sans crier gare, il se penche et me dépose une bise. C'est plus lent, bien plus appuyé que nos petites bises habituelles et j'en ai le souffle coupé. Je me relève aussitôt. Il a trop bu et, avec nos peines de cœur respectives, nous sommes tous les deux vulnérables et nous pourrions faire une bêtise. Nous allons jusqu'au hall d'entrée et je sors son manteau de la penderie.

« Joyeux Noël, dis-je en essayant de prendre un ton décontracté. Promettez-moi de m'appeler à l'instant où vous aurez des nouvelles de mon père.

— C'est promis. »

Mais au lieu de prendre son manteau, il baisse les yeux vers moi. Avec une douceur incroyable, il tend la main et me caresse la joue. Son regard est si tendre que je ne résiste pas à l'embrasser sur la joue.

« Je veux que vous soyez heureux.

— *Idem* », murmure-t-il en faisant un pas vers moi.

Un petit frisson m'envahit le ventre et j'essaie de l'ignorer. Il est amoureux de Jenna. Il me lisse les cheveux et ses yeux parcourent mon visage comme s'ils le voyaient pour la première fois.

« Approche », dit-il d'une voix rauque.

Mon cœur me martèle la poitrine. *Ne gâche pas cette amitié. Il se sent seul. Il est blessé. Jenna lui manque.*

Je fais taire ma raison et je me glisse entre ses bras. Il les replie autour de moi et je l'entends inhaler, comme s'il respirait chaque centimètre de mon être. Il presse son corps contre le mien et je sens sa chaleur, sa virilité, sa force. Je ferme les yeux et me blottis contre son torse. Il dégage une odeur de résine et j'entends son cœur battre dans sa poitrine. Je me serre plus près encore, incapable d'ignorer la passion qui m'enflamme soudain. Ses doigts se glissent dans mes cheveux et ses lèvres se posent sur mon oreille, dans mon cou. Oh, mon Dieu, voilà si longtemps qu'on ne m'a pas embrassée ainsi. Lentement, je lève mon visage vers le sien. Il ferme ses yeux débordant de passion et pose ses lèvres contre les miennes. Sa bouche est chaude, humide et délicieuse.

Je rassemble le peu de force qu'il me reste et le repousse doucement.

« Non, Brad », je murmure en espérant à demi qu'il ne m'entende pas.

J'ai envie de lui mais ce n'est pas le moment. Lui et Jenna ont décidé de faire une pause. Il faut qu'il règle ses problèmes de couple avant de s'engager dans une autre relation.

Il dénoue mes mèches de cheveux emmêlées autour de ses doigts. Il fait un pas en arrière et se frotte le visage. Quand il me regarde à nouveau, ses joues sont constellées de taches rouges, suscitées par la passion torride ou par la gêne, je ne suis pas sûre.

« On ne peut pas faire ça, dis-je. C'est trop tôt. »

Son regard semble blessé et il m'adresse un sourire triste. D'une main, il attire ma tête à ses lèvres et m'embrasse le front.

« Pourquoi faut-il toujours que tu sois pragmatique, bon sang ? » demande-t-il d'une voix rauque touchante.

Je souris mais mon cœur saigne.

« Bonne nuit, Brad. »

Debout en chaussettes sur le perron en béton, je regarde sa silhouette disparaître à l'angle de la rue.

Aussi difficile que cela ait pu être, je sais que j'ai pris la bonne décision. Brad n'est pas prêt pour une nouvelle relation de couple.

Je rentre dans la maison et ferme la porte. Au lieu de la tristesse qui m'envahissait dans l'appartement d'Andrew lorsque j'étais seule, je ressens ce soir une étincelle d'espoir. Brad n'est peut-être pas prêt à aimer quelqu'un d'autre mais, en repensant à la passion qui m'a animée ce soir, je me dis que moi, je le suis peut-être. Je me tourne vers Rudy qui dort sur le tapis. J'ai un chien. Et à la même époque, l'année prochaine, j'aurai un bébé. Je baisse les yeux vers mon ventre plat et imagine les vêtements de grossesse et les vergetures que j'arborerai d'ici à quelques mois. L'idée m'emplit d'une telle joie que mon cœur explose presque.

Le matin de Noël arrive et je me réveille tandis que Rudy enfonce sa truffe contre ma cage thoracique.

« Joyeux Noël, mon petit Rudy. »

Une liste se déroule aussitôt dans mon esprit et je me rends compte de tout ce que j'ai à faire pour préparer le repas de famille. Mon ventre se serre en une petite boule.

« Allez, on y va, Rudy. On a une fête à organiser. »

Je grimace lorsqu'une nouvelle crampe m'assaille et je me lève avec peine. La douleur s'estompe et j'enfile ma robe de chambre. Mais quand je baisse les yeux vers les draps froissés, je la vois.

Une tache de sang écarlate.

17

L'espace d'un instant, mon esprit refuse d'accepter la vérité. Je scrute la tache. Puis mon ventre se réveille et j'en ai le souffle coupé. Je tombe à genoux et enfonce mon visage entre mes mains. À côté de moi, Rudy aboie et glisse sa truffe sous mes bras croisés. Mais je n'ai rien à lui donner pour l'instant. Je suis vide.

Au terme de dix minutes d'une tristesse paralysante, je saute sur mes pieds et arrache les draps du lit. Des larmes m'inondent le visage et je lâche de terribles sanglots bruyants. Des perles de sueur se forment à la racine de mes cheveux. Je roule les draps en boule et les fourre dans le panier à linge. Le panier coincé contre la hanche, j'ouvre les rideaux de la chambre. Un matin de Noël aussi parfait qu'un tableau de Norman Rockwell m'accueille. Mais je ne parviens pas à en apprécier la beauté. Mon âme est aussi vide et stérile que mes entrailles.

Je traverse cette journée de Noël comme anesthésiée. Emma et Trevor sont fascinés par mon nouveau chien et, à eux trois, ils forment une source de divertissement interminable pour mes frères et leurs femmes. Mais je leur adresse un regard vide, insensible à leur joie, à leurs rires et à la nourriture délicieuse. Catherine avale quelques petites bouchées de chaque plat tandis que les autres dévorent avec appétit. Je joue avec mon assiette d'un geste indifférent.

La perte d'un enfant fantomatique a fait revivre en moi le souvenir de ma mère et de son décès. Mon chagrin est remonté à la surface. Pour la troisième fois aujourd'hui, je m'enferme dans la salle de bains à l'étage. Penchée au-dessus du lavabo, je m'éclabousse le visage d'eau froide et je me répète que tout ira bien.

J'avais envie de ce bébé. J'étais certaine d'être enceinte. Et ma mère… elle devrait être ici, bon sang. Elle qui aimait tant les périodes de fêtes, elle méritait un dernier Noël.

L'année passée, nous l'avions fêté sans savoir ce que le destin nous réservait au cours de cette nouvelle année. Si j'avais su qu'il s'agissait de son dernier Noël, je lui aurais fait un cadeau très particulier, quelque chose qui l'aurait touchée au plus profond de son cœur. Mais je lui avais offert un gril à paninis Williams-Sonoma. Même en cet instant, son visage avait rayonné de joie comme si c'était exactement le présent qu'elle attendait. Elle m'avait attirée contre elle ce matin-là et avait murmuré :

« Tu me rends si heureuse, ma petite chérie. »

Toutes les larmes retenues jusqu'à présent dans ma poitrine s'échappent soudain. Je m'effondre sur le sol de la salle de bains et sanglote. J'ai tant besoin de cet amour maternel, aujourd'hui. Je lui parlerais de ce petit enfant que j'avais espéré lui donner. Elle me consolerait, me promettrait que demain serait un autre jour.

« Brett, lance Joad en frappant à la porte. Hé, Brett. Tu es là ? »

Je relève la tête et prends une profonde inspiration.

« Hm-hm.

— Il y a quelqu'un au téléphone pour toi. »

Je quitte le carrelage froid et me mouche, curieuse de savoir qui m'appelle. J'ai discuté pendant vingt minutes avec Carrie hier soir. C'est sans doute Brad qui vient prendre de mes nouvelles et s'excuser une fois encore de son attitude « lubrique ». J'ouvre la porte de la salle de bains et longe le couloir. Trevor me retrouve à mi-chemin dans l'escalier et me tend le téléphone.

« Allô ? dis-je en tapotant la tête de mon neveu qui redescend d'un pas dansant.

— Brett ? répond une voix inconnue.

— Oui. »

Le silence envahit l'air et je me demande si la ligne vient d'être coupée.

« Allô ? » je demande à nouveau.

L'homme reprend la parole d'une voix débordante d'émotion.

« Ici John Manson. »

18

Je remonte l'escalier en courant jusqu'à la chambre de ma mère. Je referme derrière moi et, adossée à la porte, je glisse au sol.

« Bonjour, John, dis-je quand j'ai enfin retrouvé ma voix. Joyeux Noël. »

Il lâche un petit rire doux et rauque.

« Joyeux Noël à toi aussi.

— Tu dois penser que tout ceci est très étrange, dis-je. Je commence tout juste à m'y habituer moi-même, alors que j'ai trouvé le journal intime de ma mère il y a déjà deux mois.

— Oui, mais c'est vraiment cool. J'aurais bien aimé qu'Elizabeth me contacte, même si je comprends pourquoi elle s'est abstenue. »

Ah bon ? ai-je envie de lui demander. Parce que j'aimerais bien le savoir, moi. Mais cette conversation peut encore attendre – le moment où nous serons assis face à face, main dans la main, ou blottis l'un contre l'autre dans le canapé, son bras autour de mes épaules.

« Tu habites où ?

— À Seattle. Je gère une petite boutique de disques,

Manson Music. J'arrive même à faire un petit concert de guitare deux fois par mois. »

J'ai le sourire aux lèvres quand j'imagine cet homme incroyable, ce musicien qu'est mon père.

« Raconte-moi. Je veux tout savoir sur toi. »

Il rit.

« Je te raconterai, promis. Mais pour l'instant, je suis un peu pressé et…

— Je suis désolée. C'est Noël. Je ne te retiens pas. Mais j'aimerais beaucoup te voir. Tu pourrais venir à Chicago ? Je suis en congé jusqu'au nouvel an. »

Il soupire.

« J'adorerais venir te voir mais le moment est vraiment mal choisi. J'ai une fille de douze ans. Sa mère a déménagé à Aspen il y a quelque temps et j'ai la garde de notre enfant.

— J'ai une sœur ? » Bizarrement, dans tous mes fantasmes père-fille, je n'avais jamais envisagé cette possibilité. « C'est génial. Comment elle s'appelle ?

— Zoë. Et elle est incroyable. Mais elle a une mauvaise toux, aujourd'hui. J'ai peur qu'elle se soit enrhumée. Et voyager dans cet état, c'est hors de question.

— Quel dommage. » Une pensée me traverse l'esprit et je l'exprime aussitôt. « Et pourquoi je ne viendrais pas à Seattle, moi ? Comme ça, Zoë ne sera pas obligée de voyager et…

— J'apprécie ta proposition, mais ce n'est pas le moment. » Sa voix est devenue sévère. « Il ne faut pas que Zoë voie du monde. Simple précaution. »

Je comprends aussitôt. Mon père cherche une excuse. Il n'a pas envie de me voir. Il n'a pas envie que sa fille influençable apprenne son secret honteux. Pourquoi n'ai-je pas vu venir les choses ?

« Très bien, une autre fois, alors. Tu ferais mieux de retourner auprès de Zoë.

— Oui, tu as raison. Mais, Brett, je suis heureux de te connaître enfin. J'ai hâte de te rencontrer. Ce n'est juste pas le moment. Tu comprends ?

— Bien sûr. Embrasse Zoë pour moi. J'espère qu'elle va guérir vite, dis-le-lui pour moi. »

Je pose le téléphone à côté de moi. J'ai enfin retrouvé mon père. Et j'ai une demi-sœur pour couronner le tout. Alors pourquoi ne me suis-je jamais sentie aussi laissée-pour-compte ?

Tous les regards sont rivés sur moi quand je reviens dans le salon.

« C'était mon père, dis-je en m'efforçant de prendre un ton enjoué. John Manson. »

Shelley sort de sa torpeur.

« Comment est-il ?

— Merveilleux. Il a l'air génial. Il est gentil, ça s'entend tout de suite.

— Et il habite où ? » demande Joad.

Je m'affale devant la cheminée et enserre mes genoux dans mes bras.

« À Seattle. Et il est toujours musicien. C'est cool, non ?

— Vous êtes convenus de vous rencontrer ? » demande Shelley.

Je tends la main vers la tête adorable de Rudy et lui gratte le menton.

« Pas encore mais ça ne saurait tarder.

— Invite-le à Chicago, dit Jay. On aimerait tous faire sa connaissance.

— Oui, dès que sa fille sera guérie. Elle n'est pas

très en forme pour l'instant. Vous y croyez, vous ? J'ai une sœur ! »

Joad tient son verre de bloody mary à mi-chemin de ses lèvres et hausse les sourcils.

« Il a une vraie famille, alors ? »

Sa remarque me coupe le souffle.

« Comment ça, une vraie famille ?

— Non, je voulais juste dire…

— Joad voulait dire qu'il vit avec une famille, une famille qu'il connaît », reprend Catherine.

Jay se glisse à mes côtés sur le sol et pose la main sur mon épaule.

« Toi aussi, tu es sa vraie famille. Mais il faut que tu te prépares mentalement, frangine. Ça ne sera pas facile entre Johnny et toi, de tisser des liens après trente-quatre ans d'absence. Il ne t'a jamais bercée quand tu étais bébé, il n'est jamais venu dans ton lit quand tu avais fait un cauchemar… »

Il ne s'est jamais inquiété pour moi quand j'avais un petit rhume.

Joad acquiesce.

« Au boulot, j'ai une collègue qui a donné son fils à l'adoption. Quand il l'a retrouvée dix-neuf ans plus tard, ça a été horriblement déstabilisant. Elle avait deux autres enfants en bas âge et, soudain, un étranger essayait de s'immiscer dans leur vie. Elle ne ressentait aucun lien particulier avec lui. » Il hoche la tête comme s'il essayait de chasser cette image cauchemardesque de son esprit. Puis son regard croise le mien. « Mais ce ne sera pas comme ça pour toi. »

Un épais brouillard envahit ma poitrine. Ce père que j'ai tant cherché ne veut pas me voir. Il a une autre fille, une vraie fille qu'il adore. Et je suis la contagion qu'il redoute, celle qui pourrait causer du tort à leur petit duo. Ma mère avait-elle envisagé cela ? Est-ce la raison pour laquelle elle ne m'a jamais rien dit ?

À 21 heures, je suis à la porte d'entrée, mes chaussures à la main, épuisée et blessée. Je pousse mes frères dehors. Joad et Catherine sont les derniers à partir mais, dans le hall, Joad semble hésitant. Il fouille dans sa poche en quête de ses clés de voiture, puis les tend à Catherine.

« Va démarrer la voiture, chérie. J'arrive tout de suite. »

Une fois son épouse partie, il se tourne vers moi.

« Je voulais te demander… Combien de temps tu comptes encore vivre ici, dans la maison de maman ? »

Au ton de sa voix, mon pouls s'accélère.

« Je… je ne suis pas sûre. Je n'ai pas d'autre logement pour l'instant. »

Il se frotte le menton.

« Maman avait donné une limite de trente jours. Tu es ici depuis Thanksgiving, non ? »

Je le dévisage, incrédule. À cet instant, toutes les bonnes séquences ADN de ma mère disparaissent de son être et je ne vois plus en lui qu'une réplique de Charles Bohlinger.

« Oui, mais elle a bien dit trente jours consécutifs. J'ai passé la nuit de lundi au foyer de Joshua House. »

Sa bouche ne sourit pas mais ses yeux, si. D'un air moqueur qui me donne l'impression d'être idiote.

« Et quoi ? Tu penses que les compteurs se remettent à zéro à chaque fois ? »

C'est exactement ce que je pense, oui. Mais

l'expression railleuse de son visage me fait comprendre qu'il n'est pas d'accord.

« Qu'est-ce que tu veux que je fasse, Joad ? Je gagne un salaire de prof. Je n'ai pas eu d'héritage. J'ai fait don de tous mes meubles. »

Il lève les mains au ciel.

« D'accord. D'accord. Oublie ce que je viens de dire. Je pensais que toi, entre nous tous, tu aurais envie de respecter les règles de maman à la lettre. Reste autant que tu veux. Ça ne change rien pour moi. » Il m'embrasse sur la joue. « Merci pour cette super journée. Je t'aime. »

Je claque la porte derrière lui mais le bois de rose est si lourd qu'il se rabat lentement. J'avance à grands pas jusqu'au salon, puis je fais volte-face et lance mes chaussures contre la porte.

« Va te faire foutre, Joad ! »

Rudy bondit de son tapis et s'élance vers moi. Je m'agenouille devant lui.

« Et toi, dis-je en respirant ses poils. Grâce à toi, on va devoir trouver un appartement qui accepte les bons vieux clébards crasseux comme toi. Qu'est-ce qu'on va devenir ? »

Je suis vidée de toute émotion et je n'ai qu'une envie, me glisser sous les draps luxueux de ma mère pour dériver lentement vers le royaume des rêves. Mais je reste étendue sans trouver le sommeil jusqu'à 3 heures, mon esprit voguant de mon père à mon ventre stérile, en passant par le violent retour à la réalité infligé par mon frère. L'amour instantané que j'ai éprouvé pour ma demi-sœur s'est dissipé et n'a laissé dans son sillage qu'une vague de jalousie et de haine de soi.

Je roule sur le flanc et je pense à Joad. Je me repasse ses paroles – ses accusations – en boucle jusqu'à rejeter les draps pour me précipiter au rez-de-chaussée. Je récupère mon ordinateur portable sur l'îlot central de la cuisine.

En dix minutes, je dois bien me rendre à la douloureuse évidence que mes maigres revenus et mon compagnon à poils poseront un sérieux obstacle pour trouver mon nouveau logement. Après avoir parcouru plusieurs pages d'appartements chics dont le loyer engloutirait la totalité de mon salaire mensuel, je prends une profonde inspiration et élargis mes critères de recherche. Je peux vivre sans chambre d'amis. Mais les loyers d'un studio sont encore trop élevés. Il ne me reste qu'une solution : emménager au sud. Les beaux quartiers du nord-est où j'ai passé toute ma vie sont bien trop chers. Quelle importance, si tout mon entourage habite au nord du centre-ville ?

Je clique sur ENTRÉE et je me rends aussitôt compte que j'avais raison. Les locations au sud sont bien meilleur marché… Mais le salaire d'un professeur débutant ne suffit toujours pas à en payer le loyer. Pour ne pas être obligée de piocher dans mon épargne retraite ni de me mettre en colocation avec des inconnus, ma seule solution est de louer au sud de l'autoroute Eisenhower – un quartier où je n'aurais jamais, jamais imaginé pouvoir habiter.

C'est impossible ! Je ne peux pas m'installer dans un quartier qui m'est aussi étranger – un coin où règnent le crime et la corruption. Je suis à nouveau abasourdie. Mais à quoi pensait ma mère ?

19

Le soleil apparaît à l'horizon quand, les yeux rouges et les cheveux ébouriffés, je passe prendre Sanquita au foyer de Joshua House pour l'emmener à son rendez-vous chez le docteur Chan. La matinée est glaciale – le genre de matin qui laisse un souvenir auditif et non visuel… La neige qui crisse sous les semelles de bottes, les plaques de verglas qui craquent sur le lac Michigan, le bourdonnement incessant des chauffages. Sur le siège passager, vêtue d'un jogging en velours et d'une veste à capuche bordée de fausse fourrure, Sanquita frotte ses mains nues devant la grille du ventilateur.

« D'après le *U.S. News & World Report*, lui dis-je, le CHU de Chicago possède un des meilleurs services néphrologiques du pays. »

Elle baisse le pare-soleil pour se protéger de la luminosité trop forte et s'adosse au siège en glissant ses mains sous ses cuisses.

« Je ne pige toujours pas pourquoi vous faites ça. Vous avez pas mieux à faire ?

— Je m'inquiète pour toi. » Elle lève les yeux au ciel mais je continue. « Je sais que tu n'as pas envie de l'entendre et je sais que tu ne me fais pas encore confiance mais c'est pourtant la simple vérité. Et quand je m'inquiète pour quelqu'un, j'ai envie de l'aider.

— Le truc, c'est que j'ai pas besoin de votre aide. Dès que le bébé sera né, j'irai mieux.

— Je sais », dis-je.

J'aimerais pouvoir en être sûre mais je n'en crois pas un mot. Dans la lumière crue du matin, elle a le teint cireux et, à en juger par son ventre, elle ne prend pas assez de poids.

« Tu as déjà choisi un prénom ? je lui demande dans l'espoir de détendre un peu l'atmosphère.

— Hm-hm, dit-elle en se grattant les jambes à deux mains. Je vais lui donner le prénom de mon petit frère.

— Tu dois beaucoup aimer ton petit frère.

— Je l'aimais beaucoup, oui. Et il était intelligent.

— Il était ?

— Il est mort.

— Oh, ma chérie, je suis désolée. »

Je sais pertinemment qu'il ne faut pas la pousser à parler. Dès que le sujet devient trop intime, Sanquita se replie sur elle-même. Nous roulons en silence pendant une minute quand, à mon grand étonnement, elle continue.

« J'étais en sixième. Deonte et Austin étaient seuls à la maison. Nous, on était tous à l'école. Ils avaient faim. Deonte a grimpé sur l'îlot de la cuisine pour essayer d'atteindre un paquet de céréales. »

Je commence à avoir la chair de poule et je voudrais qu'elle se taise. Je n'ai pas envie d'entendre la suite. Elle scrute le paysage par la fenêtre.

« Il ne savait pas que la gazinière était allumée. Son pyjama a pris feu. Austin a fait tout ce qu'il a pu mais ça n'a servi à rien. »

Elle hoche la tête, les yeux rivés sur l'horizon.

« Je pense que j'en veux à ma mère depuis ce temps-là. Les gens des services sociaux ont dit que c'était pas de sa faute mais je sais très bien pourquoi elle n'a pas entendu mes frères hurler. Quand je suis rentrée de l'école, j'ai tout jeté dans les toilettes. Y avait pas moyen que j'aille en famille d'accueil. Parfois, je me demande pourquoi j'ai fait ça. »

Mon ventre se noue. Marijuana ? Cocaïne ? Amphètes ? Je ne le lui demande pas. Je tends la main et la pose doucement sur son bras.

« Je suis désolée, ma chérie. Deonte vivra à travers ton bébé. C'est une si belle pensée de ta part. »

Elle me dévisage.

« Non, pas Deonte. Je l'appellerai Austin. Austin n'a plus jamais été le même, après ça. Ma mère, elle l'a convaincu que c'était de sa faute. Il est devenu très silencieux. Il a eu un tas de problèmes. Il a arrêté l'école à quatorze ans. Deux ans plus tard, il s'est tiré une balle avec le flingue de notre oncle. Après avoir vu Deonte mourir, ça lui était devenu trop difficile de vivre. »

À l'exception des infirmières et de la secrétaire joviale assise au bureau d'accueil derrière sa vitre, nous sommes les premières au cabinet du docteur Chan. Assise à mes côtés dans la salle d'attente aseptisée, Sanquita remplit son formulaire d'admission.

« Sanquita Bell », annonce une infirmière par une porte ouverte.

Sanquita se lève et me regarde.

« Vous venez ? »

J'interromps la lecture de mon magazine.

« C'est bon, je peux t'attendre ici. »

Elle se mord la lèvre mais ne bouge pas.

« Ou je peux t'accompagner si tu veux. C'est toi qui décides.

— Ce serait sympa, ouais. »

J'ai peine à y croire. Elle veut que je l'accompagne. Je jette mon magazine sur la chaise voisine et je place une main protectrice sur son épaule tandis que nous suivons l'infirmière dans la salle de consultation.

Vêtue d'une chemise d'hôpital verte légère, Sanquita est perchée sur la table d'examen, un drap dissimulant la nudité de ses jambes maigres. Avec ses cheveux retenus par un élastique et son visage dépourvu de maquillage, elle ressemble à une enfant attendant de voir son pédiatre. Nous entendons un coup discret à la porte et le docteur Chan entre. Elle se présente à Sanquita et se tourne vers moi.

« Et vous êtes ?

— Je suis Brett Bohlinger, le professeur de Sanquita – et son amie. Sa mère vit à Détroit. »

Elle acquiesce comme si ma réponse vague lui suffisait. Après un examen complet, quantité de sang prélevé et une épuisante série de questions, le docteur Chan retire ses gants en latex et demande à Sanquita de se rhabiller.

« Je vous retrouve dans mon cabinet de l'autre côté du couloir. »

Nous sommes assises en face du docteur à son bureau et elle ne tourne pas autour du pot.

« Vous souffrez d'une maladie très grave, Sanquita. Et la grossesse ajoute une complication majeure. L'état fragile de vos reins est aggravé par l'effort qu'inflige votre grossesse à votre corps. Quand les reins ne fonctionnent pas correctement, le taux de potassium augmente, et je pense que c'est actuellement votre cas. Vous courez le risque de faire un arrêt cardiaque. » Elle range des papiers sur son bureau et je ne sais pas si c'est par gêne ou par impatience. « Je tiens à vous revoir dès que j'aurai reçu les résultats d'analyses mais le temps presse. Je vous suggère d'avorter immédiatement.

— Quoi ? Non ! » Sanquita se tourne vers moi comme si je venais de la trahir. « Non ! »

Je pose ma main sur son bras et m'adresse au docteur.

« Elle en est déjà à son deuxième trimestre, docteur Chan.

— Les avortements tardifs sont réalisés lorsque la vie de la mère est en jeu. Et pour vous, c'est le cas. »

Sanquita bondit sur ses pieds, pressée d'oublier cette conversation. Mais je reste assise.

« Et quel est le pronostic si elle refuse ? »

Elle me regarde droit dans les yeux.

« Elle a cinquante pour cent de chances. Quant au bébé, on descend plutôt à trente pour cent. »

Elle ne précise pas *de survie*. C'est inutile.

Sanquita reste immobile et regarde fixement par la fenêtre de la voiture, le visage pareil à un bloc de granit.

« Je n'y retournerai jamais. Jamais. Cette femme veut que je tue mon bébé. C'est même pas la peine d'y penser.

— Ma chérie, ce n'est pas ce qu'elle veut, c'est ce qu'il y a de mieux pour toi. Ta vie est en jeu. Tu comprends ?

— Et vous, qu'est-ce que vous comprenez ? Vous

avez pas d'enfants. Vous avez aucun droit de me dire ce que je dois faire. »

Mon cœur se brise. La tache de sang me revient à l'esprit avec une violence inouïe. Je m'efforce de respirer normalement.

« Tu as raison. Excuse-moi. »

Elle regarde toujours par la fenêtre et nous roulons en silence sur plusieurs kilomètres. Nous sommes presque rendues à Carroll Avenue quand elle reprend la parole d'une voix douce et presque inaudible.

« Vous vouliez des enfants, pas vrai ? »

Elle dit cela comme si c'était déjà trop tard, comme si j'avais raté ma fenêtre de tir. Et dans son univers, à trente-quatre ans, on est déjà un dinosaure.

« Oui, j'en voulais – je veux des enfants. »

Elle se tourne enfin vers moi.

« Vous auriez fait une très bonne maman. »

C'est la chose la plus gentille et la plus cruelle qu'elle aurait pu dire. Je tends le bras et lui serre la main. Elle ne me repousse pas.

« Toi aussi, tu seras une bonne maman quand ton problème rénal sera résolu. Mais pour l'instant… Je n'ai pas envie de te perdre, c'est tout.

— Mademoiselle Brett, vous ne comprenez pas ? Ma vie n'a aucun sens sans mon bébé. Je préfère encore mourir que de tuer mon bébé. »

Un amour pour lequel on serait prêt à mourir. Sanquita l'a trouvé, elle. Et comme le veut souvent un amour obsessionnel, il risque de lui coûter la vie.

Il n'est que 10 heures lorsque je dépose Sanquita à Joshua House. J'avais prévu de passer la matinée avec elle, de l'emmener prendre un petit déjeuner, de faire des courses pour son bébé mais l'humeur est loin d'être à la réjouissance, aussi je ne le lui propose pas.

Alors que je fais marche arrière dans l'allée, mon regard se pose sur les pages étalées sur la banquette arrière, les annonces que j'ai imprimées au cours de ma recherche de logement en pleine nuit. Je me range près du trottoir et les feuillette, en quête de la jolie bâtisse en brique que j'avais trouvée dans Pilsen. Je pourrais y passer, juste pour voir. Et puis je pourrais dire à Joad et à Brad que j'ai cherché.

Je parcours les pages. Je vois les six appartements dans Little Italy, les quatre dans University Village, mais je ne trouve plus la belle maison dans Pilsen. Je suis pourtant convaincue d'avoir imprimé l'annonce. Où est-elle passée ? Sur mes genoux, les autres pages semblent vouloir attirer mon attention comme des enfants ignorés. Mais bon sang… elle reste introuvable.

J'essaie de me consoler en me disant que je serai ainsi plus proche du travail et de Joshua House. Mais cela ne me console pas. Ces quartiers du South Side sont délabrés et déprimants… voire même dangereux. Mon moral remonte lorsque j'entre dans le secteur de Little Italy, avec ses rues commerçantes animées et quelques-uns des meilleurs restaurants de la ville. Ce coin pourrait me convenir. Je cherche la première adresse en croisant les doigts. Mais ce n'est pas une mignonne petite maison comme j'en ai vu dans le centre du quartier. Je tombe sur un bloc de béton aux fenêtres barricadées comme des bandeaux sur un œil. Mon Dieu, ce taudis ne ressemble pas du tout aux images de l'annonce. Ma colère monte alors que je roule jusqu'à Loomis Street, où le panneau À LOUER est perdu dans un jardin jonché de détritus aussi divers qu'un vieux pneu ou une planche à repasser rouillée. C'est donc cela que ma mère avait en tête ? Je n'arrive pas à savoir si je suis blessée, vexée ou furieuse. Et je finis par décider : les trois.

Il est 17 heures le jour du réveillon et je suis assise sur la banquette devant la baie vitrée de la maison maternelle, où je pioche dans un paquet de M&M's. Dehors, le soleil perd sa bataille contre la lune tandis que la ville se prépare à son chambard annuel. Rudy est roulé en boule à mes pieds et je raconte les dernières nouvelles à Carrie. Je lui parle du rendez-vous de Sanquita chez le docteur, des questions de Joad quant à mon logement.

« Et Johnny a rappelé hier soir. Comme d'habitude, il ne veut parler que de Zoë. Le rhume de sa fille a empiré. Il est inquiet. J'avais envie de lui dire : *C'est bon, j'ai compris. Ne t'inquiète pas. Je ne vais pas me pointer devant chez toi à l'improviste.*

— Ne tire pas de conclusions hâtives. Quand Zoë sera guérie, il pourra se concentrer sur toi. Crois-moi. Je sais ce que c'est, d'avoir un gamin malade. Ils deviennent le centre de ton univers. »

Je m'apprête à lui rappeler qu'il ne s'agit que d'un satané rhume mais je me ravise. Sanquita avait raison. Je ne peux pas comprendre. Je n'ai pas d'enfant.

« Alors, comment vont tes mômes ? je lui demande.

— Très bien. Tayloe avait un spectacle de danse jeudi soir. Je t'enverrai la vidéo. C'est la grande au dernier rang qui a toujours un temps de retard, comme moi à son âge. »

Nous éclatons de rire.

« Qu'est-ce que tu fais ce soir ? demande-t-elle.

— Rien. Jay et Shelley vont à une soirée chicos. Je leur ai proposé de garder leurs enfants mais Shelley va faire appel à une baby-sitter. Alors j'ai loué tous les vieux films de Meg Ryan que j'ai pu trouver. » Je m'approche d'une pile de DVD sur la table basse. « J'ai pris *Nuits blanches à Seattle, Vous avez un message*... Tu veux venir les regarder avec moi ? dis-je d'un ton taquin.

— Si tu as *Quand Harry rencontre Sally*, j'arrive tout de suite.

— C'est le premier que j'ai choisi. »

Nous rions.

« Bon sang, Bretel, tu me manques. On fête le réveillon avec des collègues de Stella. À dire vrai, j'échangerais bien ma soirée contre la tienne. Parfois, je t'envie vraiment.

— Il ne faut pas, dis-je en retournant à la fenêtre. Ma vie n'a rien d'enviable. » Ma gorge se serre. « C'est déprimant d'être seule, Carrie. Quand je marche dans la rue, je vois tous ces jeunes couples – qui poussent très souvent un landau – et je me sens vieille. Et si je ne rencontrais personne ? Si je n'avais jamais d'enfant ? Est-ce que les gamins du quartier passeront en courant devant ma maison, effrayés par la vieille folle qui vit là toute seule ? » Je me tamponne le nez avec mon mouchoir. « Bon sang, est-ce que je vais mourir seule dans la maison de ma mère ?

— Non. Tu n'as pas le droit d'y vivre, tu as oublié ? Je pense plutôt que tu vas mourir seule dans un appart de location minable.

— Oh, c'est sympa. »

Elle s'esclaffe.

« Mais tout ira bien, Bretel. Tu n'as que trente-quatre ans, pas quatre-vingt-quatorze. Tu vas rencontrer quelqu'un. » Elle fait une pause. « En fait, je crois que c'est déjà fait.

— Ah bon ? dis-je en rangeant mon mouchoir dans ma poche. Et qui ça ?

— L'avocat de ta mère. »

Mon cœur se serre.

« Brad ? Impossible.

— Mais tu l'as déjà envisagé ? Et ne t'avise pas de me mentir. »

Je soupire et pioche une poignée de M&M's.

« Bon, d'accord, j'y ai déjà pensé. » Je lui raconte notre dernière entrevue « et sa tentative de séduction peu enthousiaste ». « Jenna et lui font une pause. Il se sentait seul, il avait un peu trop bu. On aurait tout gâché si on était sortis ensemble.

— Leur couple bat de l'aile depuis plusieurs mois. Tu me l'as dit toi-même. Bon, écoute, j'ai réfléchi. Tu te demandais pourquoi ta mère avait engagé Brad au lieu du vieux croûton qu'elle employait depuis des années ?

— Oui, et alors ?

— Je pense qu'elle voulait t'arranger le coup avec Brad. »

Je me redresse.

« Tu crois qu'elle voulait que Brad et moi, on se mette ensemble ?

— Ouaip. »

Comme un rayon de soleil dans un ciel d'orage, je me sens soudain baignée de lumière. Je n'arrive pas à croire que je n'y aie pas pensé plus tôt. Ma mère a choisi Brad Midar pour gérer ses biens plutôt que maître Goldblatt, car elle savait que nous tomberions amoureux. Elle a orchestré toute une histoire d'amour pour moi, avec un homme qu'elle connaissait et qu'elle respectait. Le journal intime rouge n'était pas son dernier cadeau d'adieu !

Je scrute le combiné et je répète pour la quarante-septième fois ce que je compte lui dire. J'ai les mains qui tremblent mais je me sens aussi très calme. Je ne suis pas seule. Ma mère est avec moi dans cette affaire, je le sens. Je caresse la petite broche en or, mon parachute qui m'assure désormais des atterrissages en douceur. Je prends une profonde inspiration et compose son numéro. Il décroche à la troisième sonnerie.

« C'est moi, dis-je.

— Tiens, salut, comment tu vas ? »

Il a l'air un peu vaseux et je l'imagine en train de s'étirer en regardant l'heure. Je suis tentée de le taquiner, de lui dire que nous sommes deux sacrés losers, seuls un soir de réveillon, mais l'heure n'est pas à la plaisanterie. Je déglutis avec peine.

« Ça te dirait que je vienne te tenir compagnie ce soir ? »

Impossible de mal interpréter mon message. Il ne répond rien et mon cœur plonge dans ma poitrine. Je m'apprête à rire et à lui dire que je blaguais, lorsque j'entends sa voix douce et chaude comme un verre de xérès par une nuit glaciale.

« Ça me plairait beaucoup. »

De délicats flocons tombent du ciel comme une farine tamisée. Je tourne dans Oakley et roule dans la rue tranquille, faiblement éclairée par les lampadaires. Miracle, je trouve une place de parking à un pâté de maisons de son immeuble. Un bon présage, me dis-je. Je descends de voiture et quand j'arrive à proximité de son appartement, je me mets à trottiner. Tout est parfait dans le plus parfait des mondes. Ensemble, nous accomplirons mes objectifs jusqu'au dernier, sans oublier cet effrayant cheval. Même ma fausse grossesse me paraît soudain moins accablante. Brad fera un bien meilleur père qu'Andrew. Je suis heureuse, à présent, impatiente de commencer cette nouvelle année, cette nouvelle vie.

Je m'arrête devant son perron. Et si mon intuition était fausse, ainsi que celle de Carrie ? Mon sang bat dans mes tempes. Suis-je en train de commettre une erreur ? Avant d'avoir eu le temps de repenser à tout ceci, la porte s'ouvre à la volée et nos regards se croisent. Il porte un jean et une chemise en coton sortie de son pantalon. Il est si beau que j'ai envie de me jeter à son cou. Mais je n'en ai pas le temps. Il me devance.

Il referme la porte d'un coup de pied derrière nous et me plaque contre le mur. Ma respiration s'accélère et j'ai la tête qui tourne. Je me tortille pour retirer mon manteau et je passe mes bras autour de sa nuque. Il me prend délicatement le visage entre les mains, m'embrasse le cou, les lèvres, sa langue se mêle à la mienne.

Il a un léger goût de bourbon et j'ai envie de le boire tout entier. Je passe mes doigts dans ses cheveux. Ils sont épais et doux – exactement comme je l'avais imaginé. Ses mains descendent sur mon corps. Il soulève mon pull et ses doigts trouvent ma peau nue. Mon corps explose sous la chair de poule.

Il retire mon pull et glisse la main sous mon soutien-gorge pour caresser mes seins.

« Oh, mon Dieu, murmure-t-il. Tu es si belle. »

Je m'enflamme. À tâtons, je cherche sa boucle de ceinture et trouve le cuir que je détache. D'un coup sec, j'ouvre les boutons de son jean.

Et dans la pièce voisine, j'entends sonner son téléphone.

Son corps se raidit et ses doigts s'immobilisent sur mes tétons.

La sonnerie retentit à nouveau.

Au plus profond de moi-même, mon instinct me crie que c'est Jenna. Et Brad le sait aussi, c'est certain.

« Ne fais pas attention », murmure-t-il en me caressant les seins. Mais ses doigts sont maladroits, comme s'ils avaient perdu le sens du rythme – ou perdu tout intérêt.

J'appuie mon visage contre son torse et j'écoute le téléphone sonner. Ses bras retombent contre son flanc.

J'ai la nausée. Je suis si idiote. À quoi pensais-je ? Je me détache de lui et croise les bras sur ma poitrine nue.

« Vas-y, dis-je. Va répondre. »

Mais la sonnerie s'est interrompue. Nous n'entendons plus que le gémissement déprimant du chauffage et la respiration lourde de Brad. Il reste devant moi, le pantalon déboutonné et la chemise froissée, à se frotter la nuque. Il tend les bras vers moi mais son regard est facile à interpréter. C'est un regard tendre où je peux lire qu'il ne veut pas me blesser. Un regard qui me dit que son cœur appartient à une autre.

J'essaie d'esquisser un sourire mais la commissure de mes lèvres tombe malgré moi.

« Appelle-la », je murmure avant de me pencher pour ramasser mon pull.

Je l'entends crier mon nom tandis que je dévale les marches de son perron. J'atteins le trottoir et je me mets à courir, terrifiée à l'idée que mon univers s'effondre si je ralentis ne serait-ce qu'un instant.

20

Heureusement, les congés de Noël prennent fin et je reprends le travail. Qui aurait pu imaginer que ma vie soit minable au point que je préfère le travail aux vacances ? Je hisse ma sacoche sur une épaule et mon sac de voyage sur l'autre.

« Amuse-toi bien chez tata Shelley, mon petit Rudy. À demain ! »

Je suis en route avant 6 heures mais la circulation avant l'aube est tout de même dense. Je pense à la journée qui m'attend. Mais qu'est-ce qui m'a pris de maintenir ma nuit de permanence à Joshua House en ce jour de reprise ? À dire vrai, c'est sans doute mieux d'être au foyer plutôt que seule à la maison, à me lamenter sur un bébé qui n'en était pas un, sur un nouvel amour qui n'en était pas un, et sur un père qui risque de ne pas en être un.

J'allume la lumière et mon bureau sort de son long sommeil. Sur le rebord de la fenêtre, je regarde mes géraniums. Leurs pétales ont fané, leurs feuilles sont jaunes et cassantes mais ils ont réussi à survivre à ces deux semaines d'intermède – tout comme moi. Je démarre mon ordinateur. Il n'est pas encore 7 heures, autrement dit j'ai encore deux heures délicieuses pour m'organiser avant cette journée chargée. Les examens qui ponctuent le premier semestre commencent demain et Sanquita en passera cinq avant la fin de la semaine.

Le voyant rouge qui clignote sur mon téléphone m'indique que j'ai des messages. Je prends mon carnet et j'écoute. Les deux premiers me donnent des informations sur mes nouveaux élèves. Le troisième est du docteur Taylor, datant du 23 décembre. Au son de sa voix, je m'assieds et mordille la gomme au bout de mon crayon.

« Bonjour, ici Garrett. Au cas où vous écouteriez vos messages pendant vos congés, je voulais vous donner mon numéro de portable. C'est le 312-555-4928. Appelez-moi quand vous voulez. Je serai dans le coin. Les fêtes peuvent s'avérer difficiles, surtout pour votre premier Noël sans votre mère. » Il fait une pause. « Bref, je voulais juste vous donner un moyen de me joindre. Et si vous écoutez ce message au début de janvier, je suis content que vous ayez survécu aux fêtes. Félicitations et bonne année. On se parle bientôt. »

Je laisse tomber mon crayon et je scrute le téléphone. Le docteur Taylor se préoccupe vraiment de moi. Je ne suis pas simplement la prof de son patient. Je réécoute le message juste pour entendre sa voix et je me surprends à sourire pour la première fois depuis des jours. Je compose son numéro en espérant qu'il soit un lève-tôt comme moi.

C'est le cas.

« Bonne année, Garrett. Ici Brett. Je viens d'écouter votre message.

— Tiens ! Eh bien, je voulais juste... Je n'étais pas sûr que... »

Il semble gêné et je souris.

« Merci. J'apprécie vraiment. Comment se sont passées vos fêtes ? »

Il me dit qu'il a passé Noël avec ses sœurs et leurs familles.

« Nous avons dîné chez ma nièce en Pennsylvanie.

— Chez votre nièce ? »

Je suis déstabilisée un instant. Mais évidemment, contrairement à la petite Emma de mon frère, sa nièce est adulte. Elle a peut-être le même âge que moi.

« Comme c'est agréable !

— Melissa est la fille de ma sœur aînée. J'ai du mal à penser qu'elle-même a deux enfants au lycée. » Il s'interrompt un instant. « Et vous, comment se sont passées vos fêtes ?

— Vous avez de la chance que j'aie écouté votre message seulement ce matin. Si j'avais eu votre numéro, je l'aurais programmé dans mes raccourcis.

— C'était si dur que ça ?

— Ouais. Vraiment dur.

— Mon premier patient n'arrive qu'à 9 heures. Vous voulez en discuter un peu ? »

Je lui épargne les détails de mon premier jour de règles au matin de Noël et l'épisode humiliant avec Brad mais je lui donne un aperçu de mes congés – le deuil de ma mère, ma recherche futile d'appartement, le rendez-vous de Sanquita chez le médecin. Inutile de préciser qu'il sait parfaitement écouter. Il est psy, après tout. Mais ce docteur spécialisé dans les maladies mentales me donne le sentiment d'être normale, et non une tarée psychotique à la limite du dysfonctionnement, comme il m'arrive parfois de le croire. Il me fait même rire… jusqu'à ce qu'il me demande si j'ai eu des nouvelles de mon père.

« Pour tout vous dire, il m'a appelée le jour de Noël. Il a une autre fille. Une fille qu'il connaît bien et qu'il adore. Contrairement à moi, il n'est pas très impatient de me rencontrer. »

À l'instant où je prononce ces mots, je les regrette. Je ne devrais pas être jalouse de ma sœur. Elle n'est pas bien. Je devrais être plus compatissante.

« Vous n'avez pas encore fait de projets ensemble ?

— Non. » Je me pince l'arête du nez. « Zoë a pris froid. Il ne veut pas qu'elle voyage et il ne veut pas qu'elle soit exposée aux microbes que je pourrais véhiculer.

— Et à vos yeux, c'est une forme de rejet. »

Sa voix est douce et tendre.

« Oui, dis-je dans un souffle. Je pensais qu'il sauterait dans le premier avion à destination de Chicago. Mais il ne veut peut-être pas perturber Zoë en m'associant à leur vie. Qui sait ? Je me sens égoïste. Mais j'ai attendu si longtemps. Je veux juste le rencontrer – et Zoë aussi. C'est ma sœur.

— Bien sûr que oui.

— J'ai l'impression d'être… d'être un cadeau fait à mon père, mais un cadeau dont il n'avait pas franchement besoin. Je ne suis qu'une pâle copie de l'original dont il est raide dingue. » Je ferme les yeux de toutes mes forces. « Pour résumer, je suis jalouse de Zoë. Je ne devrais pas, je le sais, mais c'est comme ça.

— Quand il s'agit de nos sentiments, inutile d'employer le conditionnel. Ils sont présents, point final. » Sa voix est pareille à un gant humide sur mon front brûlant « Vous devez avoir l'impression que votre père protège votre sœur, mais pas vous. »

Les larmes me montent aux yeux et je m'évente le visage.

« Hmm-hmm. » Je jette un coup d'œil à la pendule. « Oh, zut, il est déjà 8 h 30. Il faut que je vous laisse.

— Brett, vos sentiments sont tout à fait normaux. Comme chaque personne saine d'esprit, vous êtes en quête d'une relation dans laquelle vous vous sentez protégée, grandie et aimée. Vous vous attendiez à ce que votre père subvienne à ces besoins. Et il le fera peut-être. Mais ces besoins peuvent être comblés par d'autres moyens.

— C'est là que vous intervenez pour prescrire du Xanax ou du Valium ? »

Il rit.

« Non. Vous n'avez besoin d'aucun médicament. Il vous faut davantage d'amour – que ce soit celui de votre père, d'un amant ou d'une autre source, peut-être même de vous-même. Il vous manque un besoin élémentaire à l'humain. Croyez-le ou non, vous faites partie des chanceuses – vous savez reconnaître vos besoins et en admettre le manque. Il y a tant de gens malheureux qui refoulent leurs besoins. Chercher l'amour vous rend vulnérable. Seuls les gens sains d'esprit peuvent se permettre d'être vulnérables.

— Je ne me sens pas très saine d'esprit en ce moment mais c'est vous le spécialiste, alors je vous crois sur parole. » Je regarde mon agenda, j'ai un cours avec Amina à 9 h 15. « Il faut vraiment que j'y aille, et vous aussi. Mais merci pour cette séance. Est-ce que je vais recevoir une énorme facture à la fin de nos échanges ? »

Il rit.

« Peut-être. Ou peut-être que je vous laisserai juste m'inviter à déjeuner un jour. »

Je suis prise au dépourvu. Le docteur Taylor est-il en train de me draguer ? Hmm. Je ne suis jamais sortie avec un homme plus âgé. Mais je dois admettre que je ne suis pas championne quand il s'agit de sortir avec ceux de mon âge. Garrett pourrait-il être comme Michael Douglas pour Catherine Zeta-Jones ?

Ou comme Spencer Tracy pour Katharine Hepburn ? Mon esprit cherche en vain quelque chose à dire, une réponse légère mais substantielle qui permettra de laisser la porte ouverte – ou juste entrouverte.

Mais j'ai attendu trop longtemps.

« Allez, au travail, dit-il d'un ton bien plus professionnel que d'habitude. Appelez-moi après votre cours avec Peter, entendu ?

— Oui. Oui, bien sûr. »

Je veux revenir sur le sujet du déjeuner mais il me dit déjà au revoir et, avant même que j'aie eu le temps de m'en rendre compte, il a raccroché et notre connexion est coupée.

Notre connexion virtuelle aussi bien que réelle.

Toute la journée, une bruine asperge la ville comme une eau bénite et la température a chuté, provoquant un véritable chaos sur les routes. Comme d'habitude, j'ai placé le cours de Peter en fin d'après-midi, sachant pertinemment qu'il a le pouvoir de gâcher ma journée, aussi belle soit-elle.

Le cours d'aujourd'hui ne déroge pas à la règle. Comme d'habitude, il refuse de croiser mon regard et il grogne ses réponses sans desserrer les dents. Mais je ne peux m'empêcher d'avoir pitié de lui, un enfant si intelligent coincé à longueur de journée dans cet appartement empli de fumée de cigarette. À la fin du cours, je sors une pile de livres de ma sacoche.

« Je suis allée à la librairie l'autre jour, Peter. Je me suis dit que tu prendrais sans doute plaisir à lire, tu sais, histoire de t'occuper l'esprit. »

Je le regarde dans l'espoir de voir un éclair d'impatience ou d'enthousiasme sur son visage. Mais il garde les yeux rivés sur la table devant lui. Je tire mon ouvrage préféré de la pile.

« Je sais que tu aimes l'histoire. Ce livre raconte l'aventure de plusieurs enfants à l'époque du Dust Bowl. » J'en attrape un autre. « Et celui-ci traite de l'expédition de Lewis et Clark. »

Je m'apprête à en prendre un autre quand il m'arrache les livres des mains. Je souris.

« Oui, vas-y, prends-les. Ils sont à toi. »

Il soulève la pile tout entière et la serre d'un geste protecteur contre son torse. Mon cœur chante. C'est la première fois qu'un de nos cours se termine sur une note positive.

Il bruine encore quand je descends l'escalier du porche. J'attrape la rambarde en fer et remarque le manteau de neige fondue sur les marches en béton. À l'instant où mes pieds touchent le trottoir, j'entends la porte s'ouvrir derrière moi.

Je me retourne. Peter se tient sous la pluie, ses livres flambant neufs blottis dans les bras. Il me dévisage et je me demande s'il veut me remercier. J'attends un instant mais il ne dit rien. Il se sent peut-être gêné. Je lui fais un signe de la main et continue vers ma voiture.

« Profite bien de tes livres, Peter. »

Un bruit sourd me fait sursauter et je fais volte-face. Peter me regarde et un sourire méchant s'étire sur son visage. Les livres neufs sont éparpillés sur le perron et s'imbibent lentement de l'eau des flaques de neige fondue.

Je déverrouille la porte de mon bureau, jette mon sac trempé par terre et m'élance vers le téléphone. J'entends quatre sonneries avant qu'il ne décroche.

« Garrett ? Ici Brett. Vous avez une minute ? »

Ma voix tremble quand je décris la réaction cruelle de Peter après mon cadeau. Je l'entends soupirer.

« Je suis désolé. Je vais passer des coups de fil demain. Son attitude à la maison empire. L'heure est venue de lui trouver un endroit approprié.

— Un endroit approprié ?

— Rester chez lui et prendre des cours à domicile, ce n'est pas la bonne solution pour cet enfant. Le comté de Cook a développé un programme de premier ordre pour les adolescents atteints de maladies mentales. *Nouveaux chemins*. Il y a deux élèves pour un professeur et les enfants reçoivent une thérapie intensive deux fois pas jour. Peter est un peu trop jeune mais j'espère qu'ils feront une exception pour lui. »

Je suis à la fois soulagée et déçue. Je n'aurai bientôt plus à me préoccuper de Peter. Mais j'ai l'impression d'abandonner une mission importante, comme si je quittais une salle de théâtre avant la fin de la pièce. Et qui sait ? La pièce pourrait bien finir.

« Il pensait peut-être simplement que mes livres étaient idiots. Ou insultants. Il était peut-être juste vexé que je lui aie offert quelque chose, comme si je lui faisais la charité.

— Tout ça n'a rien à voir avec vous, Brett. Ce n'est pas un enfant comme les autres. J'ai bien peur que vous ne soyez pas en mesure d'obtenir ses faveurs, malgré tous vos efforts. Il veut vous blesser. Et jusqu'à présent, il ne s'agissait que de blessures émotionnelles, mais j'ai peur que cela n'empire. »

Je me souviens du sourire de Peter, si froid et impitoyable. Un frisson me parcourt l'échine.

« Je vous ai effrayée là ?

— Tout va bien. » Je scrute la rue maussade en

contrebas. J'avais compté rester au bureau toute la soirée, en attendant ma permanence de 21 heures à Joshua House. Mais mon bureau douillet me semble soudain isolé et menaçant.

« Vous vous souvenez de ce déjeuner dont vous avez parlé ? »

Garrett hésite.

« Oui. »

Je prends une profonde inspiration et ferme les yeux.

« Ça vous dirait de prendre un café maintenant ? Ou un verre ? »

Je retiens mon souffle en attendant sa réponse. Quand il prend la parole, j'entends un sourire dans sa voix.

« J'aimerais beaucoup prendre un verre avec vous. »

Comme prévu, la circulation est atroce. Plutôt que les établissements à la mode qu'Andrew et moi fréquentions, j'ai choisi le Petterino, un restau-bar de style années 1940 près du centre-ville, où il me semble que Garrett sera à l'aise. Mais il est 17 h 40 et je suis encore au sud de la ville, à des kilomètres du quartier du théâtre. Je n'y arriverai jamais à 18 heures. Pourquoi ai-je effacé son message ce matin avant de noter son numéro de portable ?

Quand mon téléphone sonne, je pense que c'est lui qui vient m'annoncer qu'il est bloqué dans la circulation, lui aussi. Mais c'est impossible. Il n'a pas mon numéro de portable, lui non plus.

« Ici Jean Anderson de Joshua House. On vous attendait pour 21 heures mais il faut que vous veniez plus tôt. »

Ma colère monte. Pour qui se prend-elle donc, cette femme, à s'imaginer qu'elle peut me donner des ordres ?

« Désolée, j'ai des choses à faire avant. Je pourrai sans doute arriver vers 20 heures mais pas avant.

— C'est Sanquita. Elle saigne. »

Je jette mon téléphone sur le siège passager et fais un demi-tour brutal. Deux voitures klaxonnent mais je les ignore. Je ne pense qu'à cette fille aux yeux noisette et au bébé pour lequel elle est prête à mourir.

« Faites que le bébé survive », je répète à voix haute jusqu'à Joshua House.

Jean saute de sa Chevrolet blanche quand je me range devant le trottoir. Elle trotte jusqu'à moi tandis que je me rue dans l'allée.

« Je l'emmène à l'hôpital du comté, dit-elle. J'ai laissé un mot avec toutes les instructions pour ce soir. »

J'ouvre la portière arrière de la voiture. Sanquita est allongée et se masse le ventre. Son visage gonflé est luisant de sueur mais elle sourit en me voyant. Je lui serre doucement la main.

« Tiens le coup, ma puce.

— Vous revenez demain ? Il faut que je passe mes exams. »

Malgré toutes les épreuves qu'elle traverse, elle est déterminée à obtenir son diplôme. Je déglutis pour faire passer la boule dans ma gorge.

« Dès que tu es prête. Ne t'inquiète surtout pas. Tes profs comprendront. »

Ses yeux m'implorent.

« Dites une prière pour mon bébé, mademoiselle Brett. »

J'acquiesce et referme la portière. Quand la voiture s'éloigne, je me mets à prier.

Je trouve le mot de Jean dans le bureau, ainsi que les détails sur une dispute qui couve entre deux invitées. Elle espère que j'arriverai à arbitrer la situation si j'ai le temps. Mais avant de faire quoi que ce soit, je dois appeler le Petterino et prévenir Garrett. Je cherche un annuaire sur le bureau quand j'entends des cris dans la salle de télévision. Je bondis de ma chaise, ouvre la porte à la volée et arrive sur le champ de bataille.

« T'as aucun droit de fouiller dans mes affaires, putain ! » hurle Julonia, les joues écarlates.

Elle s'approche à quelques centimètres du visage de Tanya qui ne recule pas.

« Je te l'ai déjà dit, j'ai jamais fouillé dans tes tiroirs. Allez, casse-toi, va t'acheter une vie.

— Calmez-vous, mesdemoiselles, dis-je, mais ma voix tremble. Arrêtez ça tout de suite. »

Comme mes élèves à Douglas Keyes, elles n'écoutent pas. Des invitées sortent à la hâte des autres pièces pour assister au spectacle.

« Mais j'en ai déjà une, de vie, moi ! rétorque Julonia, mains sur les hanches. Je suis pas obligée de voler l'argent des autres ! J'ai trouvé un boulot, contrairement à toi. Toi, tu restes assise sur ton gros cul toute la journée. »

Un *Oooh* collectif sort de la bouche des spectatrices. Dans l'arrière-fond, la juge Judy réprimande sévèrement un accusé à la télévision. J'essaie de canaliser l'autorité de cette femme.

« Mesdemoiselles, ça suffit ! »

Tanya fait mine de s'éloigner puis se ravise. Avec l'agilité d'une acrobate, elle pivote et assène un coup de poing dans la mâchoire de Julonia. Momentanément sonnée, Julonia se tamponne la bouche. Quand elle rabaisse la main, elle voit du sang sur ses doigts.

« Salope ! »

Elle empoigne Tanya par les cheveux et tire. Une partie de ses extensions tombe au sol.

Tanya lâche un chapelet d'obscénités et se rue sur elle. Heureusement pour moi, Mercedes l'attrape par-derrière. Je saisis le bras de Julonia et, avec une force que je ne me connaissais pas, je la tire jusqu'au bureau. Je ferme la porte d'un coup de pied et la verrouille derrière nous d'une main tremblante. Julonia jure et les veines de son front saillent mais, au moins, j'ai réussi à la maîtriser. Derrière la porte, j'entends Tanya qui crie encore, bien que sa voix perde de sa fureur. Je m'installe lourdement au bureau et je montre le lit du doigt.

« Asseyez-vous », dis-je en prenant une inspiration douloureuse.

Julonia s'installe sur le bord du lit, se mord la lèvre inférieure et serre les poings.

« Elle m'a volé mon argent, mademoiselle Brett. Je le sais.

— On parle de combien, là ?

— Sept dollars.

— Sept dollars ? » À en juger par sa fureur, j'imaginais qu'il s'agissait de plusieurs centaines. Encore une fois, je suis réduite à l'humilité. Pour quelqu'un qui ne possède rien, sept dollars représentent une véritable fortune. « Et qu'est-ce qui vous fait croire que Tanya vous les a volés ?

— C'est la seule qui sait où je cache mon keusse. » Je la dévisage sans comprendre. « Ma thune. Mon argent.

— Oh. Eh bien, vous l'avez peut-être dépensé sans vous en souvenir. Moi, ça m'arrive tout le temps. J'ouvre mon portefeuille et il me semble qu'il y manque des billets, et puis, en y repensant, je me rends compte que je les ai dépensés. »

Elle incline la tête et me fusille du regard.

« Hmm-hmm, ça m'arrive jamais, à moi. » Elle lève le visage vers le plafond et bat plusieurs fois des paupières. « Je voulais acheter un nouveau cartable à Myanna. Le sien est tout déchiré. Ils en ont un chez Walmart qui coûte quatorze dollars. J'étais à mi-chemin quand cette sale conne de paresseuse m'a piqué mon fric. »

Mon cœur se serre. J'ai envie de sortir mon porte-feuille et de lui en donner tout le contenu mais c'est contraire au règlement du foyer.

« Vous savez quoi ? Je vais vous trouver un petit coffre-fort. Je vous le déposerai demain. Comme ça, personne ne pourra plus vous voler votre keusse. »

Elle me sourit.

« Ce serait sympa. Mais ça me rendra quand même pas mon argent. Vous savez combien de temps il m'a fallu pour économiser ces sept billets ? »

Non, je n'en ai aucune idée. Pour des raisons que je suis incapable d'expliquer ou de justifier, j'ai tiré les bonnes cartes dans le jeu de la vie, des cartes qui incluent l'amour, l'argent et l'instruction. Je suis envahie de culpabilité, de gratitude, d'humilité et de grâce.

« Ce cartable que vous cherchez, il est de quelle couleur ?

— Elle veut le violet.

— Et il est en vente à Walmart, au rayon enfant ?

— C'est ça.

— Julonia, je crois bien que j'ai ce cartable chez moi. Je l'avais acheté pour ma nièce mais elle en avait déjà un. Il est neuf. Vous le voulez ? »

Elle me dévisage comme pour essayer de deviner si je dis la vérité.

« Le violet ?

— Hmm-hmm. »

Son visage rayonne.

« Ce serait super gentil. Pour l'instant, Myanna trimballe ses livres dans un sac plastique. Elle a besoin d'un cartable.

— Très bien, je vous l'apporte demain.

— Et le coffre-fort aussi ?

— Oui, le coffre-fort aussi. »

Je suis assise au bureau et je me masse les tempes. Je retrouve enfin la force de remplir la fiche relatant l'incident de la soirée. Date : 5 janvier. Heure : je regarde la pendule et je commence à écrire 19 h 15. Puis je laisse tomber mon crayon.

« Non ! »

D'un geste brusque, j'ouvre le tiroir et en sors un annuaire, le feuilletant aussi vite que possible. Je trouve enfin le numéro du Petterino.

« Bonjour, dis-je au chef de rang. Je devais retrouver un ami chez vous ce soir. J'espère qu'il est encore là. Le docteur Garrett Taylor. C'est un homme de… » Je me rends soudain compte que je suis bien incapable de décrire Garrett. « Il est seul.

— Êtes-vous mademoiselle Bohlinger ? »

Je ris, soulagée.

« Oui. Oui, c'est moi. Puis-je lui parler ?

— Je suis désolé, mademoiselle Bohlinger. Le docteur Taylor est parti il y a cinq minutes. »

21

J'appelle l'hôpital presque toutes les heures.

À 3 heures du matin, Mlle Anderson m'assure que Sanquita est sortie d'affaire. Le lendemain matin, je range les bols du petit déjeuner dans le lave-vaisselle quand j'entends la voiture se garer dans l'allée. Je me rue hors de la cuisine. Avant même que le moteur ne se taise, j'ai ouvert la portière. Sanquita est prostrée sur la banquette arrière, la tête appuyée contre la fenêtre.

« Salut, ma belle. Comment ça va, ce matin ? »

Des cernes soulignent ses yeux vitreux.

« Ils m'ont donné des médocs pour stopper les contractions. »

Elle passe un bras autour du cou de Jean, l'autre autour du mien, et nous la hissons sur le perron jusque dans la maison. Au bas des escaliers, je soulève Sanquita dans mes bras. Elle pèse moins lourd que Rudy. Je l'emmène dans sa chambre et l'allonge sur son lit.

« Il faut que je passe mes exams, marmonne-t-elle.

— On s'en préoccupera plus tard. Il faut que tu dormes. » Je l'embrasse sur le front. « Je repasse tout à l'heure pour voir comment tu vas. »

De retour au rez-de-chaussée, Jean retire son foulard et libère une tignasse de boucles brunes.

« J'ai essayé de joindre sa mère toute la nuit mais son téléphone n'est pas en service, dit-elle. Cette pauvre gamine est toute seule.

— Je peux rester à ses côtés. »

Elle retire ses bottes et glisse ses pieds dans une paire d'escarpins noirs confortables.

« Vous n'avez pas d'autres élèves ?

— Si, mais je peux décaler nos rendez-vous. »

Elle me fait taire d'un geste de la main.

« N'importe quoi. Je reste ici toute la journée. Passez tout à l'heure si vous pouvez. »

Elle part en direction de son bureau mais s'arrête sans se retourner.

« Sanquita a parlé de vous, hier soir. Elle m'a dit que vous l'aviez emmenée chez un spécialiste. »

J'acquiesce.

« Je suis désolée. Je ne pensais pas que le docteur Chan lui conseillerait…

— Et elle m'a dit que vous lui faites cours tous les jours, et non pas deux jours par semaine comme prévu. »

Mon instinct défensif se met en branle. Qu'insinue-t-elle ?

« Ça ne me pose aucun problème de prendre sur mon temps de pause à midi. Écoutez, s'il y a un problème…

— Elle m'a dit que personne ne s'était jamais occupé d'elle comme ça. » Elle s'éloigne d'un pas traînant. « Cette gamine vous trouve vraiment exceptionnelle. Il me semblait qu'il fallait que je vous le dise. »

Ma gorge se serre.

« Je la trouve exceptionnelle, elle aussi », dis-je dans un murmure mais Mlle Anderson est déjà au milieu du couloir.

En chemin vers chez Amina, j'appelle le cabinet du docteur Taylor. Comme plus tôt ce matin, je tombe directement sur son répondeur. Je raccroche sans laisser de deuxième message. Merde.

J'effectue mes tâches mécaniquement, l'esprit monopolisé par Sanquita et son bébé. En fin de journée, je retourne aussitôt à Joshua House avec angoisse. Je monte les marches quatre à quatre en m'attendant à voir une malade affaiblie mais Sanquita est adossée à son oreiller dans la chambre bien éclairée et elle sirote un verre de jus de fruits. Tanya et Mercedes musardent à côté de son lit et racontent leurs accouchements respectifs. Les yeux de Sanquita s'agrandissent quand elle m'aperçoit à la porte.

« Tiens, mademoiselle Brett. Entrez.

— Bonjour, mesdemoiselles. »

Je me penche pour serrer Sanquita dans mes bras. Au lieu de l'étreinte gênée et tendue que je reçois souvent, elle me rend mon câlin.

« Tu as l'air en bien meilleure forme, ma belle.

— Oui, je me sens bien mieux. Il faut juste que j'évite de me lever, c'est ce qu'ont dit les docteurs. Si le bébé peut attendre la fin avril, aux alentours de ma trente-sixième semaine, tout ira bien.

— Merveilleux, dis-je en essayant d'y croire.

— Vous avez apporté mes exams ? »

Je ris.

« Ne t'inquiète pas pour tes examens. J'ai parlé avec

tes profs. Nous avons convenu qu'il valait mieux se concentrer avant tout sur ta santé.

— Pas moyen que j'abandonne maintenant. Je vais bientôt avoir mon diplôme. Vous m'avez promis de m'aider.

— D'accord, d'accord, dis-je avec un sourire. Si tu es certaine de pouvoir le supporter, on peut commencer dès demain. »

Elle sourit.

« Je suis certaine de le pouvoir, vous allez voir. »

Je l'enlace.

« Tu es vraiment exceptionnelle, tu le sais, ça ? »

Elle ne répond rien. Et je n'attends aucune réponse. Cela me suffit déjà qu'elle m'autorise à la serrer dans mes bras.

Avant de repartir, je frappe à la chambre de Julonia.

« Julonia ? » dis-je en poussant la porte entrouverte.

J'entre dans la pièce immaculée et je m'approche des lits jumeaux. Sur la couverture verte, je dépose un petit coffre robuste. Sur la couette Blanche-Neige, je laisse le nouveau cartable violet de Myanna.

Je retrouve Brad pour dîner au Bistrot Zinc, un petit restaurant français dans State Street. Depuis le fiasco du nouvel an, nous avons discuté au téléphone mais, à part pour mentionner le fait que Jenna et lui essaient « de recoller les morceaux », nous nous sommes essentiellement concentrés sur ma liste d'objectifs. Ce soir, nous nous revoyons enfin en tête à tête et j'en suis nerveuse. Oh, mon Dieu, encore aujourd'hui, je grimace en repensant à cette pauvre fille solitaire poussée par des espoirs déraisonnables à traverser toute la ville.

En chemin vers le restaurant, je rappelle le cabinet de Garrett. *Allez Répondez Garrett.*

« Garrett Taylor.

— Garrett, ici Brett. Ne raccrochez pas. »

Il rit.

« Ne vous inquiétez pas. Je ne compte pas vous raccrocher au nez. J'ai eu votre message ce matin et je vois que vous avez essayé de me joindre sept fois aujourd'hui. »

Super. Il vient d'ajouter obsessionnelle et compulsive à la liste de son diagnostic.

« Oui, désolée. Je voulais juste vous expliquer les événements d'hier soir.

— Vous l'avez fait. Et je comprends tout à fait. Comment va la jeune fille – Sanquita ? »

Je lâche un soupir de soulagement.

« Elle va bien mieux, merci. Je viens de la quitter. Avez-vous eu des nouvelles pour le placement de Peter ?

— Oui. J'ai parlé avec le directeur du service d'éducation spécialisée cet après-midi. L'âge minimum à *Nouveaux chemins* pose un problème. J'ai bien peur que cela ne soit plus long que prévu.

— Ce n'est pas grave. Il me faut encore un peu de temps avec lui. »

Je me range près d'un trottoir et nous discutons encore cinq minutes. Il finit par me demander :

« Dites, vous êtes encore en voiture, non ?

— Oui.

— Et vous avez fini de travailler pour aujourd'hui ?

— Hmm-hmm.

— Alors, que diriez-vous de me retrouver pour boire un verre maintenant ? »

Je souris et je me rends à l'évidence : j'en pince pour Garrett Taylor. Et je crois que c'est réciproque.

« Je suis désolée, dis-je en entendant le sourire dans ma voix. Je retrouve un ami pour dîner ce soir.

— Oh, d'accord. Très bien. On se reparle après votre prochain cours avec Peter, alors. »

Je suis décontenancée par la façon abrupte avec laquelle il met un terme à notre conversation. Il n'en pinçait sans doute pas pour moi, finalement. Ma poitrine se serre. Vais-je trouver quelqu'un ?

Je repasse notre discussion dans ma tête... *Je retrouve un ami pour dîner*. Oh, non ! Garrett doit penser que j'ai un rendez-vous galant. Et ce sourire dans ma voix a dû lui sembler moqueur. Il faut que je remette les pendules à l'heure.

J'attrape mon portable, trop angoissée pour attendre notre prochain échange téléphonique. Peut-être que nous pourrons nous retrouver demain soir. Quels vêtements vais-je porter ? Je compose son numéro et surprends mon reflet dans le rétroviseur. Mes yeux sont fous et mon visage affiche une expression de désespoir paniqué.

Je lâche le téléphone et me frappe le front. Bon sang, suis-je tombée si bas que je suis en train de harceler un sexagénaire ? Cette satanée liste me rend folle. Je scrute chaque homme que je rencontre comme un metteur en scène en quête de l'acteur idéal pour jouer le rôle du mari et du père dans sa pièce de théâtre. Ce n'est pas ce que voudrait ma mère.

J'éteins mon portable et le jette dans mon sac.

Brad est assis au bar et boit un martini, magnifique dans sa chemise bleu clair et son veston en cachemire noir. Mais comme d'habitude, ses cheveux sont un peu ébouriffés et sa cravate arbore une tache jaune moutarde. Mon cœur se serre. Mon Dieu, qu'il m'a manqué. Il se lève quand il me voit et écarte les bras. Sans hésiter, je m'y glisse.

Notre étreinte est particulièrement intense, comme si nous essayions d'instiller à nouveau l'amour et l'amitié perdus.

« Je suis désolé, murmure-t-il à mon oreille.

— Moi aussi. »

Je retire mon manteau et trouve une patère sous le bar pour y accrocher mon sac. Une fois assis, un silence gêné s'installe, une pause dérangeante que je n'avais jamais connue entre nous.

« Tu veux boire quelque chose ? demande-t-il.

— Juste de l'eau pour l'instant. Je prendrai un verre de vin avec le repas. »

Brad acquiesce et sirote son martini. La télé au-dessus du bar est sur CNN mais le volume a été coupé. Je scrute pourtant l'écran. Ai-je tout gâché ? Notre amitié sera-t-elle à jamais salie par cet instant mortifiant de baisers ?

« Comment va Jenna ? » je demande pour briser le silence.

Il sort le cure-dent de son verre et le regarde fixement.

« Bien. Je pense qu'on est en train de raccrocher. »

J'ai un pincement au cœur.

« C'est bien. »

Ses yeux sont aussi tendres que ceux d'un koala.

« Si le timing avait été différent, on aurait fait un couple incroyable, je crois. »

Je m'oblige à sourire.

« Mais comme on dit, tout est dans le timing. »

Le silence reprend le dessus. Brad ressent ce changement, lui aussi, je le vois bien. Il joue avec son cure-dent, plonge l'olive dans son martini pour l'attirer encore à la surface. Plonger. Retirer. Plonger. Je ne peux pas accepter ça. Je refuse de l'accepter ! J'aime trop notre amitié pour la laisser m'échapper à cause d'une erreur idiote d'à peine vingt minutes.

« Bon, écoute, Midar. Il faut que tu saches un truc. Ce soir-là, j'étais vraiment désespérée. »

Il me regarde.

« Désespérée, hein ? »

Je lui frappe l'épaule.

« C'était le soir du nouvel an, après tout. Fiche-moi donc la paix. »

Des rides joyeuses se creusent au coin de ses yeux.

« Ah. Donc, je répondais juste à l'appel de ton cul ?

— Exactement.

— Très élégant, B., dit-il avec un sourire. J'aurais dû m'en douter. »

Mon sourire s'efface et je fais glisser mon doigt sur le bord de mon verre.

« Pour être honnête, Brad, je pensais que tu faisais peut-être partie du plan global de ma mère. Tu sais, qu'elle essayait de me caser avec toi, même après sa mort, comme elle essayait d'arranger ma vie en général. »

Il pivote sur son tabouret et me fait face.

« Ta mère savait que j'étais en couple, Brett. Le soir où je l'ai rencontrée, Jenna était avec moi. Elle n'aurait jamais fait ça, ni à toi, ni à moi. »

J'ai l'impression d'avoir reçu un coup de poing à l'estomac.

« Alors pourquoi, Brad ? Pourquoi ma mère t'a-t-elle engagé ? Pourquoi a-t-elle insisté pour que tu lises chacune de ses lettres ? Pourquoi a-t-elle fait en sorte que nous soyons en contact permanent, si elle savait pertinemment que tu n'étais pas célibataire ? »

Il hausse les épaules.

« Ça me dépasse complètement. À moins peut-être qu'elle m'ait apprécié et qu'elle pensait qu'il en serait de même pour toi ? » Il se frotte le menton, pensif. « Non, c'est un peu tiré par les cheveux.

— Un peu, oui ! dis-je d'un ton taquin. Sérieusement. J'étais certaine que ma mère orchestrait notre histoire d'amour. Sinon, je n'aurais jamais eu le cran de… » Je sens le feu me monter aux joues et je lève les yeux au plafond. « Le cran de faire ce que j'ai fait.

— De me séduire ? »

Je lui adresse un sourire féroce.

« Ah, si mes souvenirs sont bons, tu avais essayé de me séduire une semaine plus tôt. »

Il rit.

« Ne cherchons pas à compter les points. Et puis c'était la période des fêtes. Fiche-moi la paix. »

Et en un clin d'œil, nous voilà à nouveau comme au temps de Brad et B.

« Jenna va venir dans deux semaines. J'aimerais bien que tu la rencontres, si ça te dit. »

J'affiche un sourire qui me semble véritablement sincère.

« Ça me plairait. »

Il regarde par-dessus son épaule et fait un geste du menton.

« On dirait bien que notre table est prête. »

Nous nous installons près de la fenêtre et je lui parle de Peter, de Sanquita et de mes autres élèves.

« Ils lui ont administré de la terbutaline pour stopper les contractions mais je suis encore inquiète. »

Brad me regarde en souriant.

« Quoi ?

— Rien. Tout. Tu es si différente de la femme que j'ai vue dans mon cabinet en septembre dernier. Tu aimes vraiment ton boulot, hein ?

— Oui. Je l'adore. Tu me crois ?

— Après toutes tes protestations et tes prises de tête. Elizabeth avait raison. »

Je plisse les yeux et il éclate de rire.

« Hé, y a que la vérité qui blesse.

— Peut-être. Mais si je n'avais pas dégoté ce boulot à domicile ? Si j'avais été obligée d'enseigner dans une salle de classe ? J'aurais fait une dépression. Sérieusement. Ma mère a eu de la chance. »

Il tire une enveloppe rose de sa poche. Objectif numéro 20.

« Voilà presque trois mois que tu enseignes. Tu as mérité cette enveloppe. »

Il l'ouvre avant de commencer à lire.

« Félicitations, ma fille chérie ! Oh, comme j'aimerais t'entendre me raconter tous les détails de ton nouveau travail. Je me demande où tu enseignes. J'imagine que c'est un enseignement peu conventionnel, puisque tu n'as jamais été très branchée sur la discipline. »

Je réprime un cri.

« Ne te sens pas insultée, ma chérie. Maria laissait les enfants Von Trapp courir en toute liberté et nous l'aimions pour ça. »

Je souris en repensant à ma mère et moi blotties dans le canapé, partageant un saladier de pop-corn devant notre film préféré, *La Mélodie du bonheur*.

« Comme Maria, tu es une idéaliste, ce qui est merveilleux. Tu considères que, en étant gentille, les autres seront gentils en retour. Les enfants ont souvent tendance à mettre à l'épreuve les gens sensibles, surtout si leurs camarades assistent au spectacle. »

Je pense aux élèves de Meadowdale, à ceux de l'école primaire de Douglas Keyes et à Peter.

« Oui, c'est vrai.

— *Je t'imagine enseigner à de petits groupes d'enfants, ou peut-être faire du tutorat. C'est cela que tu fais ? Comme je regrette de ne pas le savoir ! Peu importe, je sais que tu es exceptionnelle. Je sais que tes élèves bénéficient de ta patience et de tes encouragements. Et ma chérie, je suis si fière de toi. Tu étais douée au poste de responsable de la publicité mais tu es une enseignante incroyable. Je suis prête à le parier. »*

Je scrute ces derniers mots et les larmes me brûlent les yeux. Oui, ma mère avait fait un immense pari en voulant modifier le cours de mon existence. Elle voulait s'assurer de mon bonheur, purement et simplement, et j'espère qu'elle ne perdra pas son pari.

La semaine suivante, je suis en route pour le travail quand mon téléphone sonne. D'après le numéro qui s'affiche, je devine que c'est Johnny. Quoi, encore ? Sa princesse a le nez qui coule ? Je me range près du trottoir et je me rends compte que l'aube est à peine levée sur la côte ouest. Des frissons de panique naissent en moi.

« Salut, Brett. » Sa voix est grave, comme s'il était épuisé. « Je voulais juste te prévenir que Zoë est à l'hôpital. »

J'en ai le souffle coupé. *Non ! Zoë est enrhumée.*

Comment se retrouve-t-on à l'hôpital avec un rhume ? Je serre le téléphone.

« Pourquoi ? Qu'est-ce qui ne va pas ?

— Elle a une pneumonie – c'est exactement ce que je craignais. La pauvre, elle souffre de problèmes respiratoires depuis la naissance. »

Je baisse la tête, honteuse. Ma sœur est malade – très malade. Et je ne pensais qu'à moi-même. Je porte la main à ma bouche.

« Oh, John, je suis désolée. Ça va aller ?

— C'est une battante. Elle va s'en sortir. Elle s'en sort toujours.

— Qu'est-ce que je peux faire ? Comment puis-je vous aider ?

— Il n'y a rien à faire pour l'instant, à part attendre. Mais garde-la dans tes pensées, d'accord ?

— Bien sûr. Fais-lui un câlin pour moi, s'il te plaît. Dis-lui d'être forte et que je prie pour elle.

— Et Brett, si tu peux, continue à lui envoyer tes cartes. Elle a insisté pour les emporter avec elle. Elle les a toutes installées sur sa table de chevet à l'hôpital. »

Je ferme les yeux. Je m'étais même mise à douter qu'il transmette mes cartes à Zoë. Des larmes de honte et de chagrin m'inondent les joues. Ma sœur est gravement malade et, jusqu'à présent, je ne leur avais pas fait confiance. Ni à elle, ni à mon père.

22

S'il est techniquement le mois le plus court de l'année, février me semble interminable, avec ses journées grises et venteuses. En plus d'envoyer des cartes, des ballons de baudruche et des fleurs à Zoë, j'appelle tous les jours pour avoir de ses nouvelles. Elle est sortie vendredi dernier pour être réadmise le lundi suivant. La pauvre ne semble pas retrouver ses forces et je me sens impuissante, à plus de trois mille kilomètres d'elle.

C'est le treizième jour consécutif que je passe dans la maison de ma mère, puisque, d'après mes propres règles, mes compteurs se remettent à zéro à chaque fois que je suis de permanence à Joshua House. Mais mon estomac se serre dès que je me remémore les paroles de Joad : *Je pensais que toi, entre nous tous, aurais envie de respecter les règles de maman à la lettre*. Pourrait-il avoir raison ? Ma mère voudrait-elle que je quitte sa maison ? Cela semble si cruel, compte tenu de tout ce que j'ai perdu. Et ma mère n'a jamais, jamais été cruelle.

Ses mots résonnent à mes oreilles alors que je roule vers Pilsen, ce samedi matin. Je prévois de faire un petit tour dans le quartier et d'envoyer un email à Joad et à Brad en rentrant à la maison. Je leur parlerai de ma recherche de logement infructueuse. Nous nous sentirons tous mieux.

Le quartier est en pleine effervescence. Il paraît que Pilsen abrite les meilleurs restaurants mexicains de la ville et, tandis que j'arpente les rues commerçantes, j'y vois sans mal l'influence hispanique. Une boulangerie mexicaine d'un côté, une épicerie mexicaine de l'autre. Et partout, je repère de magnifiques œuvres d'art mexicain. L'endroit est agréable, il s'en dégage une impression de brassage ethnique intéressant, il est bondé de gens en quête d'une vie meilleure… Des gens comme moi.

Je tourne à droite dans West 17 th Place et avance au ralenti sur la chaussée constellée de nids-de-poule. Comme dans la majeure partie de Pilsen, les maisons de cette rue sont en bois et datent d'avant-guerre. Elles se trouvent à divers stades de délabrement. Je longe un terrain vague jonché de canettes de soda et de bouteilles d'alcool, et je conclus que j'en ai vu assez.

Je laisse échapper un soupir. Bon. Je peux désormais affirmer que j'ai essayé de chercher un logement. Mais avant d'avoir eu le temps de fêter cette idée et de partir d'ici à toute vitesse, je repère soudain un panneau à louer. Je m'en approche et découvre une jolie maison en brique rouge… c'est la maison que j'avais vue sur Internet, six semaines plus tôt ! Je n'arrive pas à croire qu'elle soit encore à louer. Il n'y a qu'une raison à cela. L'intérieur doit être affreux. Mais de l'extérieur, elle est jolie.

Je ralentis et m'arrête. Des corniches ornementées au-dessus des cinq fenêtres sont peintes en jaune pâle. Une clôture en fer forgé délimite le jardin. Une douzaine de marches en béton mènent à deux portes jumelles encadrées de vases remplis de poinsettias en plastique. Je souris. Sans blague ? Des fleurs en plastique ? Mais de toute évidence, le propriétaire des lieux est très fier de sa maison.

Je pianote sur mon volant. Oui, bien sûr, l'endroit semble agréable mais ai-je réellement envie d'échanger la magnifique maison maternelle pour celle-ci ? Je suis si bien installée à Astor Street, je suis tellement en sécurité dans mon cocon. C'est sans doute ce qu'aurait voulu ma mère.

Alors que je m'éloigne du trottoir, une jeune femme sort par la porte de gauche et verrouille derrière elle. J'arrête la voiture pour l'observer. Ses talons doivent faire dix centimètres de haut. Je grimace tandis qu'elle descend les marches d'un pas leste en priant pour qu'elle ne se torde pas une cheville et ne dévale pas l'escalier. Son corps épais est enserré dans un jean noir moulant et elle arbore une veste dorée qui semble bien trop légère pour une journée si froide.

Elle arrive au bas des marches sans incident et parcourt quelques mètres lorsqu'elle me repère dans la voiture, le regard rivé sur elle. Avant que j'aie eu le temps de détourner les yeux, elle me sourit et me fait signe de la main, un geste si convivial et confiant que, d'instinct, j'ouvre la fenêtre du siège passager.

De près, je lis BJHS MARCHING BAND sur le côté gauche de sa veste. La fanfare de Benito Juarez High School.

« Bonjour, dis-je. Désolée de vous déranger mais cette maison est-elle encore à louer ? »

Elle sort un chewing-gum de sa bouche et le jette dans la neige avant de se pencher et d'appuyer les bras sur la fenêtre ouverte. D'épaisses créoles pendent à ses oreilles, ainsi qu'au moins six autres boucles de formes et de tailles différentes.

« Oui, elle est à louer, mais pourquoi dites-vous *encore* ?

— Je l'ai vue sur une annonce il y a quelques semaines de ça. »

Elle hoche la tête.

« Pas cette maison, non. On vient d'installer le panneau il y a deux heures. Et croyez-moi, ma mère et moi, on ne sait pas comment publier une annonce par Internet. »

Je suis certaine qu'elle se trompe mais j'en ai tout de même la chair de poule.

« C'est votre mère, la propriétaire ?

— Oui, c'est la meilleure ! dit-elle en souriant. Du moins, je lui répète qu'elle le sera. On vient de terminer la rénovation de l'étage supérieur la semaine dernière, on n'a encore jamais loué. »

Je souris, son énergie est contagieuse.

« C'est une très belle maison. Vous n'aurez aucun mal à la louer.

— Vous cherchez un logement ?

— Euh, plus ou moins. Mais j'ai un chien. »

Elle serre si fort les mains, je crains qu'un de ses ongles orange ne se détache.

« On adore les chiens. Tant qu'ils ne sont pas agressifs. On a un yorkshire. Il est adorable. Il tient dans mon sac, comme le chihuahua de Paris Hilton. Entrez. Ma mère est à la maison, vous pourrez la rencontrer. L'appartement est génial ! Attendez de l'avoir vu. »

Son débit de paroles est si rapide qu'il me faut un instant pour comprendre. Je jette un coup d'œil à ma montre. Il n'est pas encore midi. Je n'ai rien d'autre à faire.

« Bon, très bien. D'accord. Si vous êtes sûre que ça ne dérangera pas votre mère.

— Que ça la dérangera ? Elle va être trop contente. Par contre… elle ne parle pas très bien anglais. »

Blanca et Selina Ruiz ressemblent plus à deux sœurs qu'à une mère et sa fille. Je serre la main douce et brune de Blanca, et elle me guide en haut d'un escalier en noisetier. Arrivée au palier, elle ouvre une porte et entre dans la pièce en faisant un geste ample du bras.

L'appartement minuscule m'évoque une maison de poupée mais, en cette journée grise et froide, il semble bien plus douillet que petit. Vide, le salon est de taille raisonnable, avec une cheminée d'un côté et une kitchenette immaculée au fond. Une chambre de la taille de la penderie de ma mère est accolée à la cuisine. Attenante à la chambre, une salle de bains à carreaux roses et noirs est équipée d'un lavabo à colonne et d'une baignoire aux pieds en forme de pattes de lion. L'appartement tout entier tiendrait dans le salon de ma mère et, comme chez elle, le sol est couvert de plancher et les murs blancs sont surmontés de moulures. Blanca me regarde sans cesser d'acquiescer et de sourire tandis que Selina me montre chaque détail.

« C'est moi qui ai choisi les placards de la salle de bains. Ça vient d'Ikea. Ils font des super trucs. »

J'ouvre le placard et j'y jette un coup d'œil, comme si la qualité pouvait influencer ma décision. Mais je me fiche bien de l'aspect du placard. J'ai déjà pris ma décision.

« Vous aimez cette applique ? J'ai dit à ma mère qu'il fallait éviter le cuivre.

— Je l'adore », dis-je en exagérant mon enthousiasme.

Blanca frappe dans ses mains comme si elle comprenait, puis s'adresse en espagnol à sa fille. Selina se tourne vers moi.

« Elle vous aime bien. Elle voudrait savoir si vous voudriez habiter ici. »

Je ris.

« Oui, j'aimerais beaucoup. *Si ! Si !* »

Alors que je signe le contrat de bail, Selina m'explique qu'elle est la première de sa famille à être née sur le sol américain. Sa mère a grandi en zone rurale, dans un village aux abords de Mexico, et elle est arrivée aux États-Unis à l'âge de dix-sept ans avec ses parents et ses trois jeunes frères et sœurs.

« Avant même d'avoir eu le temps de s'inscrire au lycée, elle s'est rendu compte qu'elle était enceinte de moi. On a vécu avec mes tantes, mon oncle et mes grands-parents dans une maison minuscule au coin de la rue. *Mis abuelos*, mes grands-parents, ils y vivent toujours.

— Quand est-ce que vous avez emménagé ici ?

— Il y a environ un an. Ma mère est cuisinière à El Tapatio, à un pâté de maisons d'ici. Elle m'a toujours répété qu'on aurait un jour notre propre logement. Quand cette maison a été saisie l'année dernière, ma mère n'arrivait pas à croire qu'elle avait économisé assez pour payer les frais. Il nous a fallu sept mois pour retaper l'appartement mais on a réussi, pas vrai, maman ? »

Elle passe un bras autour des épaules de sa mère et Blanca rayonne de fierté, comme si elle avait secrètement compris notre conversation.

Leur histoire ressemble tellement à celle de ma mère que je pense un moment la leur raconter. Puis je me ravise. À dire vrai, les deux histoires sont très différentes et, une fois encore, je me rends compte à quel point j'ai eu de la chance.

Je passe le reste du week-end à ranger mes vêtements et à transporter des cartons à Pilsen. Lundi après-midi, les mêmes déménageurs qui m'ont aidée pour l'appartement d'Andrew en novembre dernier chargent mes maigres possessions à Astor Street et les déposent à mon nouvel appartement. J'étais tentée de prendre le lit à sommier métallique de ma mère mais il est bien trop grand pour mon minuscule logement. Et sa place est à Astor Street, de toute façon. Comme cela, il m'attendra à chacune de mes visites dans la maison, comme m'attendait ma mère.

Ils portent donc mon vieux lit double en haut de l'escalier, ainsi que ma commode en bois de merisier. Je leur indique où placer le vieux canapé devant la cheminée, encadré par deux fauteuils disparates. Une table basse rayée récupérée dans le grenier de ma mère est parfaite devant le canapé, et la lampe en terre cuite d'occasion que j'ai trouvée dans un magasin paraît presque à la mode, avec son style rétro.

D'un carton, je sors quatre bols et quatre assiettes empruntés dans un placard de ma mère. Je les range dans ma cuisine, ainsi que les quelques ustensiles, les casseroles et les poêles. Dans la salle de bains, j'arrange mes produits de beauté et les trois serviettes dans le joli placard Ikea.

Quand les déménageurs sont partis et que j'ai déballé le dernier carton, j'allume une demi-douzaine de bougies et j'ouvre une bouteille de vin. Les bougies et la lampe en terre cuite diffusent dans la pièce une lumière ambrée tamisée. Rudy se roule à mes pieds et je me blottis dans le canapé avec un livre. La musique de mon ordinateur flotte dans le salon. En quelques minutes, je m'endors dans mon petit appartement douillet de Pilsen.

Le mois de mars est là et la panique me gagne. Je suis presque à la moitié du temps imparti et je n'ai accompli que cinq objectifs sur les dix à remplir avant la date fatidique de septembre. J'ai bon espoir de réussir à développer une bonne relation avec mon père mais les quatre derniers objectifs me semblent inatteignables. Au cours des six prochains mois, il faut que je tombe amoureuse et enceinte, que j'achète un cheval et une belle maison. À part cette histoire de cheval complètement déraisonnable, les autres objectifs ne sont pas de mon ressort.

En quête d'une distraction, je me rends à Evanston. La température est toujours en dessous de zéro en ce samedi mais le soleil éclatant annonce l'arrivée imminente du printemps. J'ouvre la fenêtre de ma voiture et inspire l'air frais, lorsque ma mère me manque soudain cruellement. Elle n'assistera pas à sa saison préférée. La saison de l'espoir et de l'amour, répétait-elle.

Shelley m'accueille à la porte, vêtue d'un chemisier blanc impeccable et d'un legging. Je remarque une touche de gloss sur ses lèvres et ses cheveux bouclés lui arrivent au niveau du cou.

« Tu es mignonne, dis-je en lui prenant des bras ma nièce endormie.

— Tu veux voir un truc vraiment mignon ?

demande-t-elle en me conduisant dans la cuisine baignée de soleil. Quand Trevor se réveillera de sa sieste, je lui demanderai de te chanter une comptine qu'on vient d'apprendre, *Cinq lapins riquiqui*. C'est adorable. Bon, bien sûr, il dit wiquiqui. »

Elle rit et je suis étonnée d'entendre Shelley prendre avec autant de décontraction ce sujet habituellement si épineux. Encouragée, je fais un pas supplémentaire.

« Mais est-ce qu'il sait la chanter en mandarin ? »

Elle sourit.

« Il n'y aura plus jamais d'histoire de mandarin et de clique des mamans. » Elle remplit la théière avant de continuer. « J'ai appelé mon ancien chef, hier. Je reprends le travail en mai.

— Oh, Shelley, c'est génial ! C'était quoi, la goutte qui a fait déborder le vase ? »

Elle sort deux tasses du placard.

« Je pense que c'est le week-end à La Nouvelle-Orléans que tu m'avais suggéré d'organiser. Jay et moi, on formait à nouveau un vrai couple, on n'était plus seulement que des parents. Alors qu'on faisait nos bagages pour rentrer, je me suis mise à pleurer. » Elle lève les yeux vers moi. « Je ne l'admettrai jamais à personne d'autre qu'à toi et à Jay. J'aime tendrement mes enfants, mais, à l'idée de recommencer ces journées interminables à lire *Dora l'exploratrice* ou *Le Chat dans le chapeau*, c'en était trop. Je lui ai avoué que j'étais malheureuse dans ce nouveau rôle. Ton frère s'est contenté de me dire : Reprends le travail. Aucun jugement, aucune culpabilité. La semaine dernière, il a eu un rendez-vous avec le directeur de son département. Il a le droit de prendre un congé sabbatique. Il termine le semestre et, après, il aura une année entière pour lui. On verra comment évoluent les choses à partir de là.

— Donc, Jay va être père au foyer ? »

Elle hausse les épaules.

« Il va tenter le coup. Et tu sais quoi ? Je pense qu'il sera génial dans ce rôle. Il a bien plus de patience que moi, c'est évident. »

Nous sommes assises à la table de la cuisine à siroter du thé en riant comme au bon vieux temps lorsque Jay entre en trombe, vêtu d'un jogging et d'un sweat-shirt. Il a le visage rougi par l'effort et il sourit en me voyant.

« Tiens, comment va ma sœur préférée ? » Il pose son iPod sur le bar et s'approche de l'évier. « Chérie, tu as demandé à Brett pour samedi prochain ?

— J'allais le faire. On a une proposition pour toi. Il y a un nouveau prof dans le département de Jay. Le docteur Herbert Moyer. C'est une grosse pointure qu'ils ont recrutée à l'université de Pennsylvanie. »

Jay engloutit un verre d'eau et s'essuie la bouche.

« C'est un expert mondial dans le domaine de la conquête byzantine de la Bulgarie. »

J'adresse un regard à Shelley où elle peut lire : *Qu'est-ce qu'il raconte ? !* Elle sourit et hausse les épaules.

« Il n'a pas encore beaucoup d'amis à Chicago.

— Ça alors, c'est étonnant. »

Jay ne semble pas relever mon sarcasme.

« On s'est dit que ce serait sympa de te le présenter. Tu vois, genre vous inviter tous les deux à dîner. »

Un rendez-vous avec un inconnu, un intello spécialiste de l'Empire byzantin, ça me semble aussi attrayant que la clique des mamans pour Shelley.

« Merci, mais ça ne m'intéresse pas. »

Shelley me glisse un regard en coin.

« Pourquoi, tu sors avec quelqu'un ? »

Je lisse les cheveux d'Emma et évalue ma vie amoureuse depuis ma séparation d'avec Andrew. Une fausse alerte avec Brad… et rien d'autre. Pas un seul rendez-vous. Je ne pourrais pas être plus minable ! Je me redresse sur ma chaise et essaie de rassembler un peu de fierté. Le docteur Taylor me revient à l'esprit juste à temps.

« Je discute pas mal avec un homme au téléphone. C'est le psy d'un de mes élèves. On a failli se rencontrer plusieurs fois mais on ne s'est pas encore vus. »

Shelley me fusille du regard.

« Le veuf dont tu me parlais ? Tu déconnes. »

Je relève le menton.

« Il se trouve qu'il est très gentil. » Jay m'ébouriffe les cheveux en plaisantant :

« Ce vieux croûton de Regis Philbin aussi, il est gentil. » Il sourit et s'installe sur la chaise à côté de moi. « Allez, viens juste rencontrer Herbert. Ça ne va pas te tuer. En plus, l'heure tourne, pas vrai ?

— Inutile de me le rappeler. » Je lâche un soupir. « Ces cinq derniers objectifs me tuent. Tomber amoureuse, faire un bébé, ce sont les deux événements charnières d'une vie. Il ne suffit pas de le décider pour que, boum, ça arrive ! C'est une affaire de cœur, il ne suffit pas de les rayer comme on raye un produit sur une liste de courses.

— Tout à fait, dit Shelley. C'est pour ça qu'il est important que tu te prennes en main pour sortir. C'est un jeu de hasard. Plus tu rencontreras d'hommes, et plus tu auras de chances d'en trouver un que tu aimes vraiment.

— Oh, comme c'est romantique, dis donc. » J'embrasse Emma sur le front. « Alors, c'est qui, ce type ? Herbert ? Mais qui peut bien appeler son gosse Herbert ?

— Des gens riches, visiblement, répond Jay. Son père détient plus de trente brevets scientifiques. Ils possèdent des maisons sur la côte est et la côte ouest, ainsi qu'une île privée dans les Caraïbes. Herbert est fils unique.

— Il ne s'intéressera jamais à une femme comme moi. Je suis prof. Je vis à Pilsen, bon sang. »

Shelley m'interrompt d'un geste de la main.

« C'est une situation temporaire. Jay lui a parlé de l'héritage retardé. »

J'en reste bouche bée.

« Quoi ? Mais pourquoi, Jay ?

— Tu veux qu'il sache dans quelle ligue tu joues, non ? »

Un sentiment de gêne m'envahit. C'est donc à cela que je ressemblais, avant ? Je jugeais les gens selon le quartier où ils vivaient, ou sur leur salaire ? J'ai beau avoir du mal à l'admettre, je pense que c'était le cas. Après tout, une des premières questions que je posais en rencontrant quelqu'un, c'était : Qu'est-ce que vous faites dans la vie ? N'était-ce qu'une coïncidence si nos amis communs avec Andrew étaient riches, beaux et en pleine santé ? Je frissonne. Pas étonnant que ma mère m'ait obligée à changer de direction, à m'éloigner de cette autoroute superficielle et trop rapide sur laquelle je fonçais. La route que j'emprunte désormais est sans doute moins rapide, le paysage n'est peut-être pas aussi glamour mais, pour la première fois depuis des années, je prends plaisir au voyage.

« S'il est gêné de rencontrer la femme que je suis aujourd'hui, ça ne m'intéresse pas de faire sa connaissance. »

Shelley hoche la tête.

« C'est toi qui juges, là. Détends-toi, ce n'est qu'une soirée. Je pensais à samedi prochain… »

Heureusement, mon portable interrompt leurs fomentations. Je regarde le numéro qui s'affiche.

« Je décroche, c'est Johnny. »

Jay me reprend Emma des bras et Shelley va remplir la théière.

« Salut, John. Comment va Zoë ?

— Salut, Brett. J'ai de très bonnes nouvelles. Je pense que ce cycle infernal va enfin s'arrêter. Zoë rentre à la maison, et pour de bon, cette fois-ci.

— Fantastique ! » Je me tourne vers Shelley et lui adresse un pouce levé. « Tu dois être tellement soulagé.

— Oui. Et on aimerait beaucoup que tu viennes nous voir. »

Je fais une pause.

« Ah bon ?

— Ce serait plus simple si c'était toi qui te déplaçais cette fois-ci, si ça ne t'embête pas. Je vais t'envoyer de quoi payer le billet.

— Non, non, ce n'est pas la peine.

— Si, j'insiste. Qu'est-ce que tu en dis ? Tu aurais l'occasion de prendre des congés ? »

Je me mords la lèvre pour empêcher mon sourire de prendre en otage mon visage tout entier.

« J'ai quelques jours à prendre, oui. Au mois de mars, une fois que Zoë sera complètement remise ?

— Ça me semble parfait. On meurt d'envie de te rencontrer, tous les deux. Bon, je ferais mieux de retourner auprès d'elle. Son docteur devrait passer d'une minute à l'autre avec les documents de sortie. Regarde les horaires des vols et dis-moi ce que tu auras décidé. »

Je raccroche. J'ai la tête légère, comme si j'allais m'évanouir.

« Tout va bien ? » demande Jay.

J'acquiesce.

« Je vais enfin rencontrer mon père ! Et ma sœur ! »

Shelley s'élance vers moi.

« Oh, Brett ! C'est merveilleux !

— Bien joué, dit Jay. Maintenant, accepte de rencontrer Herbert pour avoir un tiercé gagnant. »

23

Le samedi suivant, j'effectue quarante minutes de trajet en bus et en train jusqu'au centre-ville pour trouver une bonne bouteille de vin avant le dîner chez Jay et Shelley… avec Herbert. Mon ventre se noue dès que je pense à ce satané rendez-vous. Je suis trop vieille pour les premiers rendez-vous. Et même quand j'avais l'âge, les plans à l'aveugle de ce genre étaient insoutenables. Ils sont au plus bas de l'échelle des relations sociales. Les plans à l'aveugle, ce n'est qu'une leçon d'humilité, l'occasion de voir ce que vos amis estiment que vous méritez.

Le trajet en ville est un succès et je quitte Fox & Obel vers 13 heures en portant une bouteille de malbec argentin de 2007. Je serre mon sac en papier kraft et retourne à la gare.

À cette période de la journée, elle est bondée. Je suis emportée par la foule et j'arrive à un entonnoir au niveau du tourniquet. C'est alors que je le repère. L'homme Burberry ! Le type qui m'a renversé du café sur mon manteau. Je ne l'ai pas recroisé depuis le matin de Thanksgiving, alors qu'il courait au bord du lac Michigan avec son labrador noir. Il franchit le tourniquet et descend déjà l'escalier de la gare.

Le temps semble stagner alors que je manœuvre dans la foule pour passer à mon tour le tourniquet. Je descends l'escalier, zigzague parmi les touristes et tends le cou pour essayer d'apercevoir l'homme Burberry. Le sang me martèle les tempes. Où est-il passé ? Je me joins au troupeau qui emprunte l'escalator. Je fais un pas à gauche et double les passagers immobiles sans cesser de chercher l'homme du regard. À mi-chemin dans l'escalator, j'entends le grondement d'un train. Je regarde la foule se réveiller sur le quai de gauche. Les gens ramassent leurs sacs, terminent leurs conversations téléphoniques et gravitent vers le train qui entre en gare.

Le voilà ! Debout sur le quai, il attend le train en direction du nord. Il tient un portable à son oreille et il sourit. Mon cœur fait un saut périlleux. Je peux peut-être emprunter le même train que lui. Peu importe s'il va dans l'autre direction. Je vais enfin pouvoir rencontrer cet homme !

« Pardon », dis-je à la fille devant moi.

Elle écoute son iPod et ne m'entend pas. Je lui tape sur l'épaule et elle lâche un juron lorsque je me faufile près d'elle. Je me contorsionne pour passer devant les flâneurs et je suis presque arrivée au bas de l'escalator quand les portes du train s'ouvrent. Les passagers descendent et, l'espace d'un instant, j'ai perdu de vue l'homme Burberry. Un vent de panique me fouette. Puis je le retrouve. Il est plus grand que la moyenne et ses cheveux ondulés sont très sombres. Il s'écarte pour laisser monter une femme âgée. Je dévale les marches en courant. Les derniers passagers grimpent à bord.

Mes pieds touchent le béton et se hâtent vers la voiture de l'homme Burberry.

J'entends la double sonnerie et la voix enregistrée

qui annonce : « Fermeture des portes. » Je redouble d'efforts et je manque de trébucher.

Alors que j'atteins la porte, elle se referme devant moi. Je martèle la vitre en plexiglas.

« Attendez ! »

Le train s'élance et, par la fenêtre, je jurerais apercevoir l'homme Burberry. Il me semble même qu'il me regarde. Mais oui ! Il lève la main et me salue.

Je lui rends son salut et me demande s'il s'agit d'un bonjour ou d'un au revoir.

En chemin vers la maison de Shelley et Jay, je pense à cet homme mystérieux. Et si, une fois chez eux, je m'apercevais que le bel homme en manteau Burberry n'était autre qu'Herbert Moyer ? Dans quelques semaines, je rencontrerai mon père et ma sœur – donc tout est possible ! Je ris de mon idiotie mais mon ventre se noue quand j'arrive dans l'allée de Jay et Shelley. Voilà si longtemps que je n'ai pas eu de rendez-vous galant. De quoi allons-nous parler ? Et s'il était déçu en me voyant ?

J'avance jusqu'à leur porte et mon cœur bat la chamade sous mon imperméable noir. Pourquoi ai-je accepté ? Mais je connais la réponse, bien sûr. J'ai accepté de rencontrer Herbert parce que je suis censée tomber amoureuse et faire un bébé dans les six prochains mois. Je lâche un soupir de frustration et je sonne à la porte.

« Il y a quelqu'un ? je m'écrie en ouvrant.

— Entre. » Jay arrive dans le hall et me détaille de la tête aux pieds. « Eh ben, si tu n'étais pas ma sœur, je dirais que tu es trop belle. »

Je porte une jupe noire et des collants, un pull

moulant et mes escarpins noirs si cruels. Je lui dépose une bise sur la joue et murmure :

« Tous ces efforts pour un mec qui s'appelle Herbert. Le dîner a intérêt à être succulent. »

J'entends des bruits de pas. Quand je me retourne, un dieu vivant apparaît dans le hall.

« Docteur Moyer, dit Jay. Voici ma sœur, Brett. »

Il s'avance vers moi, main tendue. Elle est grande, douce et virile à la fois. Ses yeux bleu clair rencontrent les miens lorsqu'il me salue. J'oublie aussitôt l'homme Burberry.

« Bonjour, Brett. »

Il sourit et ses traits ciselés deviennent soudain chaleureux et amicaux.

« Bonjour, Herbert. »

Je le dévisage d'un air stupide. D'après mon frère, c'est donc ce genre d'homme que je mérite. Je suis extrêmement flattée.

Les manières du docteur Moyer sont aussi irréprochables que son veston Armani. Je le regarde faire tourner son brandy après le dîner, le pied de son verre en cristal délicatement coincé entre son index et son majeur. Un pain blanc raffiné. Pas le moindre signe d'ivraie.

À des lieues de leur conversation sur la Grèce antique, je sirote mon brandy et pense soudain à quel point son prénom est incongru à côté de son apparence magnifique.

« Herbert », je marmonne.

Trois paires d'yeux se fixent sur moi.

Avec la permission conférée par deux verres de vin et un autre de brandy, je lui demande sans détour : « D'où te vient ce prénom ? Herbert ? »

De l'autre côté de la table, les yeux de mon frère

s'agrandissent, incrédule. Shelley fait mine de lire l'étiquette de la bouteille de brandy. Mais Herbert se contente de rire.

« C'est de famille, répond-il. C'est le prénom de mon grand-père. J'ai bien essayé de prendre des surnoms de temps à autre, mais Herb, ça fait trop botanique et Bert, eh bien, c'était plutôt hors de question. Alors tu vois, mon meilleur ami à l'école s'appelait Ernest Walker et on n'était pas tout à fait les mecs les plus cool du quartier. Tu peux imaginer les vannes qu'on aurait endurées en rapport avec les personnages de *Rue Sésame* si je m'étais fait surnommer Bert. »

J'éclate de rire. Qui l'eût cru. Beau *et* drôle à la fois.

« Et quand vous utilisiez vos prénoms complets, les idiots de service ne faisaient pas le rapport avec l'émission télé ? demande Jay.

— Non. » Il se penche sur la table et pointe l'index comme s'il s'accoudait à une chaire. « Bien que, techniquement, il s'agisse de crétins, et non d'idiots. Les idiots sont des personnes dont l'âge mental est inférieur à trois ans, alors qu'un crétin possède un âge mental entre sept et douze ans. »

Nous le dévisageons tous les trois en silence. Puis Jay éclate de rire et lui assène une claque dans le dos.

« Mais achète-toi une vie sociale, espèce de sale pédant ! » Il hoche la tête et attrape la bouteille de brandy. « Encore un verre ? »

Il est minuit passé quand nous quittons Jay et Shelley. Herbert me raccompagne jusqu'à ma voiture. Sous le ciel étoilé, je fourre mes mains dans mes poches de manteau.

« C'était sympa, dis-je.

— Très. J'aimerais beaucoup te revoir. Tu es libre la semaine prochaine ? »

Je m'attends à ce que mon cœur fasse un saut périlleux mais il continue à battre avec régularité.

« Je suis libre mercredi soir.

— Je peux t'emmener dîner vers, disons, 19 heures ?

— Super idée. »

Il se penche et me dépose une bise sur la joue avant d'ouvrir ma portière.

« Je t'appelle lundi pour confirmer. Sois prudente. »

Je m'éloigne en me demandant ce que maman aurait pensé d'Herbert. Serait-ce le genre d'homme qu'elle m'aurait choisi comme futur mari et père de mes enfants ? Je pense que oui. A-t-elle joué un rôle dans notre rencontre ? Sans doute.

Arrivée à un croisement, je regarde des deux côtés et l'aperçois soudain sur le siège passager. La bouteille de malbec que je suis allée chercher en ville. J'ai oublié de l'emporter au dîner. Quel trajet inutile – mais il m'a quand même permis de recroiser mon homme Burberry.

Les trois semaines suivantes disparaissent aussi vite que les derniers flocons de neige. Comme prévu, Herbert et moi dînons le fameux mercredi soir, menant à une douzaine de coups de téléphone et six nouveaux rendez-vous, chacun toujours plus intéressant que le précédent. Il possède tant de qualités que j'adore, comme lorsque je lui raconte une histoire drôle et que ses lèvres s'étirent en un sourire avant même que j'aie prononcé la chute. Ou la façon dont il s'assure de m'appeler une dernière fois le soir, parce qu'il veut entendre ma voix juste avant de s'endormir.

Mais les autres détails – les petits détails insignifiants – me déstabilisent presque. Comme son réflexe de se faire appeler docteur Moyer par tous les gens qu'il croise, comme si la serveuse ou le chef de rang avaient besoin de connaître son titre. Et lorsqu'ils s'imaginent qu'il est dans le corps médical et non détenteur d'un doctorat d'histoire, il ne les corrige jamais.

Mais n'avais-je pas dit à Megan et Shelley que la vie n'était pas parfaite ? Que nous parcourions ce chemin du mieux que nous le pouvions et qu'il nous fallait accepter les compromis ? Non pas qu'il soit très correct de comparer Herbert à un compromis : en tout point, il est l'homme à marier par excellence.

Hier, nous avons célébré la Saint-Patrick, une fête bruyante et typique de Chicago. Au lieu d'engloutir des bières vertes avec un groupe d'amis près de la rivière teinte en couleur émeraude pour l'occasion comme nous en avions l'habitude avec Andrew, Herbert m'a servi une fondue irlandaise à la lueur d'un chandelier. Cela m'a paru si adulte et digne. Après le dîner, il avait choisi le film *Once*, une comédie musicale romantique se déroulant à Dublin. Blottie dans ses bras sur le canapé, je m'émerveillais de sa gentille attention. Plus tard, sur son balcon, nous avons admiré le lac Michigan sous le clair de lune. Une brise soufflait et il a déposé son manteau sur mes épaules. Il m'a serrée contre son torse en me montrant les constellations.

« La plupart des gens parlent de la Grande Ourse comme d'une constellation mais c'est plutôt un astérisme. Les étoiles font partie d'une plus grande constellation qu'on appelle Ursa Major.

— Ah, ai-je dit en admirant les cieux étoilés. Et dire que jeudi prochain je serai là-haut, en route pour Seattle.

— Tu vas me manquer, a-t-il avoué en caressant

mes cheveux de sa joue. Je commence vraiment à m'enticher de toi, tu sais. »

Avant même que je m'en rende compte, un gloussement m'avait échappé.

« Arrête, Herbert. T'enticher de moi ? Mais qui peut encore employer cette expression, *s'enticher de quelqu'un ?* »

Il m'a dévisagée et j'ai cru que j'étais allée trop loin. Mais son visage s'est détendu et il m'a adressé un sourire d'un blanc éclatant.

« Très bien, mademoiselle la petite maligne, je suis pas hyper branché. Bienvenue dans le monde des rendez-vous intellos. »

J'ai souri.

« Les rendez-vous intellos ?

— Eh oui. Au cas où tu ne serais pas au courant, nous autres, les intellos, on est un véritable secret bien gardé dans l'univers des relations amoureuses. On est intelligents, brillants, jamais infidèles. Bon sang, on est déjà tellement contents qu'une femme nous apprécie. » Il s'est tourné pour admirer le lac. « Et on est très bons à marier. »

En quatre ans, je n'avais pas pu faire en sorte qu'Andrew prononce le mot en M. Et voilà qu'Herbert m'en parlait après seulement sept rendez-vous.

Je me suis collée à lui.

« Je crois que ça va me plaire, les rendez-vous intellos. » Et je le pensais vraiment.

Les rayons étincelants du soleil matinal entrent dans mon bureau et je fredonne en préparant ma sacoche pour la journée à venir. Je cherche ma boîte d'aquarelles pour mon nouvel élève de maternelle quand le téléphone sonne. C'est Garrett.

« Je suis content de vous avoir avant votre départ. Peter a eu un nouvel accès de violence hier soir. Autumn n'a pas réussi à le contenir. Heureusement que les voisins ont entendu le raffut et sont venus l'aider. Je n'ose pas imaginer ce qu'il aurait fait.

— Oh, non ! Pauvre Autumn. »

Je me frotte le bras en imaginant l'horrible scène.

« Je viens d'avoir les gens de *Nouveaux chemins* au téléphone. Ils ont accepté de le prendre. Il commencera en fin de semaine mais, pour ce qui est d'aujourd'hui, inutile d'aller lui faire cours. »

Une étonnante mélancolie m'envahit. J'espérais encore une fin heureuse – une fin où Peter aurait pu faire des progrès et retourner à l'école, en compagnie des enfants ordinaires qui n'ont pas besoin de suivre une thérapie deux fois par jour.

« Mais je n'ai même pas pu lui dire au revoir.

— Je lui transmettrai.

— Et rappelez-lui bien à quel point il est intelligent, dites-lui que je lui souhaite bonne chance.

— Sans faute. » Il fait une pause et lorsqu'il reprend la parole, sa voix est douce. « On apprend, avec des cas comme Peter, qu'on ne peut pas tous les sauver. C'est une rude leçon, surtout pour quelqu'un comme vous, si jeune et idéaliste. J'étais comme vous quand j'ai commencé dans la profession.

— J'ai l'impression de lui faire faux bond. Peut-être que si j'avais eu plus de temps…

— Non, affirme-t-il. Je suis désolé, Brett, je ne vous permets pas de vous remettre en question. Vous avez fait tout ce que vous pouviez avec Peter, et même plus. Et vous m'avez beaucoup aidé. J'ai apprécié de travailler avec vous.

— J'ai apprécié de travailler avec vous, moi aussi. » Ma voix se brise. Je suis effarée de me sentir aussi émue, sachant que je vais perdre contact avec cet homme en qui j'ai fini par placer ma confiance et mon affection. Je me racle la gorge. « Je voulais vous remercier. Vous avez toujours été là pour moi, pas seulement avec Peter mais dans tout ce que j'ai pu traverser.

— C'était un véritable plaisir. Honnêtement. » Il hésite un instant et quand il reprend la parole, son ton est plus badin. « Vous n'avez pas oublié que vous me devez encore un verre, pas vrai ? »

La remarque me prend au dépourvu. Voilà des semaines que nous n'avions pas parlé de ce verre. J'ai parcouru un long chemin depuis ces derniers jours mornes de janvier où je cherchais désespérément un homme à aimer. Je suis dans une relation stable, à présent, avec le meilleur homme à marier de Chicago. Mais une part de moi-même est encore curieuse de rencontrer le docteur Taylor. Je me masse les tempes. « Euh, oui, bien sûr.

— Tout va bien ? demande Garrett. Vous semblez hésitante. »

Je laisse échapper un soupir. Bon sang, je lui ai déjà tout raconté, je peux me montrer honnête une fois encore.

« J'aimerais beaucoup boire un verre avec vous. C'est juste que j'ai entamé une relation sérieuse avec un homme récemment et…

— Aucun problème », dit Garrett. Il est si affable que je m'en sens idiote. Il n'avait sans doute aucune intention romantique et je me trouve bien imbue de moi-même de l'avoir ainsi soupçonné. « J'espère que tout marchera au mieux pour vous, Brett.

— Oui, merci.

— Bon, je vais vous laisser. On garde contact.

— Oui, tout à fait », dis-je en sachant que ce ne sera pas le cas.

Je raccroche et termine ma toute dernière conversation avec le docteur Taylor. Comme le dernier chapitre d'un livre, elle est douce et amère à la fois. Plus d'aide de Garrett, et aucune aventure romantique. Au fond de moi, je me rends compte que c'est sans doute pour le mieux. J'ai Herbert, et une nouvelle famille que je m'apprête à rencontrer. Le docteur Taylor était peut-être un personnage dans la pièce écrite par ma mère : il a fait son entrée sur scène à un moment critique alors que j'avais besoin de lui, puis il est reparti à l'instant où son rôle se terminait.

24

Je regarde la ville de Seattle prendre forme par le hublot du 757. L'après-midi est nuageux mais, une fois la descente entamée, les berges écumeuses du lac Washington apparaissent. Elle est magnifique, cette bande de terre escarpée bordée d'eau bleue. Je scrute la ligne des gratte-ciel et retiens une larme en apercevant le Space Needle. L'avion perd de l'altitude et des pâtés de maisons miniatures se dessinent. Hypnotisée, je les observe en pensant que, quelque part dans ces petits carrés de béton et de bois, vivent un homme et sa fille, mon père et ma demi-sœur.

Parmi les autres passagers, j'avance jusqu'au retrait des bagages où une horde de gens attend d'accueillir les voyageurs. Je scrute leurs visages. Certains paraissent impatients, portent des panneaux où ils ont écrit des noms à la main. D'autres semblent enthousiastes et sautillent sur la pointe des pieds en observant les passagers qui défilent. Un à un, chacun retrouve ses amis et ses proches autour de moi. Je reste seule, en nage, nauséeuse.

Je parcours du regard la foule, en quête d'un brun accompagné d'une fille de douze ans. Où êtes-vous, Johnny et Zoë ? Ont-ils oublié mon arrivée ? Zoë serait-elle retombée malade ? Je sors mon portable de mon sac à main. Je regarde si j'ai un message lorsque j'entends mon nom.

« Brett ? »

Je fais volte-face. Devant moi se tient un homme grand aux cheveux argentés. Il est rasé de près et aurait presque un air BCBG. Son regard croise le mien et il sourit comme l'homme de la vidéo, l'homme qu'il était trente-quatre ans plus tôt. Je dissimule mon menton tremblant derrière ma main et j'acquiesce.

Comme s'il ne faisait pas non plus confiance à sa voix, il écarte les bras pour m'accueillir. Je fais un pas vers lui, ferme les yeux et respire le parfum de sa veste en cuir. Je pose la tête contre le cuir frais et il me berce. Pour la première fois, je comprends ce qu'on ressent à être enlacée par son père.

« Tu es belle, dit-il enfin en s'écartant pour me tenir à bout de bras. Tu ressembles vraiment à ta mère.

— Mais je suis grande comme toi, d'après ce que je vois.

— Et tu as mes yeux, aussi. » Il prend mon visage entre ses mains et l'observe longuement. « Mon Dieu, je suis si heureux que tu m'aies retrouvé. »

La joie inonde mon âme.

« Moi aussi. »

Il jette mon sac sur son épaule et passe le bras derrière ma nuque.

« Allez, on va récupérer ta valise et on ira chercher Zoë à l'école. Elle est folle d'impatience. »

Nous parlons sans discontinuer jusqu'au Franklin L. Nelson Center, l'école privée de Zoë. Il me pose toutes les questions qu'il n'a pas eu le temps de me poser au téléphone. Je ne peux m'empêcher de sourire. Mon père s'intéresse à moi et, qui plus est, la relation qui s'installe entre nous est bien plus facile et naturelle que je ne l'aurais espéré. Mais quand il s'engage dans l'allée bordée d'arbres devant l'école, l'affreux monstre de la jalousie renaît de ses cendres. J'ai beau être enthousiaste à l'idée de rencontrer Zoë, j'ai envie de passer plus de temps avec Johnny. Seule. Quand elle grimpera dans cette voiture, je serai à nouveau l'étrangère, un rôle dont je me suis lassée.

Le Nelson Center est un grand bâtiment de plain-pied, son parc est joliment agencé et entretenu. Les frais de scolarité doivent coûter une fortune.

« Les cours se terminent dans dix minutes mais Zoë voulait présenter sa nouvelle sœur à ses camarades de classe. Ça ne te dérange pas, hein ?

— Non, pas du tout. »

Il ouvre un des battants en acier de la double porte et j'entre dans un immense hall. Sur un banc en bois, une fillette en uniforme bleu marine est assise et balance ses jambes. Elle saute lorsqu'elle m'aperçoit, puis hésite. Quand John entre à son tour, elle laisse échapper un cri de joie.

« Papa ! »

Son visage rond rayonne de joie. Elle se précipite vers nous et passe ses bras replets autour de mes hanches. Je l'enlace mais elle ne m'arrive qu'au thorax. John nous observe, le sourire aux lèvres.

« C'est bon, Zoë, laisse ta sœur respirer un peu », dit-il en lui tapotant le haut du crâne.

Elle finit par relâcher son étreinte.

« T'es ma sœur », déclare-t-elle.

Je m'accroupis devant elle et observe son visage lisse d'albâtre. Comment ai-je pu en vouloir à ce petit ange ? Ses cheveux brillants sont bruns, comme ceux de son père et comme les miens. Mais contrairement à nos yeux marron, les siens sont verts et à demi dissimulés derrière un repli de peau.

« Oui, c'est vrai. On est sœurs, toi et moi. »

Elle sourit et les billes vertes scintillantes disparaissent derrière deux fentes en demi-lune. Sa petite langue pointe derrière ses dents mal alignées. J'aime aussitôt cette fillette, ma sœur… cette fillette trisomique.

Une main dans celle de John, l'autre dans la mienne, elle nous tire dans le couloir vers sa classe. En chemin, John m'explique certaines spécificités de l'école. Un couloir est conçu comme une rue : des façades en brique et des vitrines en bordent chaque côté, chaque croisement est équipé de feux et de panneaux de signalisation.

« Ici, on apprend aux enfants à traverser la rue sans danger, à interagir avec les employés de magasin, à compter son argent quand on fait ses courses, et ainsi de suite. »

Quand nous atteignons la salle de classe de Zoë, nous pénétrons dans une véritable ruche d'activité tandis que Mlle Cindy, la prof aux yeux pétillants, ainsi que M. Kopec, son assistant, s'affairent pour préparer à la pause leurs huit élèves souffrant de retard mental. M. Kopec remonte la fermeture éclair du manteau d'un garçon appuyé à un déambulateur.

« Harvey, garde ton manteau fermé, tu m'entends ? Il fait froid dehors, aujourd'hui.

— Qui n'a pas mis son écharpe ? lance Mlle Cindy depuis les porte-manteaux en tendant un serpent rouge de laine.

— Regardez, annonce Zoë de sa voix rauque. Ça, c'est ma sœur. »

Et son visage rayonne à nouveau de joie tandis qu'elle se frotte les paumes de toutes ses forces, comme si elle essayait d'allumer un feu. Elle m'attrape par la main et m'entraîne dans la salle pour me montrer des images au mur, un aquarium, pour m'énumérer le nom de ses amis. De toute ma vie, je ne me suis jamais sentie aussi vénérée.

Avant de partir, John nous fait faire un tour en voiture dans le complexe de douze hectares. Zoë me montre la cour de récréation.

« Son endroit préféré, dit John en tendant le bras vers la banquette arrière pour tapoter la jambe de Zoë. Et voilà la serre où les enfants apprennent à s'occuper des plantes. »

Nous passons devant des terrains de tennis en terre battue et une piste récemment asphaltée. Devant une grange rouge, je lis un panneau en bois : PROGRAMME THÉRAPEUTIQUE D'ÉQUITATION.

« Et ça, c'est quoi ?

— C'était le centre équestre. Les enfants apprenaient à monter à cheval. Le but premier était de les aider à développer leur équilibre et leur coordination. Tu serais surprise des effets que ce programme avait sur leur confiance en eux.

— Pluto ! » s'écrie Zoë depuis la banquette arrière.

John sourit dans le rétroviseur.

« Ouais, tu l'aimais bien, ce bon vieux canasson de Pluto. » Il me jette un regard. « C'était un programme très cher. Avec les coupes claires qu'ils ont faites dans le budget, il a fallu fermer le centre équestre à l'automne dernier. »

Dans mon esprit, une ampoule tremblote et s'allume soudain.

Comme promis sur le site SeattleTravel.com, la bruine n'a pas cessé de tomber depuis mon arrivée. Mais cela ne me gêne pas. Je suis tout à fait satisfaite de rester à l'intérieur avec John et Zoë dans leur douillet ranch en brique, ce vendredi. Des tapis aux couleurs chatoyantes couvrent le plancher en chêne et des bibliothèques dissimulent les murs. Dans chaque recoin, je découvre des peintures et des œuvres d'art intéressantes rapportées de voyages lorsque John vivait de sa musique. Zoë a eu le droit de sécher l'école aujourd'hui et nous jouons tous les trois aux cartes sur un tapis navajo tandis que d'obscurs musiciens de rock indé me séduisent dans la chaîne hi-fi.

Il est 18 heures quand John décide de préparer ses célèbres aubergines au parmesan. Zoë et moi le suivons dans la cuisine pour faire une salade.

« Très bien, Zoë, maintenant on va secouer comme ça. »

Je secoue le pot de sauce vinaigrette avant de le lui tendre.

« À toi, vas-y.

— Je prépare la vinaigrette », dit-elle en agitant le pot en verre à deux mains. Mais le couvercle en plastique se détache soudain. La sauce explose, macule les portes des placards et s'agglutine sur l'îlot de cuisine.

« Je suis désolée ! je m'écrie. J'ai oublié de vérifier le couvercle. »

J'attrape un torchon pour essuyer le désastre que je viens de provoquer. Derrière moi, un rire s'élève.

« Zoë, viens voir ta tête ! »

Je tourne les talons et je vois John qui entraîne Zoë devant la porte du four, dans laquelle elle peut voir son reflet. Des gouttes de sauce blanchâtre pendent dans ses cheveux et lui constellent le visage. Zoë trouve la scène hilarante. D'un doigt, elle essuie la sauce sur sa joue et la lèche.

« Miam miam. »

John rit et fait semblant de déguster une mèche de ses cheveux. Elle hurle de joie. J'observe le spectacle entre père et fille, il est si différent de tous mes propres souvenirs d'enfance. J'essaie de le graver à jamais dans ma mémoire.

Quand nous nous asseyons enfin pour manger, John lève son verre de vin.

« À mes deux filles magnifiques. Je suis un homme chanceux. »

Zoë lève son verre de lait et nous trinquons.

Après une conversation badine autour du dîner, nous traînons à table pour écouter les histoires de John et de l'époque après son départ de Chicago. Quand il voit Zoë se frotter les yeux, il s'écarte de la table.

« Allez, on va se mettre en pyjama, ma belle au bois dormant. C'est l'heure d'aller au lit.

— Non. Je reste avec ma sœur.

— Zoë ? Je peux t'aider à te préparer ce soir ? »

À ma demande, elle écarquille les yeux et descend de sa chaise avant de me prendre par la main. Nous sommes presque sorties de la cuisine quand elle se retourne vers son père.

« Tu restes ici. Ma sœur va m'aider.

— D'accord, madame la chef », dit-il en riant.

Elle me mène jusqu'à son palace en barbe à papa rose et lavande. Des rideaux en dentelle encadrent les fenêtres et son petit lit est une jungle peuplée de peluches.

« J'adore ta chambre », dis-je en allumant sa lampe de chevet.

Elle revêt son pyjama violet à l'effigie de la fée Clochette et je l'aide à se brosser les dents. Puis elle grimpe dans son lit et tapote l'espace libre à côté d'elle.

« Faut faire dodo, maintenant.

— Je peux te lire une histoire, Zoë ?

— Libye ! s'écrie-t-elle. Libye ! »

Je m'accroupis devant sa bibliothèque et je cherche un livre traitant de la Libye, en vain. Puis je repère un ouvrage sur un cochon prénommé Olivia.

« Celui-là ? » je lui demande en tendant le livre.

Elle sourit.

« Libye ! »

Je me blottis contre elle et pose ma tête sur l'oreiller. Elle se tourne vers moi, dégageant un parfum de dentifrice et de shampoing à la vanille. Elle m'embrasse sur la joue.

« Lis », m'ordonne-t-elle, l'index pointé vers le livre.

Quand j'arrive au milieu du livre, sa respiration ralentit et ses paupières se ferment. Avec précaution, je retire mon bras de sous son cou et j'éteins sa lampe. La chambre est baignée d'une faible lueur rose provenant de sa veilleuse.

« Je t'aime, Zoë, je murmure en me baissant pour lui déposer une bise sur la joue. Quelle leçon de vie tu me donnes. »

Quand je reviens dans la cuisine, la table a été débarrassée et le lave-vaisselle ronfle. Je me verse un autre verre de vin et je vais au salon où John est assis, sa guitare juchée sur les genoux comme un bébé. Il sourit en me voyant.

« Installe-toi. Je peux te proposer autre chose ? Un verre de vin ? Un café ? »

Je lève mon verre.

« J'ai tout ce qu'il faut. »

Je prends place sur un fauteuil à côté du sien et j'admire les incrustations de bois sombre et d'ivoire sur sa guitare.

« Elle est magnifique.

— Merci. J'adore cette vieille Gibson. » Il gratte quelques notes avant de passer la bandoulière en cuir pardessus sa tête. « C'est elle qui m'a permis de tenir le coup dans la vie, quand les eaux montaient bien plus vite que je ne pouvais le supporter. » Avec la délicatesse d'un amant, il range l'instrument dans son support métallique. « Tu sais en jouer ?

— Je n'ai pas hérité de ce gène-là, j'en ai bien peur. »

Il rit.

« Comment étais-tu, enfant, Brett ? »

Nous prenons nos aises dans les fauteuils et, pendant deux heures, nous échangeons des questions, des histoires, des récits et des anecdotes, essayant de retrouver les pièces manquantes d'un puzzle vieux de trente-quatre ans.

« Tu me rappelles tellement ta mère, dit-il.

— C'est un vrai compliment. Elle me manque beaucoup. »

Son regard est lourd et il baisse les yeux vers ses mains.

« Oui, à moi aussi.

— Vous êtes restés en contact ? »

Sa mâchoire tressaille légèrement. Comme s'il s'agissait d'un talisman, il reprend la guitare et la pose sur ses genoux. Les yeux toujours baissés, il pince les cordes et produit des notes mélancoliques et aléatoires. Puis il me regarde.

« Charles Bohlinger était un sacré numéro. » Il

laisse échapper un soupir qu'il semble avoir retenu pendant trois décennies. « Je voulais épouser ta mère. La quitter ainsi, c'est la chose la plus difficile que j'aie jamais eu à faire de toute ma vie. Je l'aimais comme je n'ai jamais aimé personne. Jamais. »

Je hoche la tête.

« Mais tu lui as brisé le cœur, John. Dans son journal intime, c'est clair qu'elle aurait quitté Charles pour te suivre mais tu n'avais pas envie de te poser. »

Il grimace.

« Ce n'est pas tout à fait ça. Si tu veux, quand ton père a découvert que…

— Charles, je le corrige. Il n'a jamais été un père pour moi. »

John me dévisage et acquiesce.

« Quand Charles a découvert que ta mère et moi étions tombés amoureux, il en a fait une jaunisse. Il l'a contrainte à prendre une décision, lui ou moi. Elle l'a regardé droit dans les yeux et lui a dit qu'elle m'aimait. » Il sourit, comme si le souvenir lui faisait encore chaud au cœur. « Elle est sortie en trombe de la pièce. Avant que j'aie eu le temps de la suivre, Charles m'a attrapé par le bras. Il m'a promis que si Elizabeth le quittait, elle ne reverrait plus jamais ses enfants.

— Quoi ? Mais il ne pouvait pas faire ça.

— N'oublie pas qu'on était dans les années 1970. Les choses étaient bien différentes, à l'époque. Il a juré qu'il dirait au tribunal qu'elle était une traînée, une mère indigne. Je fumais pas mal d'herbe, en ce temps-là, et il a menacé de me dépeindre comme le junkie de service. C'était facile de deviner pour qui pencherait la balance au tribunal. Je ne représentais qu'un danger pour elle.

— Mon Dieu, c'est horrible.

— Perdre ainsi Joad et Jay, ça l'aurait tuée. Au final, j'ai menti afin qu'elle ne soit pas contrainte de choisir. Je lui ai dit que je ne cherchais pas une relation stable. » Il hoche la tête, comme pour chasser un cauchemar. « J'ai failli en crever. Mais je connaissais ta mère, je savais que si elle perdait ses enfants, elle ne s'en remettrait jamais. On était sur le porche de la maison et il faisait une chaleur infernale, cet après-midi-là. Toutes les fenêtres étaient ouvertes. J'étais certain que Charles écoutait notre conversation mais je m'en fichais. J'ai dit à ta mère que je l'aimais, que je l'aimerais toujours. Mais je n'étais pas le genre d'homme à poser mes valises. Je jure devant Dieu qu'elle a vu clair dans mon jeu. Après m'avoir embrassé pour la dernière fois, elle m'a murmuré : Tu sais où me trouver. »

J'ai de la peine pour la femme si triste dans son immense manteau bleu marine qui tire ses fils sur une luge.

« Elle pensait que tu reviendrais la chercher. »

John acquiesce et se ressaisit avant de continuer.

« Mon Dieu, je revois encore ses yeux, aussi verts que les collines d'Irlande, qui ne doutaient pas de moi. »

Je déglutis pour avaler la boule dans ma gorge.

« Mais ils ont divorcé, plus tard. Pourquoi n'es-tu pas allé la retrouver à ce moment-là ?

— J'ai perdu sa trace. Quand je suis parti, j'étais tellement convaincu d'avoir pris la bonne décision. J'ai tout fait pour ne pas me torturer avec des et si. Des années durant, cette vieille guitare a été la seule chose qui me procurait un peu de plaisir. Quinze ans plus tard, j'ai rencontré la mère de Zoë. On est restés ensemble huit ans, bien qu'on ne se soit jamais mariés.

— Et elle habite où, maintenant ?

— Melinda est retournée à Aspen – c'est là que vit toute sa famille. La maternité n'était pas trop son truc. »

Je veux en savoir davantage mais je ne pose aucune question. J'imagine qu'un enfant trisomique n'était pas trop son truc.

« Je suis désolée. Pour toutes tes pertes.

— S'il y a bien quelqu'un qui ne mérite aucune compassion, c'est moi. La vie est belle, comme on dit » Il tend le bras pour me serrer la main. « Et elle ne fait qu'embellir. »

Je lui adresse un sourire.

« Je me demande pourquoi ma mère ne t'a jamais recontacté quand elle a divorcé, ou après la mort de Charles.

— Je pense que, dans les premiers jours qui ont suivi notre rupture, elle a attendu que je revienne, ou que je lui écrive une lettre, que je l'appelle, que je me manifeste d'une manière ou d'une autre. Mais le temps a passé, la lettre n'est jamais arrivée, alors elle a dû en conclure que je ne l'aimais pas. »

Un frisson me parcourt l'échine. Ma mère est-elle morte en pensant que l'amour de sa vie n'était qu'un mensonge ? Je lâche soudain la question qui me hante depuis un bon moment.

« John, pourquoi n'as-tu pas demandé à faire un test de paternité ? Tu en as peut-être envie, ça me convient tout à fait.

— Non. Non, je n'en veux pas. Tu es ma fille, je n'en ai jamais douté une seconde.

— Pourquoi ? Tous les autres en ont douté. Je pourrais tout aussi bien être la fille de Charles. »

Il fait une pause et pince une corde de sa guitare.

« Charles a eu une vasectomie après la naissance de Jay. Ta mère me l'a dit quand nous nous sommes liés d'amitié. »

Je cligne des paupières, abasourdie.

« Il savait donc que je n'étais pas sa fille ? Mon Dieu, pas étonnant qu'il ne m'aimait pas.

— Et rien qu'à regarder ton visage, il n'avait pas besoin de preuve supplémentaire.

— J'étais le fruit d'une grossesse non désirée. Je ne l'ai jamais su.

— C'est là que tu te trompes. Ta mère avait été dévastée en apprenant qu'il avait eu cette opération. Elle me l'avait dit. Elle voulait un autre enfant. En fait, elle m'avait même dit qu'elle rêvait d'avoir une fille.

— C'est vrai ?

— Tout à fait. Tu ne peux pas imaginer comme j'étais heureux quand M. Pohlonski m'a informé que j'avais offert à ta mère ce cadeau inestimable. »

Je porte la main à ma bouche.

« Et elle nous a fait un cadeau en retour, quand elle m'a laissé son journal intime. »

Ses yeux croisent les miens et il tend à nouveau le bras vers moi.

« Tu es le cadeau qu'on ne se lasse pas de recevoir. »

Quand samedi arrive, j'ai l'impression de quitter ma famille, et non les deux étrangers que j'ai rencontrés à mon arrivée. Je m'accroupis près de Zoë dans le hall de l'aéroport et je la serre contre ma poitrine. Elle s'accroche à moi, à mon pull. Quand elle s'écarte enfin, elle tend son pouce.

« Ma sœur. »

J'appuie mon pouce contre le sien, notre nouveau rituel.

« Je t'aime, petite sœur. Je t'appelle ce soir, d'accord ? »

John me fait un énorme câlin bourru. Ses bras sont puissants, protecteurs, c'est toujours ainsi que j'avais imaginé un câlin paternel. Je prends une profonde inspiration et je ferme les yeux. L'odeur de sa veste en cuir se mêle aux effluves épicés de son eau de Cologne, un parfum qui restera à jamais celui de mon père. Il relâche enfin son étreinte et me tient à bout de bras.

« Quand est-ce qu'on se revoit ?

— Venez à Chicago, dis-je. Je voudrais que tout le monde puisse vous rencontrer, toi et Zoë.

— Entendu. » Il m'embrasse et me tapote le dos. « Allez, vas-y, avant de rater ton vol.

— Attends. J'ai quelque chose pour toi. » Je fouille dans mon sac et en sors le journal intime de ma mère. « Je veux que tu le prennes. »

Il le prend délicatement dans ses mains, comme s'il s'agissait du Saint Graal. Je vois tressaillir le muscle de sa mâchoire et je lui dépose une bise sur la joue.

« Si tu doutes un jour de son amour pour toi, il te suffira de lire ça pour tout oublier. Les sentiments d'Elizabeth sont écrits là-dedans, noir sur blanc.

— Y a-t-il d'autres journaux intimes ? Est-ce qu'elle a continué à écrire après mon départ ?

— Non. J'ai fouillé la maison de fond en comble, je me posais la même question, mais je n'ai rien trouvé. Je pense que son histoire s'est terminée quand tu es parti. »

Cinq heures plus tard, l'avion se pose à O'Hare. Je jette un coup d'œil à ma montre. 22 h 35, j'ai douze minutes d'avance. J'allume mon portable et y découvre un message d'Herbert. *On se retrouve au retrait des bagages.*

Je ne suis jamais sortie avec un homme aussi gentil. Je n'aurai pas à prendre un taxi. Ni à trimballer ces sacs toute seule. Je vais voir Herbert. Mais j'ai beau m'y efforcer, je n'arrive pas à éprouver le moindre enthousiasme. Je dois être fatiguée. Je ne pense qu'à une chose, retrouver mon petit appartement à Pilsen, me glisser dans mon lit et appeler Zoë.

Comme convenu, je le retrouve au retrait des bagages, assis dans un fauteuil en vinyle et armature métallique. Il lit ce qui me semble être un manuel scolaire. Son visage s'éclaire quand il m'aperçoit. Il saute sur ses pieds et je me glisse entre les bras du plus bel homme de tout l'aéroport.

« Bienvenue à la maison, murmure-t-il à mon oreille. Tu m'as manqué. »

Je m'écarte et le dévisage. Il est beau. Vraiment beau.

« Merci. Tu m'as manqué aussi. »

Nous restons là, main dans la main, à regarder le tapis roulant cracher les valises. Devant nous, un bébé nous regarde par-dessus l'épaule de sa mère, arborant un bandeau rose agrémenté d'une fleur vert fluo. De ses grands yeux bleus, la fillette scrute Herbert et semble apprécier ce qu'elle voit. Herbert se penche et lui sourit.

« Salut, ma puce, dit-il. Comme tu es jolie. »

Déjà séductrice à son âge, la petite affiche soudain un grand sourire qui creuse des fossettes sur ses joues. Herbert éclate de rire et se tourne vers moi.

« Qu'est-ce qu'il y a de plus transcendant qu'un sourire de bébé ? »

Il me faut une seconde pour interpréter le mot *transcendant.* Il veut sans doute dire extraordinaire. À cet instant-là, Herbert me semble transcendant, lui aussi. D'instinct, je l'embrasse sur la joue.

« Merci. »

Il incline la tête.

« Pourquoi ?

— Pour être venu me chercher à l'aéroport. Et pour savoir apprécier le sourire d'un bébé. »

Il rougit et porte son attention vers le tapis roulant.

« J'ai entendu parler d'une liste d'objectifs que tu dois remplir. »

Je grogne.

« Mon frère a une sacrée grande gueule. »

Il rit.

« L'un de ces objectifs est d'avoir un enfant, pas vrai ?

— Hm-hm. »

J'essaie de paraître décontractée mais, dans ma poitrine, un batteur sous stéroïdes se déchaîne.

« Et toi ? je lui demande. Tu veux des enfants, plus tard ?

— Absolument. J'adore les enfants. »

Ma valise tombe sur le tapis. J'avance pour l'attraper mais Herbert me retient par le coude.

« Attends, j'y vais. »

Il s'approche du tapis roulant et les yeux du bébé se posent sur moi. Elle me dévisage, comme si elle essayait de me jauger et de décider si je ferais une bonne mère. Je me souviens de mes délais impartis – fixés par mère Elizabeth et mère Nature – et j'attends de sentir déferler en moi la vague de panique habituelle. Mais elle ne déferle pas.

D'un geste ample, Herbert empoigne ma valise et revient vers moi.

« On est prêts ? demande-t-il. Tu as tout ce qu'il te faut ? »

Je regarde le bébé, comme pour obtenir confirmation. Un sourire illumine son visage. Je glisse ma main sous le coude d'Herbert.

« Oui, je crois que j'ai tout ce qu'il me faut. »

Après avoir sorti Rudy à 4 heures pour ses besoins matinaux, je retourne au lit et profite de ce dimanche pour dormir jusqu'à 9 heures. Je prends pour excuse le décalage horaire avec la côte ouest. Quand je me lève enfin, je prends mon café dans le salon ensoleillé en faisant les mots croisés de *The Tribune*, et je me sens agréablement décadente et heureuse. Rudy est roulé en boule sur le tapis à mes pieds et me regarde avancer sur la grille, case après case. Je m'extrais enfin du canapé et me traîne jusqu'à l'armoire, où je troque mon pyjama contre un jogging. J'attache la laisse de Rudy à son collier, il tourne sur lui-même, impatient de sortir. J'attrape mon iPod et mes lunettes de soleil, je pousse la porte d'entrée et descends les marches au pas de course.

Rudy et moi commençons la promenade d'une allure tranquille. Je lève le visage vers le soleil et m'émerveille de ce ciel bleu sans nuage, de la promesse d'un printemps proche. La brise de Chicago me lèche les joues mais, contrairement aux rafales haineuses et furieuses de février, le vent de cette fin mars est plus doux, plus charitable, presque tendre. Rudy m'entraîne et je suis obligée de tirer sur la laisse pour l'empêcher de m'emporter. Je regarde ma montre quand nous arrivons dans 18 th Street, j'enfile mes écouteurs et me mets à courir.

18 th Street est un couloir bourdonnant d'activité où se côtoient boulangeries mexicaines, restaurants et épiceries. Tandis que je cours sur le trottoir, je me rends compte que ma mère avait raison de me pousser à sortir des sentiers battus. Je n'aurais jamais rêvé pouvoir considérer cet endroit si modeste comme ma maison. J'imagine ma mère aux cieux, juchée sur son fauteuil de metteur en scène, brandissant son porte-voix et mettant au point chaque scène de ma vie. Herbert est désormais un personnage dans ma pièce de théâtre et je peux vraiment envisager de tomber amoureuse de lui, d'avoir des enfants – deux objectifs que je doutais de pouvoir jamais accomplir, sans parler des délais impartis.

Nous avons atteint Harrison Park quand Rudy fait enfin ses besoins. Nous nous reposons une minute, puis rentrons à la maison d'un pas tranquille. Tout au long du chemin, mon esprit se concentre sur Herbert Moyer.

Il est remarquable. Quand nous avons quitté l'aéroport hier soir, il voulait de toute évidence que je passe la nuit avec lui. Et j'étais tentée. Mais quand je lui ai dit qu'il me fallait aller chercher Rudy, que j'étais épuisée et que j'avais envie de dormir dans mon propre lit, il s'est montré très compréhensif. Je suis certaine que le mot *gentleman* a été créé pour Herbert Moyer. Et c'est l'homme le plus galant que j'aie connu. Il m'ouvre la porte, tire ma chaise… Je jure que si je le lui demandais, il porterait mon sac à main. Je ne me suis jamais sentie aussi adorée.

Alors une question me trotte dans l'esprit : pourquoi n'ai-je pas passé la nuit avec lui ? Qu'il y ait eu un chien ou non, rien n'aurait pu me tenir à distance d'Andrew. Et cela n'a rien à voir avec les qualités amoureuses d'Herbert. C'est un amant merveilleux – bien plus attentionné qu'Andrew. Herbert est l'homme dont j'ai toujours rêvé et celui que ma mère aurait voulu pour moi.

Mais une part de moi-même résiste à son amour. Je m'inquiète parfois d'être incapable d'entretenir une relation « normale » car, pour être parfaitement honnête, je trouve parfois la gentillesse et les attentions d'Herbert étouffantes. J'ai peur de m'être habituée aux types froids et détachés comme Charles Bohlinger ou Andrew Benson, d'être plus à l'aise avec eux. Mais je ne peux pas, je refuse de tout faire foirer. Je suis bien plus sage, à présent, plus avisée, et il est hors de question que mon passé détruise mon avenir. Les hommes comme Herbert Moyer sont aussi rares que les sacs à main Vuitton authentiques. Je dois remercier ma bonne étoile de m'avoir permis de trouver ce trésor.

Dans le lointain, j'aperçois ma maison. Je détache la laisse de Rudy et nous faisons la course jusqu'à la porte. Sur un coin de la table, le voyant rouge de mon téléphone portable clignote. Herbert veut que je vienne l'aider à choisir ses tabourets de bar. Il doit être impatient d'y aller. J'écoute mon répondeur.

« Brett, ici Jean Anderson. Sanquita est sur le point d'accoucher. Je l'emmène au Cook County Memorial. Elle vous demande. »

25

Le sang me martèle les tempes. Je descends les marches quatre à quatre et tambourine à la porte de Selina et Blanca, hors d'haleine, pour leur demander si elles peuvent garder Rudy. En chemin vers l'hôpital, j'appelle Herbert.

« Salut, dit-il. J'allais t'appeler. Tu peux être prête d'ici une heure ?

— Il va falloir que tu fasses tes courses sans moi. Je vais à l'hôpital. Sanquita va accoucher.

— Je suis désolé. Je peux faire quelque chose ?

— Prie pour elle. Elle est sept semaines en avance. Je suis vraiment inquiète, pour elle et pour le bébé.

— Oui, bien sûr. Dis-moi si je peux faire quoi que ce soit pour aider. »

L'entrée de l'hôpital se dresse devant moi, menaçante. Je ralentis.

« Merci. Je te rappelle dès que je peux. »

Je raccroche et m'émerveille de la compassion d'Herbert. Andrew n'aurait jamais pu comprendre que j'aie besoin d'être aux côtés de Sanquita en cet instant. Il m'aurait fait culpabiliser d'avoir gâché ses projets. Herbert est un prince, c'est indéniable.

Mlle Anderson se hisse hors d'un fauteuil en vinyle

noir et se précipite vers moi quand j'entre dans la petite salle d'attente. Elle m'empoigne le bras et nous avançons dans le couloir comme une seule personne.

« Ça s'annonce mal, me dit-elle, ses paupières lourdes pendant au-dessus de ses yeux. Ils sont en train de faire une césarienne en urgence. Son niveau de potassium est trop élevé. Ils craignent un arrêt cardiaque. »

Exactement ce dont le docteur Chan nous avait averties.

« Comment va le bébé ?

— En détresse. » Elle hoche la tête et porte un mouchoir à son nez. « Tout ça ne devrait pas arriver. Cette fille a bien trop de vie en elle. Et le bébé a survécu jusqu'à présent, il ne peut pas mourir aujourd'hui.

— Ils ne vont pas mourir, dis-je d'un ton bien plus convaincu que je ne le suis vraiment. Ne perdez pas la foi. Tout le monde va s'en sortir. »

Elle me scrute, les sourcils froncés.

« Vous autres, vous pensez que tous les orages se terminent par un bel arc-en-ciel. Ça ne marche pas comme ça, dans la vie des gens de couleur. Cette histoire n'aura pas de fin heureuse. Autant que vous le sachiez tout de suite. »

Je fais un pas en arrière, poignardée par une dague de terreur.

Vingt minutes plus tard, un médecin entre dans la salle d'attente en retirant son masque en papier. C'est une jolie blonde qui aurait l'air plus à sa place dans une équipe de cheerleaders de lycée que dans une salle d'accouchement.

« Sanquita Bell ? » demande-t-elle en parcourant la salle du regard.

Jean et moi jaillissons des chaises et la rejoignons au milieu de la pièce.

« Comment va-t-elle ? » je demande.

Mon cœur bat si fort que j'ai peur de m'évanouir avant d'avoir entendu sa réponse.

« Je suis le docteur O'Connor. Mademoiselle Bell a donné naissance à une petite fille d'un kilo cent.

— En bonne santé ? » j'arrive à croasser.

Le docteur O'Connor prend une inspiration.

« Elle est dans un état de malnutrition avancé et ses poumons ne sont pas entièrement développés. J'ai demandé qu'elle soit mise en couveuse et sous respiration assistée jusqu'à ce qu'elle puisse respirer par elle-même. Ils l'ont emmenée au SNSI – service néonatal de soins intensifs. Pour tout vous dire, cette petite cacahuète est un vrai miracle. »

Je porte la main à ma bouche et j'éclate en sanglots. Les miracles arrivent, ai-je envie de dire à Jean. Mais ce n'est pas le moment de bavasser.

« Est-ce qu'on peut voir Sanquita ?

— On est en train de la transférer en soins intensifs. Le temps que vous y montiez, elle sera installée.

— En soins intensifs ? Elle va s'en tirer, hein ? »

Je scrute les yeux du docteur O'Connor qui m'adresse un sourire forcé.

« On a assisté à un miracle, aujourd'hui. On peut en espérer un deuxième. »

Le trajet en ascenseur jusqu'au quatrième étage semble durer une éternité.

« Allez, dis-je en appuyant sans cesse sur le bouton.

— Il faut que vous sachiez quelque chose. »

Le ton grave de Jean m'inquiète et je me tourne

vers elle. Dans la lumière fluorescente de la cabine, chaque ride de son visage est accentuée. Ses yeux noirs me détaillent sans ciller.

« Sanquita est en train de mourir. Son bébé va sans doute mourir aussi. »

Je me détourne et regarde les numéros qui défilent au-dessus de la porte.

« Peut-être que non, je murmure.

— Ce matin, elle m'a dit que si elle mourait, elle voulait que vous adoptiez son bébé. »

Je m'affale contre la paroi de la cabine et me prends la tête entre les mains.

« Je ne peux pas… Je ne… »

Mon visage se décompose et les larmes m'étouffent. Elle hoche la tête et fixe les plaques de polystyrène au plafond.

« Je l'ai prévenue que vous n'auriez sûrement pas envie d'un bébé métisse. »

Une décharge électrique m'assaille. Chaque fibre de mon être, chaque terminaison nerveuse vibre simultanément.

« La couleur de peau de ce bébé n'a rien à voir là-dedans. Vous comprenez ? Rien du tout ! C'est un honneur sans pareil qu'elle ait pu penser à moi pour élever son enfant. » Je prends une profonde inspiration et je frotte ma gorge pour faire passer la boule qui vient de s'y loger. « Mais Sanquita va survivre. Elles vont survivre, toutes les deux. »

Le rideau autour du lit de Sanquita a été tiré ainsi que les stores aux fenêtres, créant une tanière sombre de tubes et de voyants clignotant. Elle dort, ses lèvres gercées sont fermées et sa respiration jaillit en spasmes irréguliers. Son visage est gonflé de fluides, sa peau tendue comme une ampoule sur le point d'éclater. Ses paupières closes sont boursouflées et comme noircies au charbon. Je prends sa main inerte dans la mienne et écarte les cheveux de son visage immobile.

« On est là, ma chérie. Repose-toi, maintenant. »

Une légère odeur d'ammoniac m'emplit les narines. Une urémie, une accumulation de déchets dans le sang, comme je l'avais lu. La terreur me gagne.

Jean trottine autour du lit, borde les couvertures et lisse l'oreiller. Mais quand elle a épuisé sa liste de tâches à accomplir, elle se contente de scruter Sanquita.

« Rentrez chez vous, lui dis-je. On ne peut rien faire pour l'instant. Je vous appelle quand elle se réveillera. »

Elle regarde sa montre.

« Il faut que je retourne au foyer mais, d'abord, allez donc jeter un œil à son bébé. J'attends votre retour ici avec Sanquita. »

Une double porte verrouillée m'empêche d'entrer au SNSI. À côté des portes, une jolie infirmière blonde est assise derrière une borne de réception fermée. Elle sourit à mon approche.

« Je peux vous aider ?

— Oui. Je suis venue voir… » Je me rends soudain compte que ce bébé n'a pas encore de nom. « Je suis venue voir le bébé de Sanquita Bell. »

Elle me dévisage comme si elle n'avait jamais entendu ce nom, puis elle acquiesce lentement.

« Le bébé qui vient d'arriver, c'est ça ? Le bébé sans domicile fixe ? »

Mon ventre se serre. Né il y a à peine une heure, cet enfant a déjà une étiquette sur le dos.

« Le bébé de Sanquita, oui. »

Elle décroche un téléphone et, presque aussitôt, une petite femme brune apparaît, un dossier médical à la main. Ses chaussures violettes sont ornées de personnages Disney.

« Bonjour. Je m'appelle Maureen Marble. Et vous êtes ? demande-t-elle en ouvrant le dossier.

— Je suis Brett Bohlinger. Le professeur de Sanquita. »

Elle étudie le dossier.

« Ah, oui. Sanquita vous a nommée comme soutien personnel. Je vous retrouve de l'autre côté. »

Un bourdonnement se fait entendre et les portes se déverrouillent en un cliquetis. J'entre dans un couloir à l'éclairage cru. L'infirmière Maureen réapparaît et m'entraîne plus loin.

« Nous avons neuf pouponnières au SNSI, dont chacune accueille huit couveuses. Le bébé de Sanquita est dans la chambre 7. »

Je la suis jusqu'à la chambre 7, où un vieux couple regarde ce que j'imagine être leur petit-enfant nouveau-né. Huit couveuses sont alignées dans la grande salle. Au-dessus de presque chacune d'elles, je remarque des bannières colorées scotchées au mur, où des lettres fantaisistes épellent le prénom de l'enfant. Isaiah. Kaitlyn. Taylor. Je jette un œil discret aux photos de famille déposées dans plusieurs couveuses, et aux couvertures douces et tricotées à la main qui n'ont clairement pas été fournies par l'hôpital.

Maureen me montre une couveuse isolée dans un coin, au fond de la pièce. Elle est solitaire, dénuée de toute marque d'affection.

« La voilà. »

Le petit carton d'identification devant la couveuse

annonce BÉBÉ FILLE. Je ferme les yeux. Ils auraient tout aussi bien pu écrire BÉBÉ X.

Je regarde dans le petit berceau en plastique. Un bébé miniature de la taille d'une règle d'écolier dort, vêtu d'une simple couche aussi petite que celle d'une poupée et d'un bonnet rose pâle. Trois patchs ont été collés sur son torse et son ventre, d'où jaillissent des câbles reliés à divers moniteurs. Une seringue fixée par un pansement est enfoncée dans une veine de son pied et un fin tube rempli d'un liquide blanc serpente dans ses narines. Autour de son crâne à peine plus gros qu'une pomme, deux élastiques maintiennent en place un appareil en plastique transparent qui lui couvre la bouche et le nez.

Je porte la main à ma poitrine et me tourne vers Maureen.

« Elle va s'en sortir ?

— Elle devrait, oui. Le masque que vous voyez est un module de respiration artificielle, m'explique Maureen. Il insuffle une ventilation continue. Ses poumons ne sont pas encore totalement développés. Ce dispositif l'aidera jusqu'à ce qu'elle puisse respirer seule. Vous voulez la prendre dans vos bras ?

— La porter ? Oh, non. Non, merci. Je risque de débrancher quelque chose. » Je me racle la gorge pour étouffer un rire nerveux. « Je préfère que Sanquita soit la première à la prendre dans ses bras. »

Elle me décoche un regard en coin.

« Prenez votre temps pour faire connaissance avec Bébé Fille. Je reviens. »

Je reste seule devant ce nouveau-né fripé, un véritable coussin à aiguilles d'où sortent quantité de seringues et de tubes. Son visage rond est pincé, comme si elle était légèrement embêtée d'être loin de sa maman.

Sa peau couleur caramel est encore couverte d'un léger duvet et semble quelques tailles trop grande pour elle. Elle s'étire, écarte les doigts et j'aperçois cinq petites allumettes. Ma gorge se serre.

« Bébé Fille », je murmure mais les mots semblent froids et impersonnels.

Je me remémore l'histoire déchirante du frère de Sanquita, un garçon trop sensible pour survivre au monde qui l'avait vu naître. Je dépose un baiser sur mon doigt et le colle sur la vitre derrière laquelle j'aperçois le visage endormi de Bébé Fille.

« Austin, je murmure. Bienvenue, ma belle Austin. »

En pensant au passé d'un petit garçon et à l'avenir de ce nouveau-né, à ces raisons que je connais et à celles que j'ignore encore, je ferme les yeux et je pleure.

Jean bondit du fauteuil inclinable quand je reviens dans la chambre de Sanquita.

« Comment va le bébé ?

— Très bien, dis-je en essayant de me montrer plus optimiste que je ne le suis réellement. Allez la voir. »

Jean hoche la tête.

« Sanquita vous a choisie comme soutien personnel. Elle vous a choisie, vous. »

Je cherche un signe de déception ou, pire, de désapprobation. Mais, à mon grand étonnement, le visage de Jean ne manifeste aucun de ces sentiments. Je m'approche du lit de Sanquita. Elle est étendue sur le dos, endormie, dans la même position qu'à mon départ, son visage gonflé n'est que la caricature cruelle de la jolie fille qu'elle était avant.

« Ton bébé est superbe, Sanquita. »

Jean attrape son sac à main.

« Ça ira si je vous laisse seule ?

— Tout ira bien. »

Elle s'essuie les yeux avec un mouchoir. « Appelez-moi dès qu'elle se réveille.

— Je n'y manquerai pas. C'est promis. »

Elle se penche et caresse la joue de Sanquita.

« Je reviens, ma petite chouquette. » Sa voix se brise. « Tiens le coup, tu m'entends ? »

Je me tourne vers la fenêtre et presse ma main contre ma bouche en ravalant mes larmes. Puis je sens que Jean s'est placée à mes côtés. Elle tend le bras vers moi mais retire sa main avant de m'avoir touchée.

« Prenez soin de vous, murmure-t-elle. J'ai peur que ce bébé ait bientôt besoin de vous. »

Toutes les demi-heures, une infirmière vient surveiller les fonctions vitales de Sanquita mais rien ne bouge. Les heures défilent comme des grains dans un sablier. J'approche une chaise en bois du lit, si près de Sanquita que j'aperçois chacune de ses respirations difficiles. Je passe la main entre les barreaux métalliques du lit et trouve la sienne. Alors qu'elle dort encore, je lui décris son magnifique enfant et la mère incroyable qu'elle va devenir.

En fin d'après-midi, une jeune femme entre dans la chambre sombre. Elle porte une blouse blanche et des mèches blondes s'échappent de sa coiffe bleue. Elle farfouille dans la table de chevet de Sanquita et sursaute en m'apercevant de l'autre côté du lit.

« Oh, je ne vous avais pas vue. Je cherche son menu. Est-ce qu'elle l'a rempli ?

— Elle ne mangera pas ce soir, merci. »

Ses yeux détaillent la silhouette inerte de Sanquita.

« Vous pensez qu'elle aura encore besoin de menus ? Enfin, soit j'en dépose un chaque jour, soit j'attends que… »

Le sang rugit dans mes tempes. Je me lève et lui arrache le menu des mains.

« Oui, elle aura besoin d'un menu demain. Déposez-en un chaque jour. C'est compris ? Chaque jour. »

À 17 heures, je me précipite à la pouponnière pour voir Austin. Après qu'on m'a ouvert la porte du SNSI, je file jusqu'à la chambre 7. Je vais droit au fond de la pièce et j'ai le souffle coupé quand je découvre la couveuse d'Austin éclairée comme une cabine de bronzage. Le masque lui recouvre encore le nez et la bouche mais ses yeux sont dissimulés derrière un bandeau. Que se passe-t-il, maintenant ? Mon cœur me martèle la poitrine. Je tourne les talons.

« Maureen ? »

Mais l'infirmière est à l'autre bout de la pièce, en pleine conversation avec le couple âgé que j'ai aperçu plus tôt. Une femme en blouse de laborantine traverse la chambre.

« Excusez-moi, dis-je en la suivant jusqu'à la porte. Vous pouvez me dire ce qui se passe avec Austin… avec Bébé Fille ? Sa couveuse est… »

Elle lève la main et s'éloigne.

« J'ai une urgence. Demandez à une infirmière. »

Je retourne dans la chambre. L'infirmière Maureen termine enfin avec les grands-parents gagas.

« Qu'y a-t-il, mademoiselle Bohlinger ?

— Qu'est-ce qui ne va pas chez le bébé de Sanquita ? Son berceau est illuminé et elle porte un bandeau. »

Une machine à l'autre bout de la chambre se met à biper comme un radio-réveil grincheux et attire l'attention de Maureen.

« C'est une photothérapie pour soigner son ictère néonatal », me dit-elle en traversant la pièce à grands pas.

Je retourne auprès d'Austin sans avoir compris ce qui cloche. Le vieil homme que j'imagine être grand-père se glisse près de moi et regarde Austin.

« Elle est à vous, cette petite ?

— Non. Sa mère est une de mes élèves. » Il me dévisage. « Votre élève ? Elle a quel âge ?

— Dix-huit ans. »

Il hoche la tête.

« Quel gâchis. »

Il retourne auprès de sa femme et chuchote à son oreille.

C'est donc ce que va subir cette enfant ? Les gens vont la traiter comme si elle était une erreur, le fruit malheureux des bêtises d'une adolescente indomptable ? Les gens la regarderont de haut parce qu'elle est pauvre et sans domicile fixe ? Je me masse les tempes et cette pensée m'horrifie.

Une jolie rousse à la peau sombre s'approche de la couveuse voisine et je lis INFIRMIÈRE LADONNA sur son badge.

« Excusez-moi », dis-je avec, cette fois-ci, le ton autoritaire d'une personne responsable.

Elle lève les yeux.

« Que puis-je pour vous ?

— Le bébé de Sanquita Bell, dis-je en montrant le berceau. Pourquoi fait-elle une séance d'UV ? »

L'infirmière sourit et révèle ses dents du bonheur qui la rendent aussitôt amicale.

« Elle est sous photothérapie pour son ictère néonatal, c'est une hyperbilirubinémie banale.

— Hyperbili... » Je m'interromps, incapable de répéter ce mot inconnu. Je me racle la gorge. « Bon, écoutez, je me fiche bien qu'il s'agisse d'hyper... billythekid. Je veux juste que vous m'expliquiez ce qui cloche chez Austin. Dans une langue compréhensible, s'il vous plaît. »

Je vois les étincelles de rire dans les yeux de l'infirmière mais elle se contente d'acquiescer.

« Très bien. L'hyperbillythekid, continue-t-elle en m'adressant un clin d'œil, c'est le terme technique pour parler de jaunisse. C'est très courant chez les prématurés. On la soigne par des lumières bleues qui aident leur petit corps à éliminer l'excédent de bilirubine. La lumière n'est pas dangereuse et Bébé Fille ne souffre pas. Son taux de bilirubine devrait se stabiliser d'ici un jour ou deux. »

Je lâche un soupir de soulagement.

« Dieu soit loué. Merci.

— Je vous en prie. Autre chose ?

— Non. Pas pour l'instant. » Je m'apprête à me tourner vers le bébé mais quelque chose me retient. « Si, encore une chose, dis-je en reposant mon regard sur l'infirmière.

— Oui ?

— Est-ce qu'on peut l'appeler Austin, et pas Bébé Fille ?

— Entendu. » Elle sourit.

Le ciel s'est assombri. J'avance vers la fenêtre pour appeler Herbert. En attendant qu'il décroche, j'observe la ville qui s'affaire en contrebas. Dehors, les gens mènent leur vie ordinaire, font leurs courses, promènent leur chien, préparent le dîner. La vie quotidienne me semble soudain miraculeuse. Ces gens ont-ils conscience de leur chance ? Une journée de shopping avec Herbert me paraît si frivole, si égoïste.

« Salut, dit-il. Où es-tu ?

— À l'hôpital. Sanquita est aux soins intensifs. Elle risque une insuffisance cardiaque.

— Oh, ma chérie, quelle mauvaise nouvelle.

— Et je ne peux rien faire, dis-je en me pinçant le nez de mon mouchoir. Son bébé est dans un état critique.

— Je viens te chercher. Je vais te préparer à dîner, on va regarder un film ou faire une promenade au bord du lac. Et je te ramène à la première heure demain matin.

— Je ne peux pas la laisser seule. Elle a besoin de moi. Tu comprends, hein ?

— Bien sûr. J'ai envie de te voir, c'est tout.

— Je t'appelle plus tard. »

Je m'apprête à raccrocher quand je l'entends ajouter quelque chose.

« Brett ?

— Oui ?

— Je t'aime. »

Je suis abasourdie. Il choisit ce moment précis pour me déclarer sa flamme ? Mon esprit s'emballe et je ne trouve rien à répondre… à part l'évidence même.

« Moi aussi », finis-je par dire avant même de décider si c'est le cas ou non.

Quand je retourne à ma chaise, les yeux de Sanquita sont grand ouverts et lucides, ils sont rivés sur moi à travers les barreaux métalliques de son lit. Ma mère est morte les yeux ouverts. Mais j'aperçois les faibles mouvements de la couverture lorsque Sanquita respire. Dieu merci. Je me penche au-dessus des barreaux.

« Félicitations, ma puce. Tu as une petite fille magnifique. »

Son regard accroche le mien et me supplie de lui en dire davantage.

« Elle va très bien, dis-je. Elle est parfaite. »

Ses lèvres gonflées tressaillent, son corps tremble. Elle pleure. J'écarte les mèches de cheveux de son front. Sa peau est glaciale.

« Tu as froid, ma chérie. »

Elle claque des dents et acquiesce presque imperceptiblement. Je regarde autour de moi mais ne vois aucune couverture supplémentaire. Quelle nouvelle torture doit donc encore endurer cette enfant ? Et où est sa mère, bon sang ? Au cours de toutes ces années de maladie, la pauvre a-t-elle jamais été réconfortée ? A-t-elle jamais senti l'étreinte aimante d'une mère ? Je n'ai qu'une envie, la prendre dans mes bras, l'aider à se sentir au chaud, en sécurité, aimée. Et c'est ce que je fais.

J'abaisse les barreaux du lit, déplace les tubes et les fils reliés à ses mains et à sa poitrine. Elle semble si fragile tandis que je la fais glisser sur le lit. Puis, avec toutes les précautions du monde, je m'allonge à côté d'elle.

Aussi doucement que si elle était en cristal, je passe mes bras autour d'elle. Je sens encore l'odeur d'ammoniac, plus forte cette fois. L'urémie. Ses fonctions vitales sont-elles encore en train de faiblir ? Mon Dieu, non ! Pas maintenant.

Je serre les couvertures autour de son corps délicat. Elle tremble de la tête aux pieds, comme si elle était traversée par un courant électrique. Je l'étreins doucement contre ma poitrine en espérant qu'elle y puise ma chaleur. Ma joue sur sa tête, je la berce et lui chantonne à l'oreille ma berceuse préférée.

« Somewhere... over the rainbow... »

J'espère qu'elle ne remarque pas le tremblement de ma voix, ni les pauses que je dois m'imposer à la fin de chaque phrase pour déloger la boule au fond de ma gorge. Au milieu de la chanson, son corps s'apaise et s'immobilise. J'arrête de la bercer, soudain prise de panique. Mais j'entends sa voix, si rauque et si faible qu'elle est à peine audible.

« Mon bébé. »

Je baisse les yeux vers elle, ignore la peau à vif qu'elle a grattée, et je m'oblige à sourire.

« Attends de la voir, Sanquita ! Elle est minuscule, à peine plus grande que ma main, mais elle a une volonté de fer, comme sa maman. Ça se voit tout de suite. Et elle a de jolis doigts longs comme les tiens. »

Une larme solitaire coule sur son visage gonflé. Mon cœur explose en mille morceaux. J'essuie sa joue à l'aide du drap en coton.

« Les infirmières s'occupent bien d'elle en attendant que tu reprennes des forces.

— Vais… pas… reprendre… des forces, murmure-t-elle.

— Tais-toi ! » Je me mords l'intérieur des joues si brutalement que j'ai un goût de sang dans la bouche. Il ne faut pas qu'elle sache à quel point j'ai peur. « Tu dois te battre, Sanquita ! Ton bébé a besoin de toi. »

Avec ce qui semble lui coûter une force herculéenne, elle lève le visage vers moi.

« Vous… Prenez… mon bébé. S'il vous plaît. »

Je déglutis avec peine.

« Ce ne sera pas nécessaire. Tu vas te remettre vite. »

Elle me scrute, les yeux fous de désespoir.

« S'il vous plaît ! »

Un sanglot me déchire le corps. Je n'essaie même plus de le dissimuler. Elle sait ce qui l'attend. Et elle a besoin de savoir ce qui attend son bébé.

« J'adopterai ton bébé, dis-je tandis que mes larmes m'étouffent. Je m'assurerai qu'elle ait une vie merveilleuse. On parlera de toi chaque jour. » Je porte la main à ma bouche et laisse échapper un gémissement. « Je lui dirai à quel point tu étais intelligente… et comme tu travaillais dur.

— Que… je… l'aimais. »

Je ferme les yeux et acquiesce jusqu'à pouvoir reprendre la parole.

« Je lui dirai que tu l'aimais plus que tout, plus que ta propre vie. »

26

Les funérailles de Sanquita sont un pauvre reflet de sa courte et courageuse existence. Trois jours après son accouchement, nous l'enterrons au cimetière d'Oak Woods, vêtue de sa robe et de son chapeau de cérémonie de fin d'études. Ses amies de Joshua House, Jean Anderson, deux professeurs de son lycée, Herbert et moi assistons aux obsèques. Près de la tombe, le pasteur de Jean prie devant le cercueil et prononce un éloge impersonnel pour cette fille qu'il n'a jamais rencontrée. Puis le groupe se disperse. Jean rentre au foyer à la hâte, les professeurs retournent à leurs classes. Je regarde Tanya, Julonia et les autres filles remonter la colline verte vers East 67th Street pour prendre le bus. Tanya allume une cigarette, en tire une longue bouffée et la passe à Julonia.

Et voilà. C'est terminé. Les dix-huit années de la vie de Sanquita ne sont plus qu'un souvenir, un souvenir qui fanera chaque jour un peu plus. À cette pensée, je frissonne.

Herbert me regarde.

« Ça va, ma chérie ?

— Il faut que j'aille à l'hôpital. »

Je tends le bras vers la ceinture de sécurité mais il m'attrape la main.

« Tu es en train de t'épuiser, entre le travail et l'hôpital. Je ne t'ai presque pas vue de la semaine.

— Austin a besoin de moi. »

Il porte ma main à ses lèvres et l'embrasse.

« Chérie, Austin reçoit toute l'attention nécessaire. Fais une pause aujourd'hui. Laisse-moi t'emmener manger dans un bon restaurant. »

Il a raison. Austin ne remarquerait sans doute pas mon absence. Mais elle me manquerait. Je le regarde droit dans les yeux en espérant qu'il comprenne.

« C'est impossible. »

Et bien sûr, il comprend. Sans le moindre soupir de frustration, il passe une vitesse et prend la direction de l'hôpital.

Je me précipite vers la couveuse d'Austin en m'attendant à voir les lumières bleues auxquelles j'ai fini par m'habituer. Mais son bandeau de protection a été retiré de ses yeux et les lampes bleues ont disparu. Elle est recroquevillée sur le ventre et j'aperçois son profil. Ses yeux sont ouverts. Je m'accroupis pour la regarder.

« Salut, ma toute petite. Tu es si jolie. »

L'infirmière LaDonna s'approche de moi.

« Son bilan sanguin s'est stabilisé. Plus besoin de photothérapie ! Vous voulez la prendre dans vos bras ? »

Au cours des deux derniers jours, alors qu'elle était sous ces lampes bleues, je glissais la main dans la couveuse pour lui caresser la peau mais je ne l'ai encore jamais portée.

« Euh, oui bien sûr. Si ça ne pose pas de problème. Je ne voudrais pas lui faire de mal. »

L'infirmière rit.

« Vous vous en sortirez très bien. Elle est bien plus costaude que vous le croyez et elle a vraiment besoin de contact humain. »

Les infirmières se sont montrées très gentilles envers moi depuis la mort de Sanquita. Elles connaissent mes projets d'adoption et me traitent à présent comme une maman plutôt que comme un simple visiteur. Mais, contrairement aux mamans assurées dont les yeux pétillent, celles qui viennent d'accoucher et que je vois autour de moi, je me sens maladroite et prise au dépourvu. Sanquita m'a confié sa fille unique. Le bien-être de ce petit extra-terrestre fripé repose sur mes épaules. Et si je n'étais pas à la hauteur, comme je n'ai pas été à la hauteur pour Peter Madison ?

L'infirmière ouvre la couveuse et prend délicatement Austin entre ses mains tout en ajustant les fils, le tube de la sonde d'alimentation et le masque. Elle replace la photo de Sanquita que j'ai déposée dans sa couveuse – la photo d'identité de sa carte d'étudiante – et attrape une couverture. Elle emmaillote Austin dedans.

« Les bébés aiment se sentir à l'étroit », me dit-elle en me tendant la petite.

Austin pèse autant qu'une plume. Elle a perdu cinquante grammes depuis sa naissance et l'infirmière me dit que c'est normal, mais je ne peux m'empêcher d'être inquiète. Contrairement aux nourrissons en bonne santé, Austin n'a pas de marge de poids à perdre. Je la place dans le creux de mon bras, elle s'y perd presque. Son front se plisse et le masque devant sa bouche étouffe son cri minuscule.

« Elle pleure. »

Je tends le paquet à l'infirmière pour qu'elle reprenne Austin, mais elle n'en fait rien. Je réajuste la position d'Austin et la serre contre moi, mais les pleurs silencieux et déchirants continuent.

« Qu'est-ce que je fais de mal ?

— Elle a été ronchon toute la journée. » Du bout de l'index, l'infirmière se tapote le menton. « Vous savez ce que je pense ?

— Euh, que je suis une mère complètement nulle ? »

Elle me fait taire d'un geste de la main et hoche la tête.

« Mais non ! Vous serez une très bonne mère. Je pense qu'Austin a besoin d'un instant kangourou.

— C'est exactement ce que je me disais ! Allez, LaDonna, vous savez bien que vous parlez à une petite nouvelle… Et je ne parle pas d'Austin ! Qu'est-ce que les kangourous viennent faire là-dedans ? »

Elle rit.

« La méthode kangourou est l'établissement d'un contact peau contre peau entre la mère et son prématuré, comme un bébé kangourou dans la poche de sa mère. Les nourrissons ont besoin d'un contact physique pour tisser des liens, et les études démontrent aussi que, en portant un prématuré contre sa poitrine, la mère aide son enfant à stabiliser ses mouvements respiratoires et cardiaques. Elle l'aide à économiser les calories et à prendre du poids plus vite, et elle l'aide aussi à réguler sa température corporelle. Le corps de la mère agit comme une couveuse grandeur nature.

— C'est vrai ?

— Oui. La poitrine de la mère change de température en accord avec les besoins du bébé. Les nourrissons sont plus satisfaits, moins sujets à l'apnée, et il y a encore beaucoup d'autres avantages. Vous voulez essayer ?

— Mais je ne suis pas la mère… pas la mère biologique.

— Raison de plus pour resserrer les liens avec elle. Je vais tirer les rideaux pour que vous ayiez un peu d'intimité, toutes les deux. Pendant ce temps, déshabillez Austin. Retirez-lui tout, sauf sa couche. Vous voulez que j'aille vous chercher une chemise d'hôpital, ou vous préférez simplement défaire les boutons de votre chemisier ?

— Euh… je vais juste déboutonner mon chemisier. Vous êtes sûre que ça va marcher si je ne suis pas sa vraie mère ? Je serais bien embêtée qu'elle attrape froid parce que je n'étais pas un bon kangourou. »

LaDonna éclate de rire.

« Ça va marcher, dit-elle avant de retrouver son sérieux. Et Brett, vous vous souvenez quand vous m'avez demandé de ne plus appeler Austin *Bébé Fille* ?

— Oui.

— Vous pourriez arrêter de dire que vous n'êtes pas sa mère ? »

Je prends une profonde inspiration et j'acquiesce. « Entendu. »

Je m'installe dans le fauteuil inclinable, entourée par les rideaux. J'ai déboutonné mon chemisier et retiré mon soutien-gorge. L'infirmière place Austin sur ma poitrine et le bébé prend pour oreiller la courbe de mon sein gauche. Ses petits cheveux duveteux me chatouillent et je frémis. LaDonna pose une couverture sur le bébé.

« Profitez-en bien », dit-elle avant de disparaître derrière le rideau.

Attendez, ai-je envie de crier. *Combien de temps suis-je censée rester comme ça ? Vous pourriez m'apporter un livre ou un magazine ?*

Je laisse échapper un soupir. Je glisse délicatement la main sous la couverture et la pose sur le dos nu d'Austin. Il est tellement doux. Je sens les mouvements rapides de sa respiration. En baissant les yeux, je vois ses fins cheveux sombres. Son visage, de profil, n'est plus tordu par un pleur grimaçant. Elle cligne des paupières et m'informe qu'elle est réveillée.

« Salut, Austin. Tu te sens triste aujourd'hui, ma puce ? Je suis tellement désolée que ta mère soit morte. On l'aimait tant, pas vrai ? »

Elle cligne des yeux comme si elle m'écoutait.

« Ce sera moi, ta maman, je lui murmure. C'est assez nouveau pour moi, alors il va falloir que tu sois indulgente avec moi, d'accord ? »

Austin garde les yeux fixés droit devant elle.

« Je vais faire des erreurs, autant que tu le saches tout de suite. Mais je te promets de faire tout mon possible pour que ta vie soit douce, agréable et heureuse. »

Austin blottit le nez dans mon cou. Je ris doucement et frotte ma joue contre sa tête duveteuse.

« Je suis si fière que tu sois ma fille. »

Sa respiration ralentit et elle ferme les yeux. Je regarde ce cadeau magnifique et je déborde soudain d'un amour si vif, si instinctif que j'en ai le souffle coupé.

Presque aussitôt, LaDonna passe la tête par le

rideau. « Les heures des visites sont terminées », murmure-t-elle.

Je jette un coup d'œil à la pendule. « Déjà ?

— Vous êtes ici depuis quasiment trois heures.

— C'est une blague.

— Non. Austin a l'air satisfaite, maintenant… et vous aussi. Comment ça s'est passé ?

— C'était… » J'embrasse Austin sur le sommet du crâne, en quête d'un adjectif. « Magique. »

Je rallonge Austin dans sa couveuse et l'embrasse pour lui souhaiter bonne nuit, quand je vois la carte d'étudiante plastifiée de Sanquita – la seule photo que Jean ait pu trouver d'elle. Je redresse l'image contre la paroi de la couveuse, juste dans le champ de vision du bébé. Je prends note d'en apporter une autre demain.

Une photo de moi.

Mon cerveau rationnel sait que n'importe quel corps humain chaud produirait le même résultat sur Austin, mais le fait d'observer la transformation de cet enfant est une expérience presque spirituelle. Au bout d'à peine sept jours de peau contre peau, elle est passée du masque d'assistance respiratoire au simple tube nasal. Sans l'interférence de cet énorme masque en plastique, je vois enfin ses lèvres joliment retroussées et son petit museau. Depuis sa naissance neuf jours plus tôt, elle a repris le poids qu'elle avait perdu ainsi que cinquante grammes supplémentaires et elle ressemble de moins en moins à un extraterrestre.

Il est 15 heures et je traverse le parking de l'hôpital au pas de course, mon portable à l'oreille. Chaque jour depuis la naissance d'Austin, je me réveille avant l'aube pour arriver au bureau avant 7 heures. Je travaille pendant ma pause de midi et je termine mon dernier cours à 14 h 30. Ce qui m'accorde quatre heures magnifiques avec Austin.

« Ce truc de kangourou est un vrai miracle, dis-je à Shelley au téléphone. Austin est bientôt prête à respirer toute seule. Elle fait de son mieux pour coordonner ses inspirations avec sa déglutition et sa respiration. Elle y arrive presque, et puis, après ça, ils retireront la sonde et les perfs. Elle est tellement adorable, Shel. J'ai hâte que vous la rencontriez. Tu as reçu les photos, hein ? »

Shelley rit.

« Oui. Elle est mignonne. Mon Dieu, Brett, on dirait vraiment une maman quand tu parles d'elle. »

J'ouvre la porte de l'hôpital à la volée.

« Ouais, eh bien espérons que je ne traumatise pas cette pauvre enfant avec toutes mes peurs, mes névroses et mon sentiment d'insécurité.

— Tu as raison. Espérons. »

Nous rions ensemble.

« Bon, écoute, je suis arrivée. Fais un bisou aux enfants pour moi. Et dis bonjour à Jay de ma part. »

Je range le téléphone dans ma poche et avance vers l'ascenseur. Je souris en me demandant quelle petite surprise nous attend aujourd'hui. Jusqu'à présent, Herbert n'a manqué aucun jour. Puisqu'il n'a pas le droit aux visites, il envoie des paquets au bureau des infirmières, à l'intention d'Austin et moi. C'est devenu une sorte de rituel cérémonieux avec les infirmières et même avec certaines mères qui se regroupent pour me regarder déballer le nouveau cadeau quotidien d'Herbert. Je crois même qu'elles attendent ces surprises avec plus d'impatience que moi. LaDonna adore le porte-clés en argent qu'il a fait graver avec la date de naissance d'Austin. Je l'aime beaucoup mais mon cadeau préféré reste la photo d'Austin et moi que j'ai prise et que je lui ai envoyée. Il l'a imprimée en deux exemplaires et les a fait encadrer. Sur mon cadre en argent, on peut lire MÈRE ET FILLE, et sur le cadre rose et blanc d'Austin, MAMAN ET MOI.

Mais quand j'arrive aujourd'hui, on dirait que le quatrième étage du bâtiment a déjà reçu une surprise. Devant moi, j'aperçois une femme encadrée par LaDonna, Maureen et un vigile. Ils sont massés près de la porte verrouillée du SNSI. Les longs cheveux jaunâtres de la femme ont la texture de la paille sèche au mois d'août et, même sous son énorme manteau en fausse fourrure, elle paraît squelettique.

« Je vais nulle part, moi. » Elle articule mal et titube sur ses talons hauts rouges. « J'ai le droit de voir ma petite-fille. »

Oh, mon Dieu, la pauvre femme doit être ivre. Quelle tristesse pour sa fille et sa petite-fille. LaDonna m'aperçoit et m'adresse un regard d'avertissement. Je ralentis et tourne les talons mais les échos de l'échange houleux me poursuivent.

« Madame, je vous demande de partir tout de suite, lui dit le vigile. Ou je vais devoir appeler la police.

— Vous allez pas appeler la police. J'ai rien fait de mal. J'ai fait toute la route depuis Detroit. Je pars pas d'ici tant que je l'ai pas vue, pigé ? »

Oh, mon Dieu ! Je tourne à l'angle du couloir, hors de vue, et m'affale contre le mur. Serait-ce la mère de Sanquita ? Un bruit de pas qui se rapproche. Des cris qui s'amplifient.

« Posez pas vos sales pattes sur moi, putain ! Vous

voulez que je vous colle un procès au cul, espèce de fils de pute ? »

Ils apparaissent à l'angle et elle est si proche de moi que je sens l'odeur de cigarette qu'elle dégage. Son visage est presque incolore, comme du porridge, et crispé en une grimace de colère. J'aperçois ses dents noires et pourries. La première pensée qui me vient à l'esprit, c'est qu'elle est accro aux amphètes. L'a-t-elle été ? L'est-elle encore ? Les paroles de Sanquita me reviennent en mémoire. *Je sais très bien pourquoi elle n'a pas entendu mes frères hurler. Quand je suis rentrée de l'école, j'ai tout jeté dans les toilettes.*

Le vigile lui empoigne le bras et la traîne presque jusqu'à l'ascenseur sans prêter attention aux insultes qu'elle lui crache au visage. Elle passe devant moi et me regarde, les yeux plissés, comme pour me voir mieux. Je retiens mon souffle et fais un pas en arrière. Sait-elle qui je suis ? Sait-elle que je vais devenir la maman d'Austin ? Une vague de peur instinctive me traverse.

Le vigile la pousse mais elle tord le cou pour me fixer de ses yeux gris et froids.

« Qu'est-ce que tu regardes, connasse ? »

Ma compassion s'évanouit aussitôt. À la place, un sentiment primitif s'installe, un instinct maternel protecteur, et je sais que je suis prête à mourir – ou à tuer – pour assurer la sécurité d'Austin. Cette constatation me laisse horrifiée, ébahie et étrangement fière.

27

Le service néonatal bourdonne de conversations. LaDonna m'attrape par le coude dès qu'elle me voit et m'entraîne dans un coin au calme. « On a un problème, murmure-t-elle.

— C'était la mère de Sanquita ? » je lui demande, bien que je connaisse déjà la réponse.

Elle acquiesce et regarde autour d'elle pour s'assurer que personne ne peut l'entendre.

« Tia Robinson. Elle était tellement camée ou ivre… ou je ne sais quoi… elle n'arrivait presque pas à marcher. » Un nouveau vent de panique souffle en moi.

« Elle est venue chercher sa petite-fille… »

LaDonna hoche la tête comme si l'idée était folle. Je porte la main à ma gorge et m'efforce de contenir la bile amère qui y monte.

« Elle pourrait ? C'est possible qu'elle puisse avoir la garde du bébé ? »

Elle hausse les épaules.

« J'ai vu des choses bien plus étranges se produire. Si un proche se manifeste et accepte de prendre l'enfant, il arrive très souvent que sa demande soit acceptée. Pour les services sociaux, c'est une affaire en moins à gérer.

— Non ! Pas elle. Je refuse que ça se passe comme ça. Je vais adopter Austin. Je vous l'ai dit, c'était la dernière volonté de Sanquita.

— Écoutez, je trouve ça merveilleux mais ce n'est pas de votre ressort. Avez-vous parlé avec Kirsten Schertzing, l'assistance sociale de l'hôpital ?

— Non », dis-je en me sentant soudain idiote. Pourquoi ai-je conclu qu'il me serait facile de récupérer cette petite orpheline sans domicile fixe ? « J'avais l'intention de prendre contact avec l'assistante sociale de l'hôpital mais j'ai été si occupée avec Austin…

— Je vais appeler Kirsten sur-le-champ. Si elle est disponible, vous pourrez peut-être aller la voir aujourd'hui. »

Elle disparaît dans le bureau des infirmières et en revient bientôt avec un post-it.

« Elle s'apprête à entrer en réunion. Mais elle peut vous recevoir demain à 16 heures. Son bureau est au premier étage, salle numéro 214. J'ai tout noté. »

Elle me tend le post-it. J'ai la tête qui tourne et je scrute le papier.

« Vous risquez d'avoir une bataille à mener. Mme Robinson est persuadée que cette enfant est à elle.

— Pourquoi ? Elle ne voulait même pas élever sa propre fille. »

LaDonna laisse échapper un petit soupir.

« Ce n'est pas compliqué. Elle veut toucher l'argent. Austin aura droit à une allocation mensuelle d'environ mille dollars pendant dix-huit ans. »

Une peur noire et atavique m'étreint soudain. Cette femme est déterminée à récupérer mon bébé pour un motif aussi sinistre et aussi vieux que le monde.

Et c'est la grand-mère maternelle d'Austin. Je ne

suis que le professeur de Sanquita, qu'elle a connu à peine cinq mois.

Je passe les deux heures suivantes derrière les rideaux, Austin sur ma poitrine, et je chante en chœur avec le cadeau d'Herbert – aujourd'hui, c'est un iPod où il a téléchargé un ensemble de chansons parfaites pour une toute jeune maman, *I Hope You Dance* et *You Make Me Feel Like a Natural Woman*. Je suis touchée. Il a dû lui falloir des heures pour tout rassembler. Mais vais-je être maman ? Mon cœur se serre. Je regarde Austin et essaie de chanter en chœur avec Alison Krauss.

« *It's amazing how you can speak right to my heart.* »

Son poing minuscule émerge de la couverture, elle bâille et referme les yeux. Je ris à travers mes larmes et lui caresse le dos. Une main se pose soudain sur mon épaule et me fait sursauter.

« Vous avez de la visite, Brett. Il vous attend dans le hall d'entrée. »

Je suis étonnée de voir mon frère à la porte du SNSI. Il est en costume et cravate, de toute évidence il est venu directement après le travail.

« Joad, qu'est-ce que tu fais ici ?

— C'est plutôt compliqué de te joindre, ces dernières semaines. » Il se penche et me dépose une bise sur la joue. « Il paraît que tu as une nouvelle petite copine. Catherine est gaga quand elle regarde les photos que tu as envoyées.

— Quelque chose d'horrible vient de se produire. La mère de Sanquita est arrivée aujourd'hui. Elle pense pouvoir me prendre mon bébé. » L'hystérie me gagne alors que je me remets en mémoire l'affreuse scène. « C'est impossible, Joad ! Je ne la laisserai pas faire. »

Il incline la tête et plisse le front.

« Et comment comptes-tu t'y prendre pour l'en empêcher ?

— Je vais adopter l'enfant.

— Allez, viens, on va boire un café. » Il me regarde de la tête aux pieds. « Non, mieux, on va aller dîner. À quand remonte ton dernier repas ?

— Je n'ai pas faim.

— Viens, s'il te plaît. Tu vas manger et, après, tu me raconteras tout en détail. »

Il me tire par le bras mais je me dégage de son étreinte.

« Non ! Je ne peux pas m'éloigner. Cette femme risque de revenir pour prendre Austin. »

Il me dévisage, les yeux écarquillés et inquiets.

« Reprends-toi ! Tu ne ressembles à rien. Tu as dormi, depuis deux semaines ? Ce bébé n'ira nulle part. » Il fait un geste en direction de l'infirmière Kathy au bureau d'admission. « On revient très vite.

— Dites bien à LaDonna de ne pas perdre Austin de vue un seul instant », je m'écrie tandis que Joad me tire vers l'ascenseur.

Assis sur la banquette en plastique au fond de la cafétéria de l'hôpital, Joad soulève une assiette de spaghettis posée sur un plateau orange et la dépose devant moi.

« Mange, m'ordonne-t-il. Et, entre deux bouchées, explique-moi ce que tu comptes faire avec le bébé de Sanquita. »

Je n'aime pas sa façon de dire *le bébé de Sanquita*,

comme si le destin d'Austin était encore arbitraire. Je déroule ma serviette maintenue par un rond en carton, et j'y trouve un couteau et une fourchette à l'intérieur. Les spaghettis me retournent l'estomac mais je me force à manger. Je dois mobiliser toute mon énergie pour mâcher et avaler chaque bouchée. Je repose la fourchette et me tamponne la bouche avec la serviette en papier.

« C'est mon bébé. Je vais l'adopter. »

Il m'écoute tandis que je lui rapporte la dernière volonté de Sanquita, que je lui parle de Mme Robinson et de la scène qu'elle a faite plus tôt.

« Demain, je rencontre l'assistante sociale. Je vais sauver cette enfant. Elle a besoin de moi. Et je l'ai promis à Sanquita. »

Il me dévisage en sirotant son café. Quand il repose enfin sa tasse, il hoche la tête.

« Maman t'a vraiment joué un sale tour avec cette histoire d'objectifs, hein ?

— Comment ça ?

— Tu n'as pas besoin de ce bébé. Tu donneras naissance à ton propre enfant, un jour ou l'autre. Ça te prendra peut-être plus longtemps mais ça se fera. Il faut juste que tu sois patiente.

— Je veux cette enfant-là, Joad. Ça n'a rien à voir avec les objectifs de maman. J'ai besoin de ce bébé et elle a besoin de moi. »

Il ne semble pas m'entendre.

« Bon, écoute, tu dois commencer à être à court d'argent. Je serais ravi de te prêter… »

Je le dévisage, horrifiée.

« Tu crois que je fais tout ça pour récupérer l'héritage ? » Je lève les yeux au plafond. « Bon sang, Joad ! Tu penses que je suis aussi vénale que la mère de Sanquita ! » Je repousse mon assiette et m'accoude à la table. « Je me fous bien de l'héritage. Je donnerais jusqu'au moindre centime, si cela me permettait de garder ce bébé. Tu m'entends ? Le. Moindre. Putain. De. Centime ! »

Il recule comme si je l'effrayais soudain.

« Très bien, l'argent n'a rien à voir là-dedans. Je trouve quand même que tu n'envisages pas les choses à long terme. Maman a planté cette graine dans ton esprit et te voilà obsédée. Cette fillette ne nous ressemble pas, Brett. Elle est d'origine quoi ? Hispanique ? Arabe ? »

À cet instant, je ne vois plus mon frère. Je vois son père, Charles Bohlinger, qui hoche la tête et se demande pourquoi j'ai choisi d'aller au bal de fin d'année avec ce pauvre Terrell Jones. Ma tension monte soudain.

« Sa mère était métisse. C'était une jeune fille pauvre et sans abri, elle a grandi dans les quartiers pauvres de Detroit. Je ne sais pas de quelle origine est le père parce que c'était un coup d'un soir. Voilà ! Ta curiosité est satisfaite ? »

Il se pince l'arête du nez.

« Eh ben, sacré héritage génétique. Et qu'en pense Herbert ?

— Va te faire foutre, Joad, dis-je en me penchant vers lui. J'aime ce bébé. Je l'adore. Nous avons tissé des liens. Tu verrais comment elle se blottit contre moi quand je la prends dans mes bras. Et, pour ta gouverne, Herbert me soutient totalement, même si je ne vois pas trop ce que ça change dans l'histoire. »

Il cligne plusieurs fois des paupières.

« Tu es sérieuse ? Cet homme est amoureux de toi. Il envisage votre relation sur le long terme. »

Je le fais taire d'un geste de la main.

« C'est un peu prématuré, tu ne trouves pas ? Il me connaît depuis à peine deux mois.

— Quand on était chez Jay la semaine dernière, il m'a parlé. Je ne sais pas, il s'est peut-être dit que comme j'étais ton grand frère, j'étais une sorte de père par procuration. Enfin bref, il m'a dit qu'il espérait avoir un avenir avec toi. Il était à la limite de me demander ta main.

— Oui, mais c'est ma décision, pas la tienne, ni celle d'Herbert, ni de personne d'autre.

— C'est un mec bien, Brett. Ne fais pas tout foirer. Sinon, tu le regretteras, crois-moi. »

Je le regarde dans le blanc des yeux.

« Et crois-moi, ce n'est pas dans mon intention. »

Je jette ma serviette sur la table et me lève sans préciser si je n'ai pas l'intention de faire foirer ma relation avec Herbert, ou si je n'ai pas l'intention de le regretter.

Quand je rentre chez moi ce soir-là, je trouve un paquet devant ma porte envoyé depuis le Wisconsin, si j'en crois l'adresse de l'expéditeur, ça vient de Carrie. Comme c'est gentil. Je le monte dans mon appartement et l'ouvre avec un couteau. J'y trouve une ménagerie entière de peluches, des livres pour enfants, des grenouillères en coton, des bavoirs, des couvertures, des chaussons. Je soulève chaque article et imagine Austin lorsqu'elle sera assez grande pour porter ces vêtements dans lesquels elle se perdrait aujourd'hui. Puis je me souviens de la femme vulgaire aux dents pourries, et de sa détermination à détruire la vie de mon enfant. Je décroche mon téléphone pour appeler Carrie.

« Je viens d'ouvrir ton super colis, dis-je en essayant de prendre une voix enjouée. C'est gentil de ta part.

— Ça nous a fait plaisir. Quand on a eu nos enfants, Sammy n'avait qu'un mois. On ne savait pas du tout ce dont il aurait besoin. Tu vas adorer l'écharpe de portage, tu verras. Et le…

— La mère de Sanquita veut récupérer Austin. » À l'autre bout de la ligne, un ange passe. « Oh, Brett, je suis désolée.

— Je pourrais à la limite éprouver un peu de compassion pour cette femme si elle n'était pas aussi horrible. » Je lui raconte l'histoire de Deonte et Austin. « Elle était camée quand Deonte est mort mais elle a accusé Austin. » Mes yeux s'embuent. « Je suis terrifiée, Carrie. Et si je n'arrivais pas à l'adopter ? La vie d'Austin sera un véritable enfer.

— Prie. Il ne reste plus qu'à prier. »

Et c'est ce que je fais. Comme j'ai prié pour que ma mère survive. Et pour que Sanquita retrouve la santé.

Dans le bureau modeste de Kirsten Schertzing, les murs sont constellés de photos d'enfants souriants et de familles, de personnes âgées en fauteuil roulant, d'amputés faisant joyeusement signe à l'objectif. L'assistante sociale zélée au regard omniscient possède de toute évidence un côté chaleureux, mais je n'ai pas encore eu l'occasion de l'entrapercevoir pour l'instant.

« Merci d'être venus, dit-elle en fermant la porte derrière nous. Asseyez-vous. »

Brad et moi nous installons côte à côte sur un canapé tandis que Kirsten prend place sur une chaise en bois face à nous et pose un dossier en plastique sur ses genoux. Elle prend des notes à mesure que je lui expose ma relation avec Sanquita, que je lui révèle sa dernière volonté de me voir adopter son bébé.

Elle soulève la page sur laquelle elle écrit pour parcourir ses notes personnelles fixées dessous.

« D'après les rapports médicaux, Sanquita est restée dans le coma après sa césarienne. Au cours des treize heures qui ont mené à son décès, personne n'a déclaré l'avoir vue reprendre connaissance… à part vous. » Tout ceci ressemble soudain à un interrogatoire. « Tout ce que je sais, c'est que ce soir-là, le jour de la naissance du bébé, elle s'est réveillée. »

Elle en prend note.

« Assez longtemps pour vous dire qu'elle voulait que vous adoptiez son enfant ? »

Mon pouls s'accélère.

« Oui, c'est exact. »

Elle écrit et écarquille les yeux.

« Quelqu'un d'autre a-t-il été témoin de la scène ?

— À l'hôpital, non. Mais le matin même, en chemin vers la maternité, elle a dit la même chose à Mlle Anderson, la directrice du foyer. » Je détourne les yeux. « Enfin, je doute qu'elle acceptera de témoigner en ma faveur au tribunal. » Je joins mes mains moites. « Sanquita m'a parlé. Ça semble fou, je sais. Mais c'est la vérité. Elle m'a suppliée d'adopter son enfant. »

Elle repose son stylo et relève enfin les yeux.

« Ce ne serait pas la première fois qu'une personne reprend connaissance assez longtemps pour dire au revoir ou pour formuler une dernière volonté.

— Alors, vous me croyez ?

— Ce que je crois n'a pas de valeur. Ce qui compte, c'est ce que croit le tribunal. » Elle se lève et retourne à son bureau. « Ce matin, Mme Robinson, très cohérente dans son discours et très polie dans ses manières, est venue me voir.

— Et qu'a-t-elle dit ?

— Je n'ai pas le droit de vous en parler. Mais il est important de noter que, dans presque tous les cas de garde d'enfant le tribunal se range en faveur de la famille. Je ne suis pas sûre que ce soit un combat que vous soyez prête à mener. »

Brad se racle la gorge.

« J'ai fait des recherches sur Tia Robinson. Elle perçoit une allocation de handicap, en rapport avec une maladie mentale. Elle fait des allers-retours en centre de désintoxication pour lutter contre l'alcoolisme et l'abus de drogues. Elle habite dans un quartier de Detroit où règne le plus grand taux de criminalité. Sanquita a trois demi-frères de pères différ… »

Kirsten ne le laisse pas terminer.

« Maître Midar, sauf votre respect, l'État veut seulement savoir si cette femme – qui est la grand-mère maternelle du bébé – a jamais été condamnée. Et bien qu'elle ait été à l'origine de plusieurs délits mineurs, elle n'est pas considérée comme une criminelle.

— Mais son fils, Deonte, celui qui est mort brûlé ? je demande. Quelle mère est capable de dormir pendant que ses enfants hurlent à l'aide ?

— J'ai fait mes recherches là-dessus. Il n'y a eu aucune condamnation. Les archives du comté indiquent qu'elle était sous la douche. Et malheureusement, un accident est si vite arrivé.

— Non. Elle était défoncée. Sanquita me l'a dit.

— Propos rapportés », disent Kirsten et Brad en même temps.

Je dévisage Brad comme s'il venait de me trahir.

Mais il a raison, bien sûr. Mon témoignage ne tiendrait jamais la route devant un tribunal.

« Mais les autres informations, dis-je. Les addictions, la maladie mentale. Ça n'a pas d'importance ?

— Pour l'instant, les examens cliniques ne révèlent aucun usage illicite. Écoutez, si nous enlevions tous les enfants des parents qui souffrent de dépression ou qui ont un passé d'addiction, la moitié de la ville serait en famille d'accueil. Dès que c'est possible, l'État s'efforce de laisser les enfants avec leurs proches. Point final. »

Brad hoche la tête.

« C'est immoral. »

Kirsten hausse les épaules.

« Et quel genre de société deviendrions-nous si les placements étaient effectués en fonction des plus belles maisons ou des familles les plus heureuses ? »

Mon esprit s'emballe. Je ne peux pas accepter que Mme Robinson récupère cette enfant. C'est impossible ! J'ai fait une promesse à Sanquita. Et je l'aime trop.

« Sanquita ne voulait pas que cette femme s'approche du bébé, dis-je. S'il faut vraiment la faire adopter par un membre de la famille, il faut trouver quelqu'un d'autre, un proche qui n'ait pas de tels problèmes.

— C'est bien beau mais personne d'autre ne s'est manifesté. Sanquita n'a pas de sœur, la grand-mère maternelle est donc sa plus proche famille. Et la mamie n'a que trente-six ans, ce n'est donc pas difficile de l'imaginer élever un bébé. »

Trente-six ans ? La femme que j'ai vue dans le couloir semblait en avoir cinquante ! Je lève les yeux et Kirsten Schertzing m'adresse un sourire compatissant. Je perds du terrain. Je fais faux bond à Sanquita.

« Que puis-je faire ? »

Elle pince les lèvres.

« Honnêtement ? Je vous suggère de commencer par maîtriser au mieux vos émotions. J'ai toutes les raisons de croire que cette affaire est déjà bouclée. Mme Robinson va obtenir la garde de sa petite-fille. »

Je cache mon visage dans mes mains et j'éclate en sanglots. Je sens la main de Brad sur mon dos. Il me caresse de la même façon dont je caresse Austin.

« Tout ira bien, B., murmure-t-il. Vous aurez un autre bébé. »

Mes sanglots sont si violents qu'il m'est impossible de lui expliquer que je ne pleure pas sur mon sort. J'aurai sans doute un autre bébé. Mais qu'adviendra-t-il d'Austin ?

28

Je passe la semaine suivante à courir chaque après-midi jusqu'à l'hôpital après mon dernier cours. Peu m'importe ce qu'a dit l'assistante sociale, je passerai mes dernières minutes auprès de ce bébé. Dès que je touche ses boucles brunes soyeuses ou que je caresse sa peau duveteuse, je prie pour que ces tendres instants s'ancrent dans sa mémoire et la suivent tout au long de sa vie.

L'infirmière LaDonna s'approche du fauteuil inclinable et se penche pour me prendre le bébé des bras.

« Kirsten Schertzing vient d'appeler. Elle voudrait que vous la recontactiez avant 17 heures. »

Mon cœur s'envole. Mme Robinson aurait-elle changé d'avis ? Le tribunal lui aurait-il refusé la garde ?

Dans le couloir, je cours jusqu'au seul endroit dans cet hôpital où le réseau est correct, un banc devant une fenêtre qui surplombe la ville. Austin est à moi, je le sens. Mais ne m'étais-je pas aussi sentie enceinte ? Et n'avais-je pas senti que Brad était l'homme de ma vie ?

« Kirsten Schertging, dis-je en m'accrochant au téléphone. Ici Brett Bohlinger. Que se passe-t-il ? Je suis à l'hôpital en ce moment même. Je peux venir à votre bureau et…

— Non. Ce n'est pas nécessaire. Je viens de recevoir des informations sur l'audience. Elle est prévue demain matin à 8 heures. Le juge Garcia du tribunal du comté de Cook présidera l'audience. »

Je lâche un soupir.

« Rien n'a changé, alors ?

— Nada. Tia Robinson est de retour sur scène… à moins d'un miracle, elle repartira demain avec la garde de sa petite-fille. »

Je plaque ma main contre ma bouche pour retenir un cri et les larmes me montent aux yeux.

« Je suis désolée, mademoiselle Bohlinger. Je voulais juste vous prévenir au cas où vous souhaitiez contester ces décisions. »

Je parviens à la remercier avant de raccrocher. Un patient âgé avance d'un pas lent dans le couloir en traînant sa potence à intraveineuse.

« Un pronostic défavorable ? » demande-t-il lorsqu'il passe devant moi et qu'il voit les larmes couler sur mes joues.

J'acquiesce, incapable de murmurer les mots « phase terminale ».

Quand je reviens au service néonatal, Jean Anderson est assise dans le canapé de la salle d'attente, un paquet rose fluo posé sur les genoux. Elle sursaute en me voyant.

« Bien, bien, dit-elle en se levant. Regardez ce que je vous apporte. » Elle me tend le cadeau d'un geste brusque. « De la part des filles de Joshua House. »

J'accepte le paquet mais je ne fais pas confiance à ma voix pour lui répondre. Elle plisse les yeux.

« Tout va bien ?

— La mère de Sanquita va prendre le bébé.

— Mais Sanquita voulait que vous le gardiez. Elle me l'a dit.

— Il y a une audience demain matin avec le juge Garcia. Cette femme est folle, Jean. J'ai peur pour Austin. Pouvez-vous venir demain ? Pouvez-vous répéter au juge ce que vous a dit Sanquita ? »

Elle renâcle avant de lâcher un caquètement cruel.

« Et perdre mon temps ? Peu importe ce que m'a dit Sanquita. Ce ne sont que des paroles rapportées. Nous n'avons pas la moindre preuve. La grand-mère piétinera le professeur, qu'elle soit folle ou non. »

Je la dévisage.

« Il faut convaincre le juge Garcia que c'est dans l'intérêt d'Austin que je l'adopte. On lui dira que Sanquita ne voulait pas que son enfant vive à Detroit et comment… »

Ma voix se brise quand je vois Jean hocher la tête.

« Vous croyez vraiment que tout le monde respecte les règles ? Vous croyez qu'en affichant un joli sourire et en disant la vérité au juge il verra les choses de votre point de vue ? » Elle plisse les yeux et respire bruyamment. « Non. J'ai bien peur que la vérité ne vous libère pas, cette fois-ci. »

J'éclate en sanglots.

« Regardez-moi bien, dit-elle en m'empoignant les bras si fort qu'elle me fait mal. Ces larmes de crocodile ont peut-être fait des merveilles toute votre vie mais elles ne vous aideront pas à récupérer ce bébé, vous m'entendez ? Si vous voulez cette enfant, il va falloir vous battre. Jouer dans la cour des grands, d'accord ? »

Je renifle et m'essuie les yeux.

« Je le ferai. Bien sûr que je le ferai. »

J'aimerais bien jouer dans la cour des grands. Mais je n'ai pour tout équipement qu'un sac de billes et une corde à sauter.

La vieille salle d'audience du comté de Cook aux murs brunâtres sent le moisi et paraît aussi solitaire et désolée que moi. Six rangées de bancs en pin vides séparés par une allée centrale font face au juge et au box des témoins. À droite, les chaises réservées aux jurés sont vides, aujourd'hui. C'est une audience devant un juge, et non devant un jury. Le juge Garcia décidera seul de l'issue de cette affaire.

Brad révise ses notes et je jette un coup d'œil à la table à notre droite. Serrés l'un contre l'autre, Tia Robinson et son avocat commis d'office, maître Croft, discutent à voix basse. Je regarde les bancs déserts derrière moi. Tout le monde se fiche de cette audience. Même Mlle Anderson.

À 8 heures précises, le juge Garcia prend place derrière son pupitre et demande l'ordre. Nous apprenons que Mme Robinson ne témoignera pas aujourd'hui. Je ne suis pas avocate mais je sais qu'il serait risqué d'appeler cette femme à la barre. C'est une affaire bouclée d'avance. Elle n'a rien à gagner à témoigner.

Je suis soudain appelée à témoigner. Je prête serment et Brad me demande de décliner mon identité et la relation que j'entretenais avec Sanquita Bell. Je prends une profonde inspiration et m'oblige à croire que tout repose sur mon témoignage, que l'issue de cette affaire n'est pas décidée d'avance.

« Je m'appelle Brett Bohlinger, dis-je en m'efforçant de calmer ma respiration. J'ai travaillé aux côtés de Sanquita Bell pendant cinq mois avant sa mort. J'étais son professeur à domicile et son amie.

— Diriez-vous que vous étiez proche de Sanquita ? demande Brad.

— Oui. Je l'aimais beaucoup.

— Sanquita vous a-t-elle parlé de sa mère ? »

J'évite de regarder Tia Robinson, assise à moins de quatre mètres de moi.

« Oui. Elle m'a dit que sa mère avait déménagé à Detroit et qu'elle avait refusé de la suivre. Elle m'a dit qu'elle refusait que son bébé ait ce genre de vie. »

Une main sur la rambarde du banc des témoins, Brad semble aussi à l'aise que si nous bavardions à une table du P.J. Clarke's.

« Pouvez-vous me décrire les événements à l'hôpital ?

— Oui, dis-je en sentant la sueur dégouliner sur ma nuque. C'était après sa césarienne, vers 18 heures. J'étais seule avec Sanquita. Elle a soudain repris connaissance. Je suis allée à son chevet et, à ce moment, elle m'a dit qu'elle voulait que je m'occupe de son bébé. » Je me mords la lèvre pour l'empêcher de trembler. « Je lui ai répondu qu'elle n'allait pas mourir mais elle a insisté. » Ma gorge se serre et ma voix se brise. « Elle savait qu'elle allait mourir. Elle m'a fait promettre de prendre soin de son bébé. »

Brad me tend un mouchoir et je me tamponne les paupières. Quand je baisse le mouchoir, mes yeux se rivent dans ceux de Tia. Elle est assise les mains croisées et ne montre aucune émotion particulière en entendant les dernières paroles de sa fille mourante.

« Je veux tenir cette promesse.

— Merci, mademoiselle Bohlinger. Je n'ai pas d'autres questions. »

Les effluves écœurants du parfum de maître Croft le précèdent d'au moins dix secondes. Il remonte son pantalon marron avant de se tourner vers moi. Il a l'air bien plus enceinte que ne l'a jamais été Sanquita.

« Mademoiselle Bohlinger, quelqu'un d'autre a-t-il entendu Sanquita dire qu'elle voulait que vous preniez son bébé ?

— Non. Nous étions seules dans la pièce. Mais elle l'a mentionné plus tôt à Jean Anderson, qui travaille à Joshua House. »

Il agite l'index dans ma direction.

« Répondez simplement par oui ou non, s'il vous plaît. Quelqu'un d'autre a-t-il été témoin de ce miracle, lorsque Sanquita est sortie de son coma juste assez longtemps pour vous demander de garder son bébé ? »

Il pense que je mens ! Je cherche le visage de Brad qui se contente d'acquiescer pour m'encourager à continuer. Je m'oblige à regarder les yeux gris de maître Croft derrière ses lunettes à monture métallique.

« Non.

— Sanquita savait-elle qu'elle allait mourir ?

— Oui.

— Et elle voulait s'assurer d'avoir laissé tout en ordre avant de partir.

— Tout à fait.

— Sanquita vous paraissait-elle intelligente ?

— Oui. Elle était brillante.

— Alors, naturellement, elle aura mis ses dernières volontés par écrit, non ? »

La pièce semble soudain avoir été vidée d'oxygène.

« Non, pas à ma connaissance. »

Il se gratte la tête.

« C'est vraiment étrange, vous ne trouvez pas ?

— Je… je ne sais pas.

— Vous ne savez pas ? » Il fait les cent pas devant moi. « Une fille intelligente qui sait qu'elle va mourir, mais qui ne prend aucune précaution écrite pour assurer l'avenir de son bébé ? Ça laisse un peu perplexe, vous n'êtes pas d'accord ? Surtout lorsque ses conditions de vie étaient aussi déplorables que vous l'affirmez.

— Je… je ne sais pas pourquoi elle ne l'a pas fait.

— Cette vie à laquelle Sanquita faisait allusion… la vie à Detroit avec sa mère ? A-t-elle précisé qu'elle était à Detroit quand elle est tombée enceinte ?

— Oui.

— Vous êtes donc consciente qu'elle s'est glissée hors de l'appartement contre la volonté de sa mère et qu'elle a eu des rapports sexuels non protégés ? »

Je cligne des paupières.

« Non. Elle ne me l'a jamais dit. Je ne crois pas qu'elle se soit glissée hors de chez elle, comme vous dites. »

Son visage est l'archétype de la morale bien-pensante, le nez en l'air, la tête inclinée de sorte qu'il baisse les yeux vers moi.

« Vous a-t-elle dit qu'elle s'était aventurée le soir même au festival de jazz et qu'elle avait eu des rapports avec un inconnu ? Un homme dont elle était incapable de se souvenir du nom ?

— Ce… ça ne s'est pas passé comme ça. Elle se sentait seule… elle était très perturbée… »

Il hausse les sourcils.

« Vous a-t-elle dit qu'elle y était restée six semaines ? Qu'elle n'avait quitté Detroit qu'après avoir appris sa grossesse ?

— Je… je ne savais pas qu'elle y était restée six

semaines. Mais au final, l'important c'est qu'elle est partie. Comme je vous l'ai dit, elle ne voulait pas voir grandir son bébé dans cet environnement.

— Et elle voulait s'éloigner de cet environnement, elle aussi ?

— Oui, c'est ça.

— Vous a-t-elle dit que sa mère voulait qu'elle avorte ? » Je relève la tête brusquement. « Non.

— Les problèmes rénaux de Sanquita étaient si graves que le docteur lui avait demandé d'avorter afin de lui sauver la vie. »

Mon esprit s'enraye.

« C'est ce que le docteur Chan lui avait conseillé.

— A-t-elle suivi les conseils du docteur Chan ?

— Non. Elle m'a répondu qu'elle tenait plus à son bébé qu'à la vie. »

Il affiche un sourire mauvais qui me donne envie de le lui arracher des lèvres.

« À dire vrai, Sanquita était une fille bien têtue. Elle refusait de comprendre que sa mère était animée des meilleures intentions à son égard.

— Objection ! s'écrie Brad.

— Accordée. »

Maître Croft continue.

« Sanquita a quitté Detroit le jour où elle et sa mère se sont disputées au sujet de cet avortement. »

Je suis abasourdie. Est-ce possible ? Maître Croft se tourne vers le juge.

« Cela n'a rien à voir avec l'environnement où vit Mme Robinson, votre honneur. Mme Robinson essayait juste de sauver la vie de sa fille. Je n'ai pas d'autres questions. »

Il baisse la tête. Mes mains sont agitées d'un tremblement si violent que je peine à les croiser. Ils font passer Mme Robinson pour le sauveur de Sanquita… et Sanquita pour l'enfant terrible qui refusait de l'écouter.

« Merci, maître Croft, dit le juge Garcia avant de m'adresser un hochement de tête pour me demander de regagner ma place. Merci, mademoiselle Bohlinger. Voulez-vous appeler votre prochain témoin ? demande-t-il à Brad.

— Votre honneur, je vous demande de faire une pause. Ma cliente a besoin de quelques instants. »

Le juge Garcia regarde sa montre et abat son marteau.

« L'audience reprendra dans quinze minutes. »

Brad est presque obligé de me traîner par la double porte jusque dans le couloir. Mon corps s'est changé en plomb. Je n'arrive plus à aligner mes pensées. Mon bébé est en train de recevoir une peine à perpétuité. Il faut que je la sauve mais je suis impuissante. Je suis la seule personne en qui Sanquita avait placé sa confiance. Je l'abandonne. Brad me plaque au mur et m'attrape par les bras.

« Ne t'avise pas de te décourager, B. On a fait tout ce qu'on a pu. Ce n'est plus de notre ressort, maintenant. »

Ma respiration jaillit en souffles haletants et irréguliers. J'ai la tête qui tourne.

« Il a fait passer Sanquita pour une délinquante juvénile.

— Mais ça ne pouvait pas être le cas ? Est-ce qu'il est possible qu'elle ait quitté Detroit après une dispute au sujet de son état de santé ? »

Je lève les mains au ciel.

« Je ne sais pas. Peu importe, de toute façon. Ce

qui compte, maintenant, c'est Austin. Cette femme n'a pas versé la moindre larme lorsque j'ai décrit les derniers instants de Sanquita. Et tu sais ce qu'elle a fait à son fils. Elle n'a pas de cœur, Brad ! » Je l'empoigne par la manche de son veston et je le dévisage. « Tu l'aurais vue la semaine dernière, quand elle s'est fait sortir par le vigile. C'était répugnant. On ne peut pas imposer ça à Austin. Il faut faire quelque chose.

— On a fait tout ce qu'on a pu. »

Je me mets à pleurer mais Brad me secoue.

« Reprends-toi. Tu auras tout le temps de pleurer plus tard. Il faut qu'on termine cette audience. »

Au bout de quinze minutes, nous retournons dans la salle. Je m'affale dans la chaise à côté de Brad. Je ne me suis jamais sentie aussi inutile. La vie de mon bébé s'apprête à prendre un horrible tournant et je ne peux rien y faire. Les paroles de Garrett me reviennent en mémoire : *On ne peut pas tous les sauver*. Rien que celui-là. Je me mets à prier. Je t'en supplie, Dieu, rien que celui-là.

Je prie et respire avec peine, mes poumons refusent de se remplir. La panique m'étreint. Je vais m'évanouir. Je ne peux pas faire ça. Je ne peux pas survivre à la perte d'un autre être cher.

Alors que l'huissier de justice referme la double porte au fond de la salle, j'entends sa voix. Je relève soudain la tête et je fais volte-face. Jean Anderson avance d'un pas lourd dans l'allée centrale, vêtue d'un tailleur en laine très chic. Mais, à l'arrière de son crâne, ses cheveux sont aplatis, et elle porte des baskets à la place de ses escarpins habituels.

« Jean ? » dis-je à voix haute.

Je me tourne vers Brad.

« Reste assise et attends », murmure-t-il.

Au lieu de s'asseoir sur l'un des bancs, Jean avance directement vers le juge. Elle lui murmure quelque chose et il marmonne une réponse. Puis elle sort un papier de son sac à main et le lui tend. Il chausse ses lunettes et l'examine. Puis il relève les yeux.

« Je demande aux avocats d'approcher, s'il vous plaît. »

Ils marmonnent tous les quatre pendant une éternité. J'entends la voix de maître Croft par-dessus les autres et le juge lui demande de baisser le ton. Quand ils reviennent enfin à leurs chaises, Brad et Jean sourient. Je m'oblige à refréner mon enthousiasme.

Le juge Garcia tend la feuille de papier aux yeux de tous.

« Il semblerait que Mlle Bell ait rédigé ses dernières volontés par écrit. Nous sommes en présence d'un acte notarié datant du 5 mars, plusieurs semaines avant sa mort. » Il se racle la gorge et lit d'une voix monotone : « Moi, Sanquita Jahzmen Bell, être sain de corps et d'esprit, déclare par la présente mes intentions pour mon bébé à naître, si il ou elle venait à me survivre. Il est de mon désir le plus précieux que Mlle Brett Bohlinger, ma meilleure amie et mon professeur à domicile, obtienne la garde permanente de mon enfant. » Il retire ses lunettes. « Et c'est signé Sanquita Jahzmen Bell. » Il se racle à nouveau la gorge. « Au vu de cet acte notarié, j'accorde la garde temporaire à Mlle Bohlinger jusqu'à ce que la procédure d'adoption soit finalisée. » Il frappe son marteau sur le socle. « La séance est levée. »

Je me prends la tête entre les mains et j'éclate en sanglots.

Je ne pose aucune question à Jean quant à l'acte notarié. Je ne veux pas savoir comment elle se l'est procuré, ni quand. Peu importe. Nous avons fait le nécessaire pour Sanquita et pour son bébé. C'est tout ce qui compte. Brad propose que nous fêtions cela tous les trois après l'audience mais c'est impossible. Je retourne directement à l'hôpital pour voir mon bébé. *Mon bébé !* Je longe le couloir à la hâte. Les portes du service de néonatalité sont ouvertes et je me retiens de piquer un sprint jusqu'à la chambre 7. J'entre et mon cœur s'arrête de battre un instant. Vêtu d'un pantalon en toile beige et d'un veston bleu marine, Herbert est assis dans un fauteuil à bascule et tient Austin dans ses bras. Il lui sourit et la regarde dormir. Je m'approche de lui par-derrière et l'embrasse dans le cou.

« Qu'est-ce que tu fais ici ?

— Félicitations, mon amour, dit-il. Je suis venu dès que j'ai eu ton message. Je savais que tu arriverais tout de suite après.

— Mais qui t'a laissé entrer ?

— L'infirmière LaDonna. »

Mais bien évidemment. Toutes les infirmières du service sont à moitié amoureuses de cet incroyable Herbert – et maintenant qu'elles l'ont enfin vu, elles ne risquent pas de changer d'avis.

« Puisque tu as désormais la garde officielle d'Austin, continue Herbert, tu as droit à une personne de soutien. Ça ne t'embête pas, hein ? »

J'observe ma fille si belle. Je croise les bras autour de ma taille.

« Je n'arrive pas à y croire, Herbert. Je suis maman !

— Et tu vas être parfaite. » Il se lève et me tend le

petit paquet endormi. « Assieds-toi. Tu veux peut-être te présenter comme il se doit à cette petite fille. »

De son poing minuscule, Austin frappe l'air avant de se rendormir contre ma poitrine. Ses yeux sont à demi clos et je lui colle un baiser sur le nez – un nez sans masque et sans sonde nasale.

« Salut, ma jolie. Tu sais quoi ? Je vais être ta maman. Et cette fois-ci, c'est promis. » Ses sourcils se froncent et je souris à travers mes larmes. « Qu'est-ce que j'ai bien pu faire pour te mériter ? »

Caméra à la main, Herbert s'approche pour faire un gros plan. L'appareil semble intrusif en cet instant d'intimité. Mais Herbert est enthousiaste et que puis-je vouloir de plus qu'un tel enthousiasme et un tel soutien de sa part ?

Il va chercher des sandwichs et du café à la cafétéria, et nous restons avec Austin jusqu'à la fin des heures des visites. Bizarrement, j'ai moins de mal à partir ce soir, en sachant que je ne vais pas la perdre. Ni maintenant, ni jamais. Nous avançons vers l'ascenseur lorsque Herbert s'arrête soudain et claque des doigts.

« J'ai oublié mon manteau. Je reviens tout de suite. »

Quand il revient, il porte sur son bras un imperméable Burberry beige. J'en ai le souffle coupé.

« Ce manteau ! dis-je en le fixant comme s'il s'agissait d'une cape de magicien.

— Oui, bon, il faisait un peu frisquet ce matin », rétorque-t-il d'un air gêné.

Je ris et hoche la tête. Ce n'est pas l'homme de l'immeuble d'Andrew, l'homme que j'ai aperçu dans le train ou au bord du lac pendant son footing. Mais peut-être, peut-être qu'Herbert est mon homme Burberry.

La soirée d'avril est chaude et le parfum sucré des lilas imprègne l'air. À l'est, la lune est aussi fine qu'une rognure d'ongle et flotte très bas dans le ciel couleur ardoise. Herbert m'accompagne à ma voiture, son manteau Burberry jeté sur son épaule.

« Si elle continue à progresser comme ça, elle pourrait sortir d'ici à deux semaines. J'ai tellement de choses à préparer pour son arrivée. J'ai pris mes congés au travail. Ce sera bientôt les vacances et Eve m'a dit qu'elle pouvait me remplacer. Il faut que je termine la chambre, que je trouve un tapis et des meubles pour bébé. Je pense à une baignoire et une table à langer pour l'instant, vu que rien d'autre ne pourra rentrer dans la chambre minuscule. Et je pensais… »

Il se tourne vers moi et pose l'index sur mes lèvres.

« Arrête. Ça fait trop de choses à faire toute seule. Toi et moi, on forme une équipe. Laisse-moi t'aider.

— D'accord. Merci.

— Inutile de me remercier. C'est exactement ce dont j'ai envie. » Il me prend par les bras et plonge son regard dans le mien. « Je t'aime. Tu t'en rends compte ? »

Je le dévisage.

« Oui.

— Et si j'en crois ce que tu as annoncé l'autre jour, tu m'aimes aussi. »

Je fais un pas en arrière.

« Hm-hm.

— Voyons donc cette liste d'objectifs que tu dois remplir. »

Je hoche la tête et me détourne mais il s'approche de moi.

« Écoute, ça ne me fait pas peur, si c'est ce qui t'inquiète. J'ai envie de t'aider. Considère chacun de ces objectifs comme accomplis, d'accord ? »

Avant même que j'aie eu le temps de répondre, il me prend par la main.

« J'ai conscience qu'on ne se connaît que depuis peu de temps mais, étant donné que tu as un enfant et que je suis complètement fou amoureux de toi, je pense qu'on devrait envisager de se marier. »

« Tu veux dire… tu veux… »

Il rit et me fait un geste vers le parking.

« Ne t'inquiète pas, chérie. Je ne choisirais jamais un décor aussi minable pour faire ma demande officielle. Je voulais juste planter une graine dans ton esprit. Je voudrais que tu y réfléchisses, que tu nous considères comme un couple – un couple permanent – à long terme, parti pour un bon bout de chemin ensemble. Et je préférerais que ce chemin soit une autoroute plutôt qu'une petite route de campagne. »

J'ouvre la bouche pour répondre mais les mots ne sortent pas. Il me caresse la joue.

« Je sais que ça paraît fou mais, à l'instant où je t'ai vue chez Jay le premier soir, j'ai su que tu serais un jour ma femme.

— C'est vrai ? »

Mes pensées s'envolent aussitôt vers ma mère. Est-elle responsable de l'amour qu'éprouve cet homme à mon égard ?

« C'est vrai. » Il sourit et m'embrasse le bout du nez. « Mais loin de moi l'idée de vouloir te mettre la pression. Promets-moi simplement d'y réfléchir, d'accord ? »

Ses cheveux sont ébouriffés et ses yeux ressemblent à deux saphirs scintillants. Quand il sourit, c'est comme une fleur de lys qui s'ouvre : je ne trouverai jamais un homme aussi proche de la perfection. Il est intelligent, gentil, ambitieux et tendre. Mon Dieu, il joue même du violon ! Et, pour une raison complètement folle, il m'aime. Et mieux que tout, il aime ma fille.

« Oui, dis-je. Bien sûr que j'y réfléchirai. »

29

Des nuages gris crachent une bruine fine dans l'air chaud de mai. Mon parapluie rouge à la main, je descends les marches du perron au pas de course sans lâcher la laisse de Rudy. Comme un enfant de parents divorcés, mon pauvre chien est ballotté depuis six semaines entre mon appartement et celui de Selina et de Blanca. Heureusement pour moi, mes adorables voisines aiment ce petit clébard autant que moi. Mais ce week-end, elles assistent à une compétition de fanfares à Springfield. Rudy et moi montons donc en voiture, direction la maison de Brad.

« C'est la dernière fois que je t'abandonne, Rudy, lui dis-je alors que nous roulons vers le nord en direction de Bucktown. Demain, notre bébé arrive à la maison. »

Quand j'arrive au duplex de Brad, un café et des muffins chauds aux graines de pavot m'attendent. Je m'assieds à la table de sa cuisine et, sous un bol de fraises, je vois deux enveloppes roses. Depuis le verdict du juge Garcia, je m'attends à recevoir celle de l'objectif 1 mais quand je vois l'enveloppe de l'objectif 17, TOMBER AMOUREUSE, mon pouls s'accélère.

Brad prend place en face de moi.

« Tu les veux maintenant ou après le petit déjeuner ?

— Maintenant, s'il te plaît, dis-je en me cachant derrière ma tasse de café. Mais juste l'enveloppe numéro 1 aujourd'hui. »

Il rit.

« Tu m'as dit que vous aviez parlé de mariage. Ça veut dire que vous êtes amoureux, non ? »

Je prends une fraise dans le bol et l'observe avec attention.

« Je veux juste les faire durer un peu, il n'en reste plus tant que ça. »

Il me jette un regard en coin. Je lui tends la première enveloppe.

« Vas-y, ouvre-la. »

Il attend un instant, puis, de l'index, il déchire le sceau de l'enveloppe. Avant même qu'il ait eu le temps de remarquer qu'il n'avait pas chaussé ses lunettes, je vais les lui chercher au bout de la table. Il me sourit.

« On forme une équipe plutôt bonne, hein ?

— La meilleure. »

Je sens mon cœur se serrer. Aurions-nous pu former une autre équipe si notre timing avait été différent ? Mon Dieu, comme c'est affreux d'envisager des *si* alors que je suis quasiment fiancée à Herbert !

« Chère Brett,

Quelqu'un a un jour demandé à Michel-Ange comment il avait réussi à sculpter une statue aussi magnifique de David. À quoi il a répondu : "Je n'ai pas créé David, il était là depuis le début, dans cet immense bloc de marbre. Je n'ai eu qu'à tailler dans la pierre pour l'y trouver." Comme Michel-Ange, j'espère t'avoir aidée au cours de ces derniers mois – j'espère avoir taillé dans la couche épaisse de ton vernis et que ta vraie personnalité est enfin apparue. Tu es maman, ma chérie ! Je pense que cette femme aimante et attentive a toujours été en toi et je suis ravie d'avoir joué un rôle dans son épanouissement. Je pense que la maternité sera l'événement moteur de ta vie. Tu le trouveras tour à tour gratifiant, frustrant, merveilleux et écrasant. Ce sera le rôle le plus éprouvant, le plus incroyable et le plus vital qu'il te sera jamais donné de jouer. Quelqu'un m'a dit un jour : "En tant que mères, notre tâche n'est pas d'élever des enfants, mais d'élever des adultes." Je sais que ton enfant deviendra un adulte exceptionnel et que tu sauras le sculpter attentivement. Essaie d'imaginer un monde où, au lieu d'apprendre à nos enfants à être forts, nous leur apprendrions à être tendres. Sèche tes larmes et souris. Ton enfant a de la chance. Si le paradis existe et que j'y vais, et si l'on m'accorde une paire d'ailes, je promets de veiller sur elle et de faire en sorte qu'elle soit toujours en sécurité. Je vous aime bien plus que les mots ne peuvent l'exprimer. Ta maman. »

Brad prend ma serviette trempée et la remplace par un mouchoir sec. Puis il pose la main sur mon dos tandis que je pleure.

« J'aurais tellement aimé qu'Austin la connaisse.

— Elle la connaîtra », dit Brad.

Et il a raison. Elle connaîtra ma mère, et la sienne, je m'en assurerai. Je me mouche et lève les yeux vers lui.

« Elle savait que j'aurais une fille. Tu as vu ? » Je reprends la lettre de ses mains et retrouve le passage. « Ici : *Je promets de veiller sur elle et de faire en sorte qu'elle soit toujours en sécurité.* »

Il scrute la lettre.

« Je pense que c'est une erreur d'inattention. Elle ne voulait sans doute pas préciser le sexe.

— Non, elle le savait. Elle savait que j'aurais une fille. Et je pense qu'elle m'a aidée à trouver Austin Elizabeth. Elle a attendri le cœur de Mlle Anderson.

— Comme tu veux. » Il pose la lettre et prend sa tasse de café. « Tu penses qu'elle serait heureuse de ta relation avec Herbert ? »

Pour une raison qui m'échappe, mon cœur bat la chamade.

« Absolument. » Rudy s'approche de moi et je lui gratte le menton. « Herbert est exactement le genre d'homme que ma mère voudrait pour moi. Pourquoi cette question ?

— Oh, je me disais juste… que… » Il hausse les épaules. « Bon, écoute, je n'ai rencontré qu'une seule fois ton *docteur* Moyer. Tu le connais mieux que moi.

— C'est vrai. Et il est génial.

— Ça, je n'en doute pas. C'est juste que… »

Il laisse sa phrase en suspens.

« Midar, si tu as un truc à dire, crache. »

Il me regarde droit dans les yeux.

« Je me demande s'il est suffisamment génial pour toi. »

Mon Dieu, il la voit lui aussi : cette minuscule vague sur la surface magnifiquement lisse de mon lac. La seule que j'aie ignorée en espérant qu'elle finirait par disparaître. Je n'ai rien dit à personne – pas même à Shelley ni à Carrie. Parce que, un jour, cette vaguelette n'existera plus et, ce jour-là, je refuserai qu'on remette en question mon amour pour Herbert. Je peux aimer Herbert et je l'aimerai.

« Qu'est-ce que tu sous-entends ? » je lui demande en m'efforçant de garder un ton badin.

Il écarte le bol de fraises et s'accoude à la table.

« Es-tu heureuse, B. ? Je veux dire, heureuse à en sauter de joie, heureuse à en perdre la tête ? »

Je vais rincer ma tasse à l'évier. Je pense à tous les bonheurs qui émaillent ma vie, en plus d'Herbert. Austin, mon travail, mes nouveaux amis, ma famille… Je lui souris.

« Je n'en ai pas la moindre idée. »

Il me dévisage un instant avant de lever les mains au ciel.

« Très bien. C'est clair et net. Je suis désolé d'avoir douté un moment. Herbert est l'homme de la situation. »

Le lendemain matin, dimanche 6 mai, pesant deux kilos cent et arborant une grenouillère rose offerte par sa tante Catherine, Austin arrive à la maison. Herbert a férocement lutté pour que le bébé et moi nous installions dans Astor Street mais j'ai refusé de l'écouter. Pilsen est notre foyer, et Selina et Blanca en auraient le cœur brisé. Elles se sont extasiées sur les photos d'Austin depuis un mois, lui ont acheté des petites baskets et des peluches. Leur faire faux bond maintenant est hors de question.

Herbert prend des photos dans le couloir de l'hôpital et sur le chemin jusqu'à la voiture. Nous rions et luttons pour installer le minuscule bébé dans son cosy sur la banquette arrière. Elle semble perdue dans son cocon en plastique et j'installe des couvertures autour d'elle pour éviter qu'elle ne se cogne.

« Tu es sûre que ce cosy est à la bonne taille ? demande Herbert.

— Oui, l'hôpital a vérifié et, crois-le ou non, il est à la bonne taille. »

Il affiche un air sceptique mais ferme la portière avant de se précipiter pour m'aider à m'installer à côté d'elle. Il tire la ceinture de sécurité et passe le bras par-dessus moi pour l'attacher comme si j'étais un deuxième enfant.

« Herbert, s'il te plaît. Tu peux chouchouter le bébé mais pas moi.

— Permets-moi de te contredire. Je compte bien chouchouter mes deux nanas. »

J'écarte la ceinture un instant, me sentant soudain à l'étroit, enfermée. Ses attentions envers Austin me touchent beaucoup mais sa dévotion à mon égard est parfois étouffante. Je tends le bras pour refermer la portière. Mais Herbert le fait à ma place. Je sens ma pression artérielle monter en flèche et je m'admoneste en silence. C'est moi qui ai des problèmes, pas lui.

Quand j'entre dans mon petit appartement, le bébé dans les bras, je sens si fortement la présence de ma mère que je me retiens de l'appeler. Elle adorerait cet instant, le bébé, la femme que je suis devenue. Elle m'accueillerait avec un baiser, puis elle se pencherait pour mieux admirer Austin, la prendrait dans ses bras dès que l'occasion se présenterait.

« Où est-ce que tu veux que je mette ça ? »

Je me tourne vers Herbert qui porte mon sac. Il ne devrait pas être là. Cette scène appartient à ma mère, à Austin et à moi. Il s'est immiscé dans notre moment d'intimité.

Mais il ne le sait pas et il est si adorable avec le sac à pois roses et marron entre les mains. Je lui souris.

« Pose-le sur l'îlot, s'il te plaît. Je m'en occuperai plus tard. »

Il revient en un éclair et se frotte les mains.

« Ça te dit de manger ? Je peux faire une bonne omelette, sauf si tu préfères un…

— Non ! » je lâche, aussitôt gagnée par un sentiment de culpabilité. Quelle personne froide et ingrate je fais ! Je lui touche le bras. « Enfin… si. Oui, une omelette, c'est parfait, merci. »

Je me souviens d'une réplique du film *Tendres passions* : « Ne me vénère pas tant que je ne l'ai pas mérité. » Cette phrase fière et indépendante m'a toujours évoqué quelque chose. Pourquoi ? Une fois encore, je me demande si l'homme qui m'a élevée n'a pas laissé en moi une blessure si profonde que je suis incapable d'accepter les marques d'affection spontanées. Je cherchais si désespérément à gagner l'approbation de Charles – et d'Andrew, aussi – que j'en ai sacrifié ma propre identité. Et même là, j'ai échoué. C'est différent avec Herbert. Je peux enfin me sentir moi-même et il m'adore – le véritable moi. Pour la première fois de ma vie, je suis dans une relation de couple saine, comme l'avait espéré ma mère.

Herbert inspecte la cuisine autour de lui, une boîte d'œufs dans une main et une plaque de beurre dans l'autre. Il me sourit, un sourire aussi doux et innocent que celui d'un écolier. Je fais un pas en avant et lui prends le visage entre les mains pour le regarder avec tant d'intensité qu'il rougit. Puis je l'embrasse sur la bouche, un baiser long, profond et désespéré. Mon esprit, mon âme, la moindre goutte de sang dans mes veines crient *Aime-le !*

Et de tout mon être, je supplie mon cœur de leur obéir.

Les jonquilles du printemps fanent et laissent place

à des tapis de pâquerettes. L'été avance à pas lents et je savoure chaque instant avec Austin. Je troque mes talons hauts et mes jupes pour des tongs et des robes légères, et mon footing de cinq kilomètres se change en balades paresseuses derrière la poussette. Heureusement pour moi, ma fille est une enfant joyeuse et, à l'exception de ses crises d'éternuements, elle est en parfaite santé. Quand je lis pour elle, que je chante ou que je lui parle, elle écoute, les yeux grands ouverts, concentrée, et parfois je vois Sanquita dans son petit visage curieux. Je tiens un journal de bord pour Austin, je lui explique les ressemblances avec sa mère, je note tous les détails dont je me souviens sur cette femme belle et courageuse qui lui a donné la vie – à elle, mais aussi à moi.

Pour fêter le troisième mois d'Austin, je parcours le couloir familier vers le service de néonatalité, ma fille blottie contre moi dans l'écharpe de portage. LaDonna me repère au loin et saute de son siège derrière le bureau.

« Brett ! » Elle passe les bras autour de mon cou et jette un œil dans l'écharpe. « Oh, mon Dieu, Austin Elizabeth ! Tu nous as tellement manqué ! »

J'embrasse mon bébé sur le front.

« Vous nous avez manqué aussi. »

Je sors Austin de l'écharpe et LaDonna la prend dans ses bras.

« Salut, ma puce », dit-elle en tenant le bébé devant elle. Austin bat des pieds et babille. « Regarde comme tu as grandi !

— Trois kilos cent. On sort juste du cabinet du docteur McGlew. C'est l'image même de la bonne santé. »

LaDonna l'embrasse sur le front.

« C'est merveilleux. »

Je tends une boîte de gâteaux et une carte sur laquelle figure l'empreinte de pied d'Austin.

« Voici des petits cadeaux pour vous remercier d'avoir si bien pris soin de nous pendant ces semaines.

— Oh, Brett, merci. Vous pouvez les poser sur le comptoir. Tout aura disparu d'ici la fin de la journée. » Je sens ses yeux se poser sur moi tandis que je dépose la boîte de gâteaux sur le bureau d'accueil. « La maternité vous va comme un gant.

— Ah bon ? Vous aimez les cernes sous mes yeux ? dis-je en riant. Je le jure devant Dieu, LaDonna, je n'ai jamais été aussi épuisée de toute ma vie. Ni plus reconnaissante. » Je contemple cette merveille que j'appelle mon enfant. Quand elle me voit, son visage rayonne d'une joie pure, comme un éclat de soleil, et je me sens fondre. « Je dis une prière pour Sanquita chaque jour. Austin est la plus belle aventure qui me soit jamais arrivée, dis-je, la voix tremblante d'émotion. Jamais. »

LaDonna m'adresse un clin d'œil.

« Tant mieux. Allez, venez vous asseoir. Maureen et Kathy viennent de partir déjeuner et elles voudront voir le bébé.

— On ne peut pas rester, dis-je en regardant la pendule derrière le bureau. On est de permanence ce soir à Joshua House. Mais on repassera plus tard.

— Très bien mais, avant de partir, vous devez me raconter comment vont les choses. Vous êtes fiancée avec le docteur Moyer ? demande-t-elle, les sourcils arqués avec malice. Vous savez, toutes les infirmières du service craquaient pour Hubert.

— Herbert. Il voulait organiser une cérémonie de mariage en toute simplicité le 7 août, la date d'anniversaire de ma mère, mais c'est trop tôt. Pour l'instant, je veux me concentrer sur ma puce.

— Vous avez bien raison », dit LaDonna.

Je baisse les yeux vers ma fille.

« On le fera un jour, bien sûr. Herbert est incroyable avec Austin. Vous devriez les voir, tous les deux. »

Elle sourit et me tapote la main.

« Oh, Brett, je suis heureuse que tout se soit arrangé pour vous. Le bébé… votre bel homme. Votre marraine la fée prend vraiment bien soin de vous. »

Je pense à ma mère et à Sanquita, au rôle qu'elles ont joué dans la réalisation de mes rêves. Mais ce n'est qu'une part de tout ceci…

« C'est vrai, j'ai une chance incroyable. Mais les fées ne font pas tout. Je pense qu'on a tous la capacité d'exaucer nos propres souhaits. Il faut juste trouver le courage nécessaire.

— Eh bien, c'est ce que vous avez fait. Tant mieux pour vous ! »

Un sentiment pesant m'assaille. Ma mère serait-elle d'accord avec LaDonna ? Ou bien suis-je en train de baisser les bras face au seul élément qui ne mérite aucun compromis ? Ai-je le courage, aussi loin dans la partie, de jeter aux orties le prototype du prince charmant pour trouver mon prince *absolument* charmant ? Est-ce du courage ? Ou plutôt de la stupidité, ou de l'immaturité ? Où se situe la limite entre le courage et l'arrogance ? Entre vouloir bien faire et exiger davantage que ce que l'on mérite ?

Après une demi-heure à rassembler le matériel de puériculture nécessaire, à changer Austin à la dernière minute et à installer dans sa poussette, nous sortons enfin de l'appartement. Mais que faisais-je de tout ce temps avant d'être mère ?

Contrairement à la canicule de juillet, le ciel d'aujourd'hui est couvert et une brise douce chatouille mes bras nus. Tandis que nous approchons de l'Efebina's Café, je repère Brad assis sous un parasol en terrasse. Il se lève et m'accueille avec un café au lait et un câlin.

« Comment va ma grande fille ? demande-t-il en soulevant Austin de sa poussette.

— Raconte à tonton Brad comme tout baigne, Austin. Dis-lui comme tu souris à ta maman.

— Tu es heureuse, ma puce ? »

Il frotte son nez contre celui d'Austin. De sa main libre, il tire une enveloppe de sa poche. OBJECTIF NUMÉRO 17.

« Tomber amoureuse, je marmonne.

— Félicitations, B. Il reste deux mois avant la date fatidique de septembre et tu tiens les délais. Il est temps de continuer, et d'aller acheter un cheval et une maison. Tu m'as dit qu'Herbert était partant, hein ?

— Hm-hm. »

Brad s'approche de moi. « Quelque chose ne va pas ?

— Non. Rien. » Je lui prends ma fille ensommeillée des bras et la rallonge dans sa poussette. « Allez, vas-y. Ouvre l'enveloppe. »

Son regard se fixe sur moi comme un rayon laser. « Qu'est-ce qui ne te plaît pas avec celle-ci ? Tu freines toujours des quatre fers quand je la sors. La dernière fois que j'ai essayé de l'ouvrir, tu m'en as empêché. Qu'est-ce qui se passe ?

— Rien. Ouvre-la. »

Il penche la tête et je vois immédiatement qu'il n'avale pas mes salades mais il ouvre l'enveloppe. Il en libère une feuille rose pliée en deux, la pose sur la table et me fixe droit dans les yeux.

« C'est ta dernière chance, B., dit-il en m'attrapant les bras. Si tu n'es pas amoureuse d'Herbert, dis-le-moi maintenant. »

Mon cœur s'emballe. Je lui rends son regard jusqu'à n'en plus pouvoir. Quatre mois de doutes et de frustration remontent à la surface. Je pose mes coudes sur la table et me prends la tête entre les mains.

« J'ai merdé, Brad. Je croyais aimer Andrew, l'homme le plus nombriliste que j'aie jamais rencontré. Mais pour une raison qui m'échappe, je ne parviens pas à éprouver la moindre émotion profonde pour ce type incroyable qui ferait n'importe quoi pour moi. » Je m'empoigne deux mèches de cheveux. « Mais qu'est-ce qui cloche chez moi, Midar ? Est-ce que je cherche encore un homme impossible à séduire, à l'image de Charles ? »

Il m'ébouriffe les cheveux.

« L'amour est imprévisible. Si on pouvait choisir la personne dont on tomberait amoureux, tu crois que j'aurais choisi une femme qui vit à plus de trois mille kilomètres de chez moi ?

— Mais Herbert est si gentil. Il m'aime. Et il aime mon bébé. Et il veut m'épouser. Si je le perdais ? Si je ne trouvais personne d'autre qui m'aime comme lui ? Je risquerais de rester célibataire pour toujours et Austin n'aurait pas de père.

— Ça n'arrivera jamais.

— Tu n'en sais rien.

— Si. Ta mère n'aurait pas laissé cet objectif dans la liste si tu n'en étais pas capable. Elle sait que tu vas rencontrer quelqu'un.

— Voilà que tu tiens des propos aussi fous que moi.

— Je suis sérieux. Il m'a semblé plusieurs fois qu'elle était à l'origine de tes réussites.

— Eh bien, si c'est le cas, elle a peut-être orchestré ma relation amoureuse avec Herbert. Peut-être l'a-t-elle guidé jusqu'à Chicago, dans le département d'histoire où travaille mon frère, pour qu'on se rencontre et qu'on tombe amoureux ?

— Je n'y crois pas trop.

— Pourquoi ? »

Il m'adresse un sourire las.

« Parce que tu n'es pas tombée amoureuse de lui. »

Je détourne le regard.

« Mais je devrais. Peut-être qu'en essayant mieux, en lui accordant un peu plus de temps…

— L'amour n'est pas une course d'endurance.

— Mais Herbert pense qu'on est faits l'un pour l'autre – et c'est peut-être vrai, dis-je avec un soupir avant de me masser les tempes. Si seulement ma mère pouvait m'envoyer un signe. Si seulement elle pouvait m'envoyer un énorme signe immanquable pour me dire si c'est l'homme de ma vie. »

Il scrute la lettre sur la table.

« On la lit ? »

À la vue de cette feuille, mon cœur fait un bond.

« Je ne sais pas. Est-ce vraiment réglo ?

— Je pense qu'on peut y jeter un coup d'œil. Qui sait ? Peut-être que ça t'aidera un peu à mettre de l'ordre dans tes sentiments actuels. »

Je lâche un soupir que je n'avais pas eu conscience de retenir.

« D'accord, vas-y. »

Brad déplie la lettre et se racle la gorge.

« Chère Brett,

Je suis désolée, ma chérie. Ce n'est pas l'homme qu'il te faut. Tu n'es pas amoureuse. Continue à chercher, ma chérie. »

J'en reste bouche bée puis je lâche un petit cri de soulagement.

« Oh, Dieu soit loué ! dis-je en éclatant de rire, la tête rejetée en arrière. Le voilà, le signe, Brad ! Ma mère a parlé. Je suis libre ! »

Je sens le regard de Brad rivé sur moi. Il ne lit plus. Il replie la lettre et la glisse dans l'enveloppe. Où sont ses lunettes ? Comment a-t-il pu lire le message de ma mère sans ses lunettes ? Mon visage se décompose.

« Oh, mon Dieu. Tu viens de l'inventer. » J'essaie de lui arracher la lettre des mains mais il la tient hors de ma portée.

« Peu importe, maintenant. Tu as ta réponse.

— Mais il adore Austin. Il pense qu'on va devenir une famille. Il va être dévasté.

— Tu préfères attendre qu'il ait mis un genou à terre et qu'il t'offre une bague en diamant ? »

Mon ventre se serre et je me pince l'arête du nez.

« Non, bien sûr que non. » Il me faut une minute avant de pouvoir relever les yeux vers Brad. « Je vais devoir briser le cœur d'Herbert, c'est ça ?

— Personne n'a jamais dit que l'amour était facile, ma vieille. » Il range l'enveloppe dans sa poche de chemise. « On la garde pour une prochaine fois, dit-il en tapotant son torse. J'ai comme l'impression que le jeu en vaudra la chandelle. »

J'ai l'estomac noué tandis que j'attends 19 heures – et l'arrivée d'Herbert. Alors que je finis de nourrir Austin, le téléphone sonne. Je bondis dans l'espoir qu'Herbert m'appelle pour annuler notre soirée. Mais j'entends la voix fraîche de Catherine. Elle et Joad doivent être rentrés de leur semaine à Saint-Barth.

Je mets le haut-parleur et place Austin contre mon épaule.

« Bienvenue au bercail, dis-je en tapotant Austin dans le dos. Comment s'est passé votre séjour ?

— La perfection absolue. L'hôtel était en pension complète mais je crois que je te l'ai déjà dit, non ?

— Oui, je crois…

— Tu n'imagines même pas, Brett, on n'a jamais été aussi gâtés de notre vie. On pouvait choisir des restaurants entre trois et cinq étoiles, tous divins. S'il n'y avait pas eu leur salle de sport dernier cri, j'aurais pris cinq kilos ! Tous nos désirs étaient comblés une demi-heure avant même qu'on ait eu conscience d'avoir besoin de quoi que ce soit.

— Ce devait être merveilleux, dis-je d'un ton joyeux mais je suis frappée par l'idée que j'ai mon propre hôtel en pension complète – l'hôtel Herbert, qui me demande sans cesse si j'ai besoin de quelque chose, ou s'il peut faire quoi que ce soit pour m'aider.

— C'était vraiment merveilleux, oui. En fait, c'est l'un des meilleurs hôtels qu'on ait jamais vus, et on a pourtant logé dans des endroits spectaculaires. Herbert et toi, vous devriez y aller un jour. Il faudrait être fou pour ne pas tomber raide dingue de cet endroit. »

Une crampe m'étreint le ventre. Je suis folle de rompre avec Herbert ! N'importe quelle personne normalement constituée serait capable de l'aimer.

Et soudain, mon esprit revient presque treize ans en arrière, quand ma mère et moi étions à Puerto Vallarta. Elle m'avait emmenée dans ce port mexicain pour fêter mon diplôme à l'université de Northwestern. C'était la première fois que nous logions dans un hôtel en pension complète. Et tout comme l'expérience de Catherine, le Palladium Vallarta était un aperçu du paradis. Un spa ouvert toute la journée, trois immenses piscines et bien plus de repas délicieux et de cocktails qu'on pouvait en consommer. Au bout du troisième jour, je mourais d'envie de m'échapper. Je me sentais coupable de ne pas aimer ce paradis manufacturé. Le séjour avait dû coûter une fortune à ma mère. Elle allait être dévastée si elle perçait à jour la fille ingrate qu'elle avait élevée.

Mais l'après-midi même, quand le serveur était venu nous demander pour la dixième fois au bord de la piscine si nous souhaitions une autre boisson, une serviette sèche ou un peu d'eau fraîche sur le visage, ma mère avait hoché la tête. Toujours aussi clairvoyante, je jurerais qu'elle avait lu dans mes pensées.

« *Gracias*, Fernando, mais nous n'avons besoin de rien. Inutile de revenir nous demander. »

Elle lui avait adressé un sourire aimable et lorsqu'il s'était éloigné suffisamment pour ne pas l'entendre, elle s'était tournée vers moi.

« Je suis désolée, ma chérie, mais je deviens *loca* dans ce paradis. »

Encore aujourd'hui, je ne sais pas si elle était honnête ou si elle avait fait semblant pour moi. Peu importe, j'étais pratiquement tombée de ma chaise longue tant j'avais ri.

Nous étions montées en vitesse à notre chambre en gloussant, et nous avions enfilé nos robes d'été et nos sandales. Nous avions pris un vieux bus cabossé jusqu'à Viejo Vallarta – le vieux centre-ville – où nous avions marchandé avec les vendeurs du *mercado*. Plus tard, nous étions arrivées par hasard dans un bar local. Des *mariachis* vêtus de costumes pailletés et de sombreros jouaient sur une estrade en bois poussiéreuse. Ma mère et moi avions bu de la *cerveza* au comptoir en criant avec le groupe et les clients à chaque interlude. Ç'avait été la meilleure soirée de notre voyage.

La sonnette retentit et mon cœur s'arrête de battre.

« Désolée, Catherine, Herbert vient d'arriver. Je suis contente que vous soyiez bien rentrés. Embrasse Joad pour moi. »

Je vais à la porte sans lâcher Austin, heureuse de ce beau souvenir qu'a réveillé ma conversation avec Catherine. Est-il possible qu'il existe deux sortes de gens, ceux qui adorent les hôtels en pension complète et ceux qui les trouvent étouffants ? Et peut-être, seulement peut-être, que les gens qui n'aiment pas être chouchoutés vingt-quatre heures sur vingt-quatre, sept jours sur sept, ne sont pas des idiots ingrats.

J'attends qu'Austin soit endormie. Puis je reviens au salon à pas de loup et je vois Herbert assis dans le canapé, sirotant un verre de chardonnay tout en feuilletant un de mes livres. Ma poitrine se serre. Il lève les yeux et sourit quand il me voit.

« Mission accomplie ?

— Jusqu'ici, ça va », dis-je en croisant les doigts.

Je m'installe à côté de lui et regarde ce qu'il lit. De tous mes livres passionnants, il a choisi *Ulysse*, de James Joyce, l'une des lectures les plus difficiles de la littérature anglo-saxonne.

« C'était une lecture obligatoire quand j'étais au lycée de Loyola Academy, dis-je. Bon sang, qu'est-ce que j'ai détesté le…

— Ça fait des années que je ne l'ai pas lu, m'interrompt-il. J'adorerais le relire. Je peux te l'emprunter ?

— Garde-le. »

Je lui enlève le livre des mains et le pose sur la table basse. Comme s'il s'agissait d'un signal, il se penche pour m'embrasser. J'attends, désespérée, d'avoir le souffle coupé et de ressentir un vol de papillons dans mon ventre, aussi je le laisse faire.

Mais rien ne se produit. Je ne ressens rien.

Je m'écarte de lui. Et comme on arrache un pansement, je lâche tout en une seule phrase.

« Herbert, il ne faut plus qu'on se voie. »

Il me regarde.

« Quoi ? »

Les larmes me montent aux yeux et je porte la main à ma bouche tremblante.

« Je suis désolée. Je ne sais pas ce qui cloche chez moi. Tu es un homme merveilleux. Je ne suis jamais sortie avec quelqu'un de mieux que toi. Mais…

— Tu ne m'aimes pas. »

C'est une constatation, pas une question.

« Je n'en suis pas sûre, je murmure. Et je ne peux pas mettre en péril ton bonheur, ni le mien, en attendant de le savoir.

— Tu ne mets pas en péril… »

Il laisse sa phrase en suspens et lève les yeux au plafond en se mordant la lèvre.

Je détourne le regard et ferme les paupières. Mais qu'est-ce que je fous ? Cet homme est amoureux de moi. Je devrais bondir, rire et lui dire que je plaisantais. Mais je suis rivée dans le canapé et mes lèvres restent scellées.

Il se lève enfin. Il baisse les yeux vers moi et je vois son visage passer de la tristesse à la colère. Il me paraît soudain fort… bien plus fort que je ne l'avais jamais vu.

« Mais, putain, qu'est-ce que tu cherches vraiment, Brett ? Un autre connard comme ton ex ? Franchement ? Qu'est-ce que tu veux ? »

Mon cœur s'emballe. Mon Dieu, Herbert a du tempérament, après tout. Je ne l'avais encore jamais entendu proférer des grossièretés… et ça me plaît assez. J'ai peut-être été un peu trop rapide et… Peut-être que ça marcherait si…

Non. J'ai pris ma décision. Je ne peux pas revenir en arrière.

« Je… je ne sais pas. »

Comment pourrais-je lui dire que je cherche un sentiment fort, si fort que lorsqu'il m'envahira, je n'aurai pas besoin de me demander si j'ai enfin trouvé l'amour de ma vie ?

« Il faut que tu réfléchisses, Brett, parce que tu commets une énorme erreur. Au fond de toi, tu le sais. Je ne resterai pas disponible pour l'éternité. Il faut que tu prennes une décision avant qu'il ne soit trop tard. »

Ses paroles me vident de tout oxygène. Et s'il était vraiment l'homme de ma vie et que je m'en rende compte trop tard ? Stupéfaite, je le regarde traverser la pièce et récupérer son manteau Burberry dans ma penderie. Une main sur la poignée de la porte, il se retourne et scrute mon visage baigné de larmes.

« Je t'aimais vraiment, Brett. Et Austin aussi. Fais-lui un câlin d'adieu pour moi, d'accord ? »

Et il franchit la porte qu'il referme derrière lui.

Je sanglote de plus belle. Mais qu'ai-je fait ? Ai-je laissé partir l'homme de mes rêves – mon bel homme Burberry ? Je me recroqueville dans le fauteuil près de la fenêtre et regarde le ciel du crépuscule comme pour y trouver une réponse, cachée quelque part dans l'abîme sombre. Ma mère me regarde-t-elle en ce moment ? Qu'essaie-t-elle de me dire ? Je reste ainsi jusqu'à 2 heures du matin à remettre en question ma décision et j'attends d'entendre les paroles de ma mère : « Demain est un autre jour, ma chérie. »

Mais je n'entends que le silence.

30

Au lieu de préparer le mariage que m'avait proposé Herbert le 7 août, j'organise une fête qui aurait célébré le soixante-troisième anniversaire de ma mère. Vendredi matin, Zoë et John arrivent à l'aéroport d'O'Hare, une scène bien différente de celle de Seattle. Après plusieurs mois de discussions quasi quotidiennes, nous tombons dans les bras l'un de l'autre à l'instant où nos regards se croisent. John et moi parlons sans discontinuer jusqu'au cabinet de Brad tandis que Zoë gazouille avec Austin Elizabeth sur la banquette arrière.

« T'es ma niaise, dit-elle en prenant la main d'Austin.

— Nièce », la corrige John, et nous éclatons de rire. Puis il se tourne vers moi et retrouve son sérieux. « Qu'est-ce que tu dirais si Austin m'appelait grand-père ? Ou papy ?

— Ça me plairait beaucoup, dis-je en souriant.

— Et, Brett, tu peux m'appeler papa, tu sais. »

Me voilà comblée.

Mon père serre la main de Brad et les deux hommes de ma vie se rencontrent enfin. Mais Zoë est bien plus intéressée par la vue de la ville que par Brad. Elle se tient devant la baie vitrée qui monte jusqu'au plafond, hypnotisée, et je m'installe à la table en acajou, la même qui m'avait vue amère et malade, presque un an plus tôt. Je pensais que ma vie s'était brisée ce jour-là et, à dire vrai, c'était le cas. Mais, comme un os fracturé, elle est désormais plus solide à l'endroit où elle s'est ressoudée.

Mon père s'assied à côté de moi et Brad s'approche de la fenêtre pour s'accroupir près de Zoë.

« Hé, Zoë, tu veux faire un tour en ascenseur avec moi ? Je vais te montrer une fenêtre encore plus mortelle. »

Elle écarquille les yeux et se tourne vers son père pour obtenir sa permission.

« Bien sûr, ma chérie, mais est-ce que ça pourrait attendre une minute ? Maître Midar va lire une lettre de la maman de Brett. »

Brad se redresse et hoche la tête.

« Pas celle-ci, non. Vous la lirez tous les deux, seuls. Je pense qu'Elizabeth l'aurait voulu ainsi. »

Il prend Zoë par la main et sort de son cabinet avant de refermer la porte derrière eux. Je tire la lettre de son enveloppe et la place sur la table devant nous. Mon père pose sa main sur la mienne et, ensemble, nous lisons en silence.

Chère Brett,

Il y a trente-quatre ans, j'ai fait une promesse – une promesse que je n'ai jamais regrettée. J'ai dit à Charles Bohlinger que je ne révélerais jamais le secret de ta conception. En échange, il m'a promis de t'élever comme son propre enfant. Qu'il ait tenu ou non sa parole est discutable. Mais je crois avoir tenu la mienne, encore aujourd'hui.

Tant de fois, j'ai été tentée de dire la vérité. Ta relation avec Charles était une lutte perpétuelle. Je l'ai supplié de m'autoriser à tout te raconter mais il était obstiné. Guidée par la honte ou par la folie, il me semblait que je me devais de lui laisser sa dignité. Et ne sachant pas où se trouvait ton père, je craignais que cela confirme ton sentiment de rejet paternel.

J'espère que tu puiseras dans ton cœur la force de me pardonner, et de pardonner à Charles. Comprends-le, je t'en prie, ce n'était pas facile pour lui. Au lieu de voir la beauté et la bonté en toi, tu étais un rappel constant de mon infidélité. À mes yeux, tu étais un cadeau, une joie, un arc-en-ciel après un violent orage. Dieu sait que je ne méritais rien de tout ceci, mais une part de l'homme que j'avais aimé me revenait et la musique baignait mon âme.

Vois-tu, mon univers s'est trouvé plongé dans le silence après le départ de ton père. Ce n'est que des années plus tard que j'ai compris le geste chevaleresque et généreux qu'il avait fait pour moi. Je l'aimais si fort que j'aurais été capable de n'importe quoi pour rester avec lui – même un acte qui aurait pu mettre mon âme en danger. Mais il me l'a épargné et je lui en suis éternellement reconnaissante.

J'ai eu beau essayer, je n'ai jamais retrouvé sa trace. J'ai même engagé quelqu'un après mon divorce mais les recherches sont restées infructueuses. Alors que j'écris ces mots, je suis persuadée que tu le retrouveras, toi. Et quand ce jour-là viendra, fêtez-le dignement. Ton père est un homme extraordinaire. Et si je sais qu'une aventure extraconjugale est un acte égoïste et lâche, je crois encore à ce jour que j'ai éprouvé un véritable amour pour ton père – pur, vrai, aussi puissant que le vent qui souffle sur la prairie.

Tu me demandais souvent pourquoi je n'avais jamais eu un autre homme après mon divorce. Je souriais et te répondais que c'était inutile. J'avais déjà trouvé l'amour de ma vie. C'était vrai.

Merci d'avoir réuni nos deux vies, ma fille chérie. Ton esprit vif, ta gentillesse, tous tes bons côtés viennent de ton père. Chaque jour, je le remercie – et toi aussi – de me montrer ce qu'est l'amour véritable.

Avec toi à jamais,
Maman

Astor Street déborde d'activité en ce samedi après-midi. Ma mère aurait adoré cette journée, une journée d'amour, passé et présent, une journée d'amitié, ancienne et récente, et une journée de famille, perdue et retrouvée. Carrie et sa smala sont arrivées à midi, suivies de peu par ses parents, Mary et David. Pendant que Carrie, Stella et moi préparons des lasagnes pour dix-huit personnes, Mary et David sirotent un verre dans la véranda avec Johnny et rient en échangeant de vieilles anecdotes de leur époque à Rogers Park. Dans son transat près de la fenêtre, Austin mordille un poisson en caoutchouc et regarde les enfants de Carrie jouer à la marelle avec Zoë dans la cour à l'arrière de la maison.

Il est 16 h 30 quand Carrie décide de préparer son gâteau au chocolat sans farine.

« Si je calcule bien mon coup, il sera encore tiède quand on le servira.

— J'en salive d'avance, dis-je. Les saladiers sont sur l'étagère.

— Je vais mettre la table », dit Stella. Elle disparaît dans la salle à manger et crie : « Où est-ce que tu ranges le linge de table, Brett ?

— Oh, non ! dis-je en me frappant le front. J'ai oublié d'aller chercher la nappe et les serviettes au pressing. »

Elle revient avec une pile de sets de table et de serviettes damassées.

« C'est bon, j'en ai trouvé.

— Non, il faut qu'on utilise la nappe irlandaise brodée à la main. Maman la prenait toujours pour les occasions spéciales. Et qu'y a-t-il de plus spécial que son anniversaire ? Je fais au plus vite. »

Digne du mois d'août, la journée est ensoleillée et d'immenses nuages cotonneux sont suspendus dans le ciel d'azur. La météo annonce des orages et une baisse de température mais cela semble improbable. Ma fille blottie contre ma poitrine dans son écharpe de portage, je fredonne *What a Wonderful World* et flâne sur le trottoir tandis que mon chien trottine devant moi.

Devant le pressing Mauer, une blonde glamour est installée sur un banc et tient en laisse un labrador noir. Rudy renifle le chien docile et lui assène un petit coup de tête dans l'espoir de jouer avec lui.

« Sois sage, Rudy », dis-je en accrochant sa laisse à une latte en bois du banc. Je souris à la femme mais elle bavasse au téléphone et ne me remarque pas.

Une clochette tinte quand j'entre dans le pressing. Il est presque 17 heures – leur heure de fermeture. Je me place dans la file derrière l'unique client, un grand mec aux cheveux bruns ondulés. Il écoute la femme grisonnante derrière le comptoir. Mes yeux percent un trou à l'arrière de son crâne. *Mais allez, quoi !* Il rit et lui tend enfin son ticket. Elle s'approche d'un pas traînant du portant mécanique et revient quelques instants plus tard avec ses vêtements couverts de plastique transparent.

« Voilà », dit-elle.

Elle place le vêtement sur un cintre. Je scrute le vêtement… puis l'homme… puis à nouveau le vêtement.

C'est un imperméable Burberry.

« C'est parfait », dit-il.

J'ai soudain la tête légère. Pourrait-il s'agir de l'homme Burberry ? Non, quelle est la probabilité d'une telle rencontre ? Il paie la femme en liquide et soulève son manteau.

« Merci, Marilyn. Passez un bon week-end. »

Il tourne les talons. Des yeux marron pailletés d'or se posent sur Austin.

« Salut, petite puce », lui dit-il.

Elle le dévisage un moment avant de lui sourire. Des rides se dessinent au coin des yeux de l'homme qui me regarde. Je vois son visage passer de la perplexité à l'étonnement silencieux.

« Tiens, dit-il en me montrant du doigt. Vous êtes la femme que je croisais tout le temps. J'ai renversé votre café devant votre immeuble. Je vous ai vue un matin pendant mon footing. » Les flots de sa voix grave me donnent l'impression de retrouver un vieil ami alors que, de toute évidence, je ne le connais pas. « La dernière fois que je vous ai vue, c'était à la gare. Vous étiez furieuse d'avoir raté votre train… » Il hoche la tête avec gêne. « Vous ne vous en souvenez sans doute pas. »

Mon sang me martèle les tempes. J'hésite à lui avouer que c'est *son* train que je voulais prendre mais je me contente de dire :

« Si, je m'en souviens. »

Il s'approche de moi.

« C'est vrai ?

— Hmm-hmm. »

Son visage s'adoucit lorsqu'il sourit. Il me tend la main.

« Je m'appelle Garrett. Garrett Taylor. »

Je le dévisage, bouche bée.

« Vous… vous êtes le docteur Taylor ? Le psychiatre ?

— Oui », dit-il en inclinant la tête.

Le temps semble stagner. Cette voix. Mais bien sûr ! Garrett Taylor est l'homme Burberry ! Ce n'est pas un vieux croûton. C'est un beau quadragénaire avec le nez légèrement tordu et une cicatrice visible le long de la mâchoire – le visage le plus parfait que j'aie jamais vu. Une douzaine de colibris volettent dans ma poitrine. Je rejette la tête en arrière et j'éclate de rire, puis je serre sa main tendue.

« Garrett, c'est moi. Brett Bohlinger. »

Il écarquille les yeux.

« Oh, mon Dieu ! Je n'arrive pas à y croire, Brett. J'ai pensé si souvent à vous. Je comptais vous appeler mais ça semblait… »

Il s'écarte et laisse sa phrase en suspens.

« Mais vous êtes censé être vieux, dis-je. Votre mère enseignait dans une classe unique. Vos sœurs sont des institutrices à la retraite… »

Il sourit.

« J'ai dix-neuf ans d'écart avec mes sœurs. J'étais ce qu'on peut appeler une surprise. »

Une sacrée surprise, oui.

« Vous vivez dans le quartier ? je lui demande.

— Dans Goethe Street.

— Et moi, dans Astor.

— On vit à deux pas l'un de l'autre, dit-il avec un rire.

— Enfin, c'est la maison de ma mère. Je m'y suis installée récemment, j'ai quitté Pilsen. »

Il tend son auriculaire à Austin qui s'y accroche.

« Et vous avez un bébé. » Une touche de tristesse imprègne sa voix. « Félicitations.

— Je vous présente Austin Elizabeth. »

Il caresse ses boucles soyeuses. Mais quand il sourit à nouveau, ses yeux ne sont plus joyeux.

« Elle est adorable. Vous êtes heureuse, à présent, ça se voit.

— Je le suis. Je suis folle de joie.

— Vous avez progressé dans votre liste d'objectifs. Tant mieux, Brett. » Il acquiesce brièvement et m'attrape le bras. « Je suis content que nous ayons enfin eu l'occasion de nous rencontrer. Je vous souhaite beaucoup de bonheur avec votre nouvelle famille. »

Il se dirige vers la porte. Il pense que je suis mariée. Je ne peux pas le laisser partir ! Et si je ne le revoyais jamais ? Il pose la main sur la poignée.

« Vous vous souvenez de Sanquita ? je lui demande. Mon élève qui souffrait de problèmes rénaux ? »

Il pivote sur ses talons.

« La fille du foyer ?

— Elle est morte au printemps dernier. C'est son enfant.

— J'en suis désolé. » Il avance vers moi. « Alors, vous avez adopté Austin ?

— Oui, au bout de semaines interminables de paperasse, c'est enfin devenu officiel la semaine dernière. »

Il me sourit.

« C'est un bébé bien chanceux. »

Nous nous dévisageons jusqu'à ce que Marilyn élève la voix derrière le comptoir.

« Je suis désolée d'interrompre vos petites retrouvailles mais on va fermer.

— Oh, pardon. »

Je me précipite au comptoir et je cherche le ticket dans ma poche. Je le lui tends et me tourne vers Garrett.

« Écoutez, dis-je en espérant qu'il ne voit pas la danse frénétique de mon cœur sous mon T-shirt trop large. Si vous ne faites rien de particulier ce soir, j'organise une petite fête. Il y a surtout ma famille et quelques amis. Nous célébrons l'anniversaire de ma mère. J'aimerais beaucoup que vous passiez – c'est au numéro 113 dans North Astor. »

Il paraît déçu.

« J'ai déjà des projets pour ce soir. »

L'espace d'un millième de seconde, il pose les yeux sur la fenêtre et je suis son regard. La blonde avec son labrador noir ne bavasse plus au téléphone, elle s'est approchée de la fenêtre et nous observe en se demandant sans doute ce qui retient ainsi son petit ami… ou son mari.

« Oh, pas de problème, dis-je en sentant le feu me monter aux joues.

— Je ferais mieux d'y aller. On dirait bien que mon chien commence à s'impatienter. »

Une douzaine de reparties me viennent à l'esprit et elles seraient sans doute hilarantes si je n'étais pas mortifiée, face à une femme qui ressemble à tout sauf à un chien. Marylin revient au comptoir avec mon linge.

« Sept dollars cinquante », me dit-elle.

Je fouille dans mon sac en quête d'argent et je jette un coup d'œil à Garrett.

« C'était un plaisir de faire votre connaissance,

dis-je en m'efforçant de prendre un ton enjoué. Prenez soin de vous.

— Vous aussi. »

Il hésite un bref instant puis il ouvre la porte et sort.

Les nuages ont grossi et constellent le ciel de tourbillons améthyste et gris. J'aperçois presque la pluie qui se masse au cœur des nuages menaçants, planifiant son attaque. J'inspire le parfum humide de l'orage qui approche et je presse le pas dans l'espoir de rentrer à la maison avant que les nuages n'éclatent.

Je m'injurie tout au long du chemin. Pourquoi, mais pourquoi a-t-il fallu que j'ouvre ma grande gueule ? Il doit penser que je suis folle, de l'inviter ainsi à une fête d'anniversaire en famille quand je le connais à peine. Comment ai-je pu être aussi idiote ? Un type comme Garrett n'allait jamais être célibataire. C'est un docteur sublime – et gentil, qui plus est. Pas étonnant qu'il nous ait été impossible de nous rencontrer, toutes ces fois où nous avons essayé. Ma mère a sans doute placé elle-même ces obstacles afin de faire en sorte qu'il demeure hors de ma portée. Vais-je un jour rencontrer un homme bien ? Un homme bien et célibataire ? Un homme qui m'aimera et qui aimera Austin ?

Le visage d'Herbert Moyer se loge dans mon cerveau et n'en bouge plus.

Dans la maison flotte un parfum de sauté à l'ail. Des rires et des voix s'envolent depuis la cuisine. Je détache la laisse de Rudy et m'efforce de bannir tout souvenir de ma rencontre mortifiante avec Garrett Taylor. C'est l'anniversaire de ma mère et je refuse de laisser quoi que ce soit gâcher cette journée.

Brad sort du salon à la hâte et me prend la nappe des mains.

« Jenna vient d'appeler. Son vol est arrivé à l'heure et elle est en route.

— Youpi ! On est au complet. »

Je sors Austin du porte-bébé et je me tourne pour que Brad puisse le détacher dans mon dos.

« Et Zoë me parlait de son cheval, Pluto. » Il me regarde par-dessus mon épaule. « D'après ton père, un bienfaiteur anonyme a fait don d'une somme importante au Nelson Center pour permettre de rétablir le programme d'équitation thérapeutique. » Il se penche et murmure à mon oreille : « Qu'est-ce que tu as vendu cette fois, B. ? Une autre Rolex ?

— J'ai pris un peu d'argent sur mon compte d'épargne retraite. Le programme d'équitation de Zoë vaut bien une pénalité fiscale.

— Eh bien, félicitations, tu viens de remplir l'objectif 14. Tu avances à bride abattue ! »

Il éclate de rire et je ne peux contenir un sourire.

« Tu es vraiment trop nul.

— Non, le seul truc nul dans cette histoire, c'est le destin de Lady Lulu. Tu te souviens de Lulu, la jument au refuge que Gillian voulait essayer de sauver ? » Il hoche la tête et s'essuie une larme imaginaire sous l'œil. « La pauvre vieille Lulu doit être en route pour la boucherie chevaline à l'heure qu'il est.

— Non, c'est faux. Ça fait des mois que Lulu s'est trouvé une nouvelle maison.

— Attends. Tu veux dire que tu as suivi cette affaire de Lady Lulu ? »

Je hausse les épaules.

« Ne me jette pas de fleurs. Tu ne peux pas savoir

comme j'ai été soulagée d'apprendre qu'elle avait déjà été adoptée. »

Il rit et lève la main pour claquer la mienne.

« Je suis impressionné, ma vieille. Encore un autre objectif d'atteint. Tu y es presque.

— Oui, mais il manque le plus difficile. » Mon ego blessé s'enflamme et je hoche la tête. « Je vais manquer de temps, Brad. Il me reste un mois pour tomber amoureuse.

— Bon, écoute, j'y ai bien réfléchi. Tu aimes Austin, pas vrai ? Alors, ça ne pourrait pas être ça, l'amour *qui interrompt les battements de ton cœur, l'amour pour lequel tu serais prête à mourir* dont parlait ta mère ? »

Je regarde le visage de ce bébé pour lequel je serais prête à mourir avec joie. Si je réponds oui, j'obtiens l'enveloppe 17. J'achèterai la maison de ma mère et j'aurai rempli tous les objectifs à temps. Austin et moi récupérerons l'héritage et notre avenir sera assuré.

J'ouvre la bouche pour répondre par l'affirmative mais je m'interromps quand l'image de l'adolescente me revient à l'esprit, ses yeux mélancoliques me supplient de ne pas abandonner le rêve de sa vie. J'entends les paroles de ma mère. *L'amour est la seule chose qui ne souffre aucun compromis.*

Je colle un coup de poing dans le bras de Brad.

« Sympa, Midar, merci pour le soutien.

— Mais non, je voulais juste…

— Je sais, dis-je en souriant. Tu voulais juste m'aider. Et j'apprécie vraiment. Mais je vais boucler cette liste, peu importe le temps que ça prendra. Il ne s'agit plus de mon héritage. Je refuse de décevoir ma mère – ou cette adolescente que j'ai été un jour. » J'embrasse le crâne doux d'Austin. « On s'en sortira très bien, avec ou sans ces millions de dollars. »

Les lasagnes sont dorées et des bulles brunes éclatent sur la couche supérieure. Au milieu de la table élégamment décorée de la nappe brodée, Mary pose un pot en argent d'où jaillit un bel hortensia. Catherine allume les bougies et j'éteins la lumière. La pièce est baignée d'une teinte bleue alors que l'orage approche. Si ma mère était là, elle taperait des mains et s'écrierait : « Oh, chérie, c'est si joli ! » Je rayonne de fierté et la femme que j'ai perdue me manque soudain terriblement.

Le craquement du tonnerre me tire de ma rêverie, suivi aussitôt par le battement de la pluie qui tombe sur les vitres. Dehors, le grand chêne de ma mère s'agite avec fureur. Je frotte mes bras couverts de chair de poule.

« Le dîner est prêt », j'annonce.

Je regarde les gens que j'aime, les gens qui m'aiment et qui aiment ma mère, se réunir autour de la magnifique table en acajou. Jay tire une chaise pour Shelley et alors qu'elle y prend place, il l'embrasse dans la nuque. Shelley rougit lorsqu'elle se rend compte que j'ai été témoin de ce geste d'affection, et je lui adresse un clin d'œil approbateur. Carrie et sa famille prennent place à l'autre bout de la table et ses enfants se disputent pour savoir qui aura le droit de s'asseoir à côté de Zoë. Brad et Jenna choisissent les chaises près de Shelley et discutent du vol de Jenna. Je prends mon père par la main et l'emmène en bout de table, à sa place attitrée. Mary et David se glissent près de Joad. À ses côtés, ma jolie fille rêve, blottie contre la poitrine de sa tante Catherine. J'entends Joad lui proposer de coucher Austin pendant le repas mais Catherine refuse d'en entendre parler. Je croise le regard de Catherine et nous échangeons un sourire, le sourire de deux femmes différentes animées par un amour commun.

Enfin, lorsque tout le monde s'est installé, je me mets en bout de table, face à mon père.

« Je voudrais porter un toast, dis-je en levant mon verre de vin. À Elizabeth Bohlinger, la femme extraordinaire que certains d'entre nous ont eu le privilège d'appeler maman… »

Ma gorge se serre et je ne peux plus continuer.

« Et que d'autres ont eu le privilège de considérer comme leur amie, complète David en m'adressant un hochement de tête avant de lever son verre.

— L'un d'entre nous l'a appelée son amante, ajoute John d'une voix empreinte d'émotion.

— D'autres l'ont appelée chef », rétorque Catherine.

Nous éclatons tous de rire.

« Et trois d'entre nous l'appelleront à jamais mamie », conclut Jay.

Mes yeux se posent sur Trevor et Emma, puis sur Austin.

« À Elizabeth, dis-je, la femme remarquable qui a si profondément bouleversé nos vies. »

Nous trinquons lorsque la sonnette retentit. Trevor jaillit de son siège surélevé et fait la course avec Rudy jusqu'au hall d'entrée.

« Dis-leur que nous sommes en train de manger, s'écrie Joad.

— C'est vrai, opine Catherine en regardant le petit paquet endormi dans ses bras. La petite Austin n'a pas envie d'être dérangée pendant l'heure du dîner. »

Nous faisons circuler les plats et Trevor revient à table. Je dépose de la salade dans l'assiette de Zoë et jette un coup d'œil à mon neveu.

« Qui était-ce, mon chéri ?

— Un docteur quelque chose, répond Trevor. Je lui ai dit de partir.

— Docteur Moyer ? demande Jay.

— Hmm-hmm », marmonne Trevor en mordant dans un morceau de pain.

Jay tord le cou et essaie de voir à travers la vitre dégoulinante de pluie.

« Eh bien, ça alors, Herbert est ici ! » Il bondit sur ses pieds et manque de renverser sa chaise, puis il s'immobilise et me regarde. « C'est toi qui l'as invité ?

— Non, dis-je en repoussant ma chaise avant de jeter ma serviette sur la table. Mais on a bien assez à manger. Assieds-toi, Jay. Je vais lui proposer de se joindre à nous. »

Pendant les vingt secondes qu'il me faut pour atteindre la porte, mon esprit sautille, trébuche et chancelle. Mon Dieu, Herbert est revenu le jour qui aurait dû célébrer notre mariage. Est-ce un signe de ma mère ? Elle n'aimait peut-être pas l'idée qu'Austin et moi avancions dans la vie toutes seules. Elle veut que je lui accorde une autre chance. Et peut-être qu'elle fera en sorte, cette fois-ci, que la magie opère.

Une rafale de vent me coupe le souffle quand j'ouvre la porte. Dans le jardin, j'entends sonner les carillons de ma mère. Je tends le cou et je regarde le porche vide. Mes cheveux s'envolent en tous sens et je les dompte entre mes doigts. Où est-il passé ? La pluie me fouette le visage comme des petites décharges d'électricité et je plisse les yeux. Je finis par reculer dans la maison.

Alors que je m'apprête à refermer la porte, je l'aperçois. Il traverse la rue sous un grand parapluie noir.

« Herbert ! »

Il tourne les talons. Il porte son manteau Burberry et tient un bouquet de fleurs des champs. Je porte la main à ma bouche et sors dans la tempête furieuse. À travers le rideau de pluie, je vois son magnifique sourire.

Sans perdre une seconde, je dévale les marches du porche. La pluie trempe mon chemisier en soie mais peu m'importe.

Il court vers moi en riant. Quand nous nous retrouvons, il soulève son parapluie pour m'abriter et m'attire contre lui, si près que je vois une coupure récente à son menton qu'il a dû se faire en se rasant.

« Que faites-vous ici ? » je demande.

Garrett Taylor sourit et me tend le bouquet abîmé par les intempéries.

« J'ai annulé ma soirée. Je ne l'ai pas reprogrammée. Je n'ai pas pris de gants. J'ai tout annulé. De façon permanente. »

Mon cœur danse et j'enfonce mon nez dans un coquelicot orange.

« Vous n'étiez pas obligé.

— Si, bien sûr. » Il baisse les yeux vers moi et, d'un geste tendre, il replace une mèche de cheveux mouillés derrière mon oreille. « Je refuse de laisser passer une nouvelle occasion. Je ne pouvais pas attendre un jour de plus, ni une heure, ni même une minute pour te dire à quel point tu m'as manqué, la prof si drôle avec qui je riais et que j'ai appris à connaître au téléphone. Il faut que je te le dise pendant que j'en ai l'opportunité, mais j'avais vraiment craqué sur la fille magnifique que j'avais croisée dans le train, et devant l'immeuble, et sur les berges du lac pendant mon footing. » Il sourit et me caresse la joue de son pouce. « Alors, quand je t'ai enfin rencontrée aujourd'hui et que ces deux femmes n'ont fait plus qu'une, il fallait que je vienne ce soir. » Sa voix est rauque et il plonge son regard dans le mien. « Parce que je ne pouvais pas supporter l'idée de me réveiller un jour pour me rendre compte que mon train avait quitté la gare et que la femme de mes rêves était restée sur le quai, à me dire au revoir d'un geste de la main. »

Je me glisse entre ses bras et j'ai l'impression de retrouver un endroit qui m'avait manqué toute ma vie. « C'était toi que j'espérais attraper. Pas le train », je lui murmure contre le torse.

Il s'écarte et soulève mon menton, puis se penche et m'embrasse, un baiser long, tendre et délicieusement taquin.

« Me voilà donc attrapé », dit-il en me souriant.

Les fleurs dans une main, la main de Garrett dans l'autre, je gravis avec lui les marches de la maison de ma mère, blottie sous son parapluie noir.

Je m'apprête à fermer la porte derrière nous quand je lève soudain les yeux vers les nuages. Un éclair déchire les cieux assombris. Si ma mère était là, elle me tapoterait la main et me dirait : « Demain est un autre jour. »

Mais j'aime ce jour-ci, lui répondrais-je, avec ses nuages, son orage et tout le reste.

Épilogue

Je me tiens devant le miroir de ma penderie, dans cette chambre que ma mère occupait. Elle est différente, à présent, j'y ai éparpillé divers objets de ma propre vie, mais le parfum qui y flotte est toujours le sien et son souvenir m'accueille chaque fois que je franchis la porte. C'est curieux comme les endroits peuvent refléter les gens, comme cette maison et son vieux lit à sommier métallique m'attirent, me réconfortent lorsque le besoin s'en fait sentir. Mais, contrairement à ces jours tristes d'il y a deux ans, j'ai plus rarement besoin de réconfort.

J'attache mon collier de perles. Dans la chambre au bout du couloir – mon ancienne chambre – j'entends ma fille hurler de rire. Je souris et observe mon reflet une dernière fois. Soudain, ma vie apparaît dans le miroir. Je fais volte-face et les portes du paradis s'ouvrent.

« Dans les bras de qui est ma grande fille ? je demande à Austin.

— Papa », répond-elle.

Elle est ravissante dans sa robe à froufrous et son bandeau à pois. Garrett l'embrasse sur la joue et me montre du doigt.

« Regarde la jolie robe blanche de maman. Elle est belle, hein ? »

Austin rit et blottit son visage dans le cou de Garrett. Quel bébé intelligent. Je m'y blottirais bien, moi aussi, dans ce cou bronzé et rasé de près, contre sa chemise blanche et son costume noir.

Il me tend la main.

« C'est le grand jour. Tu es nerveuse ?

— Pas du tout. Enthousiaste, c'est tout.

— Pareil pour moi. » Il se penche et me mordille l'oreille. « Personne ne mérite d'être aussi heureux que moi. Personne. »

La chair de poule envahit tout mon corps.

Nous avons presque atteint la voiture lorsque je me rends compte que j'ai oublié les programmes de la cérémonie. Garrett installe Austin dans la voiture pendant que je cours chercher les papiers dans la maison.

Sans le babillage d'Austin et le rire puissant de Garrett, l'intérieur est plongé dans le silence. Je trouve les programmes sur la table basse, exactement à l'endroit où je les avais laissés. Je m'apprête à repartir quand mes yeux se posent sur la photo de ma mère. Ses yeux pétillent, comme si elle était ravie de ce qui m'arrive. Et je pense qu'elle serait vraiment ravie.

« Souhaite-moi bonne chance, maman », je lui murmure.

Je prends un programme rose sur le haut de la pile et le dépose à côté de sa photo.

Dimanche 7 août

13 heures

Cérémonie de mariage

Sanquita House

Nouveau centre d'accueil pour femmes avec enfants

749 Ulysse Avenue

Chicago

Je referme la porte derrière moi et cours vers la voiture où mon destin m'attend : les amours de ma vie, *ceux qui interrompent les battements de mon cœur, ceux pour lesquels je serais prête à mourir.* Mon mari et notre bébé.

Remerciements

Jamais auparavant le mot « merci » ne m'a semblé aussi inadéquat. Mais en attendant que quelqu'un trouve un terme plus approprié, cette simple platitude devra faire l'affaire.

Merci à mon extraordinaire agente, Jenny Bent, pour avoir misé sur un auteur inconnu du Midwest, et pour avoir fait de son rêve une réalité. Mes remerciements à Nicole Steen pour en avoir géré l'aspect contractuel. Un grand merci à Carrie Hannigan et à Andrea Barzvi, qui ont cru en ce roman. Un immense élan de gratitude pour Brandy Rivers à la Gersh Agency et aux agents étrangers suivants, pour avoir permis à mon ouvrage de s'envoler vers des destinations inimaginables : Philip Sane, Daniela Micura, Julia Krischak, Corinne Marotte, Gray Tan, Dalia Ever Hadani, Patryeja Swiat, Mira Droumeva, Asli Karasuil, Judit Hermann, Blanka Daroczi, Marta Soukopová et Vladimir Chernyshov.

Ma plus grande admiration et reconnaissance à ma fantastique éditrice, Shauna Summers, à son assistante d'une efficacité redoutable, Sarah Murphy, et à l'équipe de Random House Publishing Group. Leur professionnalisme n'est surpassé que par leur gentillesse.

Un remerciement tout particulier à ma première lectrice, ma mère, qui m'a laissé un message si enthousiaste après avoir lu mon livre que je ne l'ai pas effacé de ma messagerie vocale pendant six mois. Ma reconnaissance éternelle à mon père, dont la fierté inébranlable et la foi constante m'ont donné le courage de persévérer. À ma lectrice la plus avide depuis toujours, ma tante Jackie Moyer, pour ses remarques et ses excellents conseils..

Friedrich Nietzche a dit un jour : « Un bon écrivain ne possède pas seulement son propre esprit, mais aussi celui de ses amis. » Ce livre englobe l'esprit de tous mes amis et je suis particulièrement reconnaissante à ceux qui m'ont proposé de lire ce manuscrit avant même que je sois un « auteur » officiel. À mon amie merveilleuse et collègue de plume, Amy Bailey-Olle, qui savait toujours trouver le mot ou la phrase pour améliorer cette histoire. À mes amies fabuleuses, Sherri Bryans Baker et Cindy Weatherby Tousignaut, pour m'avoir fait sentir que je tenais quelque chose d'important avec ce livre. À ma chère amie et auteur talentueux, Kelly O'Connor McNees, pour son retour généreux, ses conseils si souvent source d'inspiration tout au long de ce magnifique voyage. Un remerciement particulier à Pat Coscia, dont l'enthousiasme s'est avéré inégalable. À Lee Vernasco, ma lectrice la plus âgée, qui, à quatre-vingt-douze ans, est dotée du plus bel esprit. Quelle source d'inspiration ! À l'adorable Nancy Schertzing, pour avoir proposé à ses filles admirables et intelligentes de lire mon roman : Claire et Catherine, vos commentaires éditoriaux étaient parmi les meilleurs qu'il m'ait été donné de recevoir. Merci.

Et un grand merci à mes copines du Salon Meridian : Joni, Carleana et Megan en particulier, pour avoir fait circuler le manuscrit et m'avoir donné l'impression d'être un écrivain. À Michelle Burnett, pour avoir prévenu Bill qu'elle devait rentrer à la hâte chez eux pour pouvoir terminer la lecture de mon manuscrit. J'adore ! À la merveilleuse Erin Brown, dont les conseils éditoriaux ont été parmi mes meilleurs investissements. Aux professeurs extraordinaires, Linda Peckham et Dennis Hinrichsen, sans qui il n'y aurait jamais eu de roman. Merci à mon groupe d'écriture, Lee Reeves et Steve Rail, dont le talent excède de loin le mien. Et un clin d'œil en direction des cieux, pour notre regretté membre du groupe, Ed Noonan, qui aurait su apprécier cet instant. Un remerciement particulier à Maureen Dillon et Kathy Marble, qui m'ont enseigné avec patience les méthodes de soins pour les prématurés au SNSI.

Ma plus sincère reconnaissance à mon incroyable mari, Bill. Ta fierté, ton amour et ton soutien font chanter mon cœur. Ce voyage n'aurait aucun sens si tu n'étais pas à mes côtés.

Mes humbles remerciements aux dieux et aux déesses, aux anges et aux saints, pour avoir répondu à mes prières, et merci à toutes les personnes qui ont manifesté un intérêt pour mes écrits. Je vous nommerais bien ici mais j'ai peur d'oublier quelqu'un. Vous vous reconnaîtrez et je vous aime. Et merci, cher lecteur, de m'avoir accordé une place dans ta vie, que ce soit pour un jour, une semaine ou un mois. C'est un honneur de partager mes mots et mon monde avec toi.

Pour finir, ce livre appartient à toutes les femmes et à toutes les filles qui, en entendant le mot « rêve », voient un verbe au lieu d'un nom commun.

Composé par Nord Compo
à Villeneuve-d'Ascq (Nord)

Imprimé en Allemagne par
GGP Media GmbH
en novembre 2015

Jaspage fluo brillant
réalisé en Italie par Maestro

POCKET – 12, avenue d'Italie – 75627 Paris cedex 13

Dépôt légal : novembre 2015
S26409/01